臧克家

散文精编

臧克家 著

郑苏伊 编

中国文史出版社

图书在版编目（CIP）数据

臧克家散文精编 / 臧克家著；郑苏伊编. -- 北京：
中国文史出版社，2025.5

ISBN 978-7-5205-3294-5

Ⅰ. ①臧… Ⅱ. ①臧… ②郑… Ⅲ. ①散文集–中国
–当代 Ⅳ. ①I267

中国版本图书馆 CIP 数据核字（2021）第 209804 号

责任编辑：薛未未

出版发行：**中国文史出版社**

社　　址：北京市海淀区西八里庄路 69 号院　　邮编：100142

电　　话：010-81136606　81136602　81136603（发行部）

传　　真：010-81136655

印　　装：北京联兴盛业印刷股份有限公司

经　　销：全国新华书店

开　　本：720×1020　1/16

印　　张：23　　　　字数：230 千字

版　　次：2025 年 5 月第 1 版

印　　次：2025 年 5 月第 1 次印刷

定　　价：69.80 元

情真才能动人(序)

郑苏伊

　　我的父亲臧克家是以诗名世的。"有的人活着,他已经死了;有的人死了,他还活着……"许多读者都是从《有的人》这首诗开始认识了父亲。然而,可能大家都不会想到,在父亲创作的生涯中,他第一次在报刊上发表的作品是一篇散文,题目是《别十与天罡》,比他第一首诗歌的发表整整早了四年。

　　父亲的散文如同他的诗歌,贴近时代,贴近生活,情感真挚,含蕴质朴。他曾在一篇文章中写出了自己对散文创作的体会:"写好散文,必须具备几个条件,生活厚,印象深","要写出叫人感动的文字来,自己一定先感动过","就是写景的文章,也必须首先有情"。

　　父亲是这么说的,也是这么做的。因为生活厚,印象深,感情真,无论是怀人记事、写景抒情,还是针砭时弊、评诗论文,父亲的笔触都能触及到人物、事件、诗文的最深处,探幽发微,发掘出那些最本质、最动人的东西,使文章散发出独特的魅力。

　　譬如父亲的怀人之作,无疑是他散文创作中最为优秀感人的作品。正因为父亲对前辈、师长、朋友有着真挚炽烈的情感,所以他把自己的一腔深情全部灌注到笔端,这些朋友的音容笑貌、言谈举止、性格人格,都通过父亲的精心描写呈现在读者面前。这样,一个个鲜活生动的人物形象在读者心目中树立了起来,而且,每个人只能是独特的"这一个"。《陈毅同志与诗》中父亲引用了陈毅元帅出访前"倚装"所写的信,信中"立即上机赴朝鲜,把近来写的三首诗,仓猝定稿,送《诗刊》凑趣,如蒙登载,要求登在中间,我愿做中间派,如名列前茅,十分难受"几句,既表现了元帅

1

"本色是诗人"，百忙之中还不忘诗歌创作，又将陈毅元帅谦逊幽默的性格显现在读者面前。《说与做——记闻一多先生言行片段》中通过对闻一多先生作为学术家、思想家和政治家、革命家在"说"与"做"上不同表现的叙述，彰显了闻先生忠诚爱国，不惜为国捐躯的崇高精神。《老舍永在》中用大量篇幅书写了老舍先生与父亲的交往，快收篇时父亲写道，老舍先生有时在会场与父亲碰见，"隔得远远的，他亲切地叫一声我的名字，把'家'字的声音拖得很长，像一缕情感连绵不断"，只这一个场景，便使读者如临其境，如闻其声，两人的深厚情谊，跃然纸上。《剑三今何在?》中，王统照先生不顾重病在身，赴京参加会议，看望老友，病重住院还不忘请父亲为他筹钱给山东图书馆买书的情节，让读者看到了这位文艺老战士对朋友、对文化事业的拳拳之心。尤其是对最为亲近的、在自己家干了一辈子长工，老了以后被赶出家门的"老哥哥"，父亲更是倾注了自己最深的情感。《老哥哥》结尾处，一句"又是秋天了。秋风最能吹倒老年人！我已经能赚银子了，老哥哥可还能等得及接受吗?"催人泪下。后来在一次写怀念"老哥哥"的文章时，父亲心潮澎湃，不能自已，三次洒下热泪，不得已跑到卫生间以冷水浇面。由此足见父亲对于文学创作的用情至深。

父亲不仅对朋友一片真心，对祖国、对人民，更是满怀深情。他自小生活在农村，把勤劳善良但生活艰辛的农民视为父兄。在父亲民国时期的散文中，我们可以看到他以沉实凝重的笔调刻画了在暗无天日的矿井下卖命的矿工，在棉田里辛勤劳作的拾花女，为养家糊口日夜漂泊在水上的舟子，白天奔波劳碌夜宿野店的脚夫，山窝里家境贫穷却依然自寻快乐的农家孩子们……父亲把自己对他们的深刻了解化为笔下劳动人民的人物群像，歌颂他们的坚忍质朴，为他们的悲惨命运叹息不平。而对于那些骑在人民头上作威作福的统治阶级，父亲却毫不留情，笔调尖锐辛辣。在《官》一文中，父亲不仅给那些欺下媚上、贪腐成性、结党营私的"官"们画了一幅惟妙惟肖的图像，也深刻揭示了国民党政权上层腐败，失去民心，必然灭亡的原因和命运。父亲的其他杂文，也都冷峭犀利，鞭辟入里，给人印象深刻。

新中国成立后，父亲为人民当家做主，祖国欣欣向荣而感到由衷的欣慰，无论是歌颂中华大好河山，还是描写身边琐事，他散文的笔调也变得轻松明快，亲切洒脱。他创作的《毛主席向着黄河笑》《纳谏与止谤——重读〈邹忌讽齐王纳谏〉有感》《说与做——记闻一多先生言行片段》受到选家青睐，先后被选入中学语文课本。尤其到了晚年，父亲更是"老来意兴忽颠倒，多写散文少写诗"，创作了一系列脍炙人口的散文佳作。除了一系列怀念老友的作品外，《我的"南书房"》《夜读记快》勾勒了父亲晚年日常读书写作的情境，《我和孩子》《我爱雨天》则充满了轻松愉快的生活情趣。《炉火》一文更是父亲一生追求光明和热情如火、活力四射的性格的真实写照。

父亲从事文学创作近八十年，出版了数十部文学作品，对自己的作品有着个人的创作体会，对文学创作的各个门类，也有着深厚的创作经验。这些体会和经验，是父亲用心血和汗水凝结而成的，对于读者有着学习和借鉴的价值。更值得一提的是，父亲对中华五千年优秀的传统文化极为热爱，晚年倾情研读古典诗文，写下了许多鉴赏文章，这些篇什不雕琢，无匠气，以自己几十年文学创作的经验与古代文人"旷百代而相感"，往往持有个人的独特见解，被人称为"诗人之文"。

为父亲做了二十年助手，父亲的散文，我已经读了不知多少遍。然而，每读一遍，我还是会被充溢其中的真情所打动。感谢中央文史出版社为父亲臧克家出版了这本散文精编，让我在编辑过程中又一次重温了父亲的散文，也又一次被深深感动。本书的责编为此书付出了辛勤劳动，在此一并感谢！更希望父亲这些饱蘸浓情精心创作的散文作品，让读者也收获一份感动，给他们带来美好的精神享受。

2021 年 12 月 18 日

目　录

思念恰似长流水

江山信美真吾土

犀利匕首与投枪

创作甘苦寸心知

佳作不厌百回读

世事纷纭聚笔端

炭鬼的世界

这样短的假期，本不想离开学校，不过大多数同学归家的骚动，使我感到一走为快。故乡怕去，为了友情，我来到了这炭鬼的世界——博山。

下车在晚上，天是一团黑，脚踏在地上觉到软软的。一种细微的气息刺激着不大习惯的嗅觉。

次日早晨，发现了满身黑土，像吸铁石上的细屑，仰头望望天，浮动着一层黑色的雾，像薄薄的轻纱，遮去了太阳的光亮微笑的面容；低头看看地，黑土地它作成了一条厚软的外衣，一直展到视线以外，人们走在上面，和苍蝇爬在墨盒的绵子上一样。路狭长得几乎成了一条线，擦肩摩踵往来的多是些臭汗满身的黑脸鬼。他们天天从早晨第一次鸡鸣到西山迎去太阳，几乎饭都不暇吃，拼命把炭块装上小车，从炭井里运到车站，但他们从没想到过这炭给车载到哪儿去。

摩天高的烟筒指给人们，那儿地下有个独立的世界。里面妖洞一般，有些黑鬼在蠕动着。他们的工作，便是和炭块对命，天天可以拿到五六毛钱，有时火从石上灼起，水从地下涌出，不值钱的性命，便断送在这里边。听说他们进这个黑洞之先，还在生死的文书上印着情愿的指印。他们看来并不怕死，在酒醉的当儿经常把侣伴的不幸当作谈话，死，在他们眼里是不轻易的，万一碰到这份上，老婆孩子还可以拿几十块恤金，过几天超赢①日子。

这个世界里的人，呼吸在黑气里，活在黑暗命运的掌握中，连梦都是黑色的。

---

① 土语，意为宽裕。——编者注

3

同时我想到了几日前置身的那个世界,有光亮到滑倒苍蝇的桐油马路,在上面奔驰的有威风凛凛的汽车和油头粉面的花男绿女;有碧绿无垠的大海、宜嗔宜笑的青山,供给情侣们幽会和欣赏;有绿树拂映着的红楼,里面住着革命巨子和普罗作家。

　　这个世界有温暖的太阳,有幽美的星光,有玫瑰花色的微笑。

　　这两个世界悬绝地在一个天底下,就是梦神的翅膀也穿不过中间的铁壁;然而他们无形中时时在厮杀。

　　不过,我想总有一天要来到的,他们——这两个世界的人,会碰在一条窄路上……

1930 年

社　戏

　　我不懂戏,所以我不喜欢戏。在都市里,我很少看过戏,有,那便是为了面子。有些人听了戏匣子摇头摆尾,真叫我好笑。

　　然而,乡村里的戏我却极爱看,那醇真的趣味,我全嚼得透,它使人感兴味的不在戏的本身,而是那一种整个的空气。譬如某一个村子要唱戏,没有扎台子以前好些日子,便各人忙着搬亲戚,从外祖母起一直到自己的女儿,女儿的小姑,几世不走动了的亲戚,因此也往来起来,有孩子的不消说要带着看戏,就是不会看,哭哭闹闹也还热闹。客人决心要扰亲戚了,就打算身上和头上的穿戴,老太太无妨把做好的送老衣裳先穿出来试试,少妇们也把当年做新娘的那件礼服重新展览一下,姑娘们当然更应该打扮得俊俏,粉擦得看不清眉眼,无论如何少不了那一双花鞋和那副红腿带。你不要笑,唱台子戏不是轻易的啊。

　　唱戏的日子以正月为最好,天气渐渐地暖了,这时候人也有个闲心,如果是因为丰年唱戏"以答神麻"的话,那么新正大月更是吉祥。对于社戏,说"听"不对,应该说是"看"。观众多得像海,人头攒动着,你拥我,我拥你,就像波浪,拥来拥去的结果,是来一个骚动,声音真像海涛。四围全是车子,大车小车。每个大车都有棚子,表示着华贵,又表示着神秘。贵族的人家都扎着看台,看台竹帘中透出朦胧的女人的面影。在这样的情况里,耳朵变成了废物,只能用眼远远地看一些彩人儿在戏台上乱动。响午停了戏,各人忙着和不容易见面的亲友(戏使他们聚会了)去喝酒。还有姐夫领着小舅子,姑父带着妻侄到饭摊上去吃饭——烧肉、火烧①。吃

---

　　① "火烧"是一种食品,即常吃的烧饼,各地形状不同,大同小异。

完了再喝点茶水，然后用几百钱或一串水煎包子便把这些小孩子遣散了。这样在招待的方面感到了光荣，被招待的小孩子当然更喜之不尽了。

那些喝酒的朋友们，用酒当谈话的引子，几年或几十年积下来的话，这可得着个倾吐的时候了。话没有说到极处，酒先使得人从鼻子里出声了。卖酒的拿来白水也会当酒呷下去的。戏开了的时候，这些醉人东斜西歪地在凉风里摆，脸红得像火烧①。下午散戏，村旁四去的小路上把人们散开了，这时太阳快沾地了，风有点冷，观众在残阳里怀着个快乐的心，冒着冷风回家去了。

最好还是看夜戏。吃过晚饭，大家打一个招呼，便踏着月色走了。戏台四围一万点灯光。灯光映着一些好看的脸。朦胧中一些眼睛一些心在神秘地交语。散戏回来，夜已深了，脚步声惹出了巷中的一阵犬吠。回家来，睡梦中，耳中还响着锣鼓。有些良善的女人会为了悲剧中的英雄在灯下叹气或一夜睡不好的。

社戏是太平年代的点缀，乡人劳苦一顿，这种娱乐比什么味都深。然而太平年代再不会有了，社戏于今也不轻易见到，就是有，怕谁也没有太平年代的那个心了！农人的命运今天已变成了悲剧，谁能用一双饿着的眼睛去看戏呢？"社戏"这两个字一提上口，人心下会不是味的。

1934 年春

---

① "火烧"是原意。

拾 花 女

在故乡的秋郊里,这时是寥廓千里了。寒塘边或许飘着白的芦花,再就是老远望去墓垒似的簇簇的禾堆在西风里磨出清冷的秋声。

这儿却不然了。初秋中秋一坡绿,肃杀的秋的意气里还是如此的生机勃勃的呢,一到晚秋,绿里又染上了红,红红绿绿的一片,真是半野霜叶把秋催老了。

这漫坡的棉花,对于我真是个奇景。

秋是拾花的季节。地主们不消说是把希望全托给了秋,就是穷人们,秋又何尝不是他们梦里的佳日呢?"秋天快来了。"饿着肚皮的人们盼谷秋似的,谁的心不是带着喜悦这么安慰着自己呢?

"拾花来,两铜子儿一斤。"于是坡下满满的人了,全是女子。她们的年龄差得很远,白发的老太婆有,中年妇人们有,青春的处女更多。她们好似从市上叫下的工人成群结队地,走过一条条的小道,一齐向着一个目的地来了。好在都是邻居,大娘婶子的,路上谈谈话,你掣着我的衣角,我拉着她的手,小脚一颠一颠地扬起了路上的轻尘。从远处看,真疑心是在过兵呢。

每人腰间扎一条布兜,一到了地里头便低下了。这时你再不会听见语丝,只一片衣角磨着枝叶的响声,唰唰的。人的腰弯成了一张弓,臀部高起来一撅一撅的。在晨风中,衣襟被吹翻上来,凉气一劲儿地往里灌,皮肉不是铁打的,一定会吹起粒粒的寒粟吧。头发乱了一脸,没有人舍得把手举起来去掠它一下。她们抢着往前赶,像在深山里急匆匆地捡宝物,又像被重赏引诱得发狂了的敢死兵士,在争着拼命地最先攻下敌人的营垒。后边虽有监工的人,然而他并不曾催促,只说:"要拾得净啊!"

棉桃在西风里咧着嘴笑,笑出了一口白银的花,似在向人招惹。只要它在发光的眼下一闪,一只手便把它抓进布兜里去了。赶到胸前有些大坠,一直身,一个大肚皮装满了白银。跑到阡头,解放了这些挤哭了的花儿,一个空身又跑回来了,喘吁吁地顾不得吐一口气舒舒心。

晌午的秋阳是无情的。人背上像抽着铁鞭,火辣辣的。眼有些发花,头涨涨的,全身的血都倒灌在双腮上了,低着头看不到那赤红,发烧和晕眩个人总会觉到的。然而她们不则一声,不肯直一直腰,好似千斤的石头压在背上。有的带着小孩子来的,那累不了人,把他放在阡头上,哭啼由他。早晚回头从他身边过时,顺口哄他一声:"好宝宝,不哭,娘拾花呢。"再哭,便走远了。小孩子把手伸得再长也没法抓回他的娘来。

夕阳下,白花更白了。风却也更冷了。如果有位诗人立在高岗上,晚眺的眼光打量到这儿,一定会不禁地叫一声:"美极了,夕阳下的拾花女。"

黄昏朦胧了。远处有归巢暮鸦的聒噪。这时小径上全是回头的队伍了。暮色里跟跄着散乱的脚步,影子在地上有点不稳,东斜西倒的。

"你拾了多少钱?"

"罢罢罢,真无干头,一天拾了两吊钱。"

"也是年头不对,三年前还是三个铜板一斤呢。"

"明天早来啊。"

"早来!"

"娘,俺要个铜板!"

"要什么铜板?"声里带着重重的呵斥。

天全黑了。黑道上有一串脚步的声响。

1934 年 10 月 9 日灯下于临清

舟　子

"欸乃一声山水绿。"

这是多么风致的一个诗句,"欸乃"的清音和山水的绿痕配搭在一起,真是有声有色,这会把人心引入一种缥缈的仙境,而舟子也就成了不食烟火的神仙。是的,一丝竹、一竿纶的渔父,早在诗人眼中超脱化了,画家也惯好用淡墨写一幅渔翁"独钓寒江",或者画几个渔人守一瓯银鱼举杯对酌,上面题几个字曰"渔家乐"。"江枫渔火对愁眠",吟着这句诗,想象渔火闪耀下的光景,真是神秘透了。

"不怹渔樵无话说",渔人的话都是别有风味。仿佛渔人一举一动一言一语全是超逸的,连身上的骨头也和凡人不一样。"隐于渔樵",是幽人幻想中无上的清高,所以我们的诗仙曾高唱过:"人生在世不称意,明朝散发弄扁舟。"

使船的人他自己是这么幸福地感觉着吗？你如果问他一句:"生活好吧？"他一定会向你摇头叹气。"满有意思的生涯啊,我们真羡慕得了不得呢。""好好好,先生,那么我们换着干吧。"他一定会双手捧着木桨送到你脸前来。

我坐过各式的船,因而也就约略知道了关于各样舟子的一点苦处。

火轮船上的舟子多半是南方人,叽里呱啦的那副神儿,真有点叫人觉得一星精神上被凌虐的苦痛。然而,迷雾带来的惊心,暗礁潜伏的隐忧,还有海风的锋锐,黑涛滚在心上的夜的岑寂,这些况味有谁会替他们想过吗？

"三更画船穿藕花"的画船,在大明湖上我更是熟客。在绿苇丛中穿过,在藕花香里荡桨,够美不,你说? 月明的夜间,什么都静静的,一支橹荡得水响,荡得月动,真是"浪簇金蛇月有鳞"了。但是,可惜舟子是些粗人,他没长着艺术家的眼和诗人的心胸。他出卖的是两毛钱一点钟的工夫。纷纷细雨中他可以伴着幽人沐雨,秋夜,他也乐得把小船泊在湖心打着寒噤候雅士兴尽。他无所不可,时间身子原不属自己。

"舳舻千里,旌旗蔽空",上面又是一位"酾酒临江,横槊赋诗"的名士英雄,这豪兴,这威风,真是没有第二份了。然而,当时被强拉去的舟子的心我敢说那味一定是苦头的。

来到了卫上,使我更亲切地了解了舟子。卫河绕城半遭,河面上的桅杆长成了森林。浊浪把一条一条的船流下去了,也有"欸乃"的吃力声送一只船逆流而来。这些船大半比较大一点,是起货的船呢。他们从这儿载棉花到天津去,再从那里带回一点杂货来。打这样一条船不是玩的,起码要用两千块钱呢,船就是他们的家,船就是他们的财产。一家老小都住在船上,舱是卧室,是厨房。船面是小孩的游戏场。

货狠狠地装,船像有点儿负不起来的样子,水面和船缘几乎平了。有的摇桨,有的把舵,有的用长索在岸上拉,运气好碰上顺风,还少吃点力,倒霉刮起逆风来,一天包你走不上二十里! 船上的舟子们一齐摇桨,把身子倒退到跳板上再跳上来,一前一后运着全力,一个先"欸乃"一声,大家便齐声地应和起来,这样可以舒一口气,他们这么吃力,使看的人也觉得累得慌。

雨把他们淋在半路上。风说不定几时来为一下难。白天,黑夜,他们这么被折磨着。

好歹到达了目的地,花落了价,几十天来的一个希望,破灭了,空着船回来。

要知道船是空不起的。听说每只大点的船,一年要有百多块钱的税呢。凭天,一年顺风时候少;凭人,土产里运不出利钱来。然而日子不得不过,牙是不准你闲着的。

河上还有一种小船,那真称得起是"一叶扁舟"了。这多半是渔船。日夜把眼向河水里瞅。撒一百次网,管保空九十九回。不错,捉一条斤把的鲤鱼可以卖一块钱,然而这金子般的鲤鱼是不容易落网的。他们的生活很苦,一张破渔网就是全份的产业,宝贵的年华都从网缝里漏到水流中了。

"欸乃一声山水绿",你看是有诗意的不?

1934 年 10 月 19 日夜作

可喜的孩子们

在故乡里刚过罢旧年回到校中来的这些初中学生,把《村居记事》这个国文题目拿给他们做,我晓得用不着看卷子,你一定知道他们会在上面写些什么了。他们的身材,他们青涩的心,使你这样猜定不是意外的事。

在一片白色的地上,用雪球当炸弹把同伴作了敌人;在明镜似的冰上打滑,追逐着,呼啸着,弄出个新奇的花样来显英雄,不幸跌倒了,痛在心里也咬住牙齿表示大丈夫;年夜里吃年糕,听老祖母说故事,或是争着要守岁钱,还该是在新衣的比较上显出得意或不快。总之,这是我们意料中的文章,而且是必然的。

但是,我们错了!

当我一晚上看罢了这三十多本卷子,我真是给一种又惊又喜的感情包围住了!孩子们没有我的启示却写出了我要求的文章来!没有溜冰,没有新年的快乐,没有往昔孩子们应有的生活写照,却不约而同地用了一支悲痛的笔给我画出了一个破碎恐怖的乡村来!这真叫我惊异极了,读了这些文章,我感痛得了不得!他们无意而且不会去铺张地描写,但是写来却比一篇文人手里出来的闲情文字更使人心动,他们写一个受着年关磨难的人在债主怒气下的那可怜的情态,也恰如其分地写出了那个债主。

"当日为了情面,借钱给你挡了急,对得起你吧?今天,哼,今天缴不上钱我可要对不起你了。"这对话的口吻可说惟妙惟肖。有一个学生描写一个和蔼的农民被债主迫得上吊死了,这死者平日见了他一定有一套和气的话,于今他见了他直挺挺地躺在地上,不禁退后了三步,怕他爬起来再向他说那一套和气的话。瞧,深刻够不?其余的学生也都是写了些为经济关系而演出来的一幕幕惨剧,从文字中看见了血肉模糊的死尸,也听见了写它时候跳动的那个小心。总之，这些孩子们——乡下的孩子们，给我带来了个悲惨的乡村的影子。

我不禁发深省了。这些应该只知欢乐不知愁的孩子，为什么抛开了欢乐而来专写这悲痛的事呢？从这里我明白了事实的教训！不是有意选择材料，而是一些目睹的故事自己来碰他们的小心！不会在技巧上弄花样，然而因为现象的逼真，所以写来自然动人！

超然的作家们，一颗心长在半空里，而只会在风花雪月上拨弄情趣，玩漂亮，对于这些泥土中的困苦的孩子们的文章，将作怎样的感想呢？

1935 年 5 月

野　　店

　　饭店、旅社,这样的名词一提上口,立刻涌上心来的是新式的华贵。如果换个野店,便另是一种情趣被唤起来了。像山村老翁头上的发辫,像被潮流冲空的石岸,时代至今还把野店留个残败的影子。

　　虽然说是野店,它所依傍的却是大道。几间茅草小屋,炕占去每间的大半,留下火镰宽的一点空隙好预备你上下。这儿是大同世界,不问山南的海北的都挤在一堆,各人向着同伴谈论着,说笑着,没有"莫谈国事"的禁条贴在头上,他们可以随便放浪地吐泄。东家的鸡西邻的狗是要谈的,日本鬼子也是一个题目,因为他们中间就有许多是从东三省被迫回来的,一个小被卷是财产的全部。

　　房间少了,得想个法安插客人,吊铺像都市的楼房便悬起半空了。在上面睡的人钱可以略省一些。照例,店里得有马棚,大门口竖起一两根柱子,等到轿车、两把手车或小车,载着什么人向这处奔来——前面打着红布帘的是新嫁娘,要不就是青春的妇女走亲戚,痴胖可笑油光照人的是买卖家,店家小伙计见车子近了,熟主顾似的几步抢上前去替人家卸牲口,把它们——毛驴或是骡马牵到马棚里去,它们一点不认生地随着他,用尾巴打打后身哙哙几声表示疲倦。

　　这是上等客,如果是住宿的话,单间的屋得给他们特别预备。客人刚把个倦极的身子投到炕上,小伙计肩上搭一块破黑烂布便进来了,要是擦脸,他立刻便把一小泥盆水打到你的脸前来,要肥皂,要一条白手巾是太奢望。

　　"先生们做个什么饭吃?"这回该他问你了。

　　"有什么?"

"有大饼,有猪肉炒白菜,有熟鸡子。"如果你接着再问一句:"还有什么?"那小伙计一定会闭起嘴来。愿意喝好茶的话得特别声明,不然一个大子儿的茶叶末喝过几十个人以后,他会再冲上一点白开水给送过来。所谓好茶也不过是几个铜板一两的"大红袍",一毛一两的贡尖这儿不下货。

等茶喝你得要有耐性。白水用大铁锅煮,冲茶可不行。一根一根的草对准一把洋铁壶底挑着燎,你如果不是一个趣味主义者,时节再是炎夏,你一定等得舌尖上生刺,跑到外面去避一避辣眼的浓烟。

晚上,任你一落太阳就躺下,敢保你不会一沾席就如愿地变成一块泥。夏天的蚊子、臭虫,冬天的虱子和跳蚤最喜欢和客人开玩笑,哼哼着叫你清醒地享受一个客夜,身上留点伤痕做一个追忆的记号。还有马棚的牲口也怕主人误了行程,半夜里叫一阵,用蹄子打地咚咚一阵。当睡梦将要主有了你的临明的那一刻,店门呼隆一声,接着小伙计的脚步动起来了,一睁眼,微白的曙色使你再也蒙眬不得了。套上车子,披一身星光,冒着晨风,朝曦把人引上了征途。

"鸡声茅店月,人迹板桥霜。"回头望望这一副大红门联,意味够多长呢。

门口一个破席凉棚撑着夏天的太阳,为着什么东西奔跑的行人,走在这串着天涯和故乡的热土的道上,望着这凉棚像沙漠中的人望见了绿洲。三步并成一步赶上来,卸下身上的负担,扪下沾着汗水的檐溜般的布眼罩,坐在一条长凳上用草帽或是手巾扇风。几碗半冷的残色的茶水浇下去,汗马上从身上涌出来,各人身上背着一身花疏的荫凉。设若有一个像蒲留仙一样的人物,夹在这杂色的队伍里,每个人你借给他一把蕉叶,那么一部《聊斋》会很快地集起来。

这些人,像"未有哇"①一般,在这儿留一个脚印,便飞鸿似的去了。没有留恋,没有感伤,在未来的时候,他们也没想到会在这儿挂这一翅膀。水不能白喝,临走总得留下几个钱,百儿八十是他,三百二百也是他,主人不会嫌太少,伙计也不会说一声谢谢。但是你起身以后,"再来!"这一句淡淡的话每回是不会疏忽的。

---

① 蝉之一种,在一株树上只有片刻的停留。

野店的常主顾是车伙子。他们到远一点的地方去运货贩卖,去的时候带着本乡的土产。这些车子往往成群成帮,队伍展得老长,道上的一帆尘土是他们的旗号。一走近了店口,把车子一插,用披布擦去了脸上的汗,弓弓着腰很自然地踏入了店门。因为太熟,照例有称号,姓王的是王大哥,姓李的是李二哥。小伙计牵牲口倒水忙乱一气,住一会儿,叫一袋旱烟把粗气压下,饭上来了。半斤一张的大饼,包着大块肥肉的包子,再要几头大蒜、一块还没腌变色的老白菜帮子。吃起来有点可怕。不,不能说吃,应该是说吞。看那个劲儿,饼如果是铁的,肚子一定变成熔炉。饭后为了消暑,走到水瓮边去,捧着大瓢的生水往下灌,声音咚咚的可以听好几步远。"掌柜的算账!"这是一闭眼的午睡醒来后的第一句话。外边算盘珠一阵响,几吊几百几十几,小伙计一口喊出来,接着是查铜子的声音。一巴掌钱接到手里,含着笑走到财神位前,不远不近向大粗竹筒内一掷,哗……啦……真果是钱龙汇海了。

这些老主顾来到店里若是逢着佳节——端阳、中秋、元宵,不用开口,半壶白干、四样小菜碟便送到眼前了。喝了不够,还可以再开一回口。不打钱,这算主人的一点小意思。不要看这是小节,主人的大量或吝啬往往作为客人去留的关键。谁不愿用百年不遇的一壶酒去做招徕的幌子?

秋天,连线的阴雨把一个远道的客人困在野店里。白天黑夜分不开界限,闷闷地用睡眠用烟缕打发日子。风挟着雨丝打进纸窗来,卧着,从眼缝里闪进来一片阴暗,粗人就算是不善于愁,一只孤鸿也难免于凄凉。等着,胸中灼火地等着,等到雨丝一断,他是第一个把脚印印在泥上的人。野店被撇在身后,像撇了一个无情的女人。

时间把什么都变了。有了汽车转眼可以百里,"古道西风瘦马"的趣味算完了。有钱的人谁也不愿再受轿车的折磨,野店的客人因此稀少了。加以年头不对,关东客全成了穷鬼,向四方逃难的倒很多,然而他们进店来顶多不过喝一壶白开。野店是诗意的,然而今日的野店成了时代头顶上残留的一条辫子了。

1935 年 7 月 6 日于潍县一小旅舍中

蛙　声

——从军琐忆之一

又是初夏了。

这不须以窗棂做镶框,仰卧在床上,看映来的渐浓的绿树,在一场雷雨过后,一阵阵蛙声,便惊退了残春的尾巴,把初夏到来的消息,告诉给人了。

在这沙漠似的古城里,每个季候,都缺乏一个浓艳的色调。春天,这儿没许多的绿树招来过客似的鸟儿。若是在前年,这里正闹着荒旱,自然也难得几声蛙鸣,来润一下干涸的人心了。

这些日子,心正给种种烦恼蚕食着,晚上对着一盏暗淡的灯光听自己的心跳。怅惘,酸楚,真想悄悄地流几点眼泪。"哇,哇,哇……"一声声悠扬的蛙鸣,不知发自哪个水塘,传送到我耳边来了。头一仰,把自己从迷惘里拉了回来。

不知道这声音给我的是什么:是一点兴致?一点鼓舞?一点点残破的记忆吗?

不过,这时的心思是随着蛙声而飘远了。

是同样的初夏,江南的草木已被大自然的彩笔涂抹得很浓艳了。毛茸茸的草,好似为我们特设的软褥,打一天仗,行一天军,晚上把身子摔在上面,盖一条雨衣,好承接打来的夜露。有一个夜晚,命令叫我们这一师人担任右翼,做七十里路的行军,去包围一个险要的地方。一师人,单行地走着,走在月明中,走到明镜似的稻田的窄堤上。手中提着长枪,机警地疾步向前移动。真像在一个美丽的梦中,看带着青松的山倒映在明镜中,一阵阵微风挟麦香以俱来。看只亮后一半的各色的灯,预备远处发现

17

灯光时再转来一对颜色,一个差错,便会立刻叫枪响起来。

"哇,哇哇……"

稻田中的蛙声不因我们的步子而停止,反而越叫越起劲了。

"真像梦中的化境啊!"

倦极了的身子,倦极了的心,听到这一阵阵乐,更有点醉了。

十年后的今日,在这古城中怀着烦恼听蛙声,身子没有武装,连心也给生活磨脆弱了。

然而,自信在将来夜行军听蛙声的机会一定还会再来,因为一个蛹子还会破茧化蝶翩翩翻舞呢。

1937 年 4 月 30 日最苦痛中

十六岁的游击队员

　　叫作临时伤兵收容所的,是两间茅草屋,矮小地坐落在贯穿着全村的一条大街的左首,路上的行人可以清楚地看到屋子里的情形。当我一步跨进这屋子赤裸的小门时,对于受伤的弟兄们是一个惊扰。屋子里的人并不多,只有七八位。轻伤的,见了我硬挣扎着往上起。重伤的,创痛使他们不能管顾得这么多了。

　　一个年轻的小孩子,牵去了我的注意力、我的眼睛。称他"小孩子"一点也没有别的意思,拿他同别的弟兄比一下,在年龄上至少有十五岁以上的差别。还有,他的服装,他的神情,同这病房的空气一点也不调谐。他身子向下躺着,两只拐肘支着地,头向上昂起,身子一鼓一动的像一只青蛙。脸上的颜色像春风里的桃花,叫身上天蓝色的布衫映得更是鲜明,一顶黑色的瓜皮帽,把额角吞去了一半,帽子上却没有结子。

　　我简直纳闷不开了,这样一个孩子正好到春风的郊野里去蹦蹦跳跳,把他关在这间屋子里是为了什么?

　　纳闷打开了我的口。

　　"你这位小朋友是干什么的?"

　　"当兵的!"说着把眼睛向我睒了几睒,说是活泼倒不如说是顽皮。

　　"在哪个军队里?"

　　"补充第×团。"话,像一条春溪,清脆又流畅。

　　"那么你的军装呢?"

　　"军装,嗯,军装没有……"一种羞愧的神色在他脸上一晃,他的眼光跌在地上,身子动了一动。

　　"军队哪能没有军装呢?"我想同他开一个玩笑。

"不穿军装也一样打日本啊。"

"你这小鬼掉这多花头,就说是游击队员不就完事了吗?"坐在一条长凳子上的兄弟一句话把我的闷结子解开了。他的眼睛红肿着,不断地流泪,敌人的催泪弹把他害得这样子。

听过了这一句介绍之后,对于这个孩子,除了喜欢,在心上又添了一点敬意。

他脸前放着一双粗布鞋,还很新。"这鞋是谁给你做的?"我问他。"我妈。"他很爽快地回答了我。

在他说话的时候,我的眼睛盯在他脸上,从神色上一点也看不到他思乡的情绪。

"你家里都有些什么人?"

"有爹,有妈,有两个哥哥。"

"家里有消息吗?"

"我才从家里出来没好久,大哥叫鬼子抽去当壮丁去了,爹妈买了'良民证'还在屋里,他妈的,谁能吃下去鬼子的那口气,把'良民证'一撕,我加入了游击队。"

"游击队改编成补充第×团,团长看他年纪小,要他做勤务,他不干,非当兵不成,真是一个捣蛋孩子。"那位红眼兄弟逗他似的故意向我泄他的底细。

"我为什么当勤务?当勤务不能上火线。"他也来了一句反攻。

"你这么小,上火线不害怕吗?"

"不,十六岁了还小?你说怕,怕什么,打鬼子谁也不怕。我要不是在'郝家大店'夺一个山头腿上受了伤,死也不能下来呀!"说这些话的时候,他非常勇敢,仿佛要显出问话人的卑怯。

他又告诉我前线上我们打得很顺利,游击队已迫近应山了,他相信不久就可以打回老家去。

"先生,你是往哪里去的?"他反过来问我。

"随县。"

"我跟你去好不好?"他眼睛里放射出了一线希望。

"等你伤好了再去吧。"我的心被一缕悲壮的情绪纠缠着,几乎想掉眼泪,当我看到他听罢我的话后那副失望的神色时。

"小弟弟好好休养，祝你快快健康起来。"我向他告辞。他用眼睛送我，身子又在一鼓一动，可是脸上的神色已经有些不同了。

1939 年 4 月 15 日写于随县净明铺

回首四十年

这样的感觉还是如此之亲切、生动、活鲜:乡村月夜,缀在孩子群里带恐怖和浓厚的兴趣,在古树影里,在枯坟堆里捉迷藏;在春天的绿油油的麦地里和同伴们比赛着纸鸢,手里的线放着放着,像放出一条希望;夏天,村头的一湾浑水,跑过去,把衣服剥个精光,一头栖下去,也不管旁边树底下乘凉的姑娘;秋收时节,逐着拾庄稼的女孩子,用手掣着她的大辫子……

"四十"了! 这是可能的吗? 对于突然袭来的这个年岁,我有些恍惚,有些惊怕,甚至有着仿佛不是真实的感觉。我的天真,抗议着它;我的热情,抗议着它;我的心,抗议着它。青春真的从我生命里过去了吗? 它给我留下怅惘;青春真的从我的生命里过去了吗? 带着它的声音、它的颜色、它的那一套感觉……

"四十"像一个樊笼,我却像一只不驯的兽;"四十"是一个叫人定型的模型,我却挣扎着时时要改变自己的样子。我的躯壳里仿佛住着两个灵魂,这个当家的时候,我便是一个孩子;另一个一露面,我又成了一个中年人了。它们在斗争,每一个叫我认识它,叫我属于它,而每一个都不能全占有我,我是成人又是孩子。

这是没法抵赖的:回头望望过来的路子,是那么悠长而又崎岖,望望巍然立在路旁的划时代的路程碑,一种辛酸的回味便立刻充满了整个的心;一种悲苦的感觉马上使我感到了苍老。

我生命的海洋是广阔的,是时时在波涛汹涌着的。活了这四十岁,仿佛又不像只活了四十岁。我整个的灵魂总是永无止息地在燃烧,燃烧,我很少有平静的日子、平静的心境。心潮一平静,生命就像停止了一样。

是生命怕我嫌它太平凡,嫌它太单调,嫌它太乏味,嫌它太空虚?它给了我一次又一次的艰险,使我以幸而不死的身心体味着生命的意义;它给我怅惘,给我多量的悲苦、少量的快乐,使我体味太复杂的生活的本体;它把我嘴里塞满了黄连,再杂上苦椒的辛辣,为了味道的齐全,也掺点点甜美,这是很少很少的,而且一上口,也就变成苦头的了。生命怕我嫌它空虚,它使我用回忆的沉重充实它;它使我用希望的心跳、失望的委顿充实它;它使我用阴沉的心情、不平的亢愤、变节的情爱、翻脸的友谊充实它;它使我用泪用笑,用笑里的泪、泪里的笑充实它……

啊,生命,我没有误解你吗?

生活指引我看到了多么光辉灿烂色彩缤纷的生命的图案啊。为了叫我亲近大自然,认识并同情农民,它使我生长在穷苦的乡间;为了使我看看富贵荣华的浮云,使我生在一个贵胄的家庭里,看这一幕大剧以荣华开始,以悲惨收尾;为了壮丽我的青春,多样地变幻了爱情、友谊,终了留在心头的是一个疮疤;为了使我体会同情、愤怒、希望,前进的年轻的身心,曾为革命贡献过,几次没捐上生命;为了使我明了平凡的"平安"是多么"不平凡",我一直大病过几年,病除了,留着一条根子在心地上永远拔不掉……生命啊,你想以你的变幻多样迷乱我的眼睛吗?你想以你的颠险吓倒我吗?你想,你想怎样?

封建残余破灭了,我依然活着,心笼罩在它的一些影子里,放着惆怅的光圈;军阀的恐怖时代过去了,我依然活着,带着心头的余颤;"一九二七"的暴风雨过去了,我依然活着,心上打一个深的印痕。我活着,痛苦而又倔强地活着,在自由的天空下呼吸着不自由的空气活着,怅惘地活着,悲哀地活着,愤怒地活着,在矛盾中,在燃烧中,在挣扎中,在前进中活着。

时间,这位人间的过客,来到你面前,不管你欢迎或是拒绝,一停不停地又向前进了。人间的万事万物,在它的脚下死亡,新生。一切都在"变",一刻也不停。生活也挺直身子永不止息地向更高、更合理的目标突进。我,作为一分子,站在前进的行列上。在年轻力壮的时候,我走在前头,单纯地,勇敢地。可是,因为心上装载得太多太重,脚步也随着年龄蹒跚了起来。我没有落后,我追随着时代,可是,以前不是拉着纤走的吗?顾虑太多的地方,勇气站不稳脚,对过去牵恋得过重,就把对未来的关心减轻了。怀旧,是知识分子的通病,我患得特别厉害。这是因为我火样的热情太容易拖蔓、生根。时代变过了，一切都不同了，在感觉上，对于以往的总比对于新生的亲切，这是很可怕的。眼前的一切都在骗人一样地"变"，我想捉住它们，可是徒然。于是，我哭了，像一个天真热情的孩子，看着吹在半空里的五光十彩的肥皂泡破灭了一样。我痛苦伤心地吟道："我拭干眼泪瞅着你们变。"（《烙印·变》）光瞅着眼前的东西"变"，而自己却永远站在"不变"的一点上，这是不行的，除非用眼泪沉埋了生命。如是，我"变"了，我沉重地吟道："我知道，我该，拭干眼泪跟着你们变。"（《生命的秋天》）光跟在一切东西的后面"变"，还是不行，因为这"变"与"变"之间拉开了一段距离。时代，社会，正"扪一下脸，来一个奇怪的变"（《不久有那么一天》），而"渐变"着的心情就不免有些落寞、怅惘、茫然和发急的感觉了。

战斗！同自己战斗！理智鞭子的抽打，也不能彻底改变一个人，新生活的树干上才可以抽出新生命的枝芽。

活了四十年，学了十五年以上的诗，我为它受尽痛苦。它带给我侮辱、不安、刻苦和一种搁不下放不下的沉重之感。它吞噬我的时间，喝我的鲜血，啃我的骨肉。它给我：失眠，皱眉，苦思，眼泪，消瘦……它要求我整个的生命，我也交给了它。我觉得人生一切都是空的，只有事业不空；我觉得人生虽广泛到令人叹"观止"，但你要活下去，却必须从中选择一点，抓紧它，以全生命力！一松劲，生命立刻就空得令人活不下去。我，就选了"诗"这折磨人的东西！我非常看重自己的诗，同时又非常小视它，就像我自己对自己这个人一样。不重视它就不能为它流这些年的心血；小视它的意思，是说，在生活的海洋里，人人都有他自己的一朵浪花，诗人的笔比农民的锄头，比工人的斧头，不一定更有力量。我常常在矛盾。我感得到自己的诗给予自己这喜悦，有时又觉得它无声，无色，无光。我常是把诗和生活和做人连在一起看。这样，往往感到它的无力！诗是庄严的高贵的艺术，而生活却更庄严，更高贵！当一个人在生活上不能站在更高处时，诗，它会有什么力量？——如果诗不是魔术的话。

十几年来的习作，总共何止千篇？我再三问过自己，真正称它是"诗"而它不红脸的，会有十五篇吗？就是这些，在生命的天空里，不过是几点星光而已。"诗"是借了"人"的光芒来照耀的，自己头顶的光圈只能照着自己的时候，你的诗会成为多数人的吗？会成为伟大的吗？笑话。

我自己知道，自己的"人"必须"变"，也在酝酿着"变"。一条吃着烂叶的虫子，把自己缚在自己吐出的丝结成的茧筒里，可是，时机一成熟，你再见到它，它已经变成一只蝶儿，自由地飞翔在新的天地里了。

　　变，从人到诗！

1944 年 10 月 16 日于渝歌乐山中

山窝里的晚会

纪念"儿童节",并祝福《小兄弟》①里的小主人们。

——题记

去年这个时候,我们还滞留在重庆歌乐山大天池六号。太太在一个颇为贵族化的"实验小学"里教书,为了迎接"儿童节"她很是忙了一阵子。替小学生起演讲稿,煞费了一番苦心,这个稿子里有我的意思,也有我的字句。那个主意至今我还记得清清楚楚:"我们快快乐乐地过这个节,不要忘记了千千万万可怜的穷孩子,他们没有饭吃,没有衣服穿,更没有福气进学校。"我想,这个演讲稿一定会给那个孩子一点苦头,要一遍又一遍地把它念得成诵。

太太教的那些虽然贵族然而却天真可爱的男女孩子们,到我们家里来的次数更勤起来了。他们大约是从山上下来的,一个人拿一大把花子,红白灿烂的颜色,恰好配合了他们的衣服和笑脸。同院子里的那几个穷孩子,李顺儒、李顺有、李顺策(我们都是直呼他的小名:"岁")堂兄弟三个,在破烂的"保国民"里混日头,他们下学归来,对着那些花儿鸟儿一般的贵族孩子,瞪着眼睛,看景一样的看他们,但不曾交一句话,站立得也是那么远。他们身上穿着满身补丁的粗布大褂,裹着裹腿,打着光脚板,脚上的灰像上了一层漆,后跟上留着一个季候的印子——冻疮疤。他们自愧而又自傲地站一会儿,便走到牛棚里去,或是背起一个背兜来,到山林

---

① 《小兄弟》系拙作小说,曾刊《文艺复兴》。

里去了。

3号的晚上,我们在一个西洋化的家庭里做客。男主人是一位科学名家,到美国讲学去了。女主人,按照欧化的礼节和习惯,用各种名贵的点心招待我们。另外的一位客人是一个年轻的教授,带着他的六七岁的女公子,穿着红绒线上衣、绿色的裤子,小脸子娇嫩得一阵风就可以吹破。她依在父亲的身旁,有点害羞的样子。

"你吃点巧克力?"

轻轻地摇了摇头。

女主人又拾了另一样。"起司,吃一点。"

她又把头摇一摇,表示对于这些东西她并不稀奇。

"明天'儿童节'了,您看送给孩子们点什么礼物?"男客人庄重而又做作地询问女主人的意见。

"小宝宝,你喜欢什么呢?"

又是摇头。她简直娇贵得不肯说出一句话来。最后宾主们把话题移到明天学校里的纪念会上去,女主人的那位公子,也是我太太的高足。

"四四"这一天,歌乐山的各小学有一个联合大游行,可是我太太的学校没有参加,因为"保国民"学校里的孩子们太脏,太野,混在一起,怕受到不良的传染。他们自己举行了庆祝会,还开了一个"卫生、营养展览会",我也被邀去观了一下光。几个大教室里,陈列满了挂图和器物,有先生为观众解释,几岁的儿童一天吃多少量的牛乳、鸡蛋、饼干才合乎卫生和营养的原理。院子里,像过年似的,男孩子、女孩子打扮得叫人眼睛为之晕眩。他们争着拍球,滑滑梯,打秋千。每一个孩子的小面庞都红润润,肥胖胖,带着幸福,带着父母的骄傲和溺爱,在奔跑,在追逐,在欢笑,在狂呼……

我带着一种颇为惆怅的心情到了歌乐山去,默默地计划着一个心愿。把三百块钱的票子掷在一个篮子里,我拿到了五个小小的面包,又花了五百块钱买了一小兜花生,很难过又很快乐地走回家里来。这时候已近黄昏,院子里的那几个可怜的孩子已经早回来了。我望着他们依然故我地在地上"打珠子",弄得一身灰土,岁鼓着大眼睛,结结地争辩着什么,口水顺着嘴角子流下来。我想到今天早上他们为了要买双草鞋(二百元一双。这是他们老师的命令)遭了父母叱斥的那个狼狈样子,心里不禁地凄楚起来,但是他们自己早已把它忘掉了。看,他们"打珠子"打得多么出神,像在把生命做赌注似的。

"岁,你们来。"我大声喊了好几遍,他们才把头抬起来。

"什么事?"岁叫话把个小脸子涨得绯红。

"今天是'儿童节',你们的好日子,我请你们一个小小的客。"我抖了一抖大褂的襟子,他们便一齐跑了过来。

"消了夜以后,我们把桌子搬到院子里去,大家一道玩玩,好不好?"

"好得很!好得很!"

"硬是要得!硬是要得!"

他们围绕着我,我问他们今天上午的会可闹热。

"闹热得很!几千人,几万人……"岁把双手摆开,不知道怎么形容这个大场面才好。

他们口里讲说着,而六只眼睛却盯在我的大襟子上。"好,你们先回去消夜,等一会儿玩。"

"好,好。"他们一窝蜂地一哄而散,把一个希望留在了后边。

不多一会儿,李顺英把她的小侄儿——黑娃,举到我的窗子上,隔着一层纸快乐地讨好地叫道:

"臧先生顶好!"姑姑领头。

"臧先生顶好!"一个可爱又可笑的声音接了上来。

这当儿,我忍着笑,听几个孩子的脚步进了堂房门,又把它放轻,一点一点地向我的西间移近了。我听见门帘响,我听见一只小手轻轻地打在门上,我也听见用力压抑的呼吸。房门吱呦了一声,慢慢地开了,三个孩子却回头就跑。

"岁,过来!"我亲切的呼声把他们唤进了房里。三个人呆呆地站在地上,变得非常腼腆。没有一个人开口,平素那个野劲从身上、脸上找不到半点影子。他们的诚实、天真里包藏着一个企图,这个企图,使得他们动作不自然,连话也说不出口了。我默默地笑,但我不忍把他们的希望再延缓了。

"消夜了?"

"消……消了。"岁用袖子揩了一把嘴巴。

"那么我们来抬桌子吧。"

28

"好,我们来抬!"李顺儒把他的大脑袋晃了两晃,后边跟着个李顺有。

"臧先生,你不要管,我们抬。"

连拖带拉,连叫带笑,像运动着一个好玩的玩具,他们把那个照出人影来的推光漆桌子搬到了院子的中心,又搬了几张椅子放在它的四周,我把一点可怜的礼物摊到了桌子上去。这时候,天色已经昏黑了,西边山峰上的那颗大星已经约好了似的,在天上望着我们这个大院子和我们这些人了。没用招呼,全院子里的人全围上来了。五个小面包应该分给谁,我亲爱的读者一定可以猜到想到的,猜不到的,只有一个李大嫂的四岁的女孩儿——桂妹。

"好吃不?"我望着孩子们甜蜜地咀嚼着,大人家咽着口水。

"好吃。"岁把头一歪,又娇又傻的样子使得他更小了,更可爱了。

"这甜饼子好多钱一个?"老太婆一面咧着嘴笑小孩子们的样子,一面问我。

"很便宜,六十块。"

"呀!六十块,往年吃一斤猪肉!"老太爷在一边大吃一惊地说。

"吃花生,很多,大家吃。"我向每一个人脸前把花生一摊。一时大家鸦雀无声,只听见嘴唇吧唧吧唧地比赛一般地响着。

"臧先生请客,我老太婆也来吃一嘴。"四老太婆(岁的妈妈)从屋里三步作两步地一歪一斜地跑过来,口里念念着。

"我还要,我还要。"黑娃吃完自己的一个,又向幺爸乱喊,把手伸了过去。李顺儒大叫一声:"你吃得好快呀!"便跑远了。

"给你花生,给你花生!"李二嫂一把一把地往自己孩子的小衣袋里放。

"桂妹,你的袋袋呢?"李大嫂也毫不客气地抓了好几把给了自己的女儿。我明白,我在这儿,她们都装得客气,特别是李顺碧、李顺英这两位姑娘。我抽身向屋子里走,脚步刚踏进堂房门,便听见一阵争抢声,等我回来想多享受一下这"天伦之乐"的时候,桌面上已经光光的了。两位姑娘一见我出来,便拿腿就跑,李大嫂伏着身子在捡落在地上的花生,口里不满地念叨着:"抢得真凶啊,我还没吃几颗颗……"

我很满足,我也很失望。我想起了太太学校里的那些贵族孩子和那位青年教授的娇贵女儿,我也想起了那位欧化的女主人"起司,起司"的再三推让的声音。

星月的光辉把这个大院子照得更宽敞、更光亮了。我看着孩子们在这光亮下跳绳,我也听到了这三个"保国民"学校的穷学生用欢快的调子夸耀着他们今天的游行、跳舞和歌唱……每一个人的脸上都放射出光辉,这光辉却不是从月亮和星星那儿借来的。

1947 年 3 月于沪

毛主席向着黄河笑

毛主席视察黄河,一张留影告诉了我们这个消息。

毛主席向着黄河笑了。这是望到了壮丽的远景,从一个伟大心胸里流露出来的欢笑。这笑里带着完成一个伟大任务必胜的信心。这笑是有力的、动人的,富有强烈的感染力量。

追随在毛主席身后,紧跟着他的脚步前进的六个人,不,应该是六万万人,也都笑了。

毛主席在笑着向黄河打招呼,好似说:"这是人民当家做主的年代,黄河啊,不能再任情纵横了,我们要你为祖国社会主义的建设服务。"

远在童年时代,读了地理和历史教科书上的描写,就使我对于孕育古代中国文明的这祖国第二大河发生了一种豪迈的景仰感情。

古代诗人们的诗句更把它美化了。长河落日的雄浑景象,奔流到海不复回的伟大气势,是会令人为之心怀壮阔、志气昂扬的。

黄河,这流经七个省份、流长五千公里的来自天上的水,是任性的、骄纵的、粗野的,简直像一头横冲直撞的饥饿的猛兽。

不必向前代的典籍上去清查它那残酷灾害的记录,听一听千百年来挂在人民口头上的这血泪凝成的一句谚语吧:

"黄河百害,唯富一套。"

富庶的河套,是黄河所给的一点甜头,这一点点它口里所吐出的,和被它所吞没的比较起来,真是微乎其微了。

黄河,不简直就是黄祸吗?

过去黑暗社会的统治者,对于自然的灾害,不是设法去控制它,为了个人的野心反而放纵了它,就像解开饿虎颈上的铁链,把它驱向善良的人民。

1938 年蒋介石炸决花园口黄河大堤的情况就是这样。

对于这次以八九十万人民的生命和无法估计的财产供作牺牲的人造黄泛,我也是它的一个见证人。我在豫东虽然只见到了它的一点余波,那景象已经够动魄惊心的了。举目茫茫,一片黄汤。树木的梢头挣扎出水面遥遥地向人招手,日用家具像小船随波漂荡,时而看到人的尸首和死了的家畜互相追逐着,好似恋恋地舍不得分开。平地上行船,高的屋脊鱼群似的掠船而过。在退了水的土堤上,走动着一些无衣无食无家可归的受难者,他们有的睡在露天里,有的在树上打一个吊铺,时间仿佛倒退了一万年,20 世纪的人民在过着原始时代的生活。

任何一个人看到这悲惨的景象,都会对受灾的同胞发生无限同情,对蒋介石反动政权的这种毫无人性的暴行十分愤慨;对于黄河呢,认识到它为害的惨烈,从心里兴起一种制服它的愿望。

这种制服黄河,使它滔滔的洪流安澜的愿望,不是自今日始的。远古时代传说的英雄人物大禹,不就是人民智慧、人民希望的一个化身吗?他那凿龙门、疏九河的气魄和毅力,他那三过家门而不入的惶惶不宁居处的忘我精神,是叫人肃然起敬而且为之深深感动的。历代以来,凡是在治黄方面尽过一些力量、做出一些贡献的人,人民铭记着他们的名字,用感激与尊敬的心情怀念着他们,甚至替他们立了庙堂,把他们当成神来供奉。

可是,由于历史性的限制,由于旧式的社会制度的阻碍,对于为害剧烈的黄河,只能凭一次又一次惨痛的经验,做出一些消极性的防御工作,如何从根本上控制它,使它对祖国和人民做出有益的巨大贡献,我们祖先在这方面是做梦也想不到的。他们把"等到黄河水清"和"日头从西边出来"看作同样是不可能的。

是的,滔滔的黄河,流过荒古的北京人时代,流过奴隶社会和封建社会时代,流过蒋介石反动统治的时代,它那贪婪的大口,吞进了千万顷良田沃土,在大地上留下了漠漠荒沙,它把几千年前的水纹留在峭壁上,它把惊险留在一代又一代三门峡船工的心头,它把报警的锣鼓声、大堤溃决时绝望的呼号,永远留在人民深深的记忆里。

黄河,终于流到了毛泽东时代。

千万年蛮横任性的黄河,今天,我们要叫你服服帖帖地顺着社会主义建设的指标前进。

千万年来滔滔的浑黄浊流,我们要叫你一清见底。

黄河,一个领导全中国人民大翻身的巨人,走近了你的身旁。他笑着向你打招呼,他也要你彻底翻一个身。在他的笑容里,我们看到了一个美丽动人的黄河远景:

规模相当于第聂伯河水电站的一个水电站,巍然屹立在三门峡上,这里的电门一开,无数工厂的机器立刻轰响起来,数以亿计的电灯一齐放出了亮光。

拦河坝,拦腰把黄河挡住,成为一个又一个人造湖。它的绿波映在旭日和晚照里,会使人想起"澄江静如练"这个美丽的诗句所表现的境界来。黄河两岸,树木成林,绿草如茵,秋天来到的时候,一望无边的黄土地上,火似的沉甸甸的高粱的红穗在风里摇晃。

成队的汽车在柳荫大道上疾驶而过;汽笛叫了,满载客人和货物的轮船正行走在河面上……

毛主席站在黄河的身旁,望着它的壮丽远景,笑了。

1955 年

炎夏说瓜

夏日炎炎，西瓜上市，堆积街头，如翡翠岗岚。买几个回来，浸在冷水中，吃时，放在朱红大搪瓷盘里用刀剖开。大个的，切成一片片，小个的，一分为二，用勺子剜着吃。

我每次拣瓜，总是成色好，沙瓤。孩子们问我，挑瓜有什么秘诀？我说，有个三字诀：看、掂、弹。

从瓜的皮色和蒂的嫩枯上看一看。再用手掂一掂它的轻重。再用手指弹一弹，听一下声音。这样，虽然隔一层厚皮，大略可以看出、掂出、听出瓜的内心的虚实，是生是熟。

"真是门门有道。吃瓜是件小事，里边也有经验、学问。但是请问，您是怎么学会这门学问的？"显然孩子们有点惊异之感。

我从小生活在农村，交结了许许多多农民朋友，老的少的都有，和我交情最深厚的是三十多岁的"六机匠"。

他在离我村二三里地的"西河"种着一点"河淤地"。夏天一早，我跟他下"西河"，他在高粱地里劳动，我在清清的河水里捉鱼。河水清且浅，晌午，我们仰卧在沙地上，听千万只鸣蝉的大合唱，其声悠悠，把人催入梦境。

傍晚，收工归来，"六机匠"的肩上扛一张锄，锄杆上搭一领破蓑衣，还有一个小小的牛眼罐。小路两旁，全是青纱帐，远远的一个小瓜棚映入眼中。我们拨开高粱，走进瓜棚。主人身旁卧着一只小犬，旁边有一支土枪，这是防备獾、狼和野兔的，也防有人夜间来"摸瓜"。有个深夜，瓜地上有动静，主人手持火枪跑去，一个美丽的姑娘，低着头向他求饶。我们和瓜地主人聊上几句，道一声：摘两个"子瓜"。主人慢慢起身，脚步小心地进入瓜地,这儿看看,那儿瞧瞧,最后,一手托一个瓜送到我们面前。用瓦盆里的清水洗一下,然后用指甲弹弹,用眼睛看看瓜,再望一望我俩。我们用指甲在瓜中间掐一道印子,左手托住,轻轻用右手掌打几下,瓜应声一裂两半,果然是沙瓤,就把瓜皮咬下一块,刮着吃起来,瓜又甜,又鲜,可口沁心。吃完了,抹一抹嘴,丢下三四个铜板,道一声谢,便踏上归途。这时,夕照烧红了半个天,微风从禾稼声中送来,子瓜在肚里发散着清凉。

我们两个人,沐浴着夏晚的风光,聊着狐狸精偷瓜的故事,悠悠然走到了家。这时候,一钩新月像镰刀高悬在他土屋的茅檐上了。

年老了,在都市里吃瓜,想到儿童时期吃瓜的往事。一样的夏天,一样是吃瓜,在北京这样生活环境里吃瓜,是一种享受,但我感觉,儿时在乡村瓜棚里吃瓜却更有深厚的生活情味。

1980 年 7 月

峥嵘岁月　激烈情怀

——1927 年在武汉

我是年近八十的一个人了,生平足迹,几遍半个中国。长江大河,在眼底闪光;岱岳巍峨,在心头矗立。西子湖上,月夜留影;西安雁塔,引我仰目。祖国无限风光,名胜古迹珍宝,每一念及,心情美好。

可是,一提起"武汉"这二字来,心中立即引起一种特异的感情。

武汉,这两个字,对我有着擂鼓的声响,烈火的红焰,它锻炼了我,它教育了我,使我的思想有了指南金针,使我开始正确地认识了人生和革命的伟大意义,奠定了我前进的道路,终生而不渝。

武汉啊,每一念及你,激情洋溢,不是"亲切"二字所能表达的。

虽说雪泥鸿爪,但印象是永不磨灭的,记忆埋得越深,情感累积得越厚。如果把武汉比作一位朋友的话,屈指算来,相交已有五十六七年的历史了。从 1926 年起,到 1946 年止,二十年间,我四次行经武汉,都是在不平常的日子里,虽然行色匆匆,但是壮怀激烈。

我怀念武汉,不是因为曾经站在黄鹤楼头看大江东去,也不是由于眷恋"晴川历历汉阳树,芳草萋萋鹦鹉洲",而是牢记那些峥嵘岁月,革命的滚滚烽烟。

1926 年秋,我还是一个后期师范一年级的学生,受不住旧军阀张宗昌的文攻武压,日夜盼望"南军",一心向往光明。于是偕同要好的同学曹星海,和在"乡师"读书的比我小几岁的本村族叔臧功郊,易服改名,联翩潜往青岛,登上海轮,驰向光明的结穴处——革命中心大武汉。临行,心怀壮烈,"八行书寄走了家庭"。身在大海之上,心潮与海潮同样自由奔放,把令人窒息的黑暗撇在身后,站在船头上看东天的太阳在碧海上发红。我们扑向武汉,像一群自由的小鸟扑向绿林。

北方,这时节,正秋风瑟瑟;南方呢,花红草绿,正是小阳春。踏上武汉的大地,我们久处黑暗的眼睛,被一股强烈的光刺得有点发疼!

啊,武汉,梦中的圣地,我们终于投到了你伟大的胸膛!

这时候,北伐军克复武汉还不太久,满地是战争的残痕,被俘的伪省长刘玉春被关在监牢中,解放了的人民熙熙攘攘在街头上。

我们住在一家小旅馆里,等候"中央军事政治学校"的考期。第一次报考失败了,我住到珞珈山武汉大学里去,和从北方来的众多青年终天在一起,朝气勃勃,命运相同。第二年初,军校二次招生,我和星海被录取了,功郊进入了"学兵团"。

我们的校址在武昌的两湖书院。脱下了便服,换上一身戎装。大门上竖立起八个斗大的大字:"党纪似铁,军令如山!"门内墙上的标语如阳春花发:"今日的锄头,明日的自由"……

革命空气像高涨的潮流;严肃的生活,刻苦而又紧张。不是操场上练武,就是大课堂上听讲。用艰苦磨炼人的骸骨,用革命理论武装人的思想。一千男同学在这边,二百女同学在那边,当中隔一道高高的墙。高墙两厢,国际歌声交响;少年先锋队歌,这边声音落脚,那边又接上。在大操场上,在大课堂上,一千二百同学会聚在一起,男的灰军装一身,女的一身灰军装。事隔五十多年,我还记得几个同学的名字,男的:谷万川——他写了一本童话《大灰狼的故事》。女的:谢冰莹,写了本《一个女兵的日记》而文名远扬;还有文曼魂,因为名字有点特殊而印在我脑海中。最近从报纸的材料得知,赵一曼同志也是当年女生队的学生。

邓演达总政治部主任,常到我们学校来讲话,他貌似书生,意志坚强,神采奕奕,语调激昂。郭沫若同志,我在济南读前期师范的时候,他就是我崇拜的诗人,这时候,他是总政副主任,一身灰布军装和我们一样,时常和苏联顾问鲍罗廷、加伦一道,坐着敞篷小吉普车到我们学校来演讲。他用的是诗的语言,讲的是政治革命内容,听来动人,鼓舞力量强。

我们的教官很多:李达、施存统、沈雁冰……我们最钦佩的、威信最高、影响最大的是总教官恽代英同志。他革命意志十分坚强。他口中吐出的语言如铁似钢。他挖苦揭露反动派时,出语幽默,但锐不可当,好似刀锋,三下两下,雕刻出一个个令人可憎又可笑的丑恶形象。

我们在校学习锻炼的时候,听过共产国际代表团团长白劳德的讲话;听过香港大罢工的领导人苏兆征同志的讲话,因为口音关系,经过翻译才能听懂。

当革命空气高涨、左右斗争急剧的时候,不少右派教官和学生纷纷逃跑,像周佛海逃到南京投奔了蒋介石,写了臭名远扬的《脱离赤都武汉以后》。我们也常常满街追捕反动派。

我亲眼看到武汉二十万人召开反英大会,要求收回租界,对帝国主义干涉中国内政提出的严正抗议,措辞强硬,令人气壮!我亲眼看到收回了汉口英租界,摩天高楼的大门前,我们工人纠察队的同志威严地立在那儿站岗。我亲眼看到多年来在我们大江上耀武扬威的英国军舰,像片片秋后的败叶,滚出了武汉革命的水域!

一股革命高潮,像潮涨!一片耀眼光亮,像正午的太阳!我,作为一个战士,也感到无限的心豪气壮!武汉,革命之火熊熊燃烧;武汉,你是中国革命的脊梁!

我亲眼看到,蒋介石在 1927 年初到武汉遛了一圈,被革命形势吓破了胆,立即离去了,走迟了怕被革命烈火烧伤。他去了,街头上出现了大幅漫画一张张——蒋介石多半边笼罩在黑影之中,标题这么写着:从光明走入黑暗的蒋介石。

我参加过十万人欢送北伐军北上的大会,场面盛大而又感人。就在会场上,有的共产党的同志拿着小本子问:哪位同志愿意加入共产党,请写下名字,留下地址,以后我们好联系、交往。现在,这情况看起来不像真实,但这绝非虚妄,这算得是一个标志,标出了当年革命潮流是多么高涨!

我参加过欢迎郭沫若同志的大会。1927 年初夏,他从蒋介石的身边脱开,穿一身长袍马褂,戴一顶瓜皮黑帽。他开口头几句是这样讲:"现在的北伐军总司令部,已经变成屠杀人民的屠场了!"这,一字不差,完全是原样。他 7 月在武汉发表的《脱离蒋介石以后》的声明和周佛海的《脱离赤都武汉以后》两相对照,一香一臭。

5 月中旬,事出突然!宣布把我们的学校和"学兵团"合并成"中央独立师",开向前线。这时,蒋介石早已发动了"四一二"反革命政变,5 月 17 日,夏斗寅趁北伐大军北上河南,武汉空虚的机会,实行叛变。我们这一师人马,黄昏踏上了没有顶篷的火车,走走停停,火车比牛车还慢,开到何处去,敌人在哪儿,我们完全不清楚。整整磨蹭了一夜,第二天拂晓在纸坊下了车,一夜啊,走了六十里! 一下车,就接上了火。我们的连指导员,右手端着长枪跑在头前,大呼"同志们! 前进!"勇敢而又坚决,无愧周恩来同志在黄埔军校培养出来的好干部。这样许多忠于共产党、忠于革命的无产阶级战士的形象,永远、永远活在我的眼前,号召我"前进"!

和我并肩作战的一个同学,一上阵,就为革命牺牲了,他的名字——张铨仁,他的家乡是湖南。我们的队伍,在炮声隆隆中,在机关枪的弹雨里,正冲向前,忽然一架担架抬着一个军官朝后转,一支队伍跟着他,像一条游龙,头向后,尾巴朝前。一位军官出现在担架之前,手中的短枪指着担架上的那个军官。眼看那个军官急忙地下了担架,掉过头,指挥队伍向前冲去,一冲就是二十多里远。手持短枪的是叶挺师长,坐在担架上的是一个营级军官,他受了一点点轻伤。

敌人一路后退,我们一个劲地追赶,他们惊异哪里来的这样的劲旅,好似天兵从天降。

敌人后退,我们追赶。追过咸宁,追过蒲圻,追到嘉鱼,过了赤壁,直到新堤(今日洪湖县),熔金落日送我们下船。

欢迎我们的是不断的国际歌声。船上,岸上,交响着"曙光在前,同志们奋斗……"我们宿营地的大门前,人流似水流,心里充满着革命的激流,军民一个声响。农民群众诉说反动派的一桩桩罪恶,要求我们发给枪;少年儿童们依依恋恋,深宵不散,要我们和他们一道唱歌、捉迷藏。天上满月一轮,地下革命同志一群,新堤,这个规模很大的市镇,给我们的印象,深又深!

深夜,排长带我们到一个地主家去捉土豪(我们每到一处,要捉土豪,罪大恶极的经过农会指控证明,由女同学当众宣布罪状,男同学执行枪决)。一座大宅院里,却到处无人,只有几个老年妇女在守门。我们排长厉声地问:"你们当家的藏在哪里?""早出门了。"排长一声雷吼:"见鬼!"这一声怒吼,震得屋瓦响,震得天地动,震破了土豪劣绅、反动派的胆,革命的正气直冲天空。这小个子排长,河南人,黄埔军校四期毕业生,遗憾的是忘记了他的姓名,其实,这又有什么关系? 记得他是一个黄埔军校毕业生,记得他是一个武汉革命军人,记得他的"见鬼"这声雷吼就行。

我们从新堤又继续西征,直到通海口才班师回程。

我们回到武汉,没有欢迎的队伍,没有凯歌声,只见到处是标语:"打倒中央军事政治学校的赤子赤孙。"

共产党参加武汉国民政府的四位领导人(而今只记得吴玉章同志一人了),发表退出的声明。宋庆龄同志发表宣言,离开武汉。宣言上说:你们搞的不是孙中山先生三大政策的国民革命。

有一个场面,深印我心,终生不忘:1927年,就在武汉政治形势急剧逆转,革命失败已成定局,中央独立师处境危险的时候,他,恽代英同志,我们的总教官,对我们全体同志做了最后一次激昂慷慨,既壮且悲的讲演。他站在台子上,神色庄严:"同志们,这是我们最后一次在一起了,明天,打倒恽代英的标语会在武汉城头上出现。反动派的气焰虽然一时嚣张,但革命最后一定会成功!我们分手以后,希望每一位同志就是一粒革命种子,撒在全国各地,到处开花,到处结果。"听他的讲话,感慨万端,多少人落下了热泪。

武汉啊,你像一朵动人的革命昙花,一阵冰雹,顿时凋零!反动派狂笑,革命志士心疼!

武汉大革命失败了。女兵换上旧时装,各自天涯,寻求革命的新途径……石在,火种是不灭的。十分之九的同学,后来参加了广州起义,几乎全部为革命光荣牺牲;少数同学在九江冒险逃出了虎口。死了的,成了国殇;活着的,永远记住这场革命,誓死继承这革命传统!

武汉,这座历史上的名城,你就是革命历史的见证。新中国成立后,你以崭新的面貌、革命的激情,证实了五十多年前恽代英同志的那句伟大预言:革命一定会成功!

1984 年 1 月 3 日

我和孩子

我爱儿童。很爱，很爱。

我有许多、许多小朋友，小的不满周岁，大的刚上幼儿园。

我迁居赵堂子胡同寓所，已经二十一个年头了，左邻右舍，不论老幼，见了面总是彼此亲热地打个招呼，那些孩子，都以爷爷呼我。

我们这个胡同里有两个幼儿园，一个是街道办的，另一个是机关的。每天早晨6点多钟，孩子们的爸爸妈妈，从西口和东口，接连不断地汇集在幼儿园门前，大半骑自行车，孩子像一个小尾巴。岁数太小的，自行车上装一个竹椅子，也有的车子旁边镶一个玻璃斗室，车子一停，把门打开，小宝宝笑嘻嘻地从里面被抱出来。一位管孩子卫生的老师站在大门口，听一个个孩子高声喊叫"老师早!"她，摸摸每个孩子的脖子，然后放他们进门。家长们彼此都熟悉了，见面点点头，有时也交谈几句。大班、中班的孩子，有的爷爷奶奶送来，也有的爸爸妈妈领着，离目的地不远了，孩子跑着跳着自己走了，遇到小朋友，彼此呼着名字，追逐着。有些家长，站在远处，眼盯着孩子，直到没了影子。

这些孩子，大点的，小不点儿的，几十个，一百多个，天天早上从我门前过，我也天天早晨到幼儿园门口去迎接他们。我喜欢这天真的情景，我爱这动人的场面。孩子们呼"老师早"的声音，孩子们相互打招呼、喊名字的声音;妈妈送下孩子，依依恋恋的情态，孩子们脚还没踏进大门，一个个异口同声地三字一句话:"早接我!"

这情景，使我仿佛置身于青春园林中听百鸟啁啾，又好像立在初升的红太阳下，听涓涓始流的清泉。我陶然了，心灵纯净而圣洁，我用欢欣的心情，希望的双眼，对着一个个初春的一粒粒蓓蕾，像望着祖国的未来。

我喜欢这许许多多的小朋友,自己好似也变成了他们当中的一个。他们队伍里,有一些认得我了,即使不熟的,见了面,也总是很有礼貌地喊一声:"爷爷!"这一声喊,像一声警钟,使我回到了年岁的冬天! 冬天,是岁暮,它为自然规律所控制,可是啊,一个人的心灵,是任何外力无法左右的,这不就是口头上常说的"冬天里的春天"吗?

　　幼儿园门前,每天下午5点积满了车子和人群,活像一个小小闹市。在园里待了一天,解放了似的,回到父母的怀抱,回到自己的家里去了。又是一阵喧腾:小朋友相互告别声,与老师"再见"声,声声有情,句句动听。这个爸爸问:"晌午吃的是什么?"那个妈妈问:"淘气没有? 跟小朋友吵架没有?"父母和孩子相别不到一天,真有点如隔三秋啊!

　　接送孩子的这种动人场景,我看惯了,但它永远活泼新鲜,对我有一种魅力。摸一摸孩子的头,和孩子的父母交谈三言五语,对我说来是一种幸福,一种欣慰。

　　可是,也常有不愉快的情景。孩子乍入幼儿园,是不习惯的,要大哭,大叫,大闹一阵子。有的妈妈心软,看着自己的孩子哭成了泪人,拉着他,抱着他,往幼儿园走,孩子却背道而驰,拼力挣扎,哭一声,叫一声:"我不去幼儿园呀!"妈妈自己也落下了眼泪,被征服了。有的从大街哭到小巷,惹得众目睽睽。

　　说一件我亲身经过的小故事。

　　去年春天,一个叫小金金的男孩子,三周岁,是个小班生,妈妈教小学,爸爸在工厂。他被送到幼儿园以后,一连哭了好几天,嗓子都哭哑了! 听到这哭声,我心碎了,给他一点糖果。他尝到了甜头,一劲儿地找我,一直哭着找"爷爷",找到我家里来,老师跟着,他要命不走了。一听说"我们回去吧,爷爷累了",他就放了声,连声音也沙沙的了,眼皮红肿,饭也不吃,午觉也不睡。这样一连好几天,还是哭着找"爷爷",因为他知道,回家是不可能了,感情上不能不抓一点东西啊! 为他,我也睡不好,吃不好,他的哭声老在我耳边缭绕,牢牢地抓住我的心! 一礼拜过去了,别的刚入托的孩子,过了七八天就渐渐地安于集体生活了。可是他,小金金,对幼儿园这个新环境,十几天还是不能适应。我不敢天天去找他,那样会越缠越紧,我和他同样,感情永远不得解脱。过了一段时间,我去看他,许多小朋友都在屋子里,他,孤雁出群,一个人坐在门外的一个小板凳上,大脸

42

盘,厚墩墩惹人爱怜的样子。一见我到了,立即跑过来,要我抱。我塞几块糖在他小手里。老师从屋里出来说:"这几天每天都念叨着'爷爷,爷爷',他还是不合群,但不哭了。"

又过了一段时间,我再去看他,他已经在屋子里和小朋友们一起玩了。老师见我来了,就嚷:"小金金,你看谁来了?"他一看是我,跑到我身边来,我把糖送给他,又抓了一大把,十几个小朋友分了。这时,小金金,厚墩墩的样子,接了糖就回到原位子上去了。别的小朋友们争着喊了起来:"爷爷,爷爷!"像一百只小鸟儿争鸣。我耳朵里拖着欢乐的叫声,十分安慰、十分愉快地快步离开了这个小班,小金金也没有出来送我。孩子们的喊声里是否也有小金金的一份呢?

很久,很久,没看到小金金了,我问老师,回答说:"他已经习惯了,有时还念叨'爷爷'。"

1984 年 6 月

我爱雨天

夏天的太阳，真是炎威可畏。

禾稼望雨，人望雨。我更喜欢雨天。每晚我必看《新闻联播》，关怀那条小尾声：天气预报。如果预报说明天有雨，我便为之欣然。

我爱花，小小独院花木占去了一半。四个花畦里，有丁香、海棠、玉兰、各色月季，还有从美国来的种子开出的缤纷五彩花朵。养在盆里的，大大小小八十多盆，有米兰、令箭、昙花、君子兰、银星海棠、栀子、茉莉……列队成行，欢迎嘉宾。我爱花，观赏时多，为她操劳时少。我爱人把早晚一段时间花在追肥、浇灌、培育、剪枝上面去，不以为苦，以此取乐。我呢，体力能胜任时，也费举手之劳，以小勺舀水，蹀躞往返几次，便不支而退了。

上午，10点以后，大太阳爬过东房屋脊，把光线斜射西方，一刻比一刻强烈，于是，把陈列在西边的花盆，择要的移到阴凉处以避炎光。中午，太阳当空烈焰直泄，花木垂头，无处遮身，精神萎靡，叶子可怜，像一面又一面绿色的降旗。我们关心她们像关心孩子一样，以薄板遮顶，如同凉帽。太阳徘徊在西屋顶上时，则把东边一列怕晒的盆花移到西边去。

花好看，花也需要人的勤劳和汗水，但，更为渴望的是从天而降的雨水！

一阵好雨过后，满院花木，身爽神清，树叶上，花朵上，水珠莹莹。红花更红了，绿叶更绿了，清风吹来，花香四溢，绿色如流，蜻蜓抱住花茎，坦然而又舒适地在小憩，蜂蝶纷忙地在花前来去。生机盎然，满庭芬芳，与人同乐。

我爱雨天，也不是纯乎为了花草树木，另有更重要情由在。

我快到八十岁了。工作繁杂，找的人多，从早到晚，不得休息。我一天的时间，以三分之一分读书，一分写作，一分会客。早晨5时半即起，小巷寂静，一个人散步锻炼三四十分钟，然后进早点，少休即伏案为文或卧床读书。9时以后须小休以养神，可是门铃频响，客人开始到了。我的大门是大敞的。贴条拒客，于心不安，任何时间，来访者可以受到欢迎。老年朋友，不远千里而来；红领巾小队也曾来我家过队日。有时，一天接待三四个省份的来客，无非是为了：索稿、题字、写字、写祝词、邀开会、请演讲，等等。有个青年，慕名从西北边疆省份贸然前来，在京徘徊三日，才找到我的住处。这样事，不止一件。我有点忙于应对。客人日必数起，多时达二三十位，会客室内坐不下，只好在门外排列。耗费精力，心神为之不安！炎炎夏日，也无法为我拒客，有台历可证，"无客日"是甚少的。

　　我招待客人，可谓：破命陪君子。我好讲话，见了人，不论是旧友、新友，控制不住热情，谈到高兴时，手舞足蹈。客人去后，急急卧床，因为有严重心律不齐症，顿觉心力衰弱。喘息未定，第二批客人又到，强打精神，鼓力应答。客退不久，又有人按铃，心为之惊，神为之震！这时，我卧在床上，一语不能发，只有向客人打手势的份儿了。不少老朋友遇到这种情况。有一次，我的老师、挚友萧涤非先生远道而来，带了一位同志来看我，一见此情，萧先生立刻说："我们走，叫他休息！"他兴未尽而返，我惘然者久之。

　　我喜欢雨天。落得越大，我越高兴。这时，我脱去衬衫，只穿个背心，扒去袜子，穿双拖鞋，心上身上的负担一体解除了，感到轻松而又愉快，心里微吟着古人的名句：殷勤昨夜三更雨，又得浮生半日闲。这种"自得"境界，真是难得而可贵啊！

　　我喜欢雨天。为了满院花花草草，更为了可以得到悠闲的时间、舒适的心境，毫无顾忌地去从事写作和阅读。

　　　　　　　　　　　　　　　　　　　　　1984 年 8 月 5 日

称名忆旧容

——记笔管胡同七号旧居

笔管胡同,这个名字就有点特别。当然,它不会是因为我们这些拿笔管的人而命名的;可是,这个巧合,也许是容易给人留下印象的原因吧?

笔管胡同七号,坐落在建国门内一条不宽的街道上,坐北朝南,一个大院子,有一个堂堂的大门。对面住着一家家贫穷的居民,有一间修理车子的门面。每天,天一亮,就听到门口不断的喧闹声,卖油条的,卖豆浆的,卖大饼的,一个小摊紧接一个小摊。进城卖菜的农民,蹬三轮的工人,机关干部,还有带着小孩来享受一顿美味早餐的市民,有的挤在一条长板凳上,有的干脆站着吃,吃得那么美,那么香。先来后到的,争座位声,要这要那的呼唤声,使我亲切地想到了乡村小镇市的热闹场景和那动人的风味。出门向西不到十步,是个十字路口,向南不远是个油盐店,也经营米面杂粮,门里有个公用电话。1957 年 1 月 14 日上午 11 时,我被传呼来接电话,是袁水拍同志打来的,我半掩起耳朵在杂乱声中听懂了他传来的激动人心的消息:"毛主席下午 3 时召见。"

沿着门前的道路西行不远,是东观音寺,冰心和吴文藻同志就住在那里,我曾到她的小独院中去畅谈新的感觉,也忘不了山城重庆我们在歌乐山初次晤面的那动人情景。从我们笔管胡同向南,拐个弯,便是画家吴作人、萧淑芳同志的住处了。独院清幽,庭草随意绿。我们 1938 年在五战区相识,那时他刚从法国回来,在河南鸡公山从事抗战工作。作人同志亲切温和,笑语暖人。他给我画了一个条幅——一只飞鸿落在草塘上,芦荻摇曳;另一只,正从空中往下飞落,神态怡悦。这幅画,诗意很浓,为我所喜爱,悬在客堂的东壁上,天天望着它,感到生机盎然。可惜在十年动乱

46

中,飞鸿一去不复返了!

我的右邻,有个小学,每天早晨散步巷口,看着一个个小朋友,蹦蹦跳跳地奔向学校,有的互相追逐,有的还一边走一边唱歌,红领巾在早晨的阳光下,一闪一闪。《人民日报》的一个宿舍就在附近,得和姜德明同志结识,直到现在,友情如长流水。十字路口是个三轮车站,住得久了,彼此熟了,见了面打打招呼,有点朋友的情谊了。我生病,很少出门,看看朋友,或带着孩子外出走走,不用招呼,蹬车的同志争着跑过来了,笑着问:"哪儿去?"坐上车就走,从来不讲价钱。

大女儿三四岁时,把她送进了珍宝幼儿园,我亲自早送晚接,有一种天伦之乐。天天去,和她的一胖一瘦的两位老师,还有看大门的"老爷爷"都搞熟了。送她进了大门,我耳朵里响起了铿铿的琴声。幼儿园离我的住处不远,经过几条胡同就到了。艾青同志的寓所,每次必经,我也不止一次到他的四合院中去做客谈诗。

我住的这个大院子里,一共七家。我和王子野同志住东院,庭中有棵大椿树,挺立如盖,长荫两家屋。子野同志负责社务,工作大忙,但他精力饱满,勤奋读书。他的兴趣很广,爱好美术,又喜欢音乐,工余之暇,爱拉拉胡琴,琴声里听出他悠闲愉快的心情。他衣着朴素,延安老作风。晌午回家吃午饭,蹲在地上,扒拉扒拉一碗饭落肚了。他每次去苏联归来,从列宁格勒图书馆带回一些世界名画的复制品,我听他一一讲述,他的品位也使我这个外行从中得到情趣。子野和陈今同志星期天领着两个孩子徒步到天安门去游逛,而我呢,带着我的大女儿总是坐上三轮,回来时带回大大小小许多册小人书来。这些小人书,给孩子带来了快乐和许多美丽的幻想,在她小小的心灵里开辟了一个新的天地。书上的许多故事,什么《小蝌蚪找妈妈》啊,《一只懒鸟儿》啊,讲一遍又一遍,万遍不俗。随着岁月的增长,小人书插满了一书架。十年浩劫中,像割心头肉一样,七分钱一斤,一堆一堆地割卖给收废品的了。

我刚搬到笔管胡同的时候,还不到五十岁,年不富而力还强。天天起得早,徒步十几分钟就安安闲闲地到达东总布胡同十号人民出版社的大门了。签到簿上,我大半是第一名,三名以后的时候极少。我在这个社里工作了七年之久,天天看稿子,替他人做嫁衣裳,自己的创作很少、很少。过了二三年,我的肺结核老病复发了,天天定时发烧。医生命令我全休,我争取半休;医生叫我半休,我要求工作,我与医生经常做斗争。天天卧在床上看天花板那张腻人的脸,多难受啊,总得想办法做点事情打发宝贵的时光。我设法从各大图书馆以及朋友们处,借到了五六十种"五四"以来诗人们的重要著作,花了一年左右的时间,编了一部《中国新诗选》,这算是病中的一个产儿。

我住的两间小平房里,不少文朋诗友你来我去。1956 年,我调到中国作家协会以后,刘白羽同志来共商筹办《诗刊》的大计。创刊之前,徐迟同志兴致勃勃地将编辑部搜集到的毛主席的八首诗词拿来给我看。经我们研究之后,决定给毛主席上书,把这些诗词附上,请求他老人家允许发表在即将出版的《诗刊》上。得到了他的同意,并加上了另外的十首。《诗刊》创刊号上发表了毛主席的这十八首诗词,大街上排队买《诗刊》,成为轰传一时的佳话。

有一件事,触动我极深,终生难忘! 1957 年夏天的一个晚上,突然听到叩门声,我起身去开门,立在我面前的是王统照先生!我真是惊喜异常。我和他的一个青年随员一道把他扶持到室内,一看他的样子,我难过得心疼。他喘得厉害,人瘦得双颊如削。我急于问长问短,他一面喘,一面用手止住我。这样过了将近二十分钟,才缓过气来,喝上一杯热茶,强按住热情不让自己激动。我明白他身负重病来京参加全国人民代表大会的心理,无非是想借这个机会与亲爱的老友作最后的诀别罢了。在这种情况下,他还没有忘记给我的大女儿买了个大皮球。不几天,他晕倒在大会场上,入了北京医院,回到济南两三个月之后,就弃我们而去了。

我们住在建国门里,其实,建国门已经成了土"豁口"了。早晨,或是傍晚,我常常带着我的大女儿到"豁口"外散步。一出"豁口",完全是乡村风味,远远望去,一片荒漠的旷野。秋天,高粱垛一个又一个立在地上,几棵残留的高粱秆,用残败的叶子战着西风。稀稀落落的一座座小土屋,住着依土为生的穷苦农民。一出"豁口",有气无力的护城河拦住了去路,对岸是一座大垃圾堆,河上架一座小木桥,走上去摇摇晃晃,令人心惊。每次过桥,大女儿总是紧紧拉住我,脸色都有点变了。不时看到农民们推着小车进市里来卖农产品,也有挑担子的,嫩生生的青菜上还挑着露珠。孩子的小眼睛尖,她忽然欢呼:"卖蝈蝈的来了,我要买一个。"一看,一个老人挑着一个又一个小笼子,蝈蝈在作诱人的歌唱,它们把清秋的动人情调送到市里来了。

在夕阳还有两竿子高的时候，我们父女二人坐在河边上看美妙善变的"巧云"。悠悠然在西天游走的白云，像一群白羊，一转眼又变成了一个老头；一会儿像威武的军舰，一眨眼又成了一位衣裙飘飘的仙女。"大楼，大楼"，女儿高呼，指着天上的一朵云彩。我说：高楼在天上，我们住不上。

1958年，要扩展建内大街，笔管胡同也在拆迁之内，只好迁到史家胡同八号去了。人虽然离开了，我的心好似仍留在笔管胡同七号。岁月流逝，一切在急剧变化。有一次，一位远道来访的朋友说：先到笔管胡同去，却找不到你的故居了。没过几天，我怀着故人的情怀，散步到了建国门里。只见青光灿然的柏油马路，又宽又广，像一条清流，一直流向天边。我眼睛望着，用心去定位，哪里是我的住处？哪里是东观音寺？只有称名忆旧容了。

我怡然。也略有点怅然。忽然想到我和大女儿看巧云的往事，云彩里的那琼楼玉阁，一下子落到人间来了。每当我到建国门外国际俱乐部去开会，车子驶过立交桥的时候，我不禁想到当年的那座大垃圾堆、摇晃晃的小木桥和桥下的污秽的流水，想到旷野荒郊的秋色。而今呢，衰败凄凉的残痕已经一扫而光了。衰朽的让位给年轻的，这是大自然的也是社会生活的规律。

我对笔管胡同七号和我熟悉而又亲切的东观音寺为新生事物而甘心粉身碎骨的精神感到赞赏，没有它们这种献身精神，潮水般的行人、龙蛇阵的车队就不能在光亮宽敞的柏油马路上行驶。这些车马行人中，就有东郊富裕起来的农民，开着大卡车到市里来做交易活动；也有年轻姑娘开着自备的小包车经过建国门大街到王府井去买用的、吃的、穿的多种多样的百货。看到这些新的情况，对照那些旧的往事，我是从心里感到十分高兴的。当然也扯拉点记忆的丝。

1984年10月23日初稿
1984年12月13日改定

49

炉　火

金风换成了北风,秋去冬来了。冬天刚刚冒了个头,落了一场初雪,我满庭斗艳争娇的芳菲,顿然失色,鲜红的老来娇,还有各色的傲霜菊花,一夜全白了头。两棵丁香,叶子簌簌辞柯了,像一声声年华消失的感叹。

每到这个季节,11月上旬,我生上了炉火,一直到明年4月初,将近半年的时光,我进入静多动少的生活。每到安炉子和撤火的时候,我的心里总有些感触,季候的变迁,情绪的转换,打下了很鲜明、很深刻的印记。

我的小四合院,每到冬季,至少要安六个炉子,日夜为它奔忙。我的家人总是念咕说:安上暖气多省事啊,又干净。我也总是用我的一套理由做挡箭牌:安暖气花费太大呀,开地道安管子多麻烦啊,几吨煤将放在何处,还得有人夜里起来烧锅炉……我每年这样搪塞,一直搪塞了二十一年。其实,别的是假的,我中心的一条是:我爱炉火!

我住北房,三明两暗。左右两间有两个炉子,而当中的会客厅,却冷冷清清,娇花多盆,加上两套沙发,余地供回旋的就甚少了。客人来了,大衣也不脱,衣架子成了空摆设。到我家做客的朋友们,都说我屋子里的温度太低了。会客室里确实有点清冷,而我的写作间兼寝室却暖和和的。炉子,成为我亲密的朋友,几十年来,它的脾气我是摸透了。它,有时爆烈,有时温柔,它伴我寂寞,给我慰安和喜悦。窗外,北风呼号,雪花乱飘,这时,炉火正红,壶水正沸,恰巧一位风雪故人来,一进门,打打身上的雪花,进入了我的内室,沏上一杯龙井,泡沫喷香,相对倾谈,海阔天空。水壶咝咝作响,也好似参加了我们的叙谈。人间赏心乐事,有胜过如此的吗?

每晚,我必卧在床上,对着孤灯,夜读至10时,或更迟些。炉火伴我,它以它的体温温暖我,读到会心之处,忽然炉子里砰砰爆了几声,像是为我欢呼。有时失眠了,辗转不能安枕,瞥看炉子里的红光一点,像只炯炯的明眸,我心安了,悠悠然,入了朦胧的境界。

暖气,当然温暖,也干净,但是啊,它不能给我以光,它缺少性格与一种活力。我要光,我要性格,我要活力。

我想到七八岁上私塾的时候,冬天,带上个铜"火箱",里面放上几块烧得通红的条炭,用灰把它半掩住,"火箱"盖上全是蜂窝似的小孔,手摸上暖乎乎的,微微的火光从小孔里透露出来,给人以光辉,它不仅使人触感上感到温暖,而且透过视觉在心灵上感受到一种启示与希望的闪光。

有这种生活经验的人,会饶有情味地回忆到隆冬深夜,置身在旷山大野中,几个同伴围在篝火旁边取暖的动人的情景。火,以它的巨大热力使人通体舒畅,它的火柱冲天而起,在黑暗中给人以一种巨大的鼓舞力量与向前冲击的勇气。在它的猛烈的燃烧中,迸出噼噼啪啪的爆炸,不像一声声鼓点吗?

炉火当然不是铜"火箱",也不是篝火,可是它们也有相同的性格:它们发热,它们发光,它们也能发出震撼心灵的声响。几十年来我独持异议不安暖气,始终留恋着炉火,原因就在此。

1984 年 11 月 24 日

我的"南书房"

从发表的文章中,看到许多诗人、作家给自己的书房所取的雅号。名之曰"斋",名之曰"堂",或以"室"名之。从这些名号之中,可以窥见主人的情趣、性格、胸襟和生活情境。

我有书室但没名号。小小四合院,南屋三间,是我用以藏书的,如果锡以嘉名的话,可以称为"南书房"。我住北房,会客室内有书一架,寝室兼写作间中,四架书占去了我的"半边地"。床头上的书高达二尺,两相排挤,如果塌下来,面部有被砸伤的危险。

我学识浅陋,但嗜书如命。藏书不足万卷,读的少,用上的更少。像《四部丛刊》《资治通鉴》、"二十四史"这样一些大部头书,以及曹未风、朱生豪的两套《莎士比亚全集》……长年置之高阁,无力光顾。我是搞文学创作的,特别喜欢古典文学,所存诗词歌赋诸方面的名作与论著,为数不多但也不少。《全唐诗》《全宋词》以及诗词的古今选本,大致也备有。鲁迅、郭沫若、茅盾、闻一多诸先辈的全集,宝而存之,学而习之。专家友人赐赠的各种专著,也为数可观。我枕边的书,种类繁多,不时调换,大体不出诗文范围。

因为爱书,所以喜欢买书。解放初期,常跑隆福寺修绠堂寻书,有的书店每周派人骑车送书到门。我买书很杂,古今都有。我对《红楼梦》只读了三遍,毫无研究,但有关这方面的书买了不少。两种残本影印本,我不惜高价购来。怀素的《狂草》,一买两本,记得每本二十七元,一本送了一位书画家朋友。名著《管锥编》,先后买了两部……这些书,内容博大,只翻了一下,就放在书柜里去以待来兹了。我想,书就是朋友,虽然有亲有疏,有熟有生,可都牵动着我的感情。有些书,虽然一时没时间去拜读,但翻一翻,抚弄一下,就自然发生一种亲切之感。古人爱剑,"一日三摩挲,剧于十五女",嗜书之癖,也有点仿佛。书房,是精神宝库。多给宝库增光生彩,不也使自己精神上发生富有之感而自足自乐吗?齐白石老画家不是刻石自鸣得意"三百石富翁"吗?

我的"南书房",是个杂货店,古的今的,中的外的,纷然杂陈。有四十多年前重庆版焦若枯叶的糙纸本,也有香港现代化光亮的道林本……这些书,有平装,有精装,有线装多本成套的,也有长仅四五寸的袖珍本。但绝无宋版,明版的仅有而已。学写诗文,已六十年。时间用在读书上的太少,更谈不上研究了。在山东大学读中文系,四年间,只标点了"四史",时过境迁,几乎全淡忘了,今天还记得的甚少甚少了。

自己读书极少,腹内空乏,上了年纪,大家都以老专家看待,使我汗颜而内疚。所以,不顾年过八十,以补课心情,勤学苦读,无奈精力已非青壮年时矣。看书过一小时,即目茫茫而头昏昏然了。晚上,孤灯伴读,读到会心之处,灯光也为之灿然。我十九读古。但读古绝不泥古。我钦佩古代一些大诗人、大作家,但绝不迷信他们,盲目崇拜。凭个人六十年创作的甘苦经验,去欣赏、评论、印证一切古人的作品和诗论、文论,偶有一得之见,也不肯多让。

心里虽不服老,而精力确实已不逮了。首先感觉到记忆力锐减得惊人!我读书是十分认真的。句句画蓝线,外加红笔标记,偶尔写上几个字以表意。所以,我读过的书,全可以复按。可是啊,今天读得很熟,明天却成为陌生的了。虽自恨,但无可奈何,从小背熟了的诗文,忽然忘掉了其中的名句,久思不得,惆怅至极!有时写些评论性质的文章,找一本参考书费几个小时,急得满身大汗,神疲力倦,写作佳兴顿然消失,颓然而卧床上了。

有的书,我寝室的书架上遍寻不得,就叫我的小女儿——公家派给我的"助手",作为"南书房""行走",去南三间查找,因为不少书没有严格分类,去找书,也不是手到就可以擒来的。

珍惜自己的书,视之若良朋好友。过去,我的书柜的玻璃上,经常贴着一个纸条,上面大书"概不出借",下边缀条小尾巴:"!"这不是我吝啬,实为经验所苦。有人借去我的《元曲选》,去时三大本,回来只剩两本了,这部书等于报废了。还有一次,我的一本精装厚封面书,借出去时,完整可爱,还回来时,底封已经牵牵连连地几乎要离开它的母体了!我很伤心。不愉快还不好出口。从此,虽至亲好友,用一张小条子封住了他们的口。

年已八十有三,岁月已无多了。买书的雅兴锐减了。书多了,没处放。好些当时极为喜爱、得之而后快的著作,迄今闲散置之,打入冷宫。当然,从报刊的消息上,看到心爱的书目,还难免心为之一动。吴之振的《宋诗钞》,久久心向往之。四五年前,从一个图书室借了来,抄下选目,浏览一遍,才怅怅璧还了。最近知道此书已由中华书局出版了,我也放弃了购买的念头。心下自慰地想:已经熟读钱锺书同志的选本了。

四五十年来,文朋诗友的赠书,总计起来,至少可以插满三四书架。经过抗日战争,经过动荡十年,多数已化飞灰;纸上的字,一字一滴血;纸上的句子,句句是友情啊!这三五年来,每年收到许多文友的著作,多时一年近百本。今天巡视书架,有好几位我尊重而又亲切的文坛前辈亲手签名的赠书,宛然在目,而他们人却已经作古了。

我不自禁地作此遐想:我爱我的"南书房",我爱我多年苦心痴心累积起来的这为数不多的书,后来又将归于谁手,流落何方呢?再一想,个人的命运与归宿尚不能预卜,又何必想得那么多、那么远呢。

1987 年 12 月 26 日

夜读记快

八九岁时,读死书,强成诵,否则,受到责罚,其苦难言。中年到老年,嗜读成癖,心情迥异而境界也完全不同了。一日不读书,好比一天不吃饭,精神食粮之需要不亚于米粟了。

我在大学里读的中文系,全部精力放在创作上了。图书馆的大门,踏进时绝少,呕心沥血从胸中掏东西,而填入的却少得可怜。

到了晚年,愧惭于腹中无物,而别人却以饱学前辈视之。愧怍之余,拼命补课,饥不择食,视书本如亲朋,几乎不可须臾离。年已八十多岁,杂事如毛而精力已半枯涸,每天不少时间在卧榻之上。晚上,家人在看电视,而我呢,很早就脱衣上床了。这时,房门一闭,没人来打扰,没有杂事来分心,体泰神安,心情平静如春水。台灯柔光,诱发我夜读的佳兴。我床头上,书有三堆,高的近二尺,全是古典作品,诗词歌赋、文章论著,如列八珍。什么都想知道,什么也知之甚少。学海无涯,越读越觉得味道深厚,因而兴趣也越浓重。孔子沉溺于音乐,三月不知肉味,其志专也;发奋忘食,乐以忘忧,境界高也。我对孔老夫子的"吾十有五而志于学",到老而乐此不疲的毅力和志趣钦佩极了!

我所以贪读,因为书增我知识,开我眼界,使我精神上得到很高的享受。我读书很杂,不研究,只欣赏。古人说,开卷有益,我觉得很对。我对中国文学史、历代大家名家的作品,只有一般性的知识,入得不深,零零星星的印象,缺乏一条主线把它联系起来。所以,我对理论性的文章特别喜欢读,受益不浅。

但是,我最大的快乐,还有甚于知识所给予的。

孤灯夜读,思接千载,名篇佳作,会心动情。有些诗词、文章,读了几十年,何止千遍,每次重读,如故人相逢,其乐无穷。有的作品,有的选本未收,初次入目,高兴万分,真有乐莫乐兮新相知之感。如南宋徐君宝妻作的《满庭芳》,我击节低吟,内心凄楚。题目上画上蓝红两个圆圈,句句红线蓝圈,艺术魅力令人旷百世而共感,它可以超时间,越国界,使古人今人心灵交通,泯去生死界限。但,有一些历代早有定评的大家之作,我并不欣赏。读古,绝不泥古崇古,读书首先要有个"我"在。

上了年纪,记忆太差,读时极认真,忘却也极快。大恼人,无可如何!

最后,想用个人的两个诗句,总结夜读之乐:"文章读到会心处,顿觉灯花亦灿然。"

"灯花",不也就是心花吗?

1988 年 9 月 23 日

友情和墨香

我的四合院,幽静宽敞,足供盘旋。我的会客室不大,七八人便告客满。看上去,它并不富丽堂皇;但风格别具,典雅朴素。四壁书画,虽非长廊,常令嘉宾游目,神色飞扬。古有陋室之铭,我则重友情和墨香。

我爱朋友,也爱书法。五十年来,我恳挚而热情地向文坛前辈或同龄作家索求墨宝。半个世纪的积累,得三十多幅,会客室不能容,有十余轴还珍藏于内室。古人云"以文会友",我是书画满墙。

我的这些文友手迹,不少作为插页印在书上和书法杂志上。有的出版社,要求辑成一册出版,为我婉言谢绝。可以自豪地这么说:我成为拥有如此之多的"作家字"的收藏家了。

东墙第一幅,是王统照先生的。王先生,在作家中,以书法著名,学欧带赵,功力极深。笔笔含蕴,味厚耐看。此幅,写的是杜诗,没有年月,从"可惜欢娱地,都非少壮时"句中的情味看来,可能写于晚年。款式甚特别:"克家补壁 统照",缀于最后,令我异常亲切。

接着是冰心同志的。她极少用毛笔写字,也没见过她的"词"作。这一幅上,写了一首"旧作"词:《敬读毛主席词二首》。为求她的字,如同索债,五日一封信,十日信一封,她在寄字的信上有这样的话:"克家:看到你的来信,我浑身急得出汗!"我得此"二希",吟诗志喜、志谢。诗云:"高挂娟秀字,我作壁下观,忽忆江南圃,对坐聊闲天。"

排在第三的,是闻一多先生为国捐躯的前二年,为贺我"四十初度"而挥毫的,从昆明寄到我重庆寓居歌乐山大天池六号。写的《诗经》里的一首诗:"如月之恒,如日之升,如南山之寿,不骞不崩……"闻先生治印有名,在这幅字上所用的一方,在别处不曾见到过。字与印,成为双璧,弥足珍贵!

再下边是郭沫若先生的一幅,1944年写于重庆天官府四号他的住所。字,写得极洒脱自然,精神贯注。所写内涵,意义深远,从事写作的人,极可取法。兹将全文录出如下:

生命乃完成人生幸福之工具耳。工欲善其事,必先利其器。故欲求人生幸福之完成,必须内在生活与外在生活,均充实具足,以文艺为帜志者,尤须致力于此。内在生活,殖根欲深,外在生活,布枝欲广。根不深,则不固,枝不广,则不阂。磐磐大才,挺然独立,吾企仰之。

闻、郭先生的两幅字,抗战胜利第二年,我作为爱人郑曼的眷属乘拖船从重庆东下,大江中船几次颠危,条幅受到浸润,到北京之后,重新装裱,有此际遇,故倍加珍惜。

紧挨着郭老的是于立群同志的手迹。我与立群1938年相识于武汉,是熟悉的朋友。她书法有功力,能大能小。给我写了一幅,我说:“再写一幅。”这幅写的是毛主席的《清平乐》词,时间是1975年3月。她有时来访,坐在西边沙发上,凝视闻先生写的那幅字上的钟鼎文,长达十多分钟,目不转睛!郭老草书学孙过庭,立群同志也同一路数。

唐弢同志是老朋友了,少我近十岁。他博识多能,我曾以七律一首相赠,其中颈联是:

追随鲁迅悃诚布,
媲美唐俟佳话传。

他追随鲁迅,杂文到了乱真的程度。唐弢同志能文,也能诗。条幅上写的是首五律,步胡绳同志国庆诗原韵的。

唐弢左首是沈从文先生的。我称沈从文为先生,不是一般意义的,他是我国立青岛大学时期的老师。他是著名作家,成绩卓著的学者。能诗,书法,章草有名,他写给我的这幅,颇为出众。行长,每行多达三十字,共四行,末角又缀蝇头小楷二行。下落:“克家老友雅正 沈从文 乙卯年

58

七十逢四。"解放后,二三十年,住处相距不远,我不时到东堂子胡同五十一号去谈心、话旧,甚是亲切。他几次到我处来,送我乾隆时代的深红彩笺和古墨,但敲开我会客室的门,放下东西转身就快步而去,我追之不及,感受颇多。我知道沈先生为人:纯朴、亲切、谦逊;对事:刻苦、严肃、认真。

转到北墙。

东面高悬吴作人老友的一幅金鱼。抗战刚开始,他从法国归来,到了"第五战区",我们在鸡公山初识了。解放以后,他一个小院,我一个小院,两院相望,来往时多。50年代,他给我画了一幅画:芦苇池塘,一鸿翘首,另一飞鸿翻身做下落状,极富诗情,我久看不倦,像读一首含蕴的好诗。不幸,"十年"间化为飞灰!"四凶"垮后,函作人再补了这幅。我在信上说光画金鱼觉单调,他添了荷花荷叶,但总感以金鱼比飞鸿则不如远矣。可惜飞鸿已杳,连指爪也没留下!

北墙正中,高悬一特大条幅,上面只写一个"寿"字,硕大无朋,触目动人!这是刘海粟先生的大手笔。上款"克家诗人八秩大寿",下款是"刘海粟年方九十"。这个"方"字极有味。他年已耄耋,出国旅游,十登黄山作画,乐此不疲。我曾发二三百字小文,赞叹先生的这种追攀艺术高峰的伟大精神!

刘海粟先生大作的下首是诗友刘征为我八十寿辰以工笔特绘的一株老树,根深叶茂。他诗文俱佳,是我要好的老友,而对他长于绘事,我却是新知。

从北墙到西墙。

首先是俞平伯先生的手书诗三首,系泉城济南名胜"历下亭""北极阁""张公祠"记游之作。这几个地方,我十分熟悉,读了这些诗,觉得亲切而富于情味。小楷,工整而雅致。这幅字,写于1957年,系函求得来。我极尊敬平伯先生,但至今以未接謦欬为憾①。

张光年同志,1938年初会于武汉,再见于重庆,三欢聚于首都北京。交深情亲,是我老友。多年交往,印象最深的,是咸宁干校那段共同的生活。田间劳动,月夜值班,冲风淋雨,生死相依。十四年前,我曾写了这样一首诗赠光年:"难忘江湖旧日情,经时相念不相逢。南天犹忆中宵里,对

---

① 此处系作者记忆有误。——编者注

59

坐微吟共月明。"大前年,我八十生日,光年来贺,并赠我一诗,系他记干校生活的长诗《采芝行》中的一段,上款题云:"克家兄长健康长寿。"光年比我小八岁。他的字,颇流利,诗也多味。

下边,请看叶圣陶先生的字与诗。诗云:"已凉庭院蛩不语,风拂高杨似洒雨。一星叶隙炯窥予,相去光年知几许。"诗,极富哲理意味;字,极工整,一笔不苟。上款题云:"克家先生命写字,书去秋所作小诗应之,希两正。"从诗与字中,也可以窥见叶老之为人。这幅字写于 1974 年 7 月。

与叶老的字并肩而立的是茅盾先生的一幅。茅盾先生十几年来共为我写了两个条幅,在奸人横行的年月里,朋友告诫我说:这幅字上的诗,恐有碍!我仔细推敲,确实。茅盾先生的这首诗,写着"读稼轩词,七三年夏作",第二年就写给我了。首联:"浮沉湖海词千首,老去牢骚岂偶然。"尾联:"扰扰鱼虾豪杰尽,放翁同甫共婵娟。"听劝告,我换了他另一幅,系写一个外国女歌唱家的,富有爱国情调。我把此事面告了茅盾先生。他沉思片刻,说:"说得是。"

老舍先生,在京这些年,我每隔二三星期总去看望他;有时他也来电话约着一同去吃小馆,并嘱咐带着"大姑娘"。高兴时,就给我写几个字。现存二幅,一竖,一横。一题"学知不足,文如其人",一题"健康是福"。字较大,魏碑体。另一幅,在胡絜青同志画的扇面上,写了四个大字:"诗人之家",已损失,但曾留在相片上,永存人间。我每每对着老舍的字(一在客房,一在内室),睹物怀人,心甚凄怆。

何其芳同志,我们 30 年代同时登上文坛,多年相交,晚岁而情弥笃。60 年代初,他给我写了一幅字,写的是他自己的近作"戏为六绝句"。劫火中,已化灰飞去。我请他再写一幅。1976 年 1 月他就亲自送来了。写的是为纪念《在延安文艺座谈会上的讲话》发表三十三周年而作的七律十四首之一。他的字像他的人,极端正。事后,友人告我说:"这幅字是其芳穿着棉大衣趴在桌子上写的。盖图章,没印色,现向邻居借用的。"我听了,感动之至!那时,他的问题还未落实,神情有时恍惚,在此情况下,为我如此认真地写了这幅字!

西墙殿军是端木蕻良的一幅。我和端木,1938 年武汉定交。他是个多面能手,小说、诗词、书法,都显示出他的才华不凡。这幅字,写的是他的一首旧体诗,字与诗,堪称"二美并"了。他与我,都受到王统照先生的赏识奖掖,对王先生亲爱又尊敬。他这幅与王先生的那一幅,遥遥相对,巧得喜人。

郑振铎先生和我是忘年之交,他为人豁达大度,可敬更可亲。我西墙上首高挂他的一小横幅。来宾对他这幅字特别珍视,因为,他的手迹极少。这幅字,没写年月,可能是 40 年代末写于上海,笔走龙蛇。茅盾先生吊他的诗中有句"下笔浑如不系舟",字如之。横幅上写的是一首五言古诗,研究郑先生的专家曾来问我:此诗是古人之作还是郑先生个人写的?我也回答不出。郑先生此幅,与东墙上曹靖华、冯至二老友的两个横幅,相互映照。靖华同志的二尺幅上写的是董必武同志赠他的两首诗。字体别有情趣,"华"字第四笔,欲飞向天。冯至同志这一幅,原系一封信,联缀而成,写的是和我《忆向阳》之作。

会客室的书画尽于此了。内室还存有十余幅,它们是胡絜青、王子野、廖沫沙、华君武、吴伯箫、柳倩、王亚平、周而复、陶钝、方殷、程光锐……诸位好友的手笔。令我痛惜而又感到遗憾的是,田汉先生在上海给我写的一个条幅,云烟满纸,气韵流动,充满了乐观放达的精神,而今已经人字俱亡了!

我苦心收藏的这几十幅字,大半是 1972 年后求来的。少数前辈的字,侥幸孑存,是因为"文革"初期,我一一掩面卷起,收拢于南书房,"造反"大将们来抄家,一张封条,一把大锁,使这些无价之宝,免遭大劫,幸甚,幸甚!

这几十位我尊敬而亲切的朋友的手迹,它映照出我们之间的深厚感情,也打开了我记忆的闸门。每一幅,成为我的连城之璧,对着它们,好像对着朋友的面。这一幅幅字,这一个个好友,是我精神世界里的"半壁天"!它们、他们,牵动着我的心,也牵来无限往事的幢幢之影。这些朋友中,一半已舍我而去了,可是,情感是无间生死,能超越时空的。他们人虽已逝,但在我心中活着!而他们的字,也留在人间,永放光芒!

1989 年 3 月 23 日

春天两行诗

　　我给亲密朋友写信,常常把生活细节也缀上几句,着笔不多,觉得这样有点情味。几年前春天,在给碧野老友信中,有这么两句:"我不寻春,春,寻我来了。"没想到,他赞叹不已,要我用宣纸写好寄去。收到后,他来信说:"我裱好悬诸案头,天天对之,生趣无涯。"由于他的非常重视,我对这两个随手写来的句子,品味再三,对自己说:这不是颇有意味的一首小诗吗? 因而追想起四十年前,抗日战争刚刚结束之际写下来的第一首"两行诗":"一听到最后胜利的消息,故乡,顿然离我遥远了。"这两个句子,别人读了也许不解其中味,我个人却感觉,它含蕴深,感慨多,概括力颇强,味道也厚实。抗战八年,万苦千辛,从东海之滨,流落到蜀道难的渝州,在那"年年难过年年过"的日子里,从没梦想到回乡事。一声胜利,眼看着有办法的人物,从天空飞走,坐上轮船,顺大江东去,而自己呢,一筹莫展,住在歌乐山一家农舍里,听山林中声声杜鹃"不如归去"。归去? 天涯海角,万水千山,归去,谈何容易啊……

　　我的这新的"两行",不是作为诗写出来的,但实际上,它与前"两行",在表现我的心境方面,是无二致的,虽然,一自觉,一不自觉。之琳有首《断章》,很有名,也很有味。我的这两个"两行",却不是断章,而是两个整体。现在,我想谈谈我为什么在给朋友的信中写上这样"两行"。

　　虽然在下笔之时,并未去想它的含义,实际上呢,它却代表了我的心情,透露了我对生活和人生的看法与态度。我,年已八十有四,身体安康,精神爽朗。但,限于种种条件,外出活动已大难了。三五年来,春天,潍坊约我去看风筝大赛;初夏,河南邀我去洛阳赏牡丹;盛暑未至,青岛预请我去海滨纳凉……风色动人,机会难得,心有余而力不胜,我只好怅然而又婉然地敬谢了。

我的家人，到了炎夏，常常带小外孙女外出游玩几天，而我个人守着个清幽的小四合院，悠然而自得。每到四五月间，院中两株丁香清香四溢，与之对照，红的海棠，稚嫩可人，如十五女。娇花百盆，斗艳争宠，两厢列队，如迎嘉宾。一时蝶舞飘带，蜂声嗡嗡，我不去寻，春寻我来了，春在眼前，春在心间。

单看年齿，已成老翁，但凭精神，我则青春仍在。前些日子，诗友艾青八十生辰，我送上六句为贺："八十是少年。九十是青年。百岁是中年。一百五十是老年。我们并肩前进，登上生命之巅！"这几句祝词，出于我对生命的想法，不纯乎口出大言，首先，我心中有个青春在，不劳我去寻，春自来寻我。外在与内在，一体浑然。春天，鼓舞我笔不停挥，十天工夫，写出了八千言；春心，使我关怀国家大事，每天阅读七八份报纸，早晚听联播节目，不曾间断。为了忧国忧民，不止一次老泪涔涔；国际风云、人类命运，拨动着我内心悲欢。

青春，给予我一股力量，每天天刚刚放亮，到街上去锻炼，顶冷风，冒酷暑，冬夏无间。工作，写作，学习，我没有过节日、假日，发着低烧，也不肯虚度一天。我不去想自己的生命还有几日、几月、几年，也不想清闲自在地度过晚年。每天，我一出大门，中学生、小学生、幼儿园里小天使，"爷爷"一声声在呼唤。刚刚周岁多的婴儿，指着我的大红门欲说无言……对着眼前这人类的春天，我心花怒放，喜上眉尖。

我爱生活。我爱人生。我爱春天。春天，给生命带来了活力；春天，给人类带来了希望。春天，啊，春天，莫嫌我"两行"短。

1989 年 4 月 13 日

说　梦

　　大自然给人以生命,赐予阴阳。阳,是白昼,光天化日,人们得以从事各种活动。阴,是黑夜,使人睡眠,但实际上,身已着床,即入酣甜之乡者少,而被梦骚扰的时候却甚多。夜,是一块肥沃的黑土,梦的花朵盛开,红色的,白色的,黄色的,蓝色的。有的,惹人眉飞色舞;有的,梦回而宿泪仍在;有的身坠悬崖,一睁眼,死里得生而心跳未已;有的身在富贵荣华之中,觉后陡然成空。梦,是个千变万化、离奇古怪、神妙莫测的幻境,其实,它扎根于生活现实。俗话说"梦是心头想",一言中的。

　　古人说:至人无梦。因为他物我两忘。有的高僧,面壁十年,心如古井之水。这种心高碧霄、决绝物欲的境界,不用说芸芸众生,即使圣哲也难以达到。

　　名震百代的大人物周武王也做梦。据说他父亲周文王问他:"汝何梦矣?"他回答:"梦帝与我九龄。"意思是说,他可以活到九十岁,文王应该活到一百岁,父亲让给三岁,文王活到九十七岁,武王活到九十三岁。黄山谷的神宗皇帝挽词中有"忧勤损梦龄"之句,因此,"梦龄"与"损梦龄"都成了有名的典故。

　　孔子,是"大圣",他很崇拜周公,恨生不同时,时常在梦中见到他,足见倾心。孔子到了晚年,梦见他崇敬的对象的时候少了,感慨地自思自叹:"甚矣,吾衰也!久矣吾不复梦见周公。"

　　庄周化蝶的故事,富于神秘色彩,百代流传,雅俗共赏。庄子把这个梦描绘得美妙动人,但是他的这个梦,是真是假?《庄子》名著多系寓言,想是他借梦的生动形象,以寓他的"齐物论",谈"丧我""物化"的哲学思想的。但,他说是梦,就算梦话吧。

从圣人、哲人之梦再说说诗人、词家之梦。

苏东坡有篇记梦的名词作,调寄《江城子》,并有小序:"乙卯正月二十日记梦。"这首词写于密州太守任上,记亡妻王弗十年祭时。东坡政治上失意,心情苍凉,追念爱侣,也自诉苦衷,回顾往事,生死两伤。生者,"尘满面,鬓如霜","无处话凄凉";梦中的死者则"相顾无言,唯有泪千行"。情真意切,读之如何不泪垂?

清代著名大词家纳兰容若的《纳兰词》,婉约凄清,极为我所喜爱,特别是他的梦中残句:"衔恨愿为天上月,年年犹得向郎圆。"青春爱侣,忽焉逝去,人间伤心恨事,无过于此了。我青年时代读了,至今难忘,每一念及,凄然有动于衷,愁肠为之百转。请看他的悼亡《沁园春》词的小序:"丁巳重阳前三日,梦亡妇淡妆素服,执手哽咽,语多不能复记,但临别有云:'衔恨愿为天上月,年年犹得向郎圆。'妇素未工诗,不知何以得此耶?觉后感赋。"诗句明明出于词人之手,却说发自亡妇心魂,更加耐人寻味,而为之动情。

三说现代作家之梦。

首先是从鲁迅先生开始。

最近读了许广平的《最后的一天》,是写鲁迅先生病逝前夕的情况的,写得真实详细。病人受难以忍耐的折磨,双手紧握的死别之痛,读了令人心颤!其中有一段是这样写的:"他说出一个梦:'他走出去,看见两旁埋伏着两个人,打算给他攻击,他想:你们要当着我生病的时候攻击我吗?不要紧!我身边还有匕首呢,投出去,掷在敌人身上。'"

鲁迅先生是伟大的战士,终其一生,在形形色色的敌人打击、高压、追捕的情况下,以牙还牙,挺立如山,即使在病中做梦,还与敌人战斗。何等气概,何等精神,它动人,更能励人!

无独有偶,鲁迅先生的朋友曹靖华同志也有个为人熟知的梦中斗特务的故事。靖华同志有梦游症,有一夜,在梦中他与一个特务奋力搏斗,猛地一下子,身子从床上摔到地下,这才醒了过来。

说古道今,最后,做一条小尾巴,说说我自己。

我到了晚年,爱忆往事,关注现实,胸怀世界,系念之情,如丝如缕,因而梦多。夜里,应该好好休息,实际上,是在乱梦的纠缠之中。惊险的多,舒心的极少。我书柜上贴着两联字,是我从报刊上抄下来的:"酒常知节狂言少,心不能清乱梦多。"第一句与我无关,我滴酒不入;第二句好似专为我而作的。一个"乱"字,写活了我的梦境,也道出了我的心魂。我夜间做梦,午睡也做梦。梦的主题是追念黄泉之友,抹杀了生死界限,对坐言欢,双眼一睁,情凄心凉。有一次,舒乙来访,刚刚落座,我对他说,前夜我梦里见到老舍先生。他乍听一惊,我立即把台历拿来说:"你看!"他悄然而沉思。

古人说:人生如梦。人生是现实不是梦,一个"如"字已说得很清楚。一个人的一切内心隐秘,幻化成梦,什么样的人,做什么样的梦,从梦中能看到一个个真人。

1995 年 4 月 5 日

思念恰似长流水

老 哥 哥

秋是怀人的季候。深宵里,床头上叫着蟋蟀,凉风吹一缕月光穿过纸窗来。在这没法合紧眼的当儿,一个意态龙钟的老人的影像便朦胧在我眼前了。

可以说,我的心,无论什么时候都给老哥哥牵着的。在青岛住过了五年,可是,除了友情没有什么使我在回忆里怅惘的,有,那便是老哥哥了。青岛离家很近,起早也不过天把的路程呢。记得在中山路左角一家破旧的低级的交易场中,常常可以得到老哥哥的消息。前来的乡人多半是贩卖鸡子,回头带一点洋货,老哥哥的孙子也每年无定时地来跑几趟,他来我总能够知道,临走,我提一个小包亲自跑到嘈杂的交易所里,从人丛中从忙乱中唤他出来,交到他的手里。

"这是带给老哥哥的一点礼物。"

"这还使得呢!"口在推让着,小包却早已接过去了。我知道这点礼物不比鸿毛有分量,然而一想老哥哥用残破的牙齿咀嚼着饼干时的微笑,自己的心又是酸又是甜的。

老哥哥离开我家,算来已经足足十年了。在这么长的期间里我是一只乱飞的鸟,也偶尔地投奔一下故乡的园林。照例,在未到家之前,心先来一阵怕,怕人家说我变了,更怕有些人我已不认识,有些人已见不到了。到了家,一个腚还没坐好,就开始问短问长了。心急急地想探一下老哥哥的消息,可是口却有些不敢张开,早晚用话头的偏锋敲出了老哥哥健在的消息,心这才放下了。

前年旧年是在家里过的。正月的日子是无底幽闲,便把老哥哥约到我家来了。见了面我还没来得及看清楚他,他却大声喊着说:"你瘦了!

小时候那样的又胖又白!"从他刚劲的声音里我听出了他的康健。

"老哥哥,你拖在背上的小辫也秃光了。"他没有听见,便在我的扶持下爬到我的炕头上了。

我们开始了短短长长的谈话,话头随意乱摆是没有一定的方向的。他的耳朵重听,说话的声音很高,好似他觉得别人的听觉也和他一样似的。用手势,用高腔,不容易把一句话递进他的耳朵里去。他说,他常常挂念着我,他的身子虽然在家里,可是心还在我的家呢。

语丝还缠在嘴角上,可是他已经呼呼地打起鼾来了,我心里悲伤地说:"老哥哥真老了!"

听他喉咙中,呼吸像拉风箱,一霎又咳嗽醒了,愣挣起来吐一口黄痰。他自己仿佛有点不好意思,要我扶他趄搭地到耳房里去,在那儿也许他觉得舒心一点,五十个年头身下的土炕会印上个血的影子吧?于今用了一把残骨,他又重温别过十年的旧梦去了。

傍晚了。我留他住一宿,他一面摇头一面高声说:"老了,夜里还得人服侍,日后再见吧!"我用眼泪留他,他像没有看见,起来紧了紧腰跟跄着向外面移步了。我扶着他,走下了西坡,老哥哥的村庄已在炊烟中显出影子来了。

我回步的时候晚霞正灼在西天,回头望望老哥哥,已经有些模糊了,在冷风里只一个黑影在闪。

"日后再见吧!"我一边走着一边回味着老哥哥这句话。但是一个熟透了的果子,谁料定它哪刹会自落呢?

回到家来,更念念着老哥哥了。老哥哥真是老哥哥,他来到我家时曾祖父还不过十几岁呢。祖父是在他背上长大的,父亲是在他背上长大的,我呢,还是。他是曾祖父的老哥哥,他是祖父和父亲的老哥哥,他是我的老哥哥。

听老人们讲,他到我家来时不过才二十岁呢。身子铜帮铁底的,一个人可以单拱八百斤重的小车,可是在我记事的时候,他已是六十多岁的暮气人了。那时他的活是赶集、喂牲口,农忙了担着饭往坡里送。晒场的时节,有时拿一张木叉翻一翻。扬场,他也拾起张锨来扬它几下,别人一面扬一面称赞他说:"好手艺,扬出个花来,果真老将出马一个赶俩。"

从我记事以来,祖父没曾叫过他一声老哥哥,都是直呼他老李。曾祖父也是一样。曾祖父的脾气很暴，好骂人"王八蛋"。他老人家一生起气来，老哥哥就变成"王八蛋"了。祖父虽然不大骂人，然而那张不大说话的脸子一望见就得叫人害怕。老哥哥赶集少买了一样东西，或是祖父说话他耳聋听不见，那一张冷脸，半天一句的冷话他便伸着头吃上了。我在一边替老哥哥心跳，替老哥哥不平。心里想："祖父不也是在老哥哥手下长大的吗？"

老哥哥对我没有那么好的。我都是牵着他的小辫玩。他说故事给我听。他说他才到我家来，我家正是旺时，六曾祖父做大京官，门前那迎风要倒的两对旗杆是他亲手加入竖起来的，那时候人口也多，真是热闹。语气间流露着"繁华歇"的感叹。我小时候很迷赌，到了输得老鼠洞里也挖不出一个铜钱来的困窘时，我便想起老哥哥那个小破钱袋来了。钱袋放在他枕头底下，顺手就可以偷到的，早晚他用钱时去摸钱袋，才发现里面已经空空的了。他知道这个地道的贼，他一点也不生气。我后来向他自首时是这样说的："老哥哥，这时我还小呢，等我大了做了官，一定给你银子养老。"

他听了当真的高兴。然而这话曾祖父小时曾说过，祖父小时也曾说过了！

在黄昏，在雨夜，在月明的树下，他的老话便开始了。我侧着耳朵听他说"长毛"作反，听他说天上掉下彗星来。然而给我印象最深的要数这一次了。那年我八岁，母亲躺在床上，脸上蒙一张白纸，我放声哭了，老哥哥对我说母亲有病，他到吕标去取药，吃上就好了。后来给母亲上坟也老是他担着菜盒，我跟在后头，一路上他不住地说母亲是叫父亲气死的。"当年大相公剪了发当革命党，还在外面和别的女人好，你小时穿一件时样衣服，姑们问一声：'又是外边哪个娘做来的？'这话叫你娘听见，你想心里是什么味？而后，皇帝又一劲儿杀革命党，你爷戴上假发到处亡命。这两桩事便把你娘致死了。"

老哥哥一天一天地没用了，日夜蜷缩在他那一角炕头上，像吐尽了丝的蚕一样，疲惫抓住了他的心。背曲得像张弓。小辫越显得细了。他的身子简直成了个季候表，一到秋风起来便咯咯地咳嗽起来。

"老李老了！老李老了！"

大家都一齐这么说。年老的人最不易叫人喜欢。于是有关老哥哥的坏话塞满了祖父的耳朵，大家都讨厌他。讨厌他耳聋，讨厌他夜间咯咯闹得人睡不好觉，讨厌他冬天把炕烧得太热，他一身都是讨厌骨头，好似从来就没有过不讨厌的时候！祖父最会打算，日子太累，废物是得铲除的，于是寻了一点小事便把五十年来跑里跑外的老哥哥赶走了。我当时的心比老哥哥的还不好过，真想给老哥哥讲讲情，可是望一下祖父的脸，心又冷了。

老哥哥临走泪零零的，口里半诅咒半咕噜着说："不行了，老了。"每年十二吊钱的工价，算清了账，肩一个小包（五十年来劳力的代价）走出了我家的大门。我牵着他的衣角，不放松地跟在后面。

老哥哥儿花女花是没有一点的。他要去找的是一个嗣子。说家，是对自己的一个可怜的安慰罢了。不是自己养的儿子，又没有许多东西带去，人家能好好地养他的老吗？我在替他担心着呢！

十年过去了，可喜老哥哥还在人间。暑假在家住了一天，没能够见到他。但从三机匠口里听到了老哥哥的消息，他说在西河树行子里碰到老哥哥在背着手看晚照，见了他还亲亲热热地问这问那。他还说老哥哥一心挂念着我庄里的人，还待要鼓鼓劲来一趟，因为不过二里地的远近，老哥哥自己说脚力还能来得及呢。

又是秋天了。秋风最能吹倒老年人！我已经能赚银子了，老哥哥可还能等得及接受吗？

1934 年冬

我的先生闻一多

刚到南京不几天,一颗被惊涛怒浪所震骇的心还没有完全平定下来,李公朴先生被暗杀的消息,又把它耸动了起来。

不知为什么,在李公朴先生拈着长须的含笑面影在心上一闪过后,马上便想到了闻一多先生,我害怕自己的这个想头,但又笑着这个想头。每天看报纸,眼光总是先在上面迅速地扫一遍,怕触着什么似的。

一个晚上,逛玄武湖回来,夜已经很深了,洋车要的价有点令人吃惊,就先让郑曼一个人坐车子走了,我有点负气地拖着疲乏的身子走在一眼望不到头的漫长的大街上,已经走了一多半路了,才雇了车子。走了许久许久,还不到,最后他把我拉到一片荒郊的边缘上去了,连灯光也看不见,站岗的卫兵,如临大敌,横着枪,大喊:"口令!"到了这时候,我才知道这个青年车夫才拉了五天车子,路径全不知道,而我呢,也不辨东西了。拉来拉去,总算拉到了"家",心里却非常恐怖,这个恐怖在我是一个很可怕的预感。回到斗室里来,一句话也没有说,躺在床上,心还在不大规则地乱跳。

第二天一早,在"大行宫"的贴报处站着看报,"闻一多被刺"的五个字把我的眼光碰了回来。我又看上去,"中多枪殒命"的一句把我的希望全粉碎了。第二次,眼光离开报纸的时候,我的人也离开了那个地方,像一只碰晕了的蝇子,在大街上东跑西跑,像在追逐什么,又像被什么所追逐。

回来,把身子扔在床上。

"闻先生被刺死了!"

"闻先生被刺死了?"

仿佛是郑曼告诉了我这个可怕的消息,在她的这一惊问之下,我的眼泪才开始往下落……

我闭上眼睛。时间回到了民国十九年的夏天,我回到了青岛。那时候,我是青岛大学英文系的一名新生。开学以后,我想转国文系,我走进了国文系主任的屋子,有好几个人站在那里,也是为了同样的目的。

"不行了,人太多了。"一个瘦削的中年人向着同学们这么说,他,就是闻一多先生。

"你叫什么名字?"当我单独一个人的时候,他问。

"臧瑗望①。"

"好,你转过来吧,我记得你的《杂感》。"他把我的名字填到了一个名册上去。

就这样,我就以试卷《杂感》中的"人生永远追逐着幻光,但谁把幻光看作幻光,谁便沉入了无底的苦海"的一则,见知于闻一多先生了。

以后,我常常出入闻先生的办公室,认识了他的人,才读他的诗。读了他的《死水》,我放弃了以前读过的许多诗,也慢慢地放弃了以前对诗的看法。挟着自己的诗稿,向他请教,结果我毁掉了那些诗稿;听过他的意见之后,我动摇了对另一些诗坛先进们的崇拜观念。

我觉得,我像一个小孩子,酸甜苦辣都吃,也都以为可口,今天,我才有了一个自己的胃口。

那时候,他是我们学校的文学院长兼国文系主任。他给我们上名著选读、文学史、唐诗和英诗。记得有一次在英诗的课堂上,正讲六大浪漫家之一——柯勒治的诗,他说:"如果我们大家坐在一片草地上谈诗,而不是在这样一间大房子里,我讲你们听:坐在草地上,吸着烟,喝着茶……"他诗人的气质很浓厚,两腮瘦削,头发凌乱,戴一副黑边眼镜,讲起书来,时常间顿地拖着"哦哦"的声音。

渐渐地,我从他的办公室,走到他的家里去,而且,越走越勤了。他住在大学路的一座红楼上,门前有一排绿柳,我每次进到他的屋子,都是起一种严肃的感觉,也许是他那四壁图书,和他那伏案的神情使然的吧。

笔总是秃的,墨水瓶总是干涸着的,"闻一多先生的书桌"(《死水》里

----

① 作者是借用臧瑗望的文凭考入国立青岛大学的。——编者注

的诗篇)总是那样凌乱。仿佛是表示:我的心不在这上边;仿佛是说:"秩序不在我的能力以内"(前诗中结句)。这时候,他正在致力于唐诗,长方大本子一个又一个,每一个上,写得密密行行,看了叫人吃惊。关于杜甫的一大本,连他的朋友也特别划列成了目录,题名《杜甫交游录》。还有一个抄本,是唐诗摘句,至今还记得上面的一个句子:"蝇鼻落灯花。"

一开始谈诗,空气便不同了,他马上从一个学者变成了一个诗人。我吸着他递给我的"红锡包"(他总是吸红锡包烟),他嘴上也有一支,我们这时不再是师生,我们这时也仿佛不再是在一间书房里。我在《炭鬼》一诗里把挖炭夫的眼睛写作"像两个月亮在天空闪烁",他很赞赏,说一位美国诗人把挖炭夫额上的电灯比作太阳,马上从书架子上抽出一本诗集来,翻来翻去,把那个句子找了出来。

梦家也在学校里帮闻先生工作,有时候,我们三个人也在一起谈。梦家的诗在天上,我的心在泥土里,往往谈不大拢,可是我从梦家那里得到了许多益处。梦家的诗融合了闻先生同志摩先生的风格,而我自己在形式上也受到了这两位先生的影响,特别是闻先生的精练、严肃。当梦家同我大量生产的时候,闻先生已经很少动笔了。

"闻先生多写点东西给我们读啊。"

"有梦家同你多写已经很好了。"

"您的《红烛》我也找来读了。"

他的脸一红,"不要提这本书吧,它是我'过继'出去的一个儿子。"

显然,他很爱他的《死水》——装订那么考究、封面那么严肃、校对那么认真、内容形式那么方正的一本新诗。他曾经在大礼堂里公开演讲过这本诗,他在桌面上拍着拍子,眉飞色舞地朗诵:

老头儿、和担子、摔一跤,满地是、白杏儿、红樱桃。

《死水》,我几乎全能背诵,我用它滋养了自己,也用它折服了许多顽固的心。从这本诗里,我认识了它的作者——一个热爱祖国、热爱土地、热爱自然的诗人和隔着大洋对未来的中华寄出无穷热望的一颗心。他爱祖国,而祖国给他的却是痛心;他希望将来,而将来只有给他失望。

因为"我爱一幅国旗在风中招展",在"新月派"之外,他又得到了一个头衔:"国家主义派"。

他不好辩护自己,正如他不好表现自己。

这时候,我的诗,他是第一个读者,开始在《新月》上发表诗,也是他拿去的。有一个暑假,我从故乡里把《神女》寄给他看,寄回来的时候,在我自己顶喜欢的一个句子上有了红的双圈。我跳了起来!

徐志摩先生惨死了,许多人写了追念的文章。我问闻先生:"你是公认的他的好友,为什么没有一点表示呢?"

"志摩一生,全是浪漫的故事,这文章怎么个作法呢。"

从志摩先生谈到"新月派",谈到《新月》创刊的情形和他个人的主张。他说,《新月》到后来的一些倾向,是和他的初衷距离很远的,但他也不表白。从这些谈话里,我看出了他对人生和对文艺是一样严肃的。

二十一年①夏天,发生了学潮,是为了一些事情,闻先生守正不阿,没有答应多数学生不合理的要求。大队学生包围了他的屋子,他泰然;有些卑鄙的人在报屁股上写打油诗骂他,他泰然。

他同梦家在愤懑之下,同登泰山,归来后,我去看他,他很平静。不久便转到清华去了。他在来信上说:"学校要我做国文系主任,我不就,以后绝不再做这一类的事了,得一知己,可以无憾,在青岛得到你一个人已经够了。"

以后只通过很少的信,闻先生除了书本以外对什么都懒。全凭信联系的情感,这情感已经是很可怜的了。

二十六年②夏天,送分开了的那位太太到北平看病,6月底的一天,我到清华园去看闻先生。他住着一方楼,一个小庭院,四边草色青青,一片生趣。还是那样的桌子,还是那样的秃笔,还是那样的四壁图书。

"唔!"他把笔一掷,站了起来,有点惊喜的样子。

他把一支烟送给我,还是红锡包。

"你看我现在又在搞这一套了。"

还是那样的大本子,大本子上抄的不再是唐诗,《杜甫交游录》,而是"神话"一类的东西了。

----

① 1932 年。——编者注
② 1937 年。——编者注

"我在弄《诗经》《楚辞》,史前史,牵连到的一些神话,我也很有兴趣。"

"写过诗吗?"

"完全成了门外汉,朋友们的东西,你的,之琳的,还读一读。"

"想看梦家吗?他离这儿不远。"说着就要去抓电话机。

"不,闻先生,有病人在医院里,再一天来,还想约闻先生一同到街上去摄一张影。"

"好的,那么你随便什么时候来吧。"

"你知道梦家成了重要的考古学家了吗?"忽然,他大有意味地笑着说。

"各地发掘的古董,多半邀请他去鉴别呢。"

"他很有才气,一转向,就可以得到成功。"

"他也是受了我的一点影响。我觉得一个能写得出好诗的人,可以考古,也可以做别的,因为心被诗磨得又尖锐又精细了。"

我还没来得及再去访闻先生,七七事变却抢在头前了。

7月19号我离开了北平,在车站上碰见了一多先生,他带着一点随身的东西。

"闻先生那些书籍呢?"

"只带了一点重要稿件。国家的土地一大片一大片地丢掉,几本破书算了什么!"

他很感慨,我很难过。

在天津换车,人向车上挤,像沉在水里争着一个把手。我从窗子里爬了进去。闻先生凭了一个"红帽子"的帮忙,安然登车,他一下子给了那个人五元一张的钞票。我从德州下了车,辞别了闻一多先生——永远地辞别了。

以后,我一直在战地上跑,偶然在画报上见到闻先生的照片,胡须半尺长,成了清华的四大胡子之一。也间或从报纸上看到他领导学生徒步跋涉的消息,见到他导演戏剧的消息。隔一年半载,我总投个信给他,也总是一去不回头。我还为他写了诗,也不知道他看到了没有。不论是信是诗,意思差不多,除了怀念之外,便是希望他脱开故纸堆,走到现实里来,走回诗国里来。三十一年①秋天我到了重庆不久,《我的诗生活》印出来了,我投寄了一本去,还是一去无消息。第二年夏天我搬到歌乐山去了,常常在报纸上看到闻先生在联大活动的情形,有一次看到他在朗诵田间的诗,那一段描写,很使我感动。

啊,
祖国!
啊,
人民!

我仿佛听见了他热情的呼喊。他说:"第一次看田间的诗,这么想:这是诗吗? 再看,再看,嗯,这是战斗的声音,鼓的声音。"(大意)

别的接近他的朋友告诉我,他带着极欣悦的心情说:"和诗隔绝了这多年,这才慢慢地能读诗了。年轻人的诗,那么有生气,那么活泼,兴奋得叫人心跳!"

闻先生回到诗国里来了,他不是以《死水》的作者回来,而是以另一个崭新的人回来的。他斩掉了传统,斩得干干净净,站在一个顶前进的立脚点上。他回到现实上来了——用新的姿态面对着血淋淋的新的现实。

生活,诗,他把它们扣紧在一起。

一个夜晚,一支白蜡闪动着光亮,我的忆念,我的感情,生动得要活起来,清纯得要往下滴,在这神圣的深夜里,在最美最醇的心境下,我给闻先生写了一封淋漓饱满的信。

几天以后,回信飞来了,一看信皮,那谨严挺硬的字体先就给了我以很大欢喜。这字体,我认识得很深,写在那样多的大本子上的是这个样子,写在《烙印》序上的是这个样子,改在我一些诗稿上的是这个样子,以前写来的信上是这个样子。

一打开信,惊比喜更多——蝇头小字写满了一大张信纸,又加上半张,也还把好几行挤到了边边上去。这真是一个奇迹。

我心跳,我整个灵魂在跃动,我不是在欣赏这个奇迹,而是被这个奇

---

① 1942 年。——编者注

迹所震惊了。

"如果再不给你回信,那简直是铁石心肠了。"

这是劈头第一句。

他埋怨我人云亦云地说他"只长于技巧",他说:"我只觉得自己是座没有爆发的火山,火烧得我痛",你"不说戴望舒、卞之琳是技巧专家而说我是,……所以我也不要求知于你"了。

从这些字句上,我知道他一定接到了我给他的那封信,他一定读过了那本与他有关的小书——《我的诗生活》。

他说,他这些年在搞历史,现在总算搞通了。"我不能想象一个人不能在历史里看出诗来,而还能懂诗。"

最后,他告诉我,他正着手编《现代诗选》——《中国历代诗选》的一部分,同一位外国朋友合作,已经翻译了一部分到外国去了。首先他要我把整个作品全寄给他,用完了再还我,再请我帮忙他索求材料,完成这件工作。因为许多朋友鼓励他做,认为他比较合适。他写过诗,有揽取这份工作的热心;现在不写了,不至有门户之见。

他的信比我的还感情,还直率。我的心随着信上的句子一紧一松,到了末尾,像一阵狂风暴雨之后,一片风和日丽的情景了。

他责备我,我高兴,因为他没有隐藏了这个感情。

我立即去了一个长信,问他除了研究工作经常做些什么。

他的信又来了。我多想见到他,多希望能跟在他的身边!

"此间人人吃不饱,你一死要来,何苦来。乐土是有的,但不在此间,你可曾想过?大学教授,车载斗量,何重于你。"

这时候,关于他的生活困苦,我已经另有所闻。给人家刻图章,另外还给一个中学改国文卷子,他不愿意别人知道这贫苦,常是偷偷地做着。

关于他学术以外的活动,他写道:"近年来,我在'联大'圈子里声音喊得很大,慢慢我要向圈子外喊去。"他在昆明领导文化活动,为民主战斗,他像一面正义的大旗,在它下面团结着无数的青年。

他呼喊的波浪,波动到全国。他已经不仅是儿子的父亲,我的先生,而是千千万万青年的导师,四万万人民的闻一多先生了。

他是一个有数的学者(方面那么广,又是那么深);他是一个真正的诗人(热得像一团火);他是一个伟大的战士(那么大无畏)!

同时,他也成了少数人的敌人。

报纸上刊出了教育部解聘他的消息。

我写了抗议的文章,我写了《擂鼓的诗人》。许多朋友声援他,向他致敬。我寄去了这些诗文和消息。

显然,他被打动了。

他写道:"你在诗文里夸奖我的话,我只当是策励我的。从此我定不辜负朋友们的期望。此身别无长处,既然有一颗心,有一张嘴,讲话定要讲个痛快。"

他说得真痛快,太痛快了。

有"人"在他演讲的时候,叫嚣,投东西,扔一个爆竹,大呼:"炸弹!炸弹!"

"杀了我,我也要这么说!"

这比炸弹更厉害!

有一个这样的消息:某种人物在一个秘密会上,决定要暗杀他,这个情报到了××的耳朵里,把那些人物请了去对他们说:

"闻先生是我很尊敬的一位学者,今后我把他交给你们了。"

这个消息的正确性虽不能说定,但我始终替他担心。

有一次,从"联大"写来了一封信,明明是闻先生的手笔,皮面上却写着"高"寄。拆开一看,是几张呼吁团结的传单,上面有改正的错字,有添加的字。他在第一张的边上写着:"这就是我年来的工作。请把它们分散给朋友们看看。"

读完了这张传单,我有一种说不出的悲哀。对现实,对诗的看法,我显然比闻先生落后一步了。

因之,我觉得他更可爱,也更可敬了。

抗战胜利以后,一直没得到他的信。听说,他已经把蓄了八九年的长胡子剃去了。我离开重庆的头些天还给他发了一封信,满以为将来到北平,我又可以到清华园去访他了。

而他竟死在暗枪底下!他把所有的血全流在他工作了多少年的昆明的土地上。这枪是灭音的,卑鄙的;而他的呼声却是响亮的。他的人,他为民主而斗争的精神却是伟大的、堂皇的。

这次乘拖轮在蕲春(报上说他是浠水人,我却记得他是蕲春人)城外过了一夜,我在日记上写着:"这是闻一多先生的故乡。"①

到了南京,存放在舱底的箱子烂了两只,许多东西全霉污了,闻先生为我"四十初度"遥远寄来的那幅字,边边上也渍染上了水痕,当我冒着大太阳晒衣物书籍的时候,我站在这个小中堂前面,久久不动。我珍重这幅字。

今天,那几封天真热情的长信,这一幅钟鼎文的小中堂,更觉得它们的可爱、可贵了。

1946 年 7 月于上海

1992 年 9 月修订

2000 年 8 月再订正

---

① 此处作者记忆有误,闻一多先生是湖北浠水人。——编者注

老牛校长——王祝晨

两个月前因为参加山东省的"人代会",我回到了济南,对于这座带点欧洲中世纪风味的潇洒似江南的名城,我感觉到既亲切又陌生。二十几年的阔别,又经过了抗日战争、解放战争,一切自然是不同了——旧的死了,新的生了。

我回来了,一些模糊了的记忆也随着鲜亮起来,像一觉醒来,天亮了。我一个人走在大街上、小巷里,很少有人认识我,我默默地用眼前的现实——一条街名,一个小馆……去对证我的记忆。

最使我发生兴趣的要算都司门口的第一师范了。现在虽然是"司法厅"的牌子挂在大门的一旁,我还觉得它是我们的母校。每次从门口经过,一种亲切的感觉便喷泉似的从心头涌出,而一些往事便也翻腾起来。我怎能够不如此呢,这个学校培植了我初期革命的思想,终于来不及等到毕业即跨出了大门潜到武汉去参加了 1927 年的大革命。我怎能够不如此呢,我在这个学校里住了三年多,我不能不记起启发过我的那些先生,我不能不记起一道从事过革命工作的那些同学,我不能不带着尊敬与感谢想起我们的那位老牛校长——王祝晨先生("王大牛"的绰号是声名在外的)。

在开会的时候,司法厅做了代表的宿舍,而我们却住在另外的地方。借了访朋友的机会,二十几年后的我,跨进了二十几年前我的母校。我一步一步走着,我一步一步地看着,我一步一步地想着。不知为什么,我的心上忽然冒出一句诗来——"前度刘郎今又来"。我几乎把它念出声音来了。二十四年前,门口的大街上,抱着张督办(宗昌)大刀的执法队,那闪闪的刀光,黯淡了;那踏踏的摄人魂魄的皮靴声,渺茫了;韩复榘的"青天"塌了;王耀武的威风一去不复返了;然而,然而二十四年后的我却又来了。

望着东南楼,使我带着深厚的友情想到同行到武汉而终于死在广州起义里的曹星海、刘增,还有我的小叔叔臧功郊。那间音乐教室,不就是每晚熄灯了之后,我们借着月亮与星光在里面秘密开会的地方吗？那个"书报介绍社"——山东文化的宝库,思想火种的来源——书架上摆满了马列主义进步的书刊《创造日刊》《语丝》《洪水》《沉钟》《莽原》……人蜂拥在门外,形成了抢购的热潮。这些纸上的文字,打进无数的头脑里去,武装了它,立即化成了行动力量。走到篮球场旁边,仿佛那个患着严重肺病的庄龙甲——一个很好的共产党员——仍然用着他那羸弱的姿态依傍着篮球架子站在那里。可是他被山东的反动当局枪毙已经二十年了。共产党发起人之一王尽美,他的那只"大耳朵"(他的外号)也被记起来了。我所要拜访的朋友,就住在二十几年前同我的一位好友——孙兆彭(当时他是 C. Y. 的活动分子)共同住过的西北楼东北角上那个房间里,地板还是那么破。当年张宗昌的大兵要来包围、搜查的时候,我们曾经恐怖而又仓促地把一些书籍和杂志填塞进去;焚烧信件的烟气辣得眼泪直流,纸片子带着红尾巴到处乱飞……

我的记忆对我是一个秘密,多使人高兴! 我给这个秘密,找到了证人! 这个证人,又是这些事实的创造者、领导人,这个证人就是王祝晨先生。就是他,做了我们的校长,给我们请来了进步的先生,给我们请来了一些革命先进和中外权威学者做了短期讲演;就是他,叫我们办"书报介绍社",办夜校——使得像同学刘照巽(三次被捕,终于死在了反动派手里)那样优秀的共产党员每夜有机会去接近群众,他满口热情地讲着,粉笔在黑板上写着,粉笔字像思想一样扑到了听众的心上;就是他,掩护同学们下到工厂里去做秘密工作,等到事情被发觉了,枪毙工人的布告上写着介绍人的名字,张宗昌派人来按名要人的时候,同学跳墙逃走了,事情他顶着;但是,他终于顶不住了,我离开学校不久,同班李广田同学被捕了,一年之后,王校长被撤职了。以后,我们一直在隔离着,连消息也不多。

1937 年冬天,抗战爆发五个月之后,我在西安碰到了我的这位敬爱的老校长。他并没有老,反而更年轻了。他从不在后辈脸前拿架子,他使青年感觉到他是自己里边的一个。他到我们的小旅馆里去看我,带着全份的《一师周刊》,他说他正在写一部几十万字的自传,完成后,要我给他看看。他的话牛筋一样的,半天一句,然而一句就抵它一万句,多真切,多温暖,味是多么醇厚啊。那时候,他从美国回来的儿女都在工作,生活得相当可以,他们不要他再做事了,他拒绝他们说:"我又不是一只猪!"他吃着大饼,向他的儿女使眼色,叫他们听,大饼在他的牙齿底下,咯吧咯吧响得那么有劲。

1942年我到了重庆,从绵阳国立六中来了一位朋友,他谈到学校里的一些事情,无意中说到了我的老牛校长。他说,"五四"那天,王先生在上历史的班上,大谈"五四"的革命意义,讽刺了国民党的反动,一些三青团员站起来质问他,骂他是共产党的尾巴。他不动不响地站在讲台上,等这些糊涂青年静下来了,他又慢张张地开了口:"要好好想一想。你们看,你们比我还年老得多呢。"下了课以后,墙上出现了一头"大牛",身子上标着"打倒",他望了望这头"牛",自言自语地说:"你们就打不倒。"这位朋友,起初还不知道我同王祝晨先生的关系,他不过把他的事当新闻来报告,后来知道王先生是我的老校长,他说得更加起劲了。他说,王先生真了不起,每天读唯物论历史的书,拿了《新华日报》当课本读,在上面画了无数的道道。他在和落后的同事和学生斗争,他在和自己斗争,他也和他的儿子们斗争。他的一个儿子在美国读理论数学,他的另一个儿子在天津一家工厂里当工程师,他把一些马列主义思想的论文剪下来,附在长长的信里同他们笔战,他要攻破他们的观点——不沾政治气味的纯科学、纯技术的观点。

这次在济南碰见王祝晨先生,他依然是一个校长,不过不是第一师范而成为第一中学的校长了。校舍在新东门,从前女中的房子,另外把老省府(韩复榘不战而退时,把它炸成一片瓦砾场了)的一角也划了过来。我几次去拜望他,他在办公室里忙得不亦乐乎,教职员都是一些青年小伙子,他在他们的队伍里却并不显老。满院子都是男女学生,活蹦乱跳,叽叽喳喳,像一群小鸟。恍惚间,我觉得自己就是其中一个。他带着我到校舍的每一部分去参观,许多地皮空着,许多空房子门破窗残,像整个的济南一样,到处残留着战后的创伤,等待着恢复。我们老校长,他指给我,哪里要建造一座新房子,哪些房子要修葺好了做教室,他的语气间充满了希望和自信,从他手指的地方,我眼前浮出了一片崭新的远景……

春节刚过罢,有一个中午,我同羡林、长之一起到七家村我们老牛校长家里去吃春酒。这一天,他对着他的这些老学生,特别高兴,小口呷着酒,花生米在他口里响出声来,他,谈着自己的故事,慢腾腾地一句又一句。他说,他当一师附小主任的时候,第一次请了女教员,风声立刻传出去,谣言跟着也就来了:"说我和女教员通奸。有人还写了呈文告到教育厅去,弄来弄去,弄了个'查无实据'。"他幽默地说着,我们却都大笑了。他又说他提倡简体字挨骂的故事,反对派对着他说:"那样,你的'妈'不变成你的'马'了吗!"

我们的老校长,虽然已经七十多岁了,却一点老态也没有,我们自然十分高兴。我常在商埠里遇到他,七八里路程,他仍然保持着安步当车的老习惯,看到他一步一步艰难地移动着他那个小山似的胖身子,一种崇敬的心情使我肃然起来!我们的老牛校长越活越有劲了,加在他身上的工作也越来越多了,任何集会总少不了他,"一半时间在会议室里,一半时间在路上。校长快成为一个象征的名词了。"他这样说着,心底里是愉快的。

到今年,我们的老牛校长从事教育工作已经满四十年了。这是多么崎岖多么漫长的一条道路啊。他当年的同辈活到现在的还有多少人?活到现在而又不仅仅是把一个躯壳保存下来的,又有多少呢?老牛校长闯关似的,他闯过了辛亥革命、五四运动、1927年大革命、抗日战争、解放战争,抗因袭,开风气,艰苦战斗,不屈不挠,站在自己的岗位上,一站就是四十年,这是容易的吗?这是人人能办到的吗?我亲爱的老牛校长,我忘不了你给我的思想教育,我常常因为想到你而发生一种精神力量。我还记得在人代大会会场上,你从背后拍了我一下,把那只大肥手里握着的那个蜜饯梅子默默地递给我,仿佛我是一个小孩子。我亲爱的老牛校长,让我以赤子的心遥祝你健康——遥祝你以越使越旺的牛劲,替人民拉犁。

1950 年

陈毅同志与诗

解放以前,震于陈毅同志革命军事家的威名,对他很崇拜,但并没见过他本人。解放后,来到北京,在集会场合远远地望见了陈毅同志,听到了他的革命事迹,读了他的诗词,对他发生了一种钦敬而又仰慕的情感。1957年以后,才有了一些接触,通了一些书简。距离近了,仰望已久的青峰,巍巍然屹立在自己的面前。不只是人近了,心也近了。多么亲切,多么欣慰,多么激动啊。

我认识陈毅同志,介绍人是"诗"。

1957年1月,在伟大领袖和导师毛主席有力的支持下,《诗刊》诞生了。爱好诗歌的广大读者为它的创刊欢欣鼓舞,陈毅同志也特别高兴。他曾打电话约我去谈诗,因为那时我正病卧在床,失掉了这个难得的机会,至今犹觉遗憾、可惜。记得当时我回了一封信,信上说:"谈诗有约,会面无期,你忙我病,机缘不巧。"陈毅同志像爱护一个宁馨儿一样,爱护《诗刊》,关心它,支持它,在它身上费心血。即使出国期间,在外事活动繁忙之际,也还挂记着它。刚回到首都,在一次集会上,把我招呼到前面,说:《诗刊》出双月刊,在国际上影响不好,全国只有一个诗的刊物呀,得赶快改回来。那口气,亲切关怀而又有点发急的意味。那时纸张实在困难,不得已,才暂时改为双月刊。陈毅同志注意到了这件事。我们遵从他的意见,争取恢复了月刊。他还曾建议说:《诗刊》能改为半月刊,岂不更合读者的希望,如何,有可能否?陈毅同志对《诗刊》的内容也提出了意见。在准备出国之际,来信说:"编辑似乎太强调了大众化方面,觉得提高还不够。"并说:"他日有机会闲谈一次,让我畅所欲言。"在"三年困难时期",《诗刊》出不了道林纸本,陈毅同志发觉了,问我们:为什么?我们回答说:纸张缺乏。他马上写了条子,要外交部调拨了一部分道林纸给我们。陈毅同志不但关心《诗刊》的内容,连纸张、编排、印刷,也希望它做到精美。陈毅同志对一个诗的刊物,这样热情地关怀,真令人感动。但还不仅如此,陈毅同志对《诗刊》最大的支持,是用他的诗。

我们和陈毅同志的关系搞得比较熟了,不时地写信向他索稿,他有次回信说:"立即上机赴朝鲜,把近来写的三首诗,仓猝定稿,送《诗刊》凑趣,如蒙登载,要求登在中间,我愿做中间派,如名列前茅,十分难受,因本诗能名列丙等,余愿足矣。"信末署"陈毅倚装"四字。时间是 1958 年 2月 14 日。

陈毅同志有极为丰富的革命斗争经验,艺术表现能力又很强,但他非常谦虚,自叹不及。他常说:有些诗料是空前的,"诗才"不足以掌握运用之,奈何?《冬夜杂咏》是一组汪洋恣肆、气象万千、内容丰富、率意真挚的佳作(以《青松》冠首),传诵一时,人人喜爱。而陈毅同志在信中却说:"为《诗刊》凑趣,得旧作《冬夜杂咏》,抄来塞责,仍请按旧例放在中间或末尾为妥。此诗乱杂无章,杂则有之,诗则未也……"这些话,谦诚又有风趣,亲切又极感人。陈毅同志的性格、诗品全在其中了。

陈毅同志写诗,态度严肃认真,读他的作品,觉得热情率真,诗如其人。他处理作品,十分谨严,决不随便拿出来。我们请他写稿,他回信说:"近来想作几首诗,未搞好,暂作罢,搞好再呈教。我的旧作,整理尚未就绪,愈整理愈觉得诗是难事,就愈想放下了事。这只有看将来兴会来时再说。"

责任重,事情忙,写诗成为陈毅同志的业余工作。他在信上表露了这种心情:"苦于事忙,写诗不能不作放弃,以致未定稿太多,此乃无可如何之事,彼此均有此经验,公等当不以托词视之。"意切情亲,略含惋惜之意。为革命事业,几十年来,南征北战,几经生死,解放以后,肩挑重担,夜以继日,而陈毅同志始终没有丢弃诗。他的手,拿枪又拿笔,他是伟大的战士,又是杰出的诗人。他写诗,是为了战斗,为了反映革命经历,为了抒发个人的壮志豪情。五四运动以后不久,他开始写作,但为了战斗的需要,有一个时期,他放弃了文艺写作,做了职业革命家。几十年来的战斗生涯,血雨腥风,悲歌慷慨,他终于用诗记录了下来,众口吟诵,传之永久。它是诗苑的一朵瑰丽香花,它是人民的一份宝贵遗产。而陈毅同志对自己诗作的态度是极为慎重、谦逊的。记得"文化大革命"之前,出版社的同志就编了一本陈毅同志的诗词选集,要求出版,陈毅同志说:等等,挑选一下。在他的生前,他亲眼看到了他为之奋斗终生的革命初步成功了。在毛主席领导之下,三座大山推倒了,人民大翻身了。巍峨的大厦——中华人民共和国建立以后,陈毅同志作为国家栋梁中的一柱,为社会主义革命、社会主义建设,全力奋战,昂首高歌。可惜的是,伟大时代、伟大斗争有声有色的记录,他沥血呕心的诗集,却没有能够捧在手上,亲眼看着它,亲口吟哦它。

张茜同志亲自选定的《陈毅同志诗词选》,遵照陈毅同志的意愿,选得很严。我们多么想更多地读到陈毅同志的诗词啊!今天,读着这本选集,追念陈毅同志的生平,心潮澎湃,悲喜交集。

陈毅同志工作繁重,但他"一闲对百忙",心上常有诗。他高兴和写诗的同志们接近、交谈。他为人平易、爽朗、坦率、真诚,平等待人,从不以领导自居。大家都愿意就教于他,敞开心胸,无拘无束,和他接近,如坐春风,如冬阳暖人。

1959年4月,乘全国文艺界的同志们来京开会之际,诗刊社邀请了二三十位诗人和几位文艺领导同志在南河沿文化俱乐部举行诗歌座谈会。陈毅同志到会很早,这时有的同志还没赶到。他一到,就热情地和大家打招呼、握手,满面带笑,抱歉似的解说:昨晚准备起草个发言稿,后来你们说,不要了,昨晚睡了个好觉,所以今天来得特别早。

陈毅同志一个一个地点名,让别人先发言。大家一致请他讲,他说:我先发言,可以。到会的同志们的作品,我都看过,见面认识一下,很好。

陈毅同志的发言,是先从国内外形势开始的。谈到诗,劈头几句是:诗要讲含蓄,一泄无余,也不是好诗!这三句话,虽然很简短,意义深长。对今天的诗创作来说,可谓切中要害!写诗的同志们,从事诗歌理论和编辑工作的同志们,应该作为箴言,书于座右,一日三复!

接着,他又说:诗比散文更流利。标语口号不能成为诗。

陈毅同志很重视诗创作的艺术表现。他说:三分人才七分装。这句话,在另外的场合也听到他说过。他强调"勤学苦练","无论新老作家,从基本练习入手"。

对"五四"以来的诗创作,评价高低,向来意见不同。陈毅同志大力肯定"五四"以来的成绩。但这并非自满的陶醉,他严格要求说:反映大革命,反映得还不够。反映了生活,反映得还不够。

诗,要重视自己的东西,要有所创造。陈毅同志说:重视外国人,轻视中国人;重视古人,轻视今人,是不好的。他说:新诗是不是受了外来的影响? 是不是同民族脱离?《诗刊》有了很大的争论。他以肯定的口气说:我们要有自己的东西,不要捡人家的东西,拾人牙慧。中国诗,没有创造,就完蛋!

谈到民歌与新诗的关系时,陈毅同志说:民歌就是新诗的一种,就是自由诗。两者可以并举,可以合流。我两个都写。

陈毅同志讲起来,热情奔放,句句带感情。说得兴奋时,就站立起来,好像和谁争辩似的。

"座谈会,坐谈,坐谈。"

同志们插话,陈毅同志望望大家,笑了笑,重新坐下。

接着,他说:百家争鸣,百花齐放。谈诗,我也鸣放一下,我要把它讲明确一点,不游离其辞。

陈毅同志自己写旧体诗词,但他强调新诗。他的讲法正符合毛主席的指示。他说:"五四"以来新诗起了作用,跟革命也相称。新诗要摆脱胡适的影响。毛主席说,你还可以写新诗,你的胆子大,我不敢写。毛主席写旧诗,但他说,以新诗为主。几十年来,新诗是知识分子的诗,现在要工农化。"五四"以来的方向是对头的。光辉的四十年,也有各种派别,有主流,有支流,支流也有向东的。吸收外来诗的好的影响,但最重要的是和中国几十年的生活、斗争结合。把新诗写得比旧诗还难懂就不好了。

我和陈毅同志坐在一个沙发上,陪他。看看领导同志和许多诗友都挨坐在一边,我乘陈毅同志讲得热烈的时候,轻轻移动身子,想离开他。没想到,他猛地双手把我拉住,亲切含笑地看着我。我只好重新落座。有人在这一刹那拍下一张照片,至今我还珍重地保存着,每每看到它就回想起当年的情景。

陈毅同志是主张诗要有韵的。他说:诗的平仄和用韵是自然的,废不了的。打破旧时的平仄,要有新的平仄;打破旧时的韵,要有新的韵。我不同意反对平仄和用韵。诗要通顺流畅。有韵的、注意了流畅的,朗诵起来效果就好些。形式问题,可以几种并举,各做试验。他滔滔不绝地讲下去,语句有时像流水淙淙,有时似急湍奔腾,听的人精神贯注,而又感活泼自然。

他说:写作,新生力量是主流,对新生力量怎样爱护、扶持,很值得研究。

诗是言志抒情的,韵味含蓄,可以吟咏体会,不宜讲得太死、太实。陈毅同志对这一点,十分重视。他三番五次强调:艺术就是艺术,写诗就是写诗。

"我说:作诗就是作诗。"

因为这次座谈会是诗刊社主办的,所以陈毅同志最后把话题转到了《诗刊》上来。陈毅同志说:我是拥护《诗刊》的。《诗刊》变为通俗性群众《诗刊》,不好。以前轻视工人、农民;以后完全倒过来,也不好。好诗就登,选得严一点,我赞成。编辑要有一些权限,有取舍。对群众如此,对诗人也应如此。群众意见登一些也好。《诗刊》,印得美观一点,太密密麻麻,不像话。

最后,快散会了,陈毅同志站起来,意犹未尽似的,热情而又诚恳地向诗友们说:这样的会以后一季开一次,好不好?

陈毅同志和大家热烈握手,和诗友们肩并肩地走出了会议室,依依别去。我们看到,陈毅同志在车上,还隔着玻璃向大家注视、招手。

陈毅同志走了,他热情洋溢的声音,他和蔼亲切的笑貌,留在我们的眼底、心上。他讲的关于诗的精辟见解,爽直语句,不但对当时,即使在十九年之后的今天,也觉得完全正确,有的正中时弊,令人三思,令人警醒,令人钦佩!

1962 年,为纪念毛主席《在延安文艺座谈会上的讲话》二十周年,诗人们在人民大会堂福建厅开了一个人数众多、盛大热烈的诗歌座谈会。它是陈毅同志提议,诗刊社筹办的。朱德同志、陈毅同志、郭沫若同志,以及首都的几十位诗人和文艺界许多负责同志全到了,济济一堂,意气风发,诗兴如潮。朱总、郭老发言之后,陈毅同志站了起来,意兴浓烈,侃侃而谈。

他主张:写诗要写得使人家容易看懂,有思想,有感情,使人乐于诵读。他说:我写诗,就想在中国的旧体诗和新诗中各取所长,弃其所短,使自己所写的诗能有些进步。

陈毅同志论诗,主张继承优秀传统,为了反映我们社会主义建设的伟大时代,就要开路、创新。

座谈结束之后,陈毅同志又和大家一道聚餐,还合影留念。这次盛会,长达数小时,大家兴会无前,在记忆中留下了深切动人的情景。

1962年,读了陈毅同志传诵一时的名作《赣南游击词》和《梅岭三章》,我在《文艺报》上写了一篇读后,没想到很快就接到陈毅同志一封热情的信,对我这篇小文表示谢意,其中有一句印象特别深:"甚惬我意。"我在文中说:"我们知道陈毅同志是革命前辈,同时也是'文学研究会'的早期会员,他参加文艺活动和他参加革命工作差不多是同时的。上马杀敌,下马写诗,将军原来是诗人啊。"

我们读陈毅同志的诗词,就可以清楚地看出他的诗创作确实是实践了他的诗论的,有旧体、新诗、民歌的长处,把它们的优点熔于一炉,按成规,又不受束缚,说是旧体,又不完全合格。不论是写战斗生活,还是写别离、写友情、写游历……不论是绝句、小令或新诗,都是情感葱郁,发自内心,顺手写来,清新自然,便于吟诵,动人心弦。做到这样,必须富有革命斗争生活经验,对事物有深刻细致的观察与体会,而又以诗情注入,才能得心应手,出口成章。这需要湛深的艺术修养、强大的艺术表现能力,否则,也达不到这样的境界。

陈毅同志,从少年时代就爱好诗歌,热心学习。1923年,他从法国回来,到北京,入了中法大学。不久就参加了中国共产党。从1923年到1925年,他对文学的兴致很高。这期间,他结识了小说家、诗人王统照先生。王统照先生是"文学研究会"的发起人之一,由于他的介绍,陈毅同志参加了这个中国早期的进步文艺团体,与王统照先生时常过从,友情深厚。解放后,王统照先生在山东做文艺、教育领导工作。1954年,陈毅同志和王统照先生相会于济南,陈毅同志在《剑三今何在?》一诗的注释中说:1954年夏,与剑三(王统照先生的字)重逢于济南,别来已三十年。同游龙洞,共读宋元丰古碑,突闻越南奠边府大捷,彼此大喜,举杯为祝。

王统照先生,是我的同乡,文艺奖掖人。是我最亲密、最尊敬的文艺前辈之一。1957年病逝于济南。王统照先生逝世后,我们把他的遗作四首《赠陈毅同志》,发表在1958年第二期《诗刊》上。引两首在下面:

海岱功成战绩陈，妇孺一例识将军。

谁知胜算指挥者，曾是当年文会人。

藤荫水榭袅茶烟，忧国深谈俱少年。

愧我别来虚岁月，有何著述报人间。

陈毅同志听到王统照先生逝世消息以后，于1958年4月写了悼诗一首，哀痛情深，题名《剑三今何在?》，也发表在《诗刊》上。题前有小序：前闻王统照剑三先生逝世，不胜悼惜。顷读《诗刊》2月号载有剑三赠我诗。此诗是其遗作，生前并未寄我。读后更增悼念。为赋《剑三今何在?》以报之。

现在，引《剑三今何在?》两段，以见悼念之深：

剑三今何在？忆昔北京共文会。

君说文艺为人生，我说革命无例外。

剑三今何在？济南重逢喜望外。

龙洞共读元丰碑，越南大捷祝酒再。

王统照先生逝世不久，他的家人把四件遗物送给我作为纪念。其中之一，就是他亲笔用彩笺写的《赠陈毅同志》诗四首。王先生书法有名，这彩笺题诗，我捧读之后，凄然大动于衷，即转送给了陈毅同志。这已经在陈毅同志写《剑三今何在?》之后了。

我谈陈毅同志与王统照先生的亲密友谊，意义有两点。一是证实陈毅同志诗词写得这么优秀，不是一朝一夕之故，早在1923年前后就是"文会"的一员，从事诗歌和其他文艺创作了。再就是表示陈毅同志对诗友们的热忱与关怀。就在陈毅同志把悼剑三先生的诗作交到《诗刊》编辑部时，在信上还关心王统照先生著作的编辑出版事情。不但对王统照先生是这样，对一般诗人，无不如此。记得他一再把一位老诗人的诗介绍给我们,盛情赞许这位老诗人现在当教授了,学问很好,应当发表他的诗,鼓励他一下。我们照办了。这位老诗人,过去写诗思想性弱,但陈毅同志看他现在教学努力,肯写诗歌颂社会主义,就一再热情地介绍他的作品。这种与人为善、看到人家有一点进步就高兴,就加以肯定、鼓励的精神,是令人感动的,是合乎毛主席"百花齐放"的伟大号召的。陈毅同志用自己的优秀作品鼓舞人;用精辟的议论教育人;用高贵的品德团结人。他是优秀党员。他是毛主席的忠实战友。他是无产阶级杰出的战士。他是威名震世的元帅。他是出类拔萃的诗人。他是诗人们最尊敬、最亲密的朋友。

从"文化大革命"开始,便没有机会见到陈毅同志,连消息也杳然了。他受迫害打击,始终昂然挺立决不低头的情况,我是耳有所闻,心有所动的。陈毅同志正直如矢、是非分明的坚强性格,光明磊落、疾恶如仇的严正态度,热情豪爽、义愤填膺的诗人气质,对"四人帮"的阴贼险狠,更是怒火高烧,势不两立! 这时,他病情已重,他凭着超人的意志,忍耐最大的苦痛,两面去御敌:一面是"二竖"(病魔),一面是"四凶"。他终于因为病况恶化,未能亲见"四人帮"的垮台。真是凶恶未剪,死不瞑目。

陈毅同志逝世了,伟大领袖毛主席亲自参加了追悼会,这是对死者的深切哀悼,这是对陈毅同志无语的至高评价。

陈毅同志逝世了,人人泪泉喷涌,个个心头血出。

陈毅同志逝世四年之后,我捧读《陈毅同志诗词选》,读他的诗,想他的人,泪珠滚滚落在书页上。含悲低吟他《剑三今何在?》的深情悼诗,不禁又追念:

唉,陈总今何在?

泪水模糊了纸上的字。我又转念,想:一个以革命功业铭记于万众之心的人,是不死的。

一个以肝胆照人,热情似沸水、诗句如洪钟的人,是不死的!

陈毅同志,就是这样一个人。

1977 年 10 月 27 日完成

老舍永在

提笔写悼念的文章，捧读故人的遗著，人生动情的事莫此为甚了。引两句古语，真是：往事千端，感慨系之！

老舍先生被"四人帮"迫害致命，已经十二个年头了。但是，老舍永在！他不在我们眼前，却永远在我们心上。

20年代，我就读老舍的作品，他写作勤，发表得多，以独特的风格高标于文坛，名满天下，受到广大读者的欢迎，影响很大。《离婚》《小坡的生日》不用说了，短篇《黑白李》也受到注意，博得好评。

我第一次见到老舍，是1935年，在青岛。那年，他应国立山东大学之邀去任教，恰好头一年，我成为该校第一届毕业生，离开青岛到山东临清中学教书去了。虽然我没有赶上受他的教导，但我和老舍的关系，是在师友之间。随着岁月的流逝，我们的友谊越来越深厚，到后来，成为亲密的朋友，尊师之感全没有了。

青岛是我久居之地，离我的故乡不到二百里，大学时代的四年读书生活不用说了，我去中学教书，每到暑假，也一定到这里来过夏。青岛有我许多亲友、师长和同学，这海滨胜地的风景是动人的，特别是夏季，绿树红楼，一尘不染。海的颜色，天的颜色，树的颜色，柏油马路的颜色，连上风的颜色，一体碧绿。海上清晨看旭日，傍晚"栈桥"上乘晚凉，彩霞满天，渔歌遍地，清风徐来，微有秋意。这全世界有名的避暑胜地，每到夏季，美国军舰，日本军舰，陈列在海面上，铁链子似的锁住了大海的咽喉！这些外国水兵，昂然而又飘然地在这里酗酒取乐，大展军国主义者的"威风"！青岛是外国侵略者、国内反动派庇护下达官贵人、富商大贾的天堂。而"四方"工厂的工人和市郊贫民，则沉沦在地狱之中，对比鲜明。

我和老舍第一次见面，就是在这样一个地方。

1935 年，"九一八""一·二八"过去了，东北沦亡，华北危急，而蒋介石丧权辱国，对内压迫人民高涨的抗日情绪，发动对红色政权的军事与文化"围剿"，人心愤慨，如同暴雨之前的郁闷。

这是我和老舍第一次见面的时代背景。

老舍是有正义感的一位作家，在当时那样的时代、环境之下，他以作家、教授的身份、地位，洁身自好，有所不为，对国家的前途，忧心忡忡。但，他的心中并没有一条明确的出路，而为之战斗。

青岛，因为山东大学在这里，聚集了不少有名的学者、教授和作家。由于爱好相同，情感融洽，老舍、洪深、王统照、吴伯箫、赵少侯诸位，我们乘暑假的机会，不时聚在一道谈心。忘了谁提议的："我们辟个小小文艺园地如何？"于是，全体赞成，便附在《青岛民报》上，每周出一次专刊，加印几百份道林纸的，另外出售。还得给副刊起个名字，洪深提议叫《避暑录话》，并加以"释题"："避暑"，不是乘凉，而是"避国民党老爷们的炎威"。大家都说好。这句"释题"，印象很深，至今还记得清楚。每期出刊之前，大家碰一次头，凑一凑稿子。大约只出了几期，暑假过了，副刊也停了。它完全是个小品文性质的小小副刊，谈不上政治意义和战斗性。

记得老舍住在离大学不远的金口二路，走完大学路，过了东方市场就到了。小门东向，一进门，小院极幽静，草坪碧绿。一进楼门，右壁上挂满了刀矛棍棒，老舍那时为了锻炼身体，天天练武。

我每次去登门拜望老舍，心里带着既崇敬又亲切的心情。老舍在当时的文坛上是一位大名鼎鼎的重要作家。他的作品引人喜爱。当然，他也搞一点"幽默"，逗人笑乐，但我想，搞它的时候，他的心是苦的。或者可以说是强颜为笑，狂歌当哭的吧？

我和老舍相识，相交，至死不渝，还有一个重要的原因。1933 年 7 月，我的第一本诗集自费出版了。一个无名小卒想出本书，比登天还难。这本《烙印》由闻一多先生写序，王统照先生做出版人，他们两位既出了力，每人还出了二十元钱作为印刷纸张费用。出书不久，在当时影响很大的《文学》杂志上，一期刊登了两篇评介文章，一篇是茅盾先生写的，另一篇是老舍先生写的。老舍评诗，不但别人，我自己也为之既惊且喜！他的评文，也很别致，至今还记得几句，他说："设若我能管住生命，我不愿它又臭又长……我愿又臭又硬。克家是否臭？不晓得。他确是硬,硬得厉害。"由于这两篇评介,书店才接受了《烙印》这本小小诗集,我也算登了龙门——上了文坛。

当时我所以"惊",因为我觉得老舍是小说家,对诗,特别是为"名流学者"所看不起的"新诗",不但看,而且看了还要发表议论,实在是万万想不到的! 以后的事实证明,我当时并没有完全了解老舍,他不但是多面手,面面通,而且面面精! 请看他的小说,他的戏剧,他的诗! 他的诗名,多少为他的小说和戏剧所掩盖了。他能诗,不只是才华上的,而是气质上的。老舍是小说家,是戏剧家,也是诗人。他新诗也写,有长诗《剑北篇》为证;旧诗写得很好,有才情也有功力。1962 年,我曾写过一篇《眼遇佳句分外明》的小文,介绍老舍的旧体诗——《内蒙东部纪游》。文章里引了他许多佳句,例如:"层楼灯火添新景,小市歌声入远烟""山中父老神枪手,系马白桦射雉还""老翁犹唱当年曲,少女新添时代装"……情景恰合内蒙,有唐人风味。

有一次,我去拜访老舍,他把我引到他楼上的写字间里,小楼不高,望不见大海,但夜静更阑时,却可以听到大海的呼吸。我们二人并坐,随心所欲地漫谈。他说,正在想写一个洋车夫的故事。他并没有谈故事的内容,当时我暗中惊异,您怎么了解一个洋车夫呢? 不用说,这就是后来的《骆驼祥子》了。当时,我对老舍既是著名作家又是大学教授的身份和声誉,是欣羡而又倾倒的,他大概察觉到这一点,意味深长地说:"一家几口,是要抓一个饭碗的啊。我这个'教授',肚子里没有什么货色,两个礼拜,顶多两个礼拜就倒光了。现蒸了现卖。有的作家当教授——"他伸出右手的两个指头,"哼"了一声幽默地说,"两个钟头就光了!"

听了他的这话,我有点感到惊异。老舍先生是何等坦率、谦逊、平易,把真心实话向我倾吐啊。他一面说着话,一面从抽屉里取出一个漂亮的扇面来,把它展开在我面前,用手巾在上面擦了又擦,亲手磨好了墨,然后从笔筒里一大把笔中拣来拣去拣出一支来,把笔尖泡了泡,在左手大拇指上按了几下,对我说:"就是它吧。你写。"我奉命执笔,也没推辞。我不会写字,但我知道,老舍要的不仅仅是字呀。我郑重其事地在写,老舍在一旁用得意的眼光瞧着,那眼神里,有一种人生中最难得的亲切、真挚、鼓舞、奖掖深情交流在一起,使我终生难忘,一想到它,心里就有一股暖流涌起。四十三年已成过去,在老舍逝世十二年之后,我提笔写回忆他的这篇小文时,写到这里,我的眼泪滴到了稿纸上!人生难得是知己啊!何况,当年他是一个文坛巨子,而我呢,却是初出茅庐的一个小兵呢。

记得,晚饭之后,黄昏之前,我同老舍二人,沿着海边的太平路慢步西行。这时,柏油马路上,行人极少,清风吹着我们的夏布长衫,吹得我们的人,飘飘然欲举。这时,碧海蓝天,辽阔无际,远处的"小青岛"也用青眼迎人。我俩迎着西天的红霞,一缕一缕,像红的绸纱遥衬着一片绿色,显得更鲜亮,更美观。我们站在伸向大海的长长的"栈桥"上,默默无语,两颗心都是沉郁的、苦闷的、愤愤的。江山如此多娇,而金瓯残缺,山河破碎,大敌当前,屈辱揖让。人民在火热之中,团结抗战的情绪在受着镇压。国家的前途,个人的未来,渺渺茫茫像大海的波涛……

1937 年"七七事变",我在北平听到卢沟桥打响了抗战的第一炮,接着临清危急,我们的学校宣布解散。我怀着悲壮而又怆凉的一颗心,渡过了黄河,回到了故乡。10 月间,为了探听一点消息,为了看朋友,也想再去临清看看我那些可爱的学生,于是,我到了济南。正碰上警报,敌机一批又一批轮番而来,轰炸洛口黄河大铁桥。在仓皇中,在警报的空隙里,我去看望老舍。这时他在齐鲁大学任教,离乱中更觉到友情的可贵。一进大门,树木把一片秋色送到了眼里,一座一座高楼隔得远远的,把一片空地留给了花草。我向着门房工人指给的一座小洋楼走去,老远看见一位绛衣人立在草地上,身后一位妇人带着两个孩子在树下玩,正欲上前问询,抢过几步之后,才发现这就是我要访的友人的全家。打过招呼之后,便随着到了他们的新居。谈一回战局,谈一回文艺,最后谈到今后个人的去路。这时期卖文章已成死路,所以他来"齐大"教书,上课不久,济南的空气又把学校紧张散了。校长是外国人,早走了。学生也走了。他叹息着自己走不动,守着这个"世外桃源"。他的话里有无限酸辛。他说有个长篇材料,却无心下笔,脑子老发涨。只给小报写点短文,桌子上摆着几份小杂志。谈得正酣,警报来了,两遍紧接着。我们同小济、小乙和胡絜青同志到了外边的树下。小孩子已经有好几个在那里了。他们指手划掌地指点飞机叫人看。有时还开玩笑地说:"来了,来了。"顺着他们的指头看去,原来是一只老鹰。看着敌人的飞机在中国的上空盘旋,看着它们向中国的土地上投弹,眼里冒火,心里也冒火。恨我们的高射炮太没准头,纳闷我们的飞机为什么不出动？大家都说，如果我们出动十架飞机包围它们，那该多么叫人开心啊！远了，近了，两架敌机又合在一起了，好似向中国人施展威风。老舍说，它只管轰叫，不会在济南下蛋。他的话说得幽默，但确有道理在内。日本正在和韩复榘眉来眼去，它不会用炸弹硬逼他抵抗。我们怀着愤激回到前院里去，大家坐在枯草上，围成一个半圆圈。草，软得像绒垫子，眼前秋色撩人，而轰轰的飞机声却把一切平安、寂静，给打个粉碎，留给我们一个血淋淋的现实。我被留在这儿吃午饭。正要动筷子，一只小老虎似的大猫撞门而入，主人给它米饭，它嗅嗅拒绝了。猫，一身黑花，斑斓可爱，颇有点英雄气。老舍对我说：它的主人走了，国难也影响到了这个小动物。素日它主人很珍爱它，都是给牛奶、牛肉吃，难怪它咽不下这白米饭。吃罢饭，话没得谈了，默默地对着吸烟、吃茶。等到大赦似的解除警报的汽笛一响，我立即起身告别，这已是午后4点多了。

"不论到哪儿，来个消息啊。"老舍送我走，转身时这么亲切地叮嘱着。

"一定，一定。"我老远回头答应着。

和老舍分手不久，我就和一些文艺战友到台儿庄前方做抗战文艺工作去了。盼了多年的团结抗战终于盼到了，谁不愿在民族战争的战场上踊跃献身呢？手下的一支笔也在蹦跳啊。1938年三四月间，我从前线到武汉去。南京失守以后，武汉成了全国的中心。文艺界的朋友们云集在这里。那时正在抗战初期，正如毛主席所指出的那样，全国充满了朝气。我一到武汉，看到人心振奋，心里高兴。另一面，看到达官贵人们花天酒地，舞场灯红，写了首诗《武汉，我重见到你》以抒愤慨。末尾希望别来十年的三镇，比北伐时代更雄壮，更年轻！

一到武汉，我就去拜访老舍。他住在冯玉祥先生公馆里。冯先生爱好文艺，喜欢结交文艺朋友。吴组缃、赵望云同志都是他的座上宾。冯先生也写民歌体的新诗，对老舍极尊重。

乍见面，感情很复杂，首先是高兴！在大动荡的时代里，又在这大江之滨会面了。

"絜青和孩子们在一起吗？"我问他。

他带点感叹地回答说：

"没法带她们出来呀,谁照顾谁呢? 只好把她们撇在那座孤城里,可是心里老觉得有点对不起她们。"他微微向上注视着什么似的,然后说,"国难当头,抗战第一,我们不能老把个人和家庭挂在心上啊! 昨天,我在医院门口看见一个从前线下来的伤兵,面黄肌瘦,半身是泥土和血迹,大腿被打穿了。他不叫苦,很镇定地斜着身子,不能坐直。我眼看医生给他洗了,包扎了,他忍着疼,不吭一声,有人送他一支香烟,大家对他充满了尊敬的感情。看着他这神态,我觉得我们的未来大有希望,种种个人主义的想法,太可耻了。"接着说:"我要手里的一支笔为神圣的抗战服务,我不能到战地去,已经很抱愧了。"他告诉我,"中华全国文艺界抗敌协会"已经成立了,它号召"作家下乡,作家下厂,作家入伍"。"一个文艺作家,在这样轰轰烈烈的伟大时代,不到生活里去,试问,你能写点子什么呀!"

老舍一谈到抗战,精神就昂奋起来,语语都带着深情,他相信我们伟大祖国未来的前途,一定是光明的!

见面的第二天,他约了十一二位文艺界的朋友宴集了一次,山南海北、老友新交,凑在一起,记得有洪深、吴组缃、楼适夷……诸位。

这次到武汉,匆匆几日,去听了邓颖超同志的讲演,去拜望了郭老,认识了于立群同志,会到了许许多多文友。

结束了将近五年的战地生活,茹辛苦,冒危险,受排斥,遭打击,带着满腔愤怒,我于 1942 年 8 月 14 日到了所谓"战时首都"——山城雾重庆。一上岸,看见大街上,绸衫飘飘,熙熙攘攘,流线型汽车疾驰而过,大家向我投一个惊异的卑视目光,因为我一身泥土,衣着破烂,与这大城市的豪华景象对照之下,太刺目了! 这时,我正发烧,腰间一文莫名,一肚子气鼓动我一气走了二十多里,到歇台子同船的一位同伴的家中,借宿一晚。第二天,我找到了观音岩,下了百级石阶,进了张家花园六十五号的"作家之家"——中华全国文艺界抗敌协会的大门,算是有了个安身之处。

"文协"是一座三层小楼,对着嘉陵江,满身弹伤,有点摇摇欲坠的样子。里边经常住满了文艺作家,经过这山城到延安去的,在这里落脚,从外地来的,以它为家,在这里有工作有家庭的,虽不住在这儿,但也不时地出出进进,显得很热闹。直到今天,一个个作家的情态,聚会的热闹场面,如在目前,而其中的人,作古的很多,活着的也情况不一,各在一方。

老舍,就是这"文协"的总务部部长——一家之主。

"文协"是个统一战线的文艺组织,左、中、右都有。郭老、茅盾先生,是著名左派领袖人物,出面负责,难以应付,特别是郭老,和国民党的文艺头头,不论在大会的讲坛上,或在"文协"的小会议上,简直是一见面就冒火,就冲突。为了抗战文艺工作的进行,大家推出老舍来。这副担子可不轻。好在有党的领导,周总理亲自指挥。统战工作本来就不大好办,何况是文艺界?何况"文协"这个民众团体,经费还得仰给于人。见到右翼分子,也得应付:握手言笑,鞠躬如也。所以,对老舍有一句评价:"外圆内方。""外"不"圆",就转不动;"内"不"方",就丧失了立场。

　　我到重庆刚两个月,参加了纪念鲁迅逝世六周年的大会。地点是中苏文化协会的文化俱乐部,一上坡不远就到了。大家带一点茶点,准备会后座谈。纪念会由老舍主持。他刚一上台,宣布开会的语音未落,八九条非人似鬼的彪形大汉,噔噔噔,一窝蜂拥上主席台,七手八脚,大叫大嚷,连推带搡地把老舍往下面拉。老舍瞪着大眼,一脸怒气,口里"嗯,嗯"不住!下面茶座上一时大乱,都往外走,大门口便衣特务站了好多,向一些同志暗暗追踪。

　　这是我到这堂堂"战时首都"后上的第一课。老舍当时的神态,至今十分清晰。

　　另一次同样的纪念会,我陪许寿裳先生从歌乐山来到会场,老舍和他一登上主席台,便被轰了下来,情况和上一次一样。

　　老舍住在北碚,但经常来开会。一有什么会议,茅盾也从乡下赶来,带一柄黑色小旱伞,胁下夹一个小包。他们上坡下坡都凭双脚,不坐轿子。每当会后,或逢年过节,大家像家人一样,打打"牙祭",一起"咂酒"①,苦中取一点乐趣。老舍咂上几口酒,便感情来潮,高谈阔论。划起拳来,气壮声宏。平素,大家生活都极苦,香烟,下等的,还是单支买。到对面小饭馆里吃上一碗担担面就觉得很美满了。

　　"文协"的会刊《抗战文艺》,由老舍主持。出版文艺丛书,也是他负责。里里外外,大大小小的事,他是总管。这就得"任劳",还得"任怨"。他的气度比较大,能装得下事,容得下人。但他办事认真,不和稀泥。有

---

　　①　咂酒——一大坛子酒,插着许多小吸管,每人一支,共同吸饮,重庆人谓之"咂酒"。

一次,"文协"参加慰问伤兵,募集了一批书籍,临出发了,出了差错,老舍大生气,当着大家怒斥做秘书工作的那位青年:"这是严肃的工作,不准你吊儿郎当,你是干什么的? 误了大事!"

这是我第一次看到老舍大发脾气,以后也没再见过。

1939 年,老舍参加了慰劳总会北路慰问团,曾去延安,后来对我说:"崭新的天地,崭新的人,真是大开眼界,也大开心窍呀。在一次招待宴会上,毛主席和我对杯,我说,我可不敢,主席身后有几万万呀,主席笑了。"

述说这些情况时,他的情绪美好,精神爽朗。

老舍在重庆,脚不停,口不停,笔不停。他一劲儿地写,写抗战戏剧,写新诗,写曲艺,搞通俗文艺……他是一个忙人,他为抗战文艺工作,尽了个人的全力,做出了出色的贡献。这一点,大家看在眼里,记在心中。

老舍对郭老、茅盾,以及其他一些老同志,非常尊重,非常亲切,遇到什么问题,总是听取他们的意见然后行事。对于各方面的作家,他按党的统一战线方针,以团结为主。像冰心这样的老作家,虽然住在较远的歌乐山,他也不时去拜访。因为,他工作负责,能团结人,又拼命为抗战笔不停挥,大家都很尊敬他。1944 年 4 月 16 日,"文协"举行年会,第二天,大家集会庆祝老舍创作二十周年,这年老舍四十五岁。许多作家在纪念册上题词,向他热烈祝贺! 我从歌乐山寄去一幅字,题为《甘苦回味二十年》:

> 二十年不算长,比那些沿一条路走完了一生的文艺巨人;可是,二十年也不能说短,回头望一望就可以知道。二十年是一个站口,生命的前路迢遥,伟大的文艺工作者是以八百岁为春八百岁为秋的。

每次党的一个号召下来,要"文协"配合行动的时候,老舍就奔忙开了。像 1945 年 2 月为郭老亲自起草的《文化界时局进言》,经多方共同努力,争取到三百多位作家联合签名,在《新华日报》头条地位发表了,把国民党反动派吓得要命,气得要死,又是威吓,又是利诱,然而登报"悔过"的只有华林一二人而已。

1945 年 12 月 1 日,蒋介石下令在昆明枪杀为和平游行示威的爱国青年学生,造成了"惨案",群情愤激,纷纷抗议。重庆人民,也在一个大庙里,为牺牲的"四烈士"举行公祭。老舍带领我们大家,手持挽联,一队队,络绎前往。人人满腔悲愤,默默地向"四烈士"遗像三鞠躬。从无声处听出惊雷,这公祭大会,就是反抗蒋介石法西斯反动政权的誓师大会、斗争大会!悼词上的每一个字,是人民的心声,是一颗颗定时炸弹。

1946 年,也就是抗战胜利第二年,许多同志离开了重庆,我因为是职业作家,身无所属,尚滞留在歌乐山一家农舍里。有一天收到老舍的一封信,意思是说,他即将去美,朋友们都见到了,希望行前能和我见见面。我那时经常失眠,头晕剧烈,相距数十里,但极少到市内去,因为怕挤在那要命的公共汽车里做"沙丁鱼"。

接到老舍的信,第二天我去了市里。二人到离"文协"不远的北方餐馆"天霖春"去吃芝麻烧饼,一个人一杯小酒,其实是借酒话别而已。我看他这次出国,心情是矛盾的。虽说抗战胜利了,国民党一心想发动内战,人民生活越来越悲惨,局面令人十分不安。出去,个人倒清静了,撇下朋友,离别妻子,带着留念,杂一点疚心而去,他是"别是一般滋味在心头"的。何况,美国绝非我辈的天堂啊。话别本来是令人黯然的,何况在这样环境、这样情况之下?我看他吸着一支香烟,头微微仰起,望着那烟云在眼前迷离渺茫……

地角天涯,一别四载。我们在国内,颠沛流离,老舍在美国,也不平静。在来信中,他说:"住在纽约,十里洋场,够热闹的了,我却一个人独守空房,寂寞难耐。"从这样几句话中,可以体会出他内心的情感与况味。

1949 年 7 月,中华全国文学艺术工作者第一次代表大会在怀仁堂隆重开幕了。毛主席出席了大会,周总理在讲话中说:打倒了国民党反动统治,铲除了障碍,今天,我们南北两路文艺队伍大会师了。就是缺少了我们的朋友——老舍,已经写信邀他回来了。

老舍,在这年年尾回到了社会主义祖国。那时刚解放不久,宿舍比较挤。我住在出版总署的一间斗室里,大女儿刚生下不久,一张双人床,一个小沙发,就觉得回旋之地甚少了。老舍来看我,他坐在小沙发上,我坐在床沿上,絮谈他在美国的枯寂,对祖国、朋友、家人的怀念深情。"回来一看,变化多大啊,真叫人高兴!我觉得,好似心里推倒了一堵墙……我的这条不大听使唤的腿,好像也活便了一点。"

我和老舍同住东城,同在作家协会工作,此后的十七年,在会议场合,在他的丰富胡同的家里,可以说,时常晤面,不时过从了。他身兼好多职务,多得连他自己一口也说不清楚,工作紧张,交往繁忙,座上客常满,情况较诸抗战时期在重庆主持"文协"的时候,更上一层楼了。但是他那支笔,始终不停。算算看,这十多年来,他写了多少东西啊,呕心沥血,讴歌社会主义,受到群众的欢迎,起了很大的影响,博得"人民艺术家"的光荣称号。可是他从未露出骄傲、自得之态,反而时常对我说:"我们得好好学习、改造思想啊,这可不能放松。我们大半生埋在旧社会的泥土里,好像那些小泥人一样。"说着,他的眼光向他客房里八仙桌子上摆着的一些出土的土俑意味深长地那么一扫。接着举例说:"我的《茶馆》,你看过吧?有的同志提意见说,写旧生活,揭露社会黑暗,很地道,很深刻,很有味道,可是,没有一种新的动力,缺少一个希望。黑压压的,叫人透不过气来。这话说得很有意思,值得深思啊。"

每次他参加最高国务会议,或人大、政协常委会议之后,见到了面,总是对我传达毛主席、周总理的指示,精神很振奋。有一次,他说,毛主席号召领导干部要时常下去蹲点,不能脱离群众,高高在上。我一两天就要到北郊一个满族聚居的公社里去生活一个时期,我是满族人,情况比较熟悉,将来想就这题材写个作品。

老舍,是从旧社会来的,解放以前走过的道路是曲折的,不论思想上、作品上,杂质是难免的。解放后,毛泽东思想使他睁开了眼睛,扩大了心胸。1962 年为了纪念《在延安文艺座谈会上的讲话》发表二十周年,记得他发表了一篇文章,题为《五十而知使命》。这是肺腑之言,绝不是玩弄幽默。老舍热爱毛主席,他常说:"我想把毛主席诗词,用心好好写一本。"老舍的字,学魏碑,自成一体。他喜欢字画,他客房的西墙,等于一面"展览壁",每次去,总是面貌不同,他给我讲解,这是谁的手笔,哪个朝代,什么名家,使我增加不少知识。他珍藏了历代不少有名的字画,齐白石的名画三十余幅,都在他的手中。他的朋友中,名画家就有许多。

老舍对周总理非常崇敬。但是总理到他家里看过他的事,我还是从悼念文章中得知的。我只知道,周总理在招待文艺界领导人的会上,总是含笑而又亲切地问:茅盾,多日不见了,您好啊?老舍,近来在写什么作品啊?巴金,你一个月大约开销多少啊?冰心,你近来怎样?……总理对这样一些老作家,总是关心他们的工作、健康、写作和生活情况的。

彼此都忙,不是经常碰面。隔个把月,我总是去看老舍一次,闲聊天。他对于青年一代,很赞许,他说:"对照我们自己当年,现在的青年真是前途远大,他们多么幸福,多么可佩可爱啊!"接着道:"像我们这样家庭的孩子,要注意教育,有的孩子下学回来,问:'吃什么饭?'回答说:'水饺。'小嘴一撇:'又是水饺!'你看!"他把双手一摊,接下去是:"不好好教育怎么行呀!"

我去看他,一见门口停着汽车,我便打退回,第二天见面一问,知道外宾来访。"会外宾,问这问那。能答的答;不能答的,我就说,我不知道。知之为知之,不知为不知,不能随便乱讲啊。"时间长了些,我没去,他便来电话相邀:"我们到北海遛遛呀,带上大姑娘。"他的腿走不动,我经常头晕也不能走快,三个人悠悠散散的,真像是游山玩水呀。最后到了"仿膳",一进门,服务员同志热情招呼:"老舍先生来了。"我每次和老舍一道去吃小馆,服务员同志都认识他,特别热情,也不光因为他是座上熟客,而是都求他写字,求胡絜青同志画画,挂在餐室里。"仿膳"二字就是他的手笔,原文是刻在石头上的。老舍最会讲笑话,每次一道玩,孩子们特别高兴,他顺口一溜,总是把孩子笑得前仰后合。而今,孩子已经真正成为"大姑娘",笑话早已被时光的流水冲跑了。他每次出国回来,总带点纪念品送我,也少不了孩子的一份。礼物包好,亲笔题字:"大姑娘的。"从日本带来的一个万花筒,大女儿一直保存到现在,而人生的万花筒,已经变幻无穷了。

大家都知道,老舍好养花。他的小院子,四季芬芳,生气勃勃。秋天,约去看菊花,品种多过八十,缤纷夺目,叫不出名色来。两棵柿子树,成熟的季节,真是"枝头红柿灿如花"。老舍总是让絜青同志给我送几十个来。方的、尖的、大的、小的,奇形异状,活枝鲜叶。我摆在宜兴泥茶盘上,当艺术品鉴赏。

老舍,从险僻曲径,攀上了社会主义社会的山峰,他热爱党,热爱毛主席、周总理。老舍爱朋友,广交游。他重交谊,不论地位、声名的高低。老舍,对人生是乐观的,兴趣是多方面的。他搞文学,也爱艺术。他收藏字,自己也练字。他给我写了三个小幅,二横一竖。竖的,写的是"学知不足,文如其人",现高悬于我的客厅之中。横的一是四个大字"诗人之家","文化大革命"中已经失落;一是"健康是福",至今还挂在我卧室的墙上。前些天,日本一位记者来访,还特别拍了照片,说:"老舍在我国影响很大啊。"老舍为了外事活动,不止一次不辞辛劳,远渡重洋。他访问过捷克、苏联、朝鲜、印度。1965 年他率领作家代表团去了日本。回来之后对我说:"我做不了什么。去拜访了日本老作家,他平日不大接待人。我去了,他知道我好养菊花,他也爱养菊花。我们就从养花说到文艺……谈得很投机,这算做了点统战工作。"

老舍工作繁忙,写作、开会、会朋友,几乎占去了他全部时间和精力,看看戏,看看电影,偶尔到外地走走,就算是休息了。我常常在会场上遇到他,隔得远远的,他亲切地叫一声我的名字,把"家"字的声音拖得很长,像一缕情感连绵不断。这一声饱含热情的呼唤,仅仅两个字,就说尽了一切。它永远响在我的耳中,打动我的心灵。

1966 年,"文化大革命"开始了。彼此不见面。彼此默默互相悬念。有一天早晨,电话铃响,我抓起耳机。

"我是老舍。"

劈头一句,声音低颤。

"我这些天,身体不好。气管的一个小血管破裂了,大口大口地吐血。遵从医生的命令,我烟也不吸了,酒也不喝了。市委宣传部长告诉我不要去学习了,在家休养休养。前些天,我听一位参加批判大会的同志说,其中有我们不少朋友,嗯,受受教育……"我与老舍相交几十年,这是第一次,也是最末一次听到这样声音!

我只是强抑住感情,用低沉的声音说了几句要注意身体的话。我明白他没有说出来的话。我多想立刻跑到他的面前去一抒彼此的情怀啊。

他的电话声,还在我心头缭绕,噩耗突然来到了我的耳中。我心如刀剜,欲哭无泪。

老舍被迫害死了。但正义、真理,是不死的!

"四人帮"遗臭万年。

老舍名垂千古。

乌云飘过,仰望碧空,星光万点。有一颗,亮晶晶的,那该是"老人星"吧? 望着它,我遐思冥想,想起了老舍——我尊敬的长者,亲密的朋友。

1978 年 8 月 7 日北京

1994 年 3 月修订

2000 年 8 月再订正

得识郭老五十年

——怀念郭沫若同志

1923 年,我进了济南省立第一师范学校。那时"狗肉将军"张宗昌是山东督军,操着生杀大权。宪兵一队队,抱着他的"大令",皮靴咚咚满街响,"冷的刀光直想个热的人头"。他用前清状元王寿朋做教育厅长,命令大中学校"读经"。我们学校请来了行将就木的老翰林,用口吃的嘴,背诵古书的小注:"孟子,邹、邹、邹……人也。"校长比较开明,学习蔡元培办北大那兼容并蓄的精神,请来北大毕业的不少新派教师,杨晦先生就是其中之一。一位历史教员,名叫马克先。学校办了"书报介绍社",贩卖全国进步书报、刊物,传播革命火种。学校里新思想极为活跃,共产党组织在地下活动,王尽美同志就是其中的佼佼者。

我们就是在这样旧军阀野蛮、残酷的统治下,在黑暗的人间地狱中,怀着急切向往光明的一颗心。

这时候,大多数同学都订阅了《创造季刊》《洪水》《语丝》《莽原》……每个人的案头上都堆满了新出版的诗集、小说集。

就是在这样一种政治形势下,在新与旧的剧烈斗争中,我接触了郭沫若同志的诗歌和其他文艺创作。真是如闻暮鼓,如闻晨钟,如听九天鹤唳,如听掀天海浪,如看黑夜火把红又亮,如听入耳春雷震天响……

眼为之明,心为之亮。烈火焰中看凤凰。

《女神》《星空》《瓶》《鲁拜集》《浮士德》(译诗)……一篇接一篇,一本接一本,我如饥似渴地读着,不管能不能完全融会。字里行间,有一种高亢的声音在呼喊,有一种强大的力量在撼人,有一种呼风唤雨的革命精神和雄壮气魄使得你心潮澎湃,激动不已。

我以纯洁幼稚的心，我以不耐黑暗向往光明的心，崇拜郭老如"女神"一尊！我从他主编的刊物上，剪下他与他孩子的一帧合影，高高悬在我座右的壁上，在照片的左边，题上这样一行字：

"沫若先生，我祝你永远不死！"

读他的诗，想他的人。我天天仰望着这一帧照片，好似他在高处向我招手，引领我向另一个美好的世界突进、飞腾。

他的诗句，即使是爱情长诗《瓶》里的某些句子，在我双鬓有霜的今天，仍然记忆犹新，还能成诵。在当时半封建的社会里，恋爱也是一种反抗啊。他的译诗，有的句子也在我心中扎下了根。

郭沫若同志启发了我的思想，成为我新诗写作的第一个领路人。我读新诗，我也开始尝试写新诗。但没有郭老的思想，没有郭老的气魄，只在形式上模拟他的豪放不羁，结果是空泛不成器，最后付之一炬。

郭沫若同志的那张照片，连同那句可笑但是可贵的题词，早已灰飞烟灭了。但，它已刻在我的心碑上。

事隔五十五年，郭沫若同志当年那些诗句的烈火般的精神仍在我心中燃烧不熄。

1926 年秋，我与两位同学，放弃了"后期师范"的学业，冒险潜行奔向武汉——当时革命的中心。推动我扑向光明的动力，是郭老 1925 年发表的一篇革命论文中的两句话，大意是：在广大群众没有得到自由之先，个人的自由是得不到的。

我到武汉之后，并没有见到郭老，只听到关于他的一些传说：他是国民革命军总政治部副主任，北伐军攻打武昌时，他率领队伍爬城墙，活捉了刘玉春。当时我深深佩服郭老既是名满天下的大诗人，又是革命的实干家，当时我在心中，把郭老比作拜伦。

1927 年 4 月，我已经是武汉"中央军事政治学校"的一名学员。忽然有一天，学校宣布全校师生要到革命广场去参加群众大会。人山人海，整个广场站满了革命战士。

"今天，我们欢迎郭沫若同志胜利归来……"主席语声未落，掌声如潮。我的心怦怦乱跳！

一个身体魁伟、身穿长袍马褂、头戴瓜皮小帽的人，巍然挺立在主席台的中央，双目炯炯有神，向着台下的几万欢迎群众。这就是我多年崇拜,渴望一见容颜的郭沫若同志!

"各位同志!现在北伐军的总司令部,已经变成了屠杀人民的屠场了!"

声音洪亮,饱含义愤,积压在心胸的情感,一朝迸发了出来,似激浪,似烈焰,声声控诉,点燃起万众的心头怒火!这几句话,事隔数十年,我敢保证,一字不错。

郭老接着说下去:"我在这个公开的'堂而皇之'的所谓'北伐军总司令部'里,做了几个月的秘密工作……"

那次欢迎大会上郭老的讲话,至今清楚地记得的,只有这么几句了。

从那以后,我常在大会上见到郭老。一次,他和苏联顾问鲍罗廷乘一辆吉普车到武昌两湖书院我们的学校来讲演,他一开始就说:"刚才我们坐车子前来,一路上花香鸟语,满目春色宜人,可是,同志们,在这静静的、幽美的天地里,却充满着血与火的剧烈斗争……"

我们报以热烈的掌声。我们听到的是斗争的呼号,我们听到的是诗的声韵。

在第二次北伐誓师大会上,郭老用鼓动性强烈而激昂的声调、饱满的热情,通俗而又形象地讲:"帝国主义,封建地主,剥去了我们身上的布衫,又剥去了我们贴身的背心,我们要夺回我们的布衫,夺回我们的背心呀!……"

五六月间,武汉政治形势急剧恶化,左右分明。大小右派分子,纷纷逃走,我们同学,常常持枪在大街上追捕反动派。7月,郭老在武汉发表了《脱离蒋介石之后》;在此之前,3月31日,在南昌朱德同志处,他就写了《请看今日之蒋介石》。郭老两文揭露了蒋介石假革命之名,实行反革命之实的罪行,使人睁开眼睛,看清这个"总司令",原来是屠杀人民的大盗!而右派头头周佛海从武汉逃到南京,投靠蒋介石,发表了臭名昭著的《脱离赤都武汉以后》。一左,一右;一革命,一反革命,对照鲜明。

8月初,由我们学校和"学兵团"合编而成的"中央独立师"被调到九江,刚要靠岸,新军阀张发奎一声命令:"缴械!"大街上大卡车疾驰而去,车上被捆绑的工人高呼革命口号。从反革命毒焰十分嚣张的反动布告上,得知南昌起义的消息,上面只有叶挺、贺龙同志的名字。当时我不知道郭老于8月4日也赶去参加了这次具有伟大历史意义的南昌起义。他

1928 年春东渡日本,我事后才听说的。

他在东京,是从军事战线转到了文化战线。十年考古的斐然成就,资产阶级权威也为之俯首。郭老,天资过人,又肯钻研。这使我记起七七事变前几日我到清华去拜访闻一多先生。他说:"我搞史前史,梦家也跟着在搞甲骨文、金文。一个长于写诗的人,搞研究工作一定会做出成绩的。"

十年光阴如逝水。抗日的隆隆炮声,像一声声伟大的号召,郭沫若同志别妇抛雏,回到了祖国的怀抱。

> 又当投笔请缨时,别妇抛雏断藕丝。
>
> 去国十年余泪血,登舟三宿见旌旗。
>
> 欣将残骨埋诸夏,哭吐精诚赋此诗。
>
> 四万万人齐蹈厉,同心同德一戎衣。

一踏上祖国的大地,郭老写了这篇诗。这是他向久别的祖国、可爱的人民、亲切的战友,献出来的血淋淋的一颗赤诚的心!他鼓舞了亿万人民,他披沥了个人的肝胆。我非常非常喜爱这首气壮山河的诗!我大为感动和激发!这时我在山东临清中学教语文,我给学生们讲了,学生们也同样地受到感动和激发。至今我还记得我对青年同学们朗诵这篇诗的时候,那激奋的调子和情景。

这首诗,抒发了作者长期流亡海外的悲酸心情,表达了公而忘私、强烈爱国主义的革命精神。当时就听说他怎样凌晨而起,瞒过尚在梦中的妻子和孩子,孤身斗胆,潜奔祖国。

还有一点,郭老此诗有意用了鲁迅的那首著名诗篇的原韵。这表现了郭老的胸怀旷阔,也表现了他与伟大战友的心志契合。

我第一次得接郭老的謦欬是在 1938 年三四月间。那时我正在台儿庄前线,临时有事到了武汉。在这十年前战斗过的地方,拜访了十年前北伐战争领导人之一——郭老,既兴奋又感慨。

在他寓所的一间客厅里和郭老握手。郭老,虽久经沧桑,而雄姿健秀。未见时,心中有千言万语;见了面话语却无多。记得他谈了:刚成立"中华全国文艺界抗敌协会",希望作家们入伍、下乡下厂;正在搞"第三厅"的工作,不久要率领一个慰问团到五战区去……那正是抗战初期,政治形势比较好,全国人民抗战热情高涨,朝气勃勃。郭老,身体健强,情绪很好,颇为乐观。

抗日战争时期,民族矛盾,阶级矛盾,如黄河九曲,如大江险滩。武汉失守,蒋军节节败退。蒋介石一而再,再而三地发动反共高潮。在这种形势下,在山城重庆,我又得与郭老重见。他那时主持"文化工作委员会",把进步文化人团结在自己的周围,在党的领导下,在周总理直接指挥下,冲锋陷阵。他的一支笔,有横扫千军之力。他塑造的屈原的艺术形象,成了反抗黑暗统治的战士,《雷电颂》的洪声振奋人心,鼓舞斗志,使反动派闻之丧胆!在任何与国民党斗争的场合,郭老的气势如怒潮,语句似火焰!他不但用笔、用口去战斗,在历史上有名的"较场口事件"中,郭老参加了与敌人的肉搏战!我常想,"五四"以来,在革命、文化战斗中,就英勇、猛烈、坚贞不屈的伟大精神而言,郭老堪与鲁迅比肩。

郭老住重庆天官府四号时,那儿出出入入,人不断。我也不时去拜访。后来我移居歌乐山,见面机会遂少。他曾为我写了一个条幅,时间是与写《甲申三百年祭》同年。这个条幅今天还高悬在我客室壁上,内容是:

> 生命乃完成人生幸福之工具耳。工欲善其事,必先利其器。故欲求人生幸福之完成,必须内在生活与外在生活均充实具足。以文艺为帜志者,尤须致力于此。内在生活,殖根欲深,外在生活,布枝欲广。根不深,则不固,枝不广,则不阔。磬磬大材,挺然独立,吾企仰之。

我反复诵读,试做解释:首先,申明了生命意义之所在。然后谈到内在生活——思想感情的改造;外在生活——学习社会,参加火热的斗争。这是完全符合毛主席的教导,对我们从事文艺工作的同志,有深刻的启发和教育意义。虽然距离写它的时间,已远隔三十四年了。

抗战胜利了,大家纷纷"复员"。郭老大约是 1946 年 5 月上旬去上海。我因为是职业作家,无所属,滞留到同年 7 月,才以我妻子眷属的身份乘大木船东去,一路风波,险遭覆灭,辗转周折,总算挤进了上海——这"冒险家的乐园"。与郭老同住北四川路,相距甚近,过横浜桥,走不多远就到了郭老寓所——狄司威路。隔几条街,就是鲁迅的故居——施高塔路的大陆新村。这时茅盾先生也寓居其中。

我到上海没多少日子,10月,就上了一堂终身难忘的政治课——参加了李公朴、闻一多先生的追悼大会。闻一多先生是7月15日被蒋介石杀害的,我路过南京,在街头的报纸上才惊悉这噩耗,心里的悲愤难以描述。这次追悼会的场所,是一家大戏院,到场五千人以上。

郭老出现在台上。样子像一座行将爆炸的火山。全场一片肃穆。人人心头沉重而激动。

郭老开始讲话。愤怒之情如烈火,激昂之声如雷霆。血泪一声声,指控蒋介石反动派的滔天罪孽;挽词一句句,痛悼为革命壮烈牺牲的烈士,无限深情!一时场子里掌声雷动,人人奋起,高呼口号,人潮似涨潮。

郭老和闻一多先生,原先只是心契神交,"五四"时代闻先生就赞扬郭老的诗,写了《女神之时代精神》;郭老对闻先生的学术论著,极为钦佩。晚年,闻先生参加争取民主的革命运动,郭老过昆明访晤交谈,成为战友,传为佳话,为公为私,郭老对闻先生的悼念情谊之深沉与悲痛可以不用多说了。

郭老之后,国民党反动派在上海的头头潘公展出现了,这家伙还没开口,嘘嘘之声不绝于耳。他的话,颠倒是非,为刽子手蒋介石洗刷罪行,为特务凶手辩护,反击革命,侮蔑烈士。只有他安插在会场的特务,为他鼓掌,稀稀落落,如秋虫悲鸣。广大群众愤怒地以脚踩地,大地通通发出雷鸣。这哪里是会场,这里是战场。一边是革命,一边是反革命。壁垒森严,舌剑唇枪!人心的向背,决定胜利的所属。

1946年,蒋介石大举向解放区进攻,上海是政治神经最锐敏的地方,进步文化人的处境可以想见。为了开展革命文化斗争,大家有时在郭老家里开会。为了通声气,求慰藉,我也常去探望郭老。他住的是一幢带草坪的洋楼,颇幽静宽敞。有时我去了,他正要为人写字,我便在客厅的一张长桌子上替他磨墨、镇纸。1947年10月,我主编《文讯》月刊,请郭老撰稿,他写了一篇《再谈郁达夫》的长文章,让于立群同志亲自送到东宝兴路我的日本式斗室里来,我们一面读着郭老的文章,一面赞叹郭老的才华。那时,郭老、茅盾先生是众望所归的文坛重镇,是我们的鼓舞者、领导者,大家相濡以沫,有所为,有所不为。

随着时间的推移,战争形势、政治形势,对蒋介石反动派越来越不利,因而,白色恐怖也越来越浓重。黑名单,大搜查、大逮捕的消息飞传。郭老、茅盾先生,终于在党组织的安排照顾下,于 1947 年先后潜行去香港了。

郭老走后,上海的情况越来越紧张。惊风四起,人心浮动。身子像搏斗在风浪中的小船,中宵不眠,头侧在枕上听狂吼的警车在门前的街上疾驰而过。有时路过狄司威路郭老的旧居,无限怀念,无限感慨,我写了下面的这篇诗,记录那时的感情,题为《你去了》:

你去了。
你住过的那座小楼,
对人们有了更多的魔力,
他们走过它身旁的时候,
总是立住脚
仰望着它,迟疑一会儿。

你去了。
自愿而又不自愿地。
为了夜里安稳的睡眠
和白天自由的工作,
你撇下了
恨你的和爱你的人们。

你去了。
像头顶上移去了太阳,
心还是那颗心啊,
可是,它陷出了一个缺口,
虽然有那么多的惶惑,怅惘,浮动,
再加上一点儿彷徨……

1947 年 11 月于沪

郭老应邀于 1948 年 11 月北上。1949 年春天,我来到解放不久的北

113

平。7月，第一次文代大会开幕。毛主席、周总理都亲临盛会。郭老代表近千名代表向毛主席深深地、深深地九十度鞠躬。这一鞠躬，给我的印象深刻极了，使我想到二十多年来，郭老对窃国大盗蒋介石卑视之，唾骂之，与之坚决斗争，生死不顾。今天，对人民的革命导师则一躬到地，毕恭毕敬。郭老的精神，郭老的人格昭昭然在万众之心。

全国解放以后，郭老肩负重任，成为国家领导人之一。他的行动，他的文章，时时见诸报章；他的形象，他的声音，常常在电视中、在广播里看到、听到，我知道他工作繁忙，时间珍贵，不愿去打扰他，同在京华，反而见面少了。1957年1月，《诗刊》创刊了，为了向他请教，也为了请他写稿，我们开始登门拜访郭老。那时他住西四大院胡同五号。他约我、徐迟和编辑部的同志在家里吃饭，碰杯祝酒，谈笑风生，三杯落肚，豪兴大发。大家如晴朝临风，月下抒怀，诗情洋溢，醉翁之意已不在酒了。最后，郭老满面笑容，兴致饱酣地向大家说："我有个提议，衮衮诸公赞成否？"

大家怡然、肃然静听。

"我每月请大家一次，你们赞成吗？"

一阵掌声，表达了心声。这次诗会就这样在十分愉快的情景下结束了。

"文化大革命"的汹涌潮水，没有直接冲击郭老，但冲击波也使郭老受到影响。有些林彪的党徒，对郭老背地里喊喊喳喳，因而大学里讲现代文学史有"一个鲁迅，半个郭沫若"的说法。"四人帮"横行时，"半个郭沫若"被取消了。郭老也成为批判对象。人人看在眼里，气在心里！郭老的处境，郭老的心情不用问了。在这种情况之下，心里非常系念郭老，也听说他身体不好，但没法去看他。

毛主席批准《诗刊》1976年1月复刊。我和李季、葛洛同志一同到北京医院去看望郭老，一者为探病，二者为请教郭老关于毛主席诗词的问题，三者为请郭老指导今后《诗刊》应该怎么办，同时希望他给点作品。多年不见，郭老老了。说话声音低微，还有点颤抖，气力衰竭，走起路来，也显然步履蹒跚，腰挺不直。

我们说明来意，郭老很高兴。我们把带来的一本传抄的诗词，请他鉴定哪些确系毛主席的作品。他用微微发抖的手接过本子去，坐在沙发上一页一页地翻阅，我们怕他劳神，就说："放在您这儿，慢慢地看吧。"他一面看,一面回答:"先读为快啊。"他对毛主席著作出自内心的热忱、严肃认真的精神,叫我们感佩之至!看完之后,他说:"《重上井冈山》不用说了,《鸟儿问答》确乎是毛主席的作品,我知道。"放下本子,闲聊起来,他摊开右手五个指头说,我有五种病,然后一一说了那几种病;接着说稿子,"文化大革命"中写了几首词,要整理才行。为了逗趣使郭老高兴,我说:"《诗刊》刚创刊的时候,您请我们吃饭,并许愿说:每月请我们一次客。事隔十九年,《诗刊》复刊了,您几时请我们吃一餐啊?"郭老戴着助听器,静静地听着,有时郭老的秘书王廷芳同志大声把我的话重复一下,当郭老完全听懂了我的话时,高兴地笑了,并且声音低微、情绪愉快地说:"我请你们吃涮羊肉。"

一看表,已经过了半小时,我们急忙告辞,郭老慢慢地站起来,送了我们几步。

1976年初冬,"四人帮"垮台之后,我接到北京大学一位老友季羡林同志的信,信上说:"我每年春节去看你一次,近来忽然感到,这样,今生还能见几次啊?!以后争取'五一''十一',都去看你。"我虽已入了"老"的行列,但不去想生啊死呀的事。但是,接到这信,也忽然发觉,难怪每月好几次跑八宝山,自己所余的岁月确实是不甚多了。因而也颇有所感。有一次,见到张光年同志,我提议说:我们应该去看看"五老"①吧。他说"是啊"。于是,结伴去看郭老。我听说,郭老这几年很念旧,也许"四人帮"当道时,心境寂寞,也许上了年纪愿意见到故人。有一次,三位朋友去探望郭老,一见面,他就说:"没想到还能见到你们啊。"体会郭老这种晚年心境,也是促使我们去探望的一种动力。

郭老前海之滨的住所,二十多年来第一次去。下了车,两位解放军问了姓名之后,让我们前进。没走几步,忽然又问我们:"有车子没有?"我们一面走,一面回答:"有。"呼隆一声大门开了,车子开了进来,这才明白从大门到客厅还有一段路。院子很大,一株株苍松翠柏。大厅对面,竖立着一个大木牌,上面是毛主席题字:"为人民服务。"客厅宽敞,可以作为舞厅,简单朴素,除了几只沙发外,没有什么陈设。郭老持家严格,自奉俭约。"文化大革命"前,就听常去的朋友们说,郭老每饭一荤一素,一个

① 五老:指郭沫若、茅盾、叶圣陶、曹靖华、阿英五位老同志。

汤,客人到了,炒两个鸡蛋就算招待了。于立群同志和子女有时来我家,衣着也十分质朴,令我感动。

我们来访,给郭老增加了欣愉,从情态上就可以看出来。

我们这次谈得极愉快,大家情绪特别好。谈了老朋友们的情况,谈了"四人帮"倒了之后大家的兴奋心情,漫谈,漫谈,轻松而愉快。一看表,恰好半小时。我们立即告辞。不放行。再一看表,又过了十分钟。我们只好立起身子,表示坚决要走了。郭老送到门口,隔着玻璃窗向我们频频招手,一直目送我们上了车子。

打倒了"四人帮",郭老心情畅快,政治热情高,虽重病在身,仍挣扎出席重要集会,写了很多批"四人帮"的诗词。阿英同志逝世,他非要去八宝山,家人劝他以身体为重,他流下了眼泪,说:"我不去,以后的追悔叫我不安。"在追悼会的休息室,他派人找一些老同志去见见面,郭老对朋友、对同志就是这么热情。

这几年,怕打扰郭老,我去探望他的次数并不多,可是用电话、通信联系却相当紧密,他的病情我很关心,经常探问。于立群、王廷芳同志有时也来我家谈谈,所以虽不常见面,但觉得很切近。他的《沫若诗词选》出版了,我给王廷芳同志打招呼,希望得到郭老的签名本,第三天,就如愿以偿了,而且挂号寄下。王子野同志精于刻竹,1973 年给我刻了一个竹筒,裂了。去年,他准备再重新刻一个,我们商量,顶好请郭老写几行小字。我踌躇再踌躇,终于写信给了郭老。那时郭老家里正在修房子,住在北京饭店。过了些时候,郭老写来了下面这样一封信:

克家同志:

　　您的信早收到,您要我为您的竹筒题字付刻,我有点踌躇,因而稽覆,恕罪……

　　病后手颤,字写不好,加以住在饭店,笔墨都不顺手——这封信的字就是证明。踌躇再三,题字之嘱不好应命,请谅。

　　敬礼。

郭沫若

10 月 8 日

此信写好后,未及送出,又感不适,到医院检查,白血球含量一万八千六百,大夫又叫我住院了。

特此附闻。

　　读了这封信,我很感动,也极不安。知道郭老健康情况不好,不该打扰,使他不安,看了抖颤的手写下的这些墨笔字,心里十分难过,而今已成遗书,更可贵了。

　　我所以一再记述这些琐事,意在表示郭老晚年,病情严重,对老同志是这么关心,这么热情。对于一件可以让王廷芳同志一个电话回绝了的小事,也认真办理,这种精神,表现了郭老的人格,对人对事的态度,也表现了郭老对同志们的赤诚的一颗心! 这使我想起了鲁迅先生晚年,事无大小,严格认真、一丝不苟的精神。

　　前年,沙汀同志到京访友,我俩谈起郭老的情况,他极想去看望他,但又怕打扰他,心情矛盾、痛苦。最后还是忍痛写了封信,表示慰问。我在与王廷芳同志通电话时,说了这种情况。隔了一天,王廷芳回电话说:郭老愿意接见。我陪沙汀一道按约定的时间到了北京饭店。王廷芳同志在楼下等我们。

　　沙汀多年不见郭老了,他也重听,我让他和郭老挨身坐着,王廷芳同志站在郭老背后做翻译。

　　郭老心情很好,很高兴。他首先说:"我有两种病,白血球高到五万多。"王廷芳同志立即纠正:"两万多。"他接着说:"还有,前些天,没站稳,在地板上摔了一跤,把记忆全摔掉了,现在才逐渐恢复。"沙汀凝神静听,把头斜近郭老。然后,他大声对郭老说:"您是文坛先驱,我们都是吃着您的奶长大的。您是革命家、文学家、诗人、历史学家、古文字学家……"

　　郭老听了沙汀的话,态度平静谦和,似有所感地说:"我对于自己,知道得很清楚,十个指头按十个跳蚤……"

　　快乐忘情的时候,往往不计时间,一看表,已经到了三十分钟的极限,我们告辞。郭老用双手做往下按的姿势,希望再谈一会儿,他问沙汀几时回成都,还回北京不。我们一面絮絮而谈,一面时时看手表。又过了十分钟,我们立起身来,坚决告退。郭老也站了起来,一步挪一步地送我们到门口,依依恋恋,情景使人感动。告别的话彼此没有多说,尽在不言中了。

117

王廷芳同志约我们到他的房间里谈了一会儿。他说:"郭老的健康情况,逆转的速度越来越加快了,会面时的谈话你们要记下它啊。"

听了这话,心里很难过。

科学大会,文联大会,郭老都做了书面发言。热情洋溢,令人奋发。如果 1927 年在武汉大革命时代听他演讲,是用诗的语言做政治动员,今天他又用美妙的语言把诗和科学连在一起了。

我经常和王廷芳同志联系,关心着郭老白血球高低和体温升降的情况。最后一次王廷芳同志说:"郭老体温已正常,白血球降到一万六七。"我放心了。此时,虽然我已知道郭老难以支撑久了,但希望总是给人以乐观的。

一个下午,突然得到王廷芳同志的电话:"郭老因病况急剧逆转,刚才逝世,快来医院!"我放下电话耳机,心跳立刻加速,吞下一片镇定药片。因为临时机关的车子不在,我便打电话把我爱人从办公室叫回来,扶着我乘公共汽车到了医院,而遗体已入了太平间。看了郭老住过的那个大房间,空空的,空空的,像我这时的心。

由郭老子女陪同,我上楼看望于立群同志,她正在输液,眼睛对着眼睛,没说一句话,没流一滴泪。严肃地、静静地站了五分钟,我退了出来,泪也涌流出来。我再三叮嘱郭老的子女:"注意妈妈!"

我怀着满腔悲痛之情,离开了医院。

1978 年 8 月 30 日完成

1992 年 9 月修订

剑三今何在？

"剑三今何在？"是陈毅同志悼念王统照先生诗作的题目。剑三，是王统照先生的字，他是我的小同乡——山东诸城县人。住相州镇，距我们村庄六十里。剑三出身于封建地主家庭，时代激流，学校教育，使他走上了反帝、反封建的道路。五四运动时，他在北京中国大学读书，参加过火烧赵家楼、痛打卖国贼的爱国运动。他爱好新文艺，成为有名的小说家、诗人。他热心提倡为人生的新文艺，和茅盾、叶圣陶、郑振铎等诸位先生发起进步文艺团体——文学研究会。他和陈毅同志、茅盾、叶圣陶、郑振铎诸先生结下了深厚的友谊，终生不渝。他英语学得不错，翻译了一些作品，记得在一本杂志上看到过他翻译的列宁作品。有一件事，我记忆很深，他在某一篇译文中搞错了一个字，惹得林语堂写了一首打油诗对他大加讽嘲，登在《语丝》上。那时剑三不过是二十几岁的一个青年，林语堂抓住一字之差，摆出权威架势，想一棍子把他打死。当年看了这首打油诗，我心里愤愤不平！

我第一次见到剑三，是1924年。印度诗人泰戈尔到了济南，在"鸟笼子"①里讲演，剑三任翻译，少年英俊，叫我不胜钦佩和羡慕。当时风传我们的学校——山东省立第一师范，要请他教书，结果没有来，我们空欢喜了一场。

我和剑三交往，开始于1929年，在青岛。他在青岛观海二路四十九号有座小楼，这寓所就是他的家。观海路，地势耸然，居高临下，俯观大海，水天一色。那时，他在市立中学教书，后来又在国立青岛大学兼过课。

---

① 系旧"山东省议会"的别名，建筑的形象似鸟笼子。

他在观海二路寓所的两间小小会客室里,接待过闻一多、老舍、洪深诸位先生,我和吴伯箫同志更是他的座上熟客。剑三为人热情、敦厚、谦逊、诚挚。他的思想并不激烈,但能与时俱进;待人接物有点谨慎,但富有诗人气质。他对中国古典文艺,对外国文学,修养很深。他爱好美术,写一笔好字,为侪辈所赞许。

我在青岛大学读书期间,不时到他的观海二路寓所去。大铁门西向,院子很小,一进大门,右首一座小平房,两个通间,这就是会客室。室内陈设简单,只有一张桌子、几把椅子和一匣《全唐诗》。我一到,老工友上楼通报一声,一会儿看到主人扶着陡直的栏杆,滑滑梯似的飞跃而下。楼很小,又高高踞上,真可称为危楼了。剑三瘦削,体弱,很健谈,兴致来时,拘谨不见了,高谈阔论,又说又笑,诗人情态,芒角毕露。有时谈得近乎进餐的时分了,便留我吃家乡风味的便饭:煎饼、小豆腐。极简单,但极可口。这时候,"九一八""一·二八"刚过去不久,国民党反动派,不"攘外"却全力"安内"——"围剿"红军,镇压人民爱国情绪和行动,人心郁愤。剑三在创作他的有名长篇《山雨》。这本书反映了时势的动乱,农村的破产,兆示了暴风雨即将到来。它表现了剑三的思想和感情。书一出版,遭到国民党的查禁,并要把它的作者列入黑名单,足见这本书的内容和影响。1955 年,剑三写了题为《题重印〈山雨〉与儿子济诚其妇超群》的诗,其中有两句是:"书生救国惭无力,把笔愁为说部篇。"我想,这个"愁"字很可以见出剑三的思想和性格,读到这两句的时候,我心里想,把"愁"字改为"愤"字,意味就迥乎不同。当然,这样一来,平仄就不对头了。

剑三很看重友谊,真诚待人,给人以温暖,如陈年老酒,越久越觉得情谊醇厚。对我这个后进,鼓励、扶掖,不遗余力。我的第一本诗集,他是鉴定者、资助者,又做了它的出版人。没有剑三就不大可能有这本小书问世,这么说也不为过。1936 年,他去上海主编当时有很大影响的文艺杂志《文学》月刊。在这之前,他就推荐我向该刊投稿,像我初期比较重要的诗作《罪恶的黑手》就发表在《文学》上。剑三爱才,但他不徇情。做了主编之后,我有的诗,他认为不宜发表,就在来信中说明不发表的理由,使你不但不感到失望反而觉得从中得到教益,衷心感谢。吴伯箫同志,1938年去延安之前,把他的一部散文——《羽书集》的稿子交给了剑三。地角天涯,南北两极,重新会面,何日何年?后来伯箫告诉我说:"我在延安,有一天,一位同志对我说:我看到你新出版了一本书。我听了大为惊异,出版了一本什么书?急忙借来一看,原来是《羽书集》啊,我感动得不得了!"分手之后,剑三的处境是那么困难,但对朋友的嘱托却如此负责。

他在上海主编《文学》,团结了许多进步作家,有些新人在上面崭露头角,端木蕻良同志就是其中的一个。他一连发表了他两个短篇:《鹭鸶湖的忧郁》《遥远的风沙》,接着长篇《大地的海》又开始连载,引起了广泛的注意。剑三回青岛时,我问他:"端木蕻良是谁?是真名还是笔名?"他只是笑,但不作回答。我又追问:"是男的还是女的?"他依然只是神秘地笑一笑。我所以这样问他,因为许多人认为端木蕻良是位女作家。1938年在武汉初次见到端木,谈及此事,彼此捧腹大笑。这也表现了剑三处世风格的一个侧面。

1934年,剑三因《山雨》遭查禁,自费到欧洲去游历、学习。我和伯箫去码头相送,别绪依依。船开了,把我们手中的彩纸越牵越长,最后彩纸断了,船远了。剑三这次出国,经埃及去欧洲,游历了八九个国家,在伦敦住了一个时期,在世界驰名的大不列颠博物馆里阅读,抄录美术资料。同时去伦敦大学研究文学。剑三对美学有兴趣也有研究,归国后把他从国外带回的美术作品选刊在他主编的《文学》杂志上。他到意大利,凭吊诗人雪莱,在他的墓前徘徊不能去。回来写了《雪莱墓上》的长诗,抒发了深沉的诗的感情,寄托了无限的感慨。异域招魂,旷一世而相感。诗写得好,音调铿锵,读之心动而为之共鸣。在罗马,在佛罗伦萨,双脚踏上这些历史圣地,缅怀往古,念天地之悠悠。历代多少英雄豪杰被时代罡风吹尽,而文化遗迹斑斓犹在,万古灼灼。剑三带着满腹悲愤远去祖国以舒心怀,面对人类古代文化,俯察资本主义的腐朽现况,思古抚今,何胜感慨!他回国之后写了游记,也写了不少诗篇。

抗战前夕,剑三在上海参加"上海文化界救国会",和鲁迅、郭沫若、茅盾、巴金等文艺方面的代表性人物一起在《文艺界同人为团结御侮与言论自由宣言》上签名,号召文艺工作者团结抗日,争取言论自由。这时候,他参加了在上海成立的"中国文艺家协会",剑三在来信上介绍了它的宗旨和成立的意义,我也签名参加了。

抗日战争爆发,音信杳杳,各自天涯。剑三忧国忧时,对国民党的丧权辱国,积愤在心,敢怒不敢言,而今团结抗日,我想虽历艰茹苦,剑三也一定会心甘情愿的吧。我对这样一位尊敬的长者,亲密的朋友,怀念之情,无时或已。

1949 年 7 月,第一次"文代会"在北京隆重开幕。我和剑三,在忧患中分手,在解放后重逢,那种兴奋、欢快之情,实在无法形容。剑三虽然增加了几岁年纪,但精神健旺,不减当年。开会余暇,一同逛什刹海,那时它的旧颜未改,我俩坐在荒废的岸涯上看浅水荡漾,荷花朵朵,这会勾起他多少回忆啊。这里是他青年时代读大学时足迹常到之处,荒凉破败,污秽不堪,而今它也得到了新生,随着祖国的繁荣将焕发出一副清洁、明净、繁盛、热闹的崭新面容。在这次"文代会"期间,他受到伟大领袖毛主席的接见,周总理给他题字留念,他兴奋感激之情,溢乎言表,形于颜色。

1950 年,我到济南参加山东省第一届人代会,得与剑三相会于"四面荷花三面柳,一城山色半城湖"的泉城。就是在这座城中,我们先后度过了中学时代。二十几年前,我在这里第一次见到他。故人相会于故乡,那种感受和心情,无法用文字形容。这时,他担任了许多负责工作,但好似越忙越精神。在会议余暇,我们一道吃故乡风味的著名小馆;我们一道游金线泉,参观了李清照的故居,想见其为人;我们一道踏过鹊华桥到大明湖畔,划小舟,穿荷花,到历下亭去。在这"海右此亭古,济南名士多"的湖心小亭里,我们清茶一杯,看李北海和历代名流在木联上的题句。时代邈远,而诗心应感,多少往事,涌上心头!我们一道登上千佛山,居高望远。相聚无多日,但其乐无穷。回忆旧时代那深重的苦难,难堪的遭受,痛苦的心情,比比解放后的幸福、欢愉、舒畅的胸怀,真是如同天渊。我和剑三、臧云远一起照了相片。这张照片,至今犹存,而剑三已不在人间了!

解放以后,剑三工作繁重,但和我通信极勤,几乎每周必有,有必厚。大事小节,均形之于字句,字体极小,不论用钢笔还是毛笔,都写得工整娟秀,读了令人心快眼明,可惜这多至百封的信,经过"文化大革命"已荡然无存了!他把在敌伪统治下,蛰居上海、埋头易名时期写下的旧体诗抄给我,可惜我记忆力差,于今只记得一二残句了。"城居与野处,同此忧患俱",这表现了那时人民的悲惨处境。"六淫郁久病,一杯难忘年",这反映了他在那种环境之下个人的痛苦心情。解放之后,他为考古学家王献唐画的古梅扇面题了一首诗,可惜这珍品已经湮没,而此诗尚在心头:"铁骨冰胎古艳姿,冷欺霜雪破胭脂。莫言枯干阏生意,老树著花无丑枝。"年华虽逝而青春重来的欢欣鼓舞之情,在字句中踊跃。

有一次,剑三到北京,我陪他去看老舍,这时候,他的身体已经不行了。老友重逢,亲切欢快。老舍写了许多好作品,受到群众的欢迎,剑三当然极高兴,写了一首七言诗送给他,表示自己的心意:"善政合民例得书,浚沟启宇到龙须。传神自有生花笔,刮目重新看老舒。"大家一起聊天,回忆1935年在青岛度过的那些日子,也谈到了大家搞《避暑录话》的往事。这次会面之后,我见到老舍,他叹息了一声:"你看,我们的朋友当中,剑三要先走。"说完,神色黯然。

剑三的健康情况一年不如一年。严重的气管炎折磨得他说一句话,得咳喘半个小时,身体虚弱,走路须人扶持。但他还是勤奋写作,在《人民日报》上发表了关于埃及的诗,毛主席看到了,高兴地说:"百花齐放,老作家王统照也发表作品了,这很好。"我立即把这消息写信告诉了他,他的兴奋心情可想而知的了。他在和病魔斗争中,还立大志,写长篇,雄心勃勃,在社会主义时代,谁不想有一分热发它二分光呢?

王统照先生的体质本来很弱,他常说:"在旧社会里,我的奢望是活到五十。"解放后的新中国,使他精神奋发,心情愉快,不论工作、生活,他都感到满意。这几年来,他的气管炎症,每到冬天,总要大发一场,等于过一次鬼门关。朋友们看到这种情况,总是劝他保重身体,好更长久地为人民服务。我每次给他写信必苦苦劝告,晓以理,动以情,请他严加注意,珍惜宝贵的生命。他回信总说要到青岛休养,或说一定听从劝告,到南方去避寒。信上这么说,而人呢,总是在济南不动。他的职务多,责任重,由于对新社会的热爱所产生的责任心,使他不肯放下工作,朋友的劝告,使他感动,但也总是恋恋着工作,不肯离去。他心里可能这么想:"生命反正不会太久了,趁活着的时候,多为社会主义事业尽一分力量吧。"

1957年夏天的一个晚上,8点钟,我已经快就寝了(我身体不好,总是早睡),忽然听到款款的叩门声,开门一看,剑三先生到了!瘦得双臂像枯柴,服务员和我架着他进了屋。我又惊又喜地问这问那,他摆了摆手,一劲地咳个不停。坐下以后还是上气不接下气,说一句话,咳嗽半天。听他说话真叫人难受!不让他说,他又抑不住对朋友的热情。

"这样子,您又何必来开会呢?"

"应该来开会,也借着看看朋友。"

他的意思我明白了。我的心突突地乱跳。我责备他,对工作不能"巨细不捐"地搞,他辩解而又自嘲地说:"说不上'细',大事情他们和我商量商量,自己的责任哪能丢开不管啊。"

我明白,这次他来,是向北京告别,是向朋友永诀。他情感特别热烈,内心却十分悲切!买了很漂亮的纪念册,请茅盾、叶圣陶、郑振铎先生和我,题句留念。我心里想,回到济南,他要一天多少次翻阅这些老友们的手迹啊。

人民代表大会没有开完,他就晕倒在会场上,进了北京医院。

我到医院去看他,他躺在病床上,上气不接下气,说一句,停几次。在这种情况下,他还要我给他弄一千块钱。我听了有点惊异,他看出了这情况,解释说:"我要替……"咯咯咯咯,"山……山东……图……图书……馆买……"咯咯咯咯……当我吃力地听懂了他的意思,感动得泪水在眼眶里转,强忍着不让它流出来,怕他看见。

他在病床上,心里还计划着整理过去的诗,编选一本。他告诉我,他身体如果好一点,想写一部长篇小说,反映"五四"前后各个时代的情况,他说自己对这些情况比较熟悉一点,德国人占据胶州湾时代的材料,他曾经进行过调查,他说,一天写两小时,写千把字,一年也可以写几十万字呀。

剑三先生是从旧社会走过来的,亲身经过了几个大时代。他对过去的旧社会越憎恨,对目前的新社会也就越喜爱。旧社会给他的折磨实在太深了;全国解放以后,人民给了他很大的荣誉,给了他很重要的负责工作。他满腔感激之情,因而更不肯放松自己。他要努力工作,报答社会主义祖国给予他的光荣;他有写作的雄心,想凭自己的经验和才能写出比《山雨》更为优秀的大作来。

他从北京回到济南以后,我几乎天天有信给他。他回信也快。11月间,我去了信,回信马上来了,依然是面熟的印着"文化局"的信封,而笔迹却不对头了,我愣了一下,不敢去打开它,却又急于去打开它。这时候,他正躺在济南第二医院的病床上,情况已是十分严重!他的青年服务员代他写的信,他本人已经无力执笔了。我接连去了几封信,那位小青年同志也每信必复。这些信,等于是病人生命的判决书,读了实在令人心疼。我把刚刚出版的《毛主席诗词十八首讲解》寄给了他,希望在他还没有合

124

上双眼之前,能从中得到一点喜悦。因为他对毛主席的诗词是极为喜爱的。

我把他病重的消息告诉了在京的他的好朋友,动员大家给他写信。这些信,有的已经到达,有的却永远找不到它的收信人了!

1957年11月30日,我正在文联大礼堂开会,一位同志递了个小条给我,上面写着:"王统照先生已于昨日凌晨5时在济南病逝。"这个噩耗,其实对我已经不是什么意外了。前两天我早得到了他病危的消息,从那时起,心就悬悬着,怕接到电报,怕突然来一个长途电话,邮递员同志来送信也总使我一怔。然而当这张小条子递到我手里时,这个意中的消息却成了意外的了。它给了我沉重的一击!我半道退出了会场,跑回家里,忍不住号啕大哭!写到这里,我泪珠成串,双眼模糊了。

我痛哭的情况,惊动了家人,她们又不敢问。停了一会儿,我才把噩耗对家人说了。我八岁的大女儿惊异而又天真地问我:"爸爸,死了的是那位买皮球拍不起的王老伯吧?"前几年,剑三到我家来,给孩子买了个大皮球,她一拍,跳不起来,她笑王老伯不会买。这件事,给她的印象很深,所以这么问我。

剑三去了。济南开了隆重的追悼大会。省委送了挽联,上面写着十个大字:"文艺老战士,党的好朋友。"剑三在旧社会,国民党要把他列入黑名单,查禁他的著作;在社会主义社会,伟大领袖毛主席赞扬、鼓励他,其生也荣,其死也哀。剑三长眠在金牛山下,该面有笑容的吧。

剑三逝世之后,人民文学出版社出版了他的《山雨》,又出版了他的《诗选》。我仔细捧读他的诗,替他写了长篇序言。我觉得剑三的诗,写得好,而且有时代气息。读着剑三的作品,更增加了对他的怀念。剑三今何在?

1978年9月25日

1992年9月修订

抬头看手迹　低头思故人

——追忆何其芳同志

1976 年 7 月间,北京正闹地震,震得人心惶惶不安。在我的寝室和会客室里搭了两个防震棚,连工作也没个合适的地方。有一天,晚上 9 点钟,我正在等候地震的消息,忽然听到院子里有人叫我的名字,我赶快迎出去,其芳用爽朗的声音带笑地说:"我们避地震来了。"说着,和他爱人牟决鸣就进了门。我说:"恰好。靖华同志三个钟头以前来电话,说带着大女儿来避震,我赶紧调理好床位,他刚来电话,说到鲁迅博物馆去了,不来了。你和决鸣同志顶他的两个位置吧。"

其芳看了我会客室的棚子,说:"比我们的好多了,你们又是平房,保险些。"一面说,一面笑。看完了外间又到了内间"视察"。我指着用楠木写字台搭的"斗室"对他说:"男女有别,我俩就在这底下吧。"

"未敢翻身已碰头啊。"他说。

我说:"碰头总比砸头好呀。"

他立即表明来意:"我对地震,并不怎么怕。大家都躲出大楼,我也出来夜游一番。知道你睡得早,所以把你这儿作为第一站。"

"不要夜游了。老朋友共一夜患难吧。"

"不,不!"他摇一摇手,表示决心。然后说:"熊复是能熬夜的,我的第二站就是他那儿。"停了一下,问我,"有他的电话吗?"

"没有。有胡绳同志的,可以打听。"

他放下电话,笑声朗朗地说:"人家欢迎,我们就告辞了。"

我送其芳夫妇出了巷子口,望着他俩慢悠悠地晃晃荡荡进了东堂子胡同。

我回来,躺在写字台底下,在这地震扰人的夜间,我的思想,我的感情,萦系在其芳身上。

我与其芳,可谓神交已久了。我们都是 30 年代登上文坛的,虽然我比他大几岁。1932 年,其芳和我,先后在《现代》月刊上发表了诗作。其芳的那首诗,是写爱情的。事隔四十五年,清楚地记得其中的句子:"但是谁的一角轻飏的倩媚的裙衣,我忧郁的梦魂日夜萦系?"这首诗写得很优美,很有感情。1933 年,我出版了第一本诗集——《烙印》。1936 年,他和之琳、广田(我中学同班)三人合出了一本诗集——《汉园集》,他们是北大同学,所在的红楼是汉花园。1937 年,他又出版了《画梦录》。这本散文,充满了美丽天真的幻想,其芳用绚烂细腻的笔画了一个又一个好梦。这梦是动人的,但它是虚幻的。1934 年,我在临清中学教书时,还曾经选作教材,记得其中有一篇描写农家少女玲玲的《墓》,很感人。

卢沟桥一声炮响,惊醒了其芳的"画梦",从川西的成都,一跃而奔到革命圣地延安。这一步,决定性的一步,不是轻而易举的,其芳看得远,决心大,走得对了。

待到 1944 年,我们在雾重庆第一次晤面的时候,他和我想象中的其芳完全是两样的人了。他热情,富于诗人气质;他诚朴干练,饶有坚实的革命家风度。那时,他担任《新华日报》副社长,参加四川省委的领导班子,又是周恩来同志领导文艺工作的得力助手。他原是白区的作家,现在又从延安回到了国统区,各方面的作家他都熟,对于开展工作,这是一个有利的条件。在重庆,他通过搞文艺活动,团结作家、诗人,与国民党反动派和一切文艺反动谬论做斗争。

在重庆的时候,我对其芳是很钦佩的,虽然个人接触并不多,说不上亲密。他从一个京派作家,一变而成为革命文艺战士;他用"画梦"的笔写出洋洋洒洒的战斗文章,的确令我肃然起敬。

其芳对人亲切,与人交往的时候,没优越感,同时,他也急人之急,肯帮助人解决问题。我的老家里,生活上有困难,在晤面时我当作家常和他聊聊,他却认真地替我解决了,我心里很感动。其芳同志是四川万县人,抗战胜利的第二年,我乘拖轮东下,在万县停了一下,我特地下船,到县城里遛了一圈,心里温暖而又怅惘地想:在其芳的故乡,却见不到其芳。

解放以后,我们又在北京重聚了。因为工作岗位不同,接触的机会不多。他写诗少,写论文多了。其芳工作、学习、写作,都是下苦功的,很严肃,很认真。对文艺问题,他经过思考,形成了自己的见解,便坚持这种见解,与意见不同的同志们,顽强地争辩,毫不妥协,到绝不容情的地步。他好写长文章,有自己的风格。记得二十年前,文艺界同志们发表了一些讨论《楚辞》的作品,最后其芳写了篇结论性质的文章,将近二万言。我在《新华月报》编选文艺,打算转载它。我直截了当地对其芳表示了我的看法,说:"第一节太长了一点,因为与论点结合得不太紧密。"他笑了,叫着我的名字说:"我写文章,有自己的一套,七宝楼台,没法片段地拆下来。"他用笑语坚持原文,我就忙说:"那就只好割爱了。"

我不知道其芳负责文学研究所工作成绩如何,但常听到在他领导之下的同志这样谈论他:"天不怕,地不怕,就怕何其芳同志打电话。"对我讲这两句话的同志虽然是当笑话说的,而我却严肃地听着。我觉得,这确乎道出了其芳对工作、对同志、对个人严格要求、认真负责的态度。因而,许多细小的事情在我心中微波似的漾起。

其芳写诗,一字不苟,连标点符号也要摆正。他在《诗刊》上发表过一首题名《西回舍》的较长的诗,出了一点很小的差错,他马上打电话给编辑部提出意见,不久,他又把这首诗重新在《人民日报》上发表了。

1956年,我编选了一部《中国新诗选》,出版前,征求其芳对编选工作的意见,其芳写了长信来对我提出了批评,信虽然在"文化大革命"中丢失了,但其中重要的几句,还清楚地记在心上:

> 我觉得你选中国新诗,不选你自己的,这是不对的。不应以选家身份过分地强调自己,同样也不应因为自己选诗,把自己去掉了。这样不科学,不公允。鲁迅选小说,不也选了自己的作品?没有人说他。我建议你要选你自己的作品,重点放在1933—1936年,这期间,你在诗歌方面代表性较强。

读了他的信,深深为其芳的严正态度所打动。

这本《诗选》出版时,我遵照其芳的意见,加入了我自己的四首诗。

"文化大革命"中,我们没有机会再见,连消息也渺渺茫茫了。我在江南向阳湖干校,有一天和严文井同志碰面,他向我谈了一些回京探亲得到的消息。其中一条是关于其芳的。他说:"有一天去看其芳,他很兴奋,谈得正热闹,忽然一面摇头,一面对我说:'我要回家,我要回家。'他脑动脉硬化,植物神经紊乱,有时发生意识障碍,说话突然中断,一再重复最后一句话,过一会儿才能接上。"

听了文井的话,我心里有点难过,其芳是很强健的一位同志啊,怎么弄成这个样子?

1972年秋,我从干校回到了北京。我们第一次见面的时候,大家互相打量一番,紧紧地握着手。然后两张嘴发出同样的声音:"不错,不错。"

其芳负责的文学研究所,离我处不远,他每次到建国门医院看病,要经过我的门口,然后乘公共汽车回东单的家。因此,他来访的机会自然就多了。

有一个下午,其芳来了,穿着冬大衣,拄着手杖。看样子兴致很高。我帮他脱大衣,他向我道衷情:"我经常从你门口过,往往是过门而不入。知道你身体不怎么好,怕累;我经过的时候大半在正午,心里很想进来坐坐,又一想,你可能正在吃饭,就算了。"

我们两个,喝着茶,室内又挺暖和,谈兴很浓。我对他说:"我问你一件事,外边传言很多。"他猛一惊:"什么事!?"我说:"听说那篇《红楼梦评论集》的三版后记,出版社打了样子请你看看,你气愤地拒绝了,反而写了八千字的信去,词锋尖锐。有没有这回事?"

一提这事,其芳立刻情态大变。他有点向我申诉似的,亲热地叫了一声我的名字,说:"不对! 不对! 是这么回事,我告诉你。他的序言,我是看了的。信,我是写了的。不是八千字,而是四千字。我生气的是,他在那篇后记中袭用了我的两点意见,作为他的矛头,向我刺来! 你看……"说到这里,其芳愠气满面,双手一摊,接下去说:"他在这篇后记里,有的无关理论,依势压人……"

听了其芳的剖白、申诉,我为他大抱不平!

我安慰其芳,又诚恳地对他说:"过去,对于辩论《红楼梦》的问题,老实说,我并没有注意。最近看了发表的一些文章,我觉得你的说法,恐怕也不够妥当。"

话出了口,又怕其芳一贯对问题好坚持自己的意见,接受不了,不高兴,作为好朋友,我又不能隐藏自己的看法。我望着其芳。

其芳态度很平静,谦逊地说:"我们这些老知识分子,哪能不受到人性论的一点影响呢?"

听了其芳的这几句话,我心里着实快慰!

这一次谈心,极愉快,留下了深刻的印象、美好的回忆。我送他出门,一面并肩走着,一面交谈。他有点痛苦地说:"人事关系变化真大啊!有的过去和我要好的同志,现在搞得关系很僵。咳,我还挂着个所长的名义,照顾了这个,得罪了那个,你说怎么办?怎么办?"

我扶他上了公共汽车,向他道别,并且声明了一句:"我找一天到你家里看你。"他大声说:"你不要来,不要来,你身体不好,我来看你。"车开了,我望着其芳拄着手杖立在那里的形象,不知为什么,心里有点不安。

其芳有病,军宣队让他休息半天,他不听;医生给他开全休的证明,他揣在口袋里,照样去办公室。牟决鸣同志见到我就说他不听话,拿他没办法!我见到其芳时也对他提出了意见和请求,他总是笑一笑,然后解释说:"我的问题还没解决,不去,怕群众有意见……"

1975年一个冬天的上午,我到东单裱褙胡同去看其芳。他原来小院里的一幢楼,现在只剩一层了。穿来穿去,静悄悄见不到一个人,叩门没回声,最后找到了牟决鸣同志,她把我让到会客室里,回头通知其芳去了。两间会客室,书架一个挤一个,大红丝绒罩着一个东西,也许是收音机吧,这房子我以前到过,样子有点变了。一会儿,还没见人,就听到匆匆的脚步声。一见面,热烈地握手,其芳用惊喜的口吻说:"你怎么一个人来了呀!"因为我神经官能症较重,出门极少,一出门就须孩子扶持。你看他出于高兴的那一阵张罗,泡茶,拿水果,同时抱歉似的责备:"你看孩子们把屋子搞得这么乱,我也没精力收拾。"刚坐定,拿起水果,发现没有小刀,又跑去找来小刀,亲手削了,送到我手里,笑着说:"尝尝,这苹果还新鲜。"

一阵兴奋的奔忙之后,我俩开始聊了起来。其芳说:"诗,一时写不出来,不光是没诗料,而是没诗兴。我想翻译点海涅的诗。"我说:"听到一位朋友说,经常在外文旧书店里遇到你。"他说:"是,是。"其芳是学英文的,怎么翻译起德文诗来?我心里想,没问他。

"你还写旧体诗吗?"

"写不好,有时学着写一点。"

"你还记得吗？'文化大革命'以前，我要你给我写个条幅，你写了《戏为六绝句》(这六首旧体诗，在《诗刊》上发表了)给我看，要我选一首，你写了，我裱好挂了起来，可惜'文化大革命'期间失踪了，你再给我补写一幅吧。"

他回答："好，好。"

一面谈话，我用眼光打量他的那些书架。话题又转到了书上。我说："1964年我在青岛疗养院休养，有一次和邻居顾颉刚先生谈到谁的藏书多。他是藏书家，扳着指头数藏书多的几个人，把你列入第五家，他说你有三万卷。"其芳听了这话，颇为高兴，笑了一下，然后说："我曾叫孩子们点了一下，不大够这个数，就号称三万卷吧。"说完，哈哈大笑起来。

这次访其芳回来不多天，其芳送来了新写的条幅，字体工整而娟秀，行也贯得很好，又题了自己的一首新作。为了纪念其芳，我把它抄在下面发表了吧：

> 已有谁人承鲁迅？
> 更期并世降檀丁。
> 春兰秋菊愿同秀，
> 流水高山俱可听。
> 涌现工农新艺苑，
> 改更文学旧模型。
> 画家明日非专业，
> 无限碧空灿万星。

这是其芳为了纪念《在延安文艺座谈会上的讲话》发表三十三周年写的十四首七律之一。我把这幅字重新裱好，和另外十几位前辈、老友写的条幅并排高悬在墙上，时时眼望手迹，心怀老友。有知情的同志看了，对我说："何其芳同志给您写这幅字时，屋子里暖气不暖，他穿着棉袄棉裤外加皮大衣，趴在桌子上写，扯了四张。最后写成了，没有好印泥，又跑到一位朋友家借了印泥，盖上章子。"我听了这些话心里很过意不去，他有病，对这点小事还如此认真！后来见面时，我问他是否有其事，他用笑容做了肯定的回答。

1975年冬，毛主席批准《诗刊》复刊。有关方面的同志开了类似筹备会那样一次会议，到会的有当时文化部、出版局以及人民文学出版社、《诗刊》社的原负责人等十人左右。其芳也参加了。他在会上的发言，话语无多，感动了我，至今还清楚地记得，一字不差。其芳说："我觉得'学部'也可以参加一个编委，我身体有病，不能做工作，我建议，考虑冯至同志参加。"后来果然照办了。其芳的这种理论相争、名位相让的风格，大大值得我们学习。

茅盾、靖华同志八十寿辰，都在1976年7月，一个阳历，一个阴历，一个是周岁，一个是虚岁，相隔一个多月。我约好十二位老同志，想大家集会聚餐，杯酒祝嘏。参加人的名单，二位老人都同意了。那时正是"四人帮"打击陷害老干部，毒焰炽烈的时候。有位老同志来访，谈及宴会的事，他说："在现在情况底下，不太合适……不要因为一时畅快，惹出大麻烦来，我看，以后看机会再说吧。"

我觉得这话说得有理，自己心里也正在踌躇。一天下午，其芳来了，我把这意见告诉了他。他说："很对，很对，我也这么想。"

一年过去了。"种桃道士归何处，前度刘郎今又来"，同年，同月，同日，我们十二个老朋友，围坐在丰泽园的一张大圆桌上，祝贺靖华同志八十周岁诞辰，为茅盾同志八十诞辰补贺。大家心情畅快，精神焕发，一齐立起来，举杯欢庆党中央一举粉碎了"四人帮"，有了今日安定团结的大好局面。感谢党中央的拨乱反正，使我们岁数合起来超过八百四十的十二位老朋友、文艺老战士，能开怀畅谈，大起宏图，为茅盾、靖华、叶老这三位文坛前辈祝长寿健康。这真是一次难得的盛会啊！其芳和我挨身坐着。他情绪特别好，说话声音洪亮，滔滔不绝。当大家彼此谈到身体情况，及如何保持健康的时候，其芳对营养学发起议论来。他说："吃青菜固然好，但光吃青菜不行，应该吃肉，多吃肥肉，吃肥肉有好处。"下面跟着来一套理论根据。当时，没有人反问他，但我心里想：其芳老说自己胆固醇高，为什么还说吃肥肉好呢？事后我才明白，其芳是喜欢吃肥肉的。

宴会之前，茅盾同志就向我打招呼，时间不宜太长。实际上呢，快乐使人忘了时间，谈得很长，很愉快。临散场的时候，我忽然想起，对大家说："今天的集会太难得了，一切都圆满，只差一点。"大家仰头侧耳静听下句。"可惜忘了带照相机，留一张合影啊！"

"是啊,是啊!忘了,忘了!"大家异口同声遗憾地说。

我和其芳挨肩下楼,他步履轻捷,手杖也用不到"扶老"了。

"四人帮"倒了以后,其芳情绪大好,工作也大忙了。有一次来看我,对我述说他拄着手杖去参加游行,晕得要倒,两三位同志把他搀扶到家,第二天,第三天,还继续坚持去了。接着,兴致勃勃地大谈个人的写作计划。他说:"我的野心很大。想写部百万字的长篇,从第一次国内革命战争开始,写一个知识分子的前进的历程。还想写一部中国文学史,怕时不我待,先搞个提纲出来;还想写些散文和长篇回忆录,已经和延安时代在一起的同志们碰了碰印象;诗兴又有点动了,也想写点诗。也还想学着写点旧体诗,你不也写了一些吗?"说完了,眼睛望着我,带笑地说:"你看这野心是不小吧?"

这次是决鸣同志和他一道来的,我送他们走时恰好正午,学生放学回家,满街是人。一出大门,其芳突然向大群男女学生招手,口里"啊,啊"地喊着。决鸣同志说:"不行了,又犯病了。"搀扶着他一步一步往前走。我一直送出巷子口,望着其芳的影子渐渐地远了。

为茅盾、靖华同志祝寿的宴会,是1977年7月4日。24日突然得到其芳逝世的消息。我几乎不相信,又不得不相信。理智上承认了它,但感情上又觉得它不真,它来得太突然了,太突然了!

出乎意料的事,猝然而来的消息,在情感方面,始终难以得到承认。

感情是慰人的。感情也是骗人的。

直到现在,院子里偶尔传来声音,仿佛其芳在喊我的名字时惯用的那种亲切熟悉的声音,我猛然觉得:其芳来了!

1978 年 12 月 11 日

1992 年 9 月修订

2000 年 8 月再修订

说 与 做

——记闻一多先生言行片段

人家说了再做；我是做了再说。

人家说了也不一定做；我是做了也不一定说。

　　作为学者和诗人的闻一多先生，在 30 年代国立青岛大学的两年时间，我对他是有着深刻印象的。那时候，他已经诗兴不作而研究志趣正浓。他正向古代典籍钻探，有如向地壳寻求宝藏。仰之弥高，越高攀得越起劲；钻之弥坚，越坚钻得越锲而不舍。他想吃尽、消化尽我们中华民族几千年来的文化史，炯炯目光，一直远射到有史以前。他要给我们衰微的民族，开一剂救济的文化药方。1930 年到 1932 年，"望闻问切"也还只是在"望"的初级阶段。他从唐诗下手，目不窥园，足不下楼，兀兀穷年，沥尽心血。杜甫晚年，疏懒得"一月不梳头"，闻先生也总是头发凌乱，他是无暇及此。闻一多先生的书桌，任它凌乱不堪，众物腾怨，闻先生心不在焉，抱歉地道一声："秩序不在我的能力以内。"饭，几乎忘记了吃，他贪的是精神食粮；夜间睡得很少，为了研究，他惜寸阴、分阴。"红锡包"香烟，成为不离手的腻友，因为它能为他思考问题助兴，深宵灯火是他的伴侣，因它大开光明之路，"漂白了四壁"。

　　不动不响，无声无闻。一个又一个大的四方竹纸本子密麻小楷，如群蚁排衙。几年苦功，凝结而成《唐诗杂论》的硕果。

　　他并没有先"说"，但他"做"了。做出了卓越的成绩。

　　"做"了，他自己也没有"说"。他又由唐诗转到《楚辞》。十年艰辛，一部"校补"赫然而出。别人在赞美，在惊叹，而闻一多先生个人呢，也没有"说"。他又向《古典新义》迈进了。他潜心贯注,心会神凝,成了"何妨一下楼主人"。

"做"了再"说","做"了不"说",这仅是闻一多先生的一个方面——作为学术家、思想家的方面。

闻一多先生还有另外一个方面——作为政治家、革命家的方面。

这个方面,情况就迥乎不同,而且一反既往了。

作为争取民主的战士,青年运动的领导人,闻一多先生,"说"了。起先,小声说,只有昆明的青年听得到;后来,声音越来越大,他向全国人民呼喊,叫人民起来,反对独裁,争取民主!

他在给我的信上说:"此身别无长处,既然有一颗心,有一张嘴,讲话定要讲个痛快!"

他"说"了,跟着的是"做"。这不再是"做了再说"或"做了也不一定说"了。现在,他"说"了就"做"。言论与行动完全一致,这是人格的写照,而且是以生命作为代价。

1944年10月12日,他给了我一封信,最后一行说:"另函寄上油印物二张,代表我最近工作之一,请传观。"

这是为争取民主,反对独裁,他起稿的一张政治传单!

在李公朴先生被害之后,警报迭起,形势紧张,明知凶多吉少,而闻先生大无畏地在群众大会上,大骂特务,慷慨淋漓,并指着这群败类说:你们站出来! 你们站出来!

他"说"了。说得真痛快,动人心,鼓壮志,气冲斗牛,声震天地!

他"说"了:"我们要准备像李先生一样,前脚跨出大门,后脚就不准备再跨进大门。"

他"做"了,在情况紧急的生死关头,他走到游行示威队伍的前头,昂首挺胸,长须飘飘。他终于以宝贵的生命,实证了他的"言"与"行"。

闻一多先生,是卓越的学者,大勇的革命烈士,热情澎湃的优秀诗人。

他,是口的巨人。他,是行的高标。

1980 年 1 月 25 日

往事忆来多

——沉痛悼念茅盾先生

——古今最怆然伤神的事,莫过于把笔撰写悼念亲友的文章了。更何况已届暮年,挥老泪,痛悼自己崇敬而又亲切的前辈——茅盾先生!

人间万事,像天上的风云一样,是很难预测的。明明可以顺理成章地向前发展,却意外地来一个突变,使你措手不及,感到震惊!

茅盾先生的逝世,情况就是这样。

四十天前——2月15号,收到他最后一封来信,信上说:"贱体尚托福,唯手抖,此则近来新增之小小不愉快也。"读完了信,我心里感到慰安,十分高兴。对于上了年纪的朋友,正如老舍先生在给我写的一个小横幅上的题字:"健康是福",何况茅盾先生已是年过八十的老人了。前半个月,听说他入了北京医院,恰好这医院的一位副院长来看我,我问起这件事,他回答说:"气喘,情况不严重。"茅盾先生经常因病入院。几年来,我两次到医院去看望。一次和姚雪垠同志一道;一次是我个人去的。他身体虚弱,见了我有点兴奋,勉强坐在沙发上,语声细如丝。看着他的样子,口里不说我心里难受,不到十分钟我便告辞了。他一面向我招手,一面一步步走向床位。

上海《文汇报》北京办事处的陈培源同志,早就约我一道去拜访茅盾先生。前些天,他忽然开车来接我,我说茅盾先生已经住院了,不好去打扰他,让他好好疗养几天,以后有机会见面的。

3月27号的早晨,陈培源同志来了电话,开头就问:"茅公逝世了,你知道吗?"

他的话声低沉,对我这个听者,却像晴天里一声霹雳!

"茅公逝世了!"这是真的吗?

一上午,电话一连串,送消息,问消息,都是为了这件事。

我的心慌乱了一天,一个人坐在窗前,默默地,静静地,呆呆地,流着眼泪,几十年的往事兜上心来。

晚上,我把九年来茅盾先生的来信,翻阅整理了一下,一共六十九封。这些信封里,装满了已成陈迹的往事,装满了真挚的感情。

第二天,我展看了他给我写的三个条幅,条幅上题着他的两首诗和几句深情感人的跋语。物是人非,对之凄怆,泪珠如线,双眼模糊。

茅盾先生是我的师长。我这个 1933 年登上文坛的"青年诗人",是由于他的奖掖。他比我大十岁,不论学识、年龄,都是我的长者。但是茅盾先生绝不以老资格自居,见了面,平辈似的,态度和蔼,无话不谈。有时甚至还开开玩笑,成为忘年之交。写信时,也是称"兄"时多,称"同志"时少,这种亲切的表示,我心中明白。

茅盾先生为共产主义理想奋斗终生,思想、行动都是我们的模范,但在他身上,也可以找到从旧社会带来的那些优良品德和传统习惯,那就是:谦逊、诚恳、朴实。在和朋友来往的信件上,也可以看到这种表现。越是德高望重,越是谦抑自持,这是一种高尚的美德。

我原以为我是 1942 年见到茅盾先生的,是我从抗战前方到了重庆之后。近年来,读了他在《新文学史料》上发表的回忆录,这才知道,应该把见他的时间推向 1927 年初,距今已五十四年矣。那时,我是武汉"中央军事政治学校"的一名学员,茅盾先生是我们的"教官"。当然,大革命时代,他还没开始文艺创作,"茅盾"这个笔名还没产生;连"沈雁冰"这名字,我也不熟悉。何况那时教官太多,恽代英、李达……这些有名的革命前辈都是。

我崇拜鲁迅、郭老、茅盾先生,因为他们是万众景仰的革命先进、文坛巨擘。可是对于茅盾先生,我还有另外的两种特殊关系:茅盾先生是"文学研究会"的发起人,我对这个 1921 年成立的文艺方面早期的组织是钦佩的、赞扬的。因为"文艺为人生"的这种现实主义主张,恰合于我的心意;而且我的一些创作就是这种主张的实践。同时,另一位发起人王统照先生是我生平最亲近、最佩服的同乡前辈,而茅盾先生和王统照先生又是知己朋友。

还有一点,很重要的一点,就是我的处女作——诗集《烙印》,曾得到王统照、闻一多和茅盾先生三位文艺前辈的大力扶助、识拔,才得到出版,被读者群众所认识与鼓励。王统照、闻一多先生出钱、出力、出名做自印版的出版人,为这本小书写序言。没有他们二位前辈的大力培育,这株小幼苗出不了土,长不成材。

《烙印》自印版刚出书不久,茅盾先生、老舍先生,在当时影响很大的《文学》月刊同一期上,发表了两篇评介文章,使我这个默默无闻的文艺学徒,一下子登上了文艺龙门。茅盾先生的文章,题目是《一个青年诗人的〈烙印〉》,他大力赞扬了我的这本入门小书,也指出其中的二十二首诗在思想性方面的不足。茅盾先生评论我的这本诗,实际上也是有感而发。第一,他感慨于"……很可以想起这部诗集曾经遭受了书店老板的白眼,在这年头儿,一位青年诗人的第一本诗集要找个书店承印,委实不容易啊!"他在文章中赞许了这本诗集里"没有一首诗描写女人的'酥胸玉腿',甚至没有一首诗歌颂恋爱";"只是用了素朴的字句写出了平凡的老百姓的生活",从这些话里可以看出茅盾先生对新诗的意见和他对当时诗歌界的不正之风的批评。尤其使我为之心折的是关于《神女》一诗的评论。这首诗是写妓女的痛苦生涯的,我深深寄予同情。头四句描写了她的外表,括号内的第五句,写出了她内心的世界——真实的灵魂。茅盾先生一眼就看透了这一点,对这首小诗以及它的作者做了大力赞扬,使我感动,认为是知心!去年9月,《茅盾论创作》出版,作者亲自签名送了我一本,这篇评论就在其中。

1936年,我的长诗《自己的写照》出版以后,茅盾先生又写了一篇题为《叙事诗的前途》的大作,评论我与田间同志的两首长诗。茅盾先生,是大作家,也是马列主义评论家,"五四"以来老作家、中年作家、青年作家的作品,他大多做出过评论,发生了很大的影响,成为定论。茅盾先生的评论,立场鲜明,态度科学,凭作者的作品,定文艺上的地位;不以作者的地位,定他的文艺作品。所以他的《论创作》中,有的文章虽已经过了几十年,但它的生命力依然强大。

30年代,我和茅盾先生只有精神上的联系,不但没见过面,也没通过信。1938 年,我到抗战前方去从事文艺工作,曾在他主编的《文艺阵地》上发表过抗战文艺作品。这个刊物,也报道过我与黑丁同志带领"文化工作团"在前线活动的情况。

　　1942 年 8 月 14 号,我到了当时的所谓"战时首都"——重庆,从那以后,才有机会见到茅盾先生。我在重庆见到他时,他住在乡下。他是中华全国文艺界抗敌协会重要负责人之一。每逢开会,他便从乡下赶来,下"观音岩"几百磴石坡,也不坐"山轿子",徒步走一大段长路来到张家花园六十五号"文协"的会址。他总是衣着素朴,穿一件长衫,手拿一把小小的黑色遮阳伞,胁下夹一个小包包。样子瘦瘦的,精神却很饱满。见到同志们,有说有笑,态度平易。当时"文协"组织了读书会,我们这一组里有茅盾先生、叶以群、姚雪垠、刘盛亚(S. Y.)和我,一共五人。在生活书店办事处和张友渔同志寓所,大约开过三四次会,讨论文艺方面的问题,交换对一些作品的意见。时常一道开会,一道参加一些文艺活动和宴会,我和茅盾先生晤面的机会多了起来。我以师长敬重他,他却以朋友对待我。那时候,他除了参加"文协"领导工作之外,还主编了文艺月刊《文哨》。记得还主编过一套文艺丛书,他挂帅,具体工作落在叶以群同志的肩上。茅盾先生后来搬进市内,住在距"文协"甚近的枣子岚垭的沈钧儒老先生的旧寓所,我曾去拜访过他老人家。1945 年夏,正逢他五十大寿,重庆文艺界同志数百人,开会隆重祝贺。

　　有一件不幸的事,使茅盾先生和沈夫人孔德沚同志受到了沉重的打击:他们的爱女在延安不幸病逝了!茅盾先生得到消息,不敢透露,设法把在延安的儿子调到了重庆,这才把噩耗告诉了孔德沚同志。我去看望的时候,他女儿的照片装在一个小镜框里,摆在案头上,举目就可以看到。

　　抗战胜利的第二年,我和茅盾先生又相会于上海了。我们都住在北四川路横浜桥一带。郭沫若先生住狄司威路,茅盾先生住 30 年代时与鲁迅比邻的旧址施高塔路大陆新村十二号。我差不多每周,至多隔半个月,总去看望这二老。在蒋介石反动统治下,大家都怀着"相濡以沫"的感情,紧急时,交换一点消息。那时我先后主编过《侨声报》副刊和《文讯》月刊,得到他们的支持,时常去取稿件。在他们领导之下的文艺活动,我也有机会参加。茅盾先生的寓所只两间房子,也许是乍到不久,找不到用人,我和我爱人郑曼每次去拜访,都碰到沈夫人在桌子上亲手熨衣服、做饭;见我们来了,总是放下手里的工作,陪我们说说话,问寒问暖。我看了这情况,心中惊异地想:"茅盾先生的生活这么简单朴素啊!"

1946年冬,茅盾先生和夫人孔德沚同志,应邀去苏联访问。郭老、于立群同志,还有我和任钧等同志到码头上送别,并留下了一张合影。这张合影至今我仍保存着,收附在我的回忆录《长夜漫漫终有明》中,在《新文学史料》上发表了。而今重新展看这张三十五年前的照片,四位老人均已作古;当年的情景,却清晰地来到眼前⋯⋯当时在上海,呼吸窒息,白色恐怖越来越浓重,我跑郭老、茅盾先生家的次数也越来越多。1947年冬季,我最后一次到大陆新村,碰到邵荃麟同志也在茅盾先生那里谈话。看见沈夫人有点匆忙地在整理箱子。不用问,我心里已经明白了八九分。没过几天,我再去时,已经人去楼空了。茅盾先生继郭老之后,已经离开上海,到香港去了。听到这消息(它对我已经不是突然的了),我感到轻松,又觉得沉重。两位革命前辈、文坛旗手,脱离开这危难之地,可以放手工作,安稳睡觉,我确乎是有一种慰安的感觉;对于我个人来说,又觉得压力更加沉重了。这时的感情很复杂,他二位老人家离去后,每次经过他们的故居,心中总是百感交集。

自此以后,我总是追在茅盾先生后边。他到香港,我也到了香港;他从香港绕道东北到了解放后的北平,我也跟踪而至,不过时间晚了一点。

1949年3月,我和茅盾先生在明朗的天空下、自由的环境中,又重聚了,回忆过去,像一场噩梦。

到北京以后,茅盾先生住在文化部旧址的西首。一排三座小洋楼,他住最前的一座,周扬、阳翰笙同志挨近住在后两座。不论是住在重庆还是上海,好似置身冰冷的世界;到了北京,好似沉浸在热流里。茅盾先生不但是文联、作协的领导人,还做了文化部的部长,此外的兼职也很多。因为他太忙,我很少去看望,相忘于江湖,比相濡以沫快意多了。在会议和宴会上,时常见到茅盾先生:面容微黑而红润,精神旺盛,像年轻了十年。逢年过节,我总是去拜望拜望。楼下会客室里,你来我去,嘉宾如云。茅盾先生满面带笑,样子有点乐而忘倦。他抱歉而又幽默地对我说:"做官了,想跟老朋友聊聊的时间也少了!"

到了北京以后,茅盾先生的确是忙,而且忙得厉害。终天工作繁多,还要出国访问。记得塔什干文学会议,他率领我国代表团去苏联,我到飞机场送行,蓦然想起 1946 年在上海码头送行的往事。

十几年间,过从较疏,虽然不常见面,彼此都在自己岗位上从事工作,心里是高兴的。快乐的日子,过得特别快,一转眼似的,时针指向了 1966 年。朗朗晴空,乌云滚滚,意想不到它来,它却突然而来——浩劫十年!

茅盾先生留在北京,我全家去了湖北干校,从此遥隔山岳了。

1972 年 10 月,我回到了北京,急匆匆地去拜望茅盾先生。走到他那座我以往经常去的小楼的门前,心中忐忑不安。我对着小楼,小楼对着我,彼此默默相视。要按电铃,又怕惊动了什么似的,迟疑了一会儿,电铃终于在我一按之下,叮铃铃地响了。我侧耳倾听,一声声慢腾腾的脚步走下了楼梯,走近了楼门。门开了,一位五十多岁的保姆问我:"找谁?""贵姓?"她又一步一步慢腾腾地走上楼去了。我进了门,立在地上,有时间打量楼下的样子,看到左首的会客室里横一条长竹竿,竹竿上搭下挂地晾着一些衣服。我心里默然地想:这间会客室,过去我每次来,总是语声杂着笑声,一进门就可以听到;而今却阒静无人,好似耐不住寂寞的样子。

我正在沉思,保姆走下楼来,说一声"请",便引领我到楼上寝室右边的会客室里落座了。约莫有一分钟的工夫,茅盾先生含笑走到我的跟前,我们紧紧握手。如果是同辈朋友的话,一定会情不自禁地拥抱起来了。

我打量着茅盾先生,茅盾先生双眼注视着我。最后还是茅盾先生先开了口:"不错,不错,比以前结实了一点。"

我看茅盾先生的样子:略微清瘦了一点,但面色和精神都比我想象的强。我心里高兴,眼睛却有点潮润了。生离生还,得重见尊重而又亲近的前辈老人安然无恙,这种快慰之情,无法言传了。会客室里收拾得整整齐齐,一杯清茶在手,话多反而无从说起了。彼此谈了些别后的情况,询问了朋友的消息……

茅盾先生在十年浩劫中,虽然没发生什么事故,但是他的处境、他的心情,也可想而知了。听说他相当寂寞,朋友之间,因为不问可以想知的种种关系,彼此很少往来。这座小楼的座上客,听说只有胡愈之、叶圣陶、冯雪峰、曹靖华和《光明日报》社的黎丁等不多几位同志。我这位旧客又成为新客,不时地前来拜访了。这是彼此感情上的需要,茅盾先生现在是在闲散之中了。我去的时候,常常带着我的小女儿苏伊,她在景山小学读书的时候和茅盾先生的孙子同学。过一段时间,谈起这情况,茅盾先生说:"才几年,都成了大孩子了,你们见了面,也许认不得了。"他很喜欢孩子,对苏伊很亲切,拿着糖果让她。徐迟同志从武汉到北京,我俩一道去拜望茅盾先生,多年睽违,一旦会晤,问长问短,旧情依依。

有一年,碧野同志的女儿黄铮来京,她爸爸嘱咐她一定去拜望拜望沈爷爷,我和苏伊陪她去了。茅盾先生特别高兴,把刚买到的大个鸭梨分给大家吃,热情地询问了碧野的情况,问小黄铮干什么工作。黄铮回头对我说:"茅盾爷爷身体不错;您也比我想的要好得多。回去和爸爸说说,他听了一定高兴。"

茅盾先生是大作家,从小勤奋苦读,学贯古今,老而不衰。他藏书不少,中文外文的都有。见面谈话时,书成为话题之一,因为我也好买点书。他每新购得一本我所未见的书,总是有点自得地到隔壁房间里,把书拿来给我看。我很羡慕,对他说:"借阅一下行不行?"他笑着回答:"我还没看完。"把书又拿回原地方去了。他告诉我,又在小楼前边盖了两间平房,作为"书库",书多了也是个累赘。我们通信的时候,也常常谈到书的事情。我每次买了新出版的书,总在信上向他报告。譬如我买了影印的两种版本的《红楼梦》,给他写了信。他回信说:"平装的我有了,不再买了。"有一次,我弄到了一本内蒙古大学政治部宣传组出版的红楼梦研究参考资料——《新译红楼梦回批》,我告诉了茅盾先生。他马上来信,问我何处可以购得。看样子,很是羡慕。这本书,是前清道光年间蒙古族人哈斯宝著的。此人曾翻译过《红楼梦》,并写了四十四回批,颇有点新鲜见解。茅盾先生晚年眼疾渐重,经常双目模糊。在信上他告诉我,全吃了贪在灯下看书的亏,往往沉浸书中,一看不觉三个小时,把眼睛弄伤了。现在看书,不一会儿便一片模糊了。甚为遗憾,觉得"目"不从心了!

茅盾先生身上,有许多值得我们后辈好好学习的美德,其中之一就是谦逊。他著作等身,德高望重,他不但毫无骄傲自得之态,以老辈自居之感;反之,觉得自己学识浅陋,极感愧怍。这并非虚伪,而是出自肺腑的真情实感。近九年中,在给我的六十九封信中,常常可以看到这一点。"'五四'前,我是完全埋头于线装书的,追求博览,成了个'杂家';其实,一无所得,盖亦'云水茫茫未得珠'也。'五四'后,涉猎欧洲近代文学,又读马列,然而都不深入,及今既老,悔之无及。"

请看,这话多真实,多动人!不但可以窥见茅盾先生勤学苦读的精神,其中还包含着多么深刻的教育意义啊。请文艺界、学术界的同志们,三复斯言! 学习茅盾先生的这种治学精神、谦虚品德。

茅盾先生是"五四"以来文学大师,著作丰富,影响及于全球,但他怎样看自己的作品呢? 请看他的来书:

"文学出版社,曾将重印《子夜》事相告,但又要求写一个新的后记,这可使我为难了。至今不知写什么好。旧有之跋,已把该说的话全说完了。事隔四十多年,能说些什么呢? 有之,则是四个大字:自悔少作……"

请看,这是何等心胸,何等气魄! 重读此信,痛悼哲人其逝!

茅盾先生的旧体诗,写得很好。他修养功夫深,对古典诗词娴熟,但他对个人的诗作,一再谦抑,说"不可看"! 他每有新作,我略能得读一二。有时派人送到我处,希望我转到《诗刊》"占一小角",还加上一句:"如果你认为可以的话。"他把自己发表在《诗刊》上那首诗,说成"四不像","自视极糟","蒙您夸奖,惶愧之至"。看啊,这又是何等精神,多么谦抑啊! 这首诗是批"四人帮"的。

我经常抄一些前辈、同辈的诗词给茅盾先生看,上边他在信上引用的"云水茫茫未得珠"就是我抄给他的胡绳同志的一首诗中的句子。他对朋友们的诗,喜欢看,希望我把看到的多抄给他欣赏。他对自己的作品要求极严;对友人的诗作,也绝不溢美,评价公允。他大力推崇柳亚子先生的诗作,认为是"旧的诗坛的殿军";赞叶老的诗:"诗如其人。"我把冯至同志的一组旧体诗寄给他,并把个人的看法在信上告诉了他。他回信说,同意我的看法,又强调了我没注意到的一首。我向他推荐张毕来同志的一首诗,他回信表同感;对程光锐同志的《沁园春·咏东汉铜奔马词》,他也十分喜爱。茅盾先生对任何作品,不存偏见或因人定价。即使对郭老的诗,"较平"的也绝不随便说好。

有一次,我去看望茅盾先生,大概是1973年吧。看到他那冷落的小楼、寂寞的房间,心里很不是味儿。我有点感慨地对他说:"您至今不出来,社会上都极关心这件事,文艺界的朋友们更不用说了。"他回答说:"他们把1927年的与我不相干的事,安在我的头上,正待调查清楚。"说话的声音有点低沉。我怕他情绪不安,立刻把话引开了。

还有两件文学史上的疑案,我也曾向茅盾先生提出来,请他回答。那是在他乔迁到交道口南三条新居之后了。

第一件是:"关于1935年毛泽东同志率领红军到达陕北,鲁迅打电报祝贺,多年来报刊上说法不一。有的说您也落了名字;有的说只有鲁迅一人。到底真相如何?"

他没加思索就回答说:"是这样的:关于打电报的事,鲁迅曾经对我提及过;但发电时,他并没有告诉我,当然不会落我的名字了。这是鲁迅的细心处。你知道,鲁迅是最能体谅人、替别人着想的。他的名头大,国民党不敢怎样他;而我呢,有身家之累,鲁迅恐怕给我惹麻烦,就没邀我参加。"

另一件事,是《译文》停刊的旧账。

他说:"有些小青年来问我这事,硬要把周扬同志拉进去。我不客气地直说:这事与周扬毫无关系,是因为生活书店想另出版一套《世界文库》,把《译文》停了。我们请胡愈老去交涉,没成功。"

谈到几十年前的往事,茅盾先生的情绪活泼了起来。他说,我说个笑话你听:"沙汀前些时来对我说,30年代'论争'时,小报上造谣,说夏衍、沙汀拿着棍子找到我的门上来。这样的事,连初中学生也不会相信的呀。"一面说,一面哈哈笑了起来。他又说鲁迅如何识拔青年,热情帮助。"有一次,他告诉我,有个青年写了部稿子,题名是《八月的乡村》,材料有特色,有意义,文字还可以修饰一下。"不用说,说的是萧军了。茅盾先生对鲁迅奖掖青年这一点,很推崇,他自己何尝不是如此呢?当年的青年作家,像沙汀、艾芜、吴组缃……这些有成绩的作家,哪个没受到他的栽培和导引呢?但他十分谦虚,对我们这些后辈,呼之以"兄",待如平辈,几十年来,始终不渝。我与碧野对他以"师"相称,他回信说"愧不敢当!"记得有一天上午10时左右,忽然有人叩门,出外一看,茅盾先生来了。老白同志扶着他进了我的客房。落座后,待了一会儿,才开始谈话。他有点喘。坐了半小时多,告辞了。我想他一定是去医院看病,绕道来看看我。

"四人帮"横行之时,人人愤慨而又郁郁。在沉闷之中,总想去看看茅盾先生,想给他一点安慰,同时也安慰一下自己。

茅盾先生交道口的新居,一个小四合院,院内有树木,颇幽静。西房是会客室,天冷季节去访他,他总是戴一顶瓜皮灰呢便帽,披一件短袄出来会客。看了这样子,有点叫人担心。有时谈兴很浓,过了一小时,我便坚决告辞。看他的人不多,消息比较闭塞,不论当面或是在信上,我总是把他愿意知道的一些消息或朋友们的情况告诉他;把朋友们写给我的一些旧体诗词抄给他看,听听他的意见。他乐于看,我也乐于写和说。自从1972年我回到北京以后,直到他逝世以前四十天,我给他的信不计其数,他给我的已经查到的有六十九封。这些信,写生活,写感想,谈诗论文,如相对谈心,十分家常,也十分亲切动人。这些信件,可以说是活生生的"起居注",是珍贵的史料。从中可以看到茅盾先生伟大的人格与品质。他逝世以后,我流着热泪,一封又一封地重看他的遗墨。往事如昨,而我们尊崇敬爱的茅盾先生,却永远离开了我们。

茅盾先生多年来被病痛围攻,日夜如困"愁城"。因为苦读,眼睛蒙眬;供血不足,上肢发麻;心脏肥大,胃纳欠佳;经常失眠,头晕颇重;见冷气喘,不能久坐。特别近三几年来,健康情况,日趋衰颓。他自己说:"我只希望能活到八十岁,就不错了。"全口的牙,都换成义齿,他玩笑地在信上说:我成了"无齿之徒"了。他常常把病况一五一十地用信件或口头告诉我,仔仔细细地向我诉苦,这样好似轻松一点。

1974年4月间,胡愈之同志在丰泽园请客。在座的,记得有茅盾先生、叶老、楚图南、唐弢诸同志。沈兹九同志用手势把我招呼到她的跟前,高兴而又带点神秘地小声向我耳语:"你看今天茅盾怎样?"这突如其来的"怪"问,使我有点吃惊。我把头一仰,好似忽然想起了什么,回答说:"奇怪,我看他今天神采奕奕,大异往常!"她笑了笑说:"我告诉你吧,组织上已经通知了他,人大有他,不日就见报了。"听了这消息,我真高兴!好似自己的大喜事一样。宴会终了,我扶着茅盾先生向楼下走。路过厕所的时候,他笑指牌子上写着的一个英文字,告诉我说:这么写,不对。他说出了另一个英文字来。

第二年7月4日,是茅盾先生的八十大寿。我买了宣纸纪念册,题句送了去。另外写了下面这首祝寿旧体诗:

> 著书岂只为稻粱,
> 遵命前驱笔作枪。
> 携手迅翁张左翼,
> 并肩郭老战文场。
> 光焰炯炯灼子夜,
> 野火星星燎大荒。

雨露明时花竞发，

清风晚节老梅香。

　　收到这首诗，他回信说："奉读手书及贺贱辰锦册，既感且愧，奖饰过当，更增内疚。虚度八十，回顾昔年，虽复努力，求不落后；但才识所限，徒呼负负。"下面又把我夸扬一番。茅盾先生如此谦逊，是我们学习的好榜样。

　　当时，我有个美好的想法：为茅盾先生祝寿，约一些好朋友宴集一下多好呀，八九年来彼此往来甚少，虽然同住一城。于是，我斟酌关系，开列了如下的这样一个名单：茅盾先生、叶老、曹靖华、张光年、冯至、唐弢、何其芳、李何林、严文井、姚雪垠、葛一虹诸同志，加上我这个主人，一共十二位。茅盾先生同意了。寿诞近了，有的同志跑来对我说："现在的情况下，我们这么搞，恐怕不合适吧？"我一想，就有点动摇了。那时"四人帮"对这些老作家无事生非，压之打之；忽然十二位"老权威"，济济一堂，是不是"不安于室"？我写信把这意见告诉了茅盾先生，他回答说："杯酒话旧，于今不宜。当俟异日，我亦有同感。"1976 年 10 月"四人帮"倒了，人人胸怀像郁闷的天气落了一阵痛快的暴雨，心境开朗，皆大欢喜。第二年 7 月 14 日(阴历)，是靖华同志八十大寿，7 月 4 日原班友人聚于丰泽园，为二老寿诞祝贺。大家举杯起立，为党中央一击而打倒了"四人帮"庆贺；为茅盾、靖华两位长者健康长寿祝贺。大家倾心畅谈，百无禁忌。这样的盛会真是难得啊。宴会之前，茅盾先生曾经在电话上告诉我，时间不宜过长，他怕身体支持不住。可是且碰杯，且吃，且言笑，时间在欢乐中飞逝，不觉过了三个钟头；而茅盾先生谈兴正健，乐而忘倦了。晚上 9 点了，才留留恋恋地起身散去，临走，我忽然想起，忘了带照相机了。大家齐声说道："忘了！忘了！美中不足。"下楼之后，唐弢同志拍了我一下，说："你向左右边看看。"一看，有好几位武装同志站在那里。唐弢同志说："这是为了沈老来的啊。"这使我想起"四人帮"横行之时，吃顿馆子得说明谁请客，哪些人参加，他们要上报。那时，我们这样一些老"权威"连吃馆子的自由也没有；今天呢，为了茅盾先生的莅临，组织上还想到了保卫工作。对待文化人、作家的态度，真是别于天渊。

　　这次宴会，一定在茅盾先生心中留下了深刻的印象。他在来信中，不但追念这次聚会给他的欢快,同时谈到他严重失眠时还说:"在那次宴会上,张光年同志谈失眠的痛苦,而我也大吃了这苦头。"

近十年来,我和茅盾先生过往颇密,往来函件很多,我对他的健康情况时常问询,他对我的病体也很关心。前几年,我肺结核病复发,经常低烧。他记挂在心,常来信问。医生怀疑我肺部有肿瘤,他从北京医院熟悉我的大夫口中得知这种嫌疑已经排除了后,特别来信表示宽慰和高兴。

在写作上,他对我鼓励很大。每次我把作品寄给他,他在回信上必然评说一番,多所夸奖。我曾把下面这首题为《抒怀》的绝句寄给他请教:

　　自沐朝晖意蓊茏,
　　休凭白发便呼翁。
　　狂来欲碎玻璃镜,
　　还我青春火样红。

他回信说:"尊诗'狂来欲碎玻璃镜,还我青春火样红',令我神往而艳羡。兄之豪情胜概,诗思潮涌,胜似青年,还有什么'还'的?此两字倘易一字,易'狂'为'愁',则正适合于我的现况。不胜感慨,匆此,并祝诗兴越旺。"在另一封信中,也说我"创作正旺,想见'青春火样红'"。

1976年,我在七十一岁生辰的时候,把写的另一首《自寿答友人》旧体诗,寄给了茅盾先生,其中有一句是"堪笑乐天不乐天"。他很快就回了信,信上说:"您自寿诗甚好。乐天之自称乐天,其实乃遁世;因为他到老年,已经'勿作直折剑,宁为曲全钩'了。感慨年华不再之牢骚,似为此种内心矛盾之折光。尊意以为如何?尊诗说乐天不乐天,实一针见血。"

茅盾先生对朋友热诚认真,遇事不论巨细,一丝不苟。于黑丁同志要我代向他老人家索墨宝,因为天寒手抖,一时没能动笔。他一连在四封信中谈及此事,既表歉意又记在心上,要我转达。另外,多年来,我想和茅盾先生合摄一影留作纪念,因身体与天气关系,他数次来信说明推迟原因,并云:"天气、身体合适时,即来信相邀。"1977年丰泽园那次宴会的时候,为了司机如何吃饭的问题,也特别来信商量。茅盾先生是老一辈革命家,伟大的作家,多少大事需要他贯注精神?谁能想到,在这样琐屑小事上,他也细心地想到。这使我想到鲁迅先生。这两位巨人,有相同的严肃工作态度和认真负责的精神。

许许多多识与不识的同志,给茅盾先生写信,问这问那,请他回答。他在给我的信上谈及这事的时候,说:"有些事我无力回答;我知道的,就回信告诉人家。"这需要付出不少时间和精力,在他的病况之下,是一种不轻的负担,但他却乐于从事。

识拔青年作者,提携奖掖后进,也是茅盾先生的高尚品质之一。直到临危,还留下遗嘱,把积存的二十五万元稿费版税,作为长篇小说的奖金。这种胸怀,谁能不为之感动?

茅盾先生的一生,是不平凡的一生。他却极为谦抑,从谦抑中见其伟大!

茅盾先生的一生,是光辉高尚的一生。他却十分平易,从平易中见其崇高。

茅盾先生辞别了人间,辞别了我们去了;但他留给我们的东西却如此之多,如此之重——他的著作,他的品格,他的精神!

最后,把我挥泪写成的一首悼诗抄在下面,作为我的这篇悼念文字的结束:

年华半百瞬间过,
每忆生平感慨多。
文场堂堂军旅盛,
将星陨落泪滂沱。

1981 年 4 月 8 日完成

1992 年 9 月修订

2000 年 8 月再订正

148

有的人死了，他还活着

——纪念鲁迅先生诞辰一百周年

惆怅不同时，这是对于自己钦佩景仰的人不得并世而生，发出的五个深表遗憾的字！

我和鲁迅先生同一时代，而我生也晚二十四年，却不得一面，其憾如何也？

对一座大山，未得仰望，它的巍巍形象却永远矗立心间。

对于喧豗奔腾的大河，未能目睹，它的洪声却永远响在耳中。

我虽然无缘见到鲁迅先生，但受到他的影响极深，对他老人家啊，真是久仰山斗，心向往之。陌生吗？十分熟悉！

把时针倒拨五十八年。

那时，我是一个初中学生，受到"五四"新文化运动的洗礼，开始接触新文艺，对鲁迅先生很崇敬。捧读他的《呐喊》，好似在窒息中听到了振奋人心的声响，它那红似火焰、殷如心血的封面，至今在我眼前燃烧，引起一种深沉的回忆、亲切的情感。

他的《热风》，封面如心地洁白，激起多少青年的热情，在冰冷的世界里，向人心灌注一股热流。于今我已到暮年，仍然喜欢读《鲁迅三十年集》，因为其中所有的著作，都保持了原来的设计装订，看起来，分外亲切，回忆起当年读它们时候的环境和心情。

文艺是苦闷的象征，今天看来，这个定义已经不正确了。可是啊，半个世纪之前，我开始读鲁迅先生的译作《苦闷的象征》的时候，却非常喜爱，厨川白村好似把我们心里想说的话替我们说出来了。

那时候，以"狗肉将军"闻名于世的旧军阀张宗昌是山东督军，他用文武双管,实行统治。宪兵队的大皮靴,天天在大街上咚咚地震得大地有声,手中捧一个"大令","冷的刀光只想个热的人头",这是耀武。

另一方面:起用状元做教育厅长,勒令读经抵抗新思潮,锢闭人们的思想。

我们苦闷,我们窒息,我们几个知己好友,秋天深夜,破船载酒,驶入大明湖幽僻之处,狂歌痛饮,捶胸呕血……

就在这样的时代气氛、社会环境里,我们读鲁迅先生的书,读他支持的《北新》《莽原》杂志,读一切进步作家的新文艺作品……鲁迅先生的书,在暗室中给我们打开了天窗,使我们望见了光明;使我们在腐烂的污泥中眼前突然显现一道清清的激流……还记得读《狂人日记》时的心情:

"我翻开历史一查,这历史没有年代,歪歪斜斜的每页上,都写着'仁义道德'几个字","仔细看了半夜,才从字缝里看出字来,满本都写着两个字'吃人'。"

我那时觉得,鲁迅先生所说的"历史",就是我们生活的现实呀!我所以在中学时代就爱读鲁迅先生的书,就是因为他说出了我们的感受、我们的郁闷、我们的痛苦,好似他对我们的一切生活和内心活动,完完全全了解,而且了解得那么深透!因而引起了我们的共鸣,使我们认清了前路。由于他的引导,我走上了文艺的道路。1925 年,我向《语丝》投出了第一篇小稿,发泄自己的不平,揭露了张宗昌统治之下的一些丑恶现象。第二年,我奔向了武汉——"光明的结穴处"。

流光逝水,一年一年过去了。

一个时代,一个时代过去了。

读的著作越多,对人的了解越深,对鲁迅先生崇敬、热爱之情也就愈加浓厚了。

我 1934 年到临清中学教书,我们成立了班级小小图书柜,里边装满了鲁迅、郭沫若、茅盾、丁玲……许多革命作家的著作。记得在班上,我饱含悲愤情感朗诵鲁迅先生为悼念革命烈士写下的"惯于长夜过春时"那首有名的七律,朗诵到"忍看朋辈成新鬼,怒向刀丛觅小诗"这两句诗时,心内像火灼,热情如沸水,学生们一张张霜打一般的脸色表明,显然是被深深地打动了。

1935 年暑假,我到青岛去过夏,与萧军同志不期而遇,他穿一件拉锁短袖衬衫,气宇轩昂,像一个赳赳武夫。初次见面,却像老朋友一样,他诚挚地对我说:"你给鲁迅先生写信吧,他住上海北四川路大陆新村九号。"说完,问我:"记住了吗?"

"记住了。"地址记住了,但信,我却没有写。这也像终生没见到鲁迅先生一样,在心里留下了一个遗憾。事实是,不是我不想写信,而是没有那份自由啊!信件检查,学生被捕,特务告密说学校里有共产党组织活动。活在新军阀韩复榘这个杀人不眨眼的"韩青天"的统治之下,比 20 年代旧军阀"狗肉将军"张宗昌当道之时,文网更密,特务如毛了。

为了怕两不便,我忍心没给鲁迅先生写信,只把两本新出版的诗集《罪恶的黑手》和《自己的写照》寄去了。

没有回音。解放后,读《鲁迅日记》,看到上面记着收到这两个集子。这两本薄薄的小书,深藏我对鲁迅先生厚厚的敬爱之情,成为历史的陈迹,成为历史的见证。

1936 年,一代文宗,无产阶级伟大战士鲁迅先生逝世了。

万人送殡,举世同悲。

鲁迅先生支持的《作家》文艺月刊约我写了一篇悼诗,题作《喇叭的喉咙》。

鲁迅先生一生,呐喊、战斗,他人虽然不在了,他高昂的声音,如同黎明的洪钟、冲锋的号角,永远、永远响在我们耳中,鼓舞我们向前进军!

1942 年秋,我到了重庆。这座山城,被茫茫白雾笼罩着,令人窒息,真是"少见太阳多见雾"啊。乍到不久,就碰上鲁迅先生逝世六周年。文艺界几百位同志参加了纪念大会。特务逞凶,主席老舍刚宣布开会,会就被破坏了。我们怀着悼念之情去,带着愤怒之情归来。

抗战胜利后第二年,我去了上海。住在北四川路,距郭老住处狄司威路、茅盾住处大陆新村都很近。当年文坛上的三面大旗,少了鲁迅先生一人。当年萧军告诉我的那个地址——大陆新村,人去楼也空了。我常常去看望茅盾先生,他当年和鲁迅先生比楼而居,每次出了大门,对鲁迅先生的故居,我抬头仰望许久,低头想了许多。大路拐弯处,就是内山书店。牌子已经换了,可是啊,历史是换不了的。

当年鲁迅先生曾经住过的景云里就在附近,那时穆木天、彭慧同志住在里边,我不止一次去过这座小小的楼房,想象着当年鲁迅先生生活的情况……

在上海也曾参加纪念鲁迅先生逝世纪念大会,规模很大,到会人数甚多。又是特务捣乱,气势汹汹,抢走了签到簿,势将动武,宋庆龄同志坐在主席台上,岿然不动。

上海当时的白色恐怖气氛如同重庆的大雾。在黑暗的环境中,在窒息得令人喘不过气来的 1948 年鲁迅逝世十二周年的纪念日,我同二三好友曾到万国公墓去凭吊鲁迅先生。一抔黄土,一方小小石碑,仅记姓名而已。我们在墓前徘徊又徘徊,心绪万端,悲愤难抑! 往返路上,有特务暗暗追踪,还为你"留影"。鲁迅先生活着的时候,反动派谩骂他,打击他,"围剿"他,通缉他。他死后,反动派连他的坟头都害怕。人民大众呢,却敬他、爱他,以他为师表,冒着危险,老远跑来,立在他的坟前,凭吊他,向他致敬。

1949 年春,北平解放不久,我像一条涸辙之鱼,从香港来归大海。在鲁迅先生逝世十三周年纪念的日子里,我到鲁迅故居去瞻仰,中学时代就长在心上的那两株枣树,名字有点奇特的"老虎尾巴",——亲眼印证了。睹物怀人,心潮起伏,真是不胜今昔之感啊。回来,我写了一首抒情诗《有的人》。开头四句是:"有的人活着,他已经死了;有的人死了,他还活着。"

鲁迅先生一生为人民,为革命事业,坚强战斗,死而后已。今天,在他诞生一百周年纪念的日子里,中国人民,隆重开会纪念,读过鲁迅先生的书,景仰其为人的外国朋友,远渡重洋,不远千里万里而来参加纪念活动,这不是鲜明地表明了:他依然活在人民的眼前、人民的心中吗?

1981 年 8 月

冰心同志，祝你健康！

20 年代初，我在读前期师范的时候，数学最坏，而国文却突出。记得在一篇题为《大明湖游记》的文章的后边，国文教师批道：畅达近郁达夫，清新似冰心女士（大意）。同班同学开玩笑，说我是"雌雄同体"。

由此可见，五十七八年前，我就受到冰心同志的影响。那时，我酷爱文艺，读了许多新文学作品，其中有冰心同志的散文《寄小读者》，诗集《春水》《繁星》，小说至今还清楚记得《六一姊》和《离家的一年》这两篇。

读冰心同志的书很早；会见她的人是在 1942 年我到重庆之后。登门拜访，对坐交谈，又是三年以后的事了。那是为了一次政治性的签名运动，力扬同志拉我一道到她家去的。我们虽然同住歌乐山，她的住所却云深不知处。

名，签了。叫她的一个十一二岁的小女孩代笔的。三百多人签名的《文化界时局进言》，第二天在《新华日报》上登出来了。国民党惊惶失措，一个"宣传部"的头头跑到冰心同志家中追问她："这名字是你签的吗？"冰心同志答道："是。"那人没滋倒味地走了。

这件事，给我的印象深极了。

北京解放以后，我和冰心同志先后到来。1956 年开始，又一同在作家协会书记处工作，时常见面，感到很亲切。冰心同志身材并不高大，但心胸宽广，精神旺盛，谈锋甚健，和气对人。她的记忆力很强，谈起《红楼梦》来，她连细节都记得清清楚楚，使我钦佩。她是老一辈作家，但始终保持谦逊的态度。只做贡献，不争什么。这二三十年来，她写了不少优秀的散文、小说，但总是说：我不会写长文，只写点小东西。她为儿童写了许多富有教育意义的作品，受到孩子们的欢迎。

我和冰心同志相处的日子，留下印象最深刻的，莫过于那十年浩劫了。我们作协十几个负责人,顶着种种罪名。有一次,她被暴力推倒了。那时我们被集中在王府大街文联大楼里,早到晚归。劳动在一起,挨批挨斗在一起,一帮"黑人"在"黑窝"里与外界几乎绝缘了。会人要报告,来信要登记,什么人身自由,全没有了。

午间,有一个多小时的休息,我们都躺在桌子上蒙眬一下。冰心同志总是用手帕蒙住脸,坐在椅子上,闭目养神。空闲时,为同志编织手套。她不为目前困难所压倒,精神上保持平静乐观,有一种光明必定会战胜黑暗的气概。

1969 年,我们大半下到湖北咸宁干校去了。冰心同志也去待了一段不长的时间,便转到吴文藻同志单位的干校去了。

在干校的那些日子里,有一段时间派我俩轮班看菜园。这段生活不长,回忆起来却很有味道。

这块菜园距连部不远,在一个比较高的土坡上,两小块菜地,菜苗只有一寸长,又黄又瘦,像养不活的病孩子。我们两人分派到清旷的郊野,四望无人,天高地阔,百无禁忌。我值班时,一个人在静静的土坡上,或坐或立,或呼哨,或远眺,自由自在,如出笼之鸟。换班时间一到,冰心同志慢步走来,她来了,但我不走,两人并坐闲聊起来了。谈到当年的那次签名运动的事,我说:"你的那个'是'字真是掷地有声,一字千金呀!"她笑了。她又叙说了她怎样怀念祖国,从日本回到北京的志愿和心情。说到这些往事,冰心同志十分谦虚,她极少提到周总理对她关注的事。她只说过:工宣队曾对她说,谢冰心呀,你的材料,有的我们知道,你不知道;有些你知道,我们不知道。

"四人帮"倒了之后,大家心情愉快。她的谈风有如春风。冰心同志很念旧。她来我家看我时说:"我的祖居就是你住的赵堂子胡同,离赵家楼只几十步,你陪我去寻一寻旧踪吧。"我陪她来来回回跑遍了这条胡同,人是宅非,早已新楼换旧楼了。

冰心同志住在西郊中央民族学院的宿舍里,我去她住的和平楼拜望她。她住在二楼,环境很幽静。会客室不大,数友谈心是很舒畅的。她工作很忙,地虽偏而来访的朋友却不少。她有点诉苦但满面带笑:我不是民院的人,但外宾来,要我陪,有些英语东西让我翻译,我是个作家,写作的时间却被占去了不少。她情绪很高,一面叙谈,一面让茶……

我喜欢文艺界前辈和同辈作家们的字,会客室里高挂着郭老、茅盾、叶老、闻一多、王统照、郑振铎诸位的手迹条幅。我知道冰心同志极少用毛笔写字，但去信请她给我写个小条幅。她是个办事认真的人，给她去了信，两日后定能得复。但对写字一事，迟迟不作答。她不答，我力追，终于，1977年5月17日，墨宝带着墨香来了。她在信上写道："克家，你逼得真紧，一见到你的信，我浑身出汗！"她的字使我喜出望外，何况又写的是她的旧作词一首，堪称双璧照耀，白璧更加光辉了。我欣喜之余，以诗答词：

> 高挂娟秀字，我作壁下观。
> 忽忆江南圃，对坐聊闲天。

冰心同志，虽然清瘦一点，但体质、精神一向双佳，经常出访，为国操劳。1980年，以八十高龄到日本去访问，回来就轻度脑血栓住院了，不幸又骨折，最近听说心脏也发生毛病，几次入院，几次又平安回到家中。我关心她的健康，许多共事友人也不断向我述说她的情况。可是，因为自己患有多种疾病，一二年来，除重要会议勉强去坐两小时之外，不曾出过这条大街。朋友们，来而不往，知我谅我。关心冰心同志，我却没去看望她，心里很不安。给她写了个慰问信去，她立即回了电话。知道她在家中，健康情况大大好转，已经能为报刊写点短的东西了，心里极为快慰。

1985年8月，听说吴文藻同志因病住院，我写信给冰心同志询问情况。她回信说："文藻昏迷，不省人事，我正赶忙替他处理他的未了心事。"字字真情感人，但没有感伤气味。文藻同志逝世之后，她也是哀而不伤，这也表现出冰心同志心境明澈，感情深沉，对人生达观乐观的明智态度。

前些日子，我派我的小女儿苏伊和她的爱人，给冰心同志送去我刚出版的《文集》和一本散文集。冰心同志问长问短，并合影留念。孩子们回来的第三天，收到了冰心同志的信，信上深情地说："我是先看了《青柯小朵集》，你对朋友的深情，跃然纸上！从这几十篇中，使我又回忆了许多人，'百感都随流水去'，您写时有什么心情？"读了她的信，我的心久久不能平静。不几天，他们的合影洗出来了，冰心同志健康如昔，这位老大姐，永远不老，我心里欣喜而又慰安。

1981年12月2日

1986年7月11日增修

朴素衣裳常在眼

——记羡林

　　抗战胜利第二年,我以我爱人眷属的身份,随她的单位到南京小住了几日。老同学李长之同志在国立编译馆工作,我去看望他,在他那里第一次见到季羡林同志。羡林和长之,小学、大学都是同学,可以说是老朋友了。故人相会在异乡,分外高兴。羡林在德国留学十年,懂许多种语言文字,刚回国,受聘为北京大学东语系主任,路过南京。我们一见,彼此倾心。他在国外待了多年,但身上毫无洋气,衣着朴素,纯真质实,言谈举止,完全是山东人的气质和风度,我心里着实佩服。我们三个人,一道吃着家乡饭,荡舟莫愁湖,使我大有"乐莫乐兮新相知"之感。

　　在南京停留七八天,我到了上海,在《侨声报》编副刊,住在虹口东宝兴路一三八号该报的宿舍里。一座两层日本式小楼,我住在二楼尽东头的一小间里。我到上海不久,羡林也来了。他带着五六大箱子书,和我热乎乎地挤在一起。我的斗室内,仅有一桌一椅,进门脱鞋。我俩在榻榻米上,席地而坐,抵足而眠,小灯一盏,照着我们深夜长谈,秋宵凄冷,而心有余温。

　　1949年春,我从香港来到北平,和羡林又见面了。上海别离,北平晤面,两个天地,两个时代,两种心情。那时,他孤身住在翠花胡同北大的宿舍里,他常到笔管胡同我的住处去访我,我也常到他的住处去看他。他住的地方,说是宿舍,但不见邻人。他住着两间小西屋,书籍占了大半,显得拥挤。大院子里,树木阴森,古碑成行,仿佛记得还有挖掘出来的一具古棺,也在那儿停放。我每次去看他,总有点孤漠凄冷的感觉。他笑着对我说:"我与鬼为邻。"我心中暗想,这两间房子,叫当年蒲松龄住在这儿多合适呀。羡林不但不嫌寂寞,反而觉得清静,可以读书,可以安心工作,少受外界事务的打扰。

羡林是北大东语系主任,后来评为一级教授;但他毫无架子,和学生一道搬桌子椅子,平等待人,声誉甚好。北平解放不久,他还有点清高、谦逊思想。谈到有些知识分子入党问题时,他说:"共产党打下了天下,这时候你申请入党了。"环境在教育人,时间在改变人。50年代初,我到济南开人代会,恰好羡林在家,我去看他。亲密的朋友,相会于旧地(他与我都是在济南读中学的),自然别有情意。记得,他留我在他家吃饭,饭罢,羡林亲切而又严肃地对我说:"党组织培育了这几年,现在我在考虑这件大事,我的为人你是知道的,入了党,就要为党工作,全力以赴,把个人的一切全交给党。"

听了他的话,我感动不已。我也严肃地对他说:"你以前关于知识分子入党的看法,今天要用事实纠正了。这一步,你是迈过来了。党和群众培育你,信任你,你应该写申请书!"

他听了我的话,很感动的样子,没多说什么。我心里想,羡林不论做人、做学问,不是暴雨式的,而是沁透式的。他入了党,一定会给党好好地工作,只想给党添什么,决不会想向党要什么。

果然,羡林是这么做了。

随着年月的增长,羡林肩头的担子,越来越重。二年前,他告诉我身兼二十七项职务,近来又添了好几项。他经常一天开几个会,开玩笑地向我诉说:"非退休不可了。"他现在是北大副校长、南亚研究所所长,名义太多,我实在也说不过来。

前年,我到八宝山参加游国恩先生的追悼会,觉得一定可以碰到羡林,他却未到,使我惊奇。我知道羡林办事认真,极重友情,何况他又是治丧委员。以后见面时我问及此事,他幽默地对我说:"那一天有三个比较重要的会,只好向逝者请假、告罪了。"

羡林经常出国。大概是1951年前后吧,他去印度,回来带给我一束孔雀翎毛,大约有二十支,三十年了,至今完整,翠色不变。他出国前夕,有时来一封信。有一次说这次到非洲去,飞机一翅子十万八千里,在极少的日子里,要跑七八个国家。出国归来,他总是把外国朋友所赠礼品,全部交公,得到群众的赞扬。他回来,也忘不了要送我一件外国小玩意儿作为纪念。两年前,他在报纸上发表了几篇散文,描写在国外访问的情况,热情真挚,很有文采,读了之后,受到鼓舞,我写信给他,希望他多写一些。我知道,羡林学的是语言学,但对文学不但有兴致而且有修养。他从清华毕业之后,曾在济南高中教过国文,对古典文学颇有研究。他翻译印度名著《罗摩衍那》,曾希望在所译中有些诗的问题要我参加意见,我精力不足,未能尽力。

前二三年,见到羡林,头发半白,去年再见时,已满头白雪了。我颇有所感,赋诗一首,赠给了他:

> 年年各自奔长途,
> 把手欣逢惊欲呼!
> 朴素衣裳常在眼,
> 遍寻黑发一根无。

他读了我的赠诗,回信上说:韵味无穷。

我觉得,羡林的头虽然全白了,但他精力充沛,奔"四化"的劲头十足,使他苦恼的是兼职太多,事情太杂,不能集中精力在学术上做出更大的贡献。

每年春节,羡林一定在初一或初二这一天来访,和我全家一道斟酒畅叙,欢度节日。而且每次来总是带些高级点心或是故乡风味的特产。有时他也和北大历史系教授、我中学同班同学邓广铭同志同车而至,好在羡林现在有一部车子,不需要来回路上挤公共汽车花费宝贵的两个多小时的时间了。

1981 年 12 月 13 日

苦尽甜来人倍忙

——雪天忆寿彝

白寿彝同志,是我三十九年来,过从甚密、交谊深厚的一位挚友。

1942年秋,我到了重庆,住在张家花园中华全国文艺界抗敌协会的危楼底楼,与姚雪垠同志联床而居,寿彝来访雪垠(他们是河南同乡),我们认识了。寿彝那时在中央大学做教授,是历史学家。他身穿一件蓝布长衫,言谈、神态和衣着,给人以朴实敦厚的感觉。一见订交,成为终生好友。

他一家八口,在国民党统治下贪污腐化、好人遭殃的社会里,生活成为问题。记得当时一位画家展出过一幅触目惊心的漫画:一个艺术家的头颅去了一半,孩子们用勺子挖脑汁吃。看了这幅画,我想到许多脑力劳动者的悲惨情况,特别念及寿彝的贫困家境。

1946年夏季,我到了上海,寿彝和顾颉刚先生替文通书局搞了个编译所,他办公在苏州,但过从的机会多了。第二年,因为我主编副刊的《侨声报》停刊了,饭碗没有了。上海像一棵枝叶繁茂的大树,我却无一枝可栖。我焦虑,我到处奔走,茫茫人海,谁能援我以手?

寿彝来了,把他主编的《文讯》月刊让给了我。雪里送炭,给人御寒,饥时送食,可以果腹。

他仍然是那件蓝布长衫,不时到我的斗室来谈心,我俩一道去拜访过杜国庠同志,他住在距我处不远的瑞丰里。

寿彝同志思想进步,明辨是非,遇事敢于主持正义。记得《文讯》月刊七卷一期上,发表我一篇小说,题目是《小马灯》,写我1946年送友人宁汉戈、丁毅夫妇去延安的故事。汉戈和丁毅同志都是老党员,他们经常到我的山中寓所深谈。有时晚上来,提一盏小马灯,从竹林丛中踏出一条僻径,来到我的土屋密谈。这对贤夫妇,把对我的访问,说成是"添热力"。他们去延安时,我和我爱人与他们依依惜别,送他们上了汽车,为了留个纪念,他们把这盏在黑暗中照亮过我们的小马灯赠给了我们。

这篇《小马灯》,书局负责人不敢发,想叫我抽下来。寿彝坚决支持发表,这才使这篇有着纪念意义的短篇得到与世人见面的机会。

1948年冬,上海情况紧急,我一天三迁,不可终日。最后,一家人逃避在书局的一间库房里,好友来访的只有寿彝、韩易田、陆慧年三四人而已。越在紧要关头,越觉到友情的可贵。这年年底,我潜往香港,从我爱人的信中得知,我走了以后,寿彝关心她和孩子的生活,还问及我负责编辑的最后一期《文讯》出版之后的薪金发给了没有,真是患难之中见友情啊。

解放后我和寿彝相会于北京,他在北师大教书,不久入了党,我们经常见面倾谈。他在工作上和生活上的一些事情总愿和我谈谈,听听我的意见。他原来住在武功卫师大宿舍的小内院里,环境变了,地位变了,长衫换成了中山服,但朴素的作风依然如故。后来搬到东官房兴华胡同师大校长陈垣同志的故居去了,大四合院,五大间北房,一进房门,便有一种宽敞明亮的感觉,书架掩盖了半壁墙,架上何止万卷?一张大沙发,可以坐三人,我一到,先叫一声,寿彝从西间走出来,笑面相迎。牟传珺大嫂,张罗招待,又是糖,又是水果。清茶一杯在手,絮絮语丝满带温情。经济宽裕了,生活舒适了,可是连个保姆也不请。

对一些像我俩这样的知识分子而言,解放后,真可谓苦尽甜来。再加一句:也是苦尽忙来。寿彝一身兼职三十多项,人大常委、人大民委副主任、伊斯兰教协会副会长、历史学会五位主席之一……太多,太多,我知道的太少,太少了。寿彝在学术研究上是有雄心壮志的,他告诉我,他带领一个班子,想搞六百万字的中国通史;计划要写史学史、伊斯兰教史……而苦于时间分散,精力不能集中。

近六七年来,我身体软弱,去看寿彝的时候极少,而他每年总来看我几次,来而不往,好友能见谅。大约隔上三几个月,电话便传来寿彝亲切而洪亮的声音:"我是寿彝,想来看看你,有时间吗?"十次九答应,有时因为小病辞了,他总说:"那么过几天再说吧。"

"四人帮"横行之时,他来的时候较勤,见了面传递一点情况,说一说心里的话。

　　"有的同志警告我:说话、通电话要小心,防备窃听器啊。"

　　听了我的话,寿彝哈哈大笑起来:"那么,我们小点声吧。"

　　他说,他被邀写了一部《秦始皇》,出版社对书稿有三点不同意见,希望他修改一下。其中之一是批评秦始皇滥用人力,建阿房宫,民不堪命,成为覆灭原因之一。我坚决支持他不改。他从我家离开,我送他出了巷子口,进入了另一条胡同,真巧,碰到约他写稿的那位同志,便问他:"白寿彝同志,你的稿子什么时候修改完啊?""现在没时间。"他一面回答,一面放开了步子。一个多月前,寿彝来,我还问及此书,他说:"现在看来,这本书稿基调已经不够了。"

　　他来看我,总是坐小轿车,送他出门时我叮嘱一句:"在车子上和朋友一道时,讲话留心啊。"他笑着点点头,"四人帮"当道之时,彼此为安全担着一份心啊。

　　大概在今年春季,寿彝在电话中向我诉苦:"兼差太多,搞专业的时间挤得很少了! 你是作家,替我们呼吁一下吧!"

　　放下电话,我就写了《兼职太多压坏人》这篇小文,在《光明日报》上发表了,寥寥几百字。没有指名字,我的意中人有二,一个是寿彝,另一个是羡林。文章登出来,他比我早收到报纸,立即给我来了电话:诺言实践了。

　　寿彝同志,比我小几岁,身体健康,精力旺盛。他勤于治学,态度谦逊。他对同行,总是说别人的长处,没听到他自诩什么。他和侯外庐同志是老朋友,来看我时总去看看他。因为这位史学界前辈,这些年在病中度日。对胡绳同志他也很表钦佩,说他的《帝国主义与中国政治》是本好书。胡绳同志最近出版了《从鸦片战争到五四运动》两本大著,赠我们二人各一部,寿彝谈起此书,也说:"写得不错。"

　　今天落了大雪,室内炉火正红,心里清闲平静,提笔写了记寿彝的二千字小文,不禁怀念起寿彝来了。

1981 年 12 月 17 日

春色满西郊，提笔问忙闲？

——忆广铭

前夜梦中见，觉后一怅然。
春色满西郊，提笔问忙闲？

这是 1975 年春，我写给中学同学、北大历史系教授邓广铭同志的四个句子，诗系即兴而成，感情却真挚。追忆 1923 年前期一班的四十位同学（其中有李广田同志），逝者多而存者少矣。时间过去了五十八年，当时的情况忆来无限亲切、清晰，如同昨日。

那时，我们的学校——山东省立第一师范，革命活动频繁，新文艺空气浓厚。王尽美同志比我们高好几班，同班同学中就有好几位党员、团员。学校里有个书报介绍社，从上海、北京订购大批进步书刊，供同学们选择，记得有《共产党宣言》《政治经济学大纲》，新文艺书刊那就更多了。恭三（邓广铭同志的号，那时同学们都彼此称号）就是书报介绍社的负责人之一。课余之暇，他打开那间书库，便成了售书员了。他做事仔细，走起路来，总是轻移脚步，不慌不忙的样子。他的功课，居上游，国内外名人来校讲演，有时他做记录。他脑筋敏锐，记忆力强。

抗战爆发，各自东西，山岳遥隔，消息茫然。1942 年，颠沛流离，我俩又在山城重庆相聚了。他在海棠溪（多美的一个名字啊）工作，我去看他，留住一宿，深宵夜话，如吐心丝。他告诉我，他弟弟邓广镇（比我们低两班的同学），共产党员，1939 年奔赴延安途中，在山东被国民党反动派杀害了……往事，在记忆的大海中，波浪翻腾。远的不再一一说了，说解放后在北京的一些情况吧。

我住市里，恭三住西郊，路途不远，而会晤却少。他曾任北大历史系主任,是中国史学会五位主席之一,当代有名的宋史专家。他做学问,肯下功夫,很扎实,也很谦虚。记得1960年前后,我负责《诗刊》工作,曾约他写一篇评论辛稼轩词的文章,因为作为研究宋史的副产品,他出版了《辛稼轩词疏证》和《辛稼轩年谱》。他回我信说:"你看,我写了那么厚的一大本书,除了考证,有一字涉及作品的评论吗?"徐庶荐诸葛,他向我推荐了夏承焘同志。

当"四人帮"别有用心地搞儒法斗争的初期,有一次,恭三来到我家。他说:"一家出版社约我写本《王安石》。"我对他说:"据我对王安石的一点浅薄了解,如果说王安石受到法家影响,我倒觉得,他的儒家思想恐怕是很重的。你写《王安石》,我有五字奉劝。"说到这里,恭三神色一动,立即发问:"哪五字?"我回答:"勿过!勿不及!"他说:"是!"

这本书后来出版了。直到今天看来,还可以说是"不过",也不"不及"。

近一二年来,岳飞的名作《满江红》忽然成了问题。这首代表民族气节,为历代人民所歌颂、所敬佩的伟大作品,被剥夺了岳飞的著作权!我和许多朋友以及广大人民群众读了报刊上的文章,心里极不是味!这不仅是一篇词作的真伪问题,而是关系到民族气节、民族情感的大问题!

我打电话问恭三。恭三在电话里笑着说:"有些报刊要我表态,我在考虑。"我说:"你不要表赞成的态啊。"

前些时,有人告诉我,关于这个问题,恭三写了六七千字的文章,给了《文史哲》。我很关心这问题,就给恭三打了电话。他回答说:"确有其事,我反驳了夏承焘同志的说法。"

"证据确凿吗?"

"我只能凭我的材料证明是岳飞作的,反驳了夏承焘同志凭他的材料说不是岳飞作的。都难以说确凿。如果任何一方有确凿的证据,那就用不到辩论了。"在电话中,从岳飞《满江红》的真伪,我又向他提出了李清照改嫁的问题。这也是历史争论不休、而今报刊上又旧事重提的一桩众人关心的"私案"。

以后,我在电话上,把这件事又重提一遍,恭三说:"改嫁是李清照个人的事,和她的作品有什么关系?当时的公主和一些达官贵人的妻子改嫁的都有啊,问题不在李清照,在我们的头脑。"

提的两个问题,我们两人有了一致的看法,我的心里感到很愉快。

1981年12月29日

昆仑飞雪到眉梢

——记叶圣陶先生

叶老，已经是一位八十八岁的老寿星了。到处听到他硬朗的脚步声，时时聆取他对工作、对人民有益的教诲。他经常出席各种重要会议；他对教育工作，对文艺工作，对古籍整理与出版工作，都勇于提供宝贵的经验和意见；对于青少年和儿童的培育，他也没有忘却自己应尽的一份责任。

我得识叶老，将近四十个年头了。有个鲜明的标志：叶老在成都刚过了五十大寿，便到山城重庆来了。1946 年，我到上海，和叶老接触的机会多起来了。我们都住在北四川路，距离不远，主要是心近。出了我住的东宝兴路口，走一小段路，便是开明书店的宿舍——叶老的家了。叶老的大公子至善，二公子至诚，住在一起，郭绍虞先生是近邻。那时上海白色恐怖弥漫，传递消息，互通情报，相濡以沫，内心温暖。

叶老为人敦厚诚朴，对人彬彬有礼，真是蔼蔼然长者之风。去拜望他，说到他的好处，他总是温和而含笑地高声说："不敢当！不敢当！"辞别时，他一定亲自下楼相送，近九十度的一鞠躬。这不能作客套看，这是叶老的先生之风。

叶老一生，追求进步，紧跟党走，"有所为，有所不为"。经风险，历严寒，他是一棵苍翠的劲松。

叶老极重友情，他与王统照、朱自清等前辈是青年时代的好友，志同道合，终生不渝。记得 1936 年 4 月，叶老在他故乡苏州约剑三（王统照先生的字）先生去晤谈、游览，当时听了这消息，我内心很感动。"五四"时期，他们一起发起"文学研究会"，均以大作名于世，成为重要作家，一朝相会于故居，湖山为之生色，抽不断回忆的丝，该有多少热情的话互相倾

164

吐啊。叶老怀念朱自清先生的一首词,写朱先生的神态入微,追念故人的情怀动人。

解放以后,叶老出任出版总署副署长,我在做编审工作,见面机会遂多。他负责中学教科书编委会的工作,有一天和我谈起这件事。我问:"您看各省编的这类教材,哪一省的最好?"回答说:"山东。"我是山东人,听了之后对叶老说:"责任编辑是我中学时代的一位同学——李光家同志,他的学识很渊博。"叶老听了我的话,神色一动,对我说:"你设法介绍一下,把他调来好不好?"不到半年的时间,光家便调到北京来了。通过这件事,我为叶老识拔人才、爱才如渴的精神,深深感动。

叶老家在东四,一个大四合院,很宽敞,院子东边隔弄里有三株大白杨,挺拔而繁茂,凉荫在地,萧萧时作风雨声。叶老在给我写的条幅上,题上这样一首诗:

> 已凉庭院蛩不语,风拂高杨似洒雨。
> 一星叶隙炯窥予,相去光年知几许?

每个来访的座上客,总要念念这首诗,把它抄在小本本上。

"四人帮"横行之日,叶老赋闲在家,养鸟栽花,聊以自娱。他的独院,成了杂院,他安然处之,与迁入者和睦相处。这时,食虽有肉,而出已无车了。有一次,我去拜望他,院内阒静无声,花儿自红。叫了一声,我进入客房,至善夫人认识我,立即进西间通报,一会儿,他老人家快步向我走来,一睹颜容,内心便有一种温馨之感。对坐谈心,询问友朋情况,语语亲切,暖我心房。座上有两只笼子,一只笼子里是一只芙蓉,另一只笼子里是两只虎皮鹦鹉,叫得特欢。叶老上了年纪,有点重听,我们说话声小了,就不能声声入耳,加上鸟儿的叫声杂在中间,说起话来,彼此都有点吃力。怕声音杂乱,妨碍交谈,叶老要把两个鸟笼子挂到檐下去,我请求说:"不用,不用。"兴尽而返时,叶老少不了送出门来,又是近九十度的一鞠躬。

又一次早晨,我去看叶老,叶老不在,一个二十岁左右的青年接待我,说:"爷爷习惯早起,出门去了。"我顺便问问叶老近来的情况怎样,身子硬朗吗。回答说:"我爷爷心胸宽大,不计较名利得失,养养花,喂喂鸟,写写诗,很安闲,精神挺好。"接着又说:"前些天,工人同志送给爷爷几盆花,爷爷为它写了诗。"说着,他拿出诗稿给我看,谢工人同志赠花的一首,感情真挚,朴素温厚,我极喜爱。

大约是1974年春夏之交的一天,叶老突然出现在我的会客室中,孙儿扶持着他。我一见叶老,又惊又喜,而惊大于喜。我高兴而又有点不安地说:"您怎么来了?"

叶老笑着说:"乘公共汽车来的。"

"啊,应该叫个车子来呀,这么大年纪,还挤公共汽车!"

"公家事情多,就不添麻烦了。"

听了叶老的话,感动得我眼睛有点潮润了。谈了大约一个小时,我送叶老到二十四路汽车站,车子一停,人山人海,我的心一紧!我一面推叶老上车,一面对叶老的孙子说:"赶紧先上车抢个座!"叶老安然地笑了笑,用手指了指一寸长的雪白的眉毛,意思是说:凭这眉毛也会有人让个座的。

"温、良、恭、俭、让",这五个大字,是做人的一种美德。我觉得叶老身上兼而有之。叶老待人宽厚,即之也温。叶老为人善良,友朋皆知。

叶老千顷茫茫,虚怀若谷。

去年10月,秋风瑟瑟,思绪萦怀,吟成一绝,寄赠叶老,题为《秋思》:

道德文章两轶伦,一声叶老觉温馨。

高峰挺秀标当世,百岁期颐笑古人。

第一天发信,第三天回信到了,说:"诗首句及末二句,决不敢当!"话语无多,态度坚决。我只好将首句改为:"道德文章海内钦";将第三句的"高峰"改为"云峰",信上说明这是就年龄说的,他这才勉强同意,在《诗刊》上发表。

再说到"俭"字。叶老一生朴素衣裳,清茶淡饭,为了节省汽油,有时出门不肯叫车,近处访友,安步以当车。浩劫十年,茅盾先生困居小楼,往来人少。叶老总是故情依依,隔些日子去访晤话旧,以慰情怀。

1974年叶老八十大寿,胡愈之同志为叶老祝嘏,约了十二位老友,我

166

参加了。1977 年 7 月,为茅盾、靖华同志庆八十,我做主人,好友十二人欢聚了一场,叶老上座。三位老寿星并肩畅谈,一座皆欢。叶老年最长,而身健神健,向生命的高峰有力地攀登。"百岁期颐笑古人",拙句绝非虚意夸张。

1982 年 3 月 29 日

一个倔强的人

——记宾基

1966 年,秋风肃杀之际,我们这些作协负责人,一个人顶着一个罪名进入了"黑窝",成为"黑人"。从此,虽无云山隔,却世事两茫茫了。

三年之后,我们一"帮"浩浩荡荡去了江南干校。人口非瓶,不时从中透露出一点朋友的消息。其中使我怦然心动的是知情的人们关于宾基的几句对话:

"骆宾基的问题,本来早就可以解决了,但一直拖到现在。"

"唔,此人也真够倔的了!"

听了这消息,我不怀疑它的真实性。因为几十年深厚的交情,我对宾基的为人是有着透彻的了解的。

1972 年 10 月,我从干校回到北京。小小独院成为杂院,室内的凌乱情况和心情正同。多年阔别,一旦归来,身子虽说是"解放"了,但友朋知者并不多。

有一天,突然传来一阵急剧的叩门声,门一开,宾基出现在我的面前,两个人乍见,高兴得几乎拥抱起来了。

宾基还是老样子:大大的脸庞,微黄的面色,憨厚的神态,朴素的衣着。

宾基,是带着满腔热情急于会晤一个老朋友来的。我从宾基的亲热而深切的表情上,看到了一颗赤诚的心。我们的手握在一起的时候,像被一只冷手切断的热线一下子又接上了。

我感到友情的价值。我感到一股巨大的热力。我的身子,我的心,像从严冬进入了春天。

我们默默相对，不是无话可说，而是话太多，一时无从说起了。

最后，还是我开了头，把在干校听到的关于他的那条消息对他说了。

宾基只是淡淡地说："都是几十年的老同志了，彼此相知嘛。"

话慢慢地多起来了。谈个人这几年的遭遇，谈朋友们的情况，在谈到工作计划的时候，宾基的兴致浓起来了。

"现在，我在搞金文，过去就对它有点兴趣。"

我一听，大吃一惊！心里暗笑："你写小说是能手，搞金文，岂易言哉！"

宾基的话滔滔如洪流，大谈起殷之太丁、帝乙、纣王和周的季王、文王、武王的婚姻关系来了。他又把话题扯到尧如何把他的二女嫁给舜……越说越远了。我一边听，一边微笑，这笑是有点讥讽意味的。我口里不说心里想：你讲的这些，有的从小我就听说过，是当神话故事听的。殷周关系，我只知道是敌对关系，文王被囚，武王伐纣；他们三代通婚，则闻所未闻。我以惊奇的耳朵听，宾基津津有味地讲，好似在谈邻家男女婚嫁一样的谙熟与亲切。

我再也忍不住了。我说："宾基，我听你讲，如听天书。"说完，哈哈大笑起来。

没过几天，宾基又来访，不但带着热力，带着深情，还带来了照相机，合影一张，使神形永远不离。

宾基又开始了他金文研究的话题。说实话，他对此有情，我则无意。他这次讲的与上次有所不同，侧重地讲了他如何从事钻研，读了哪些前人的有关著作，他的论点与过去的专家，包括王国维、郭沫若，如何不同……我倾听之后，脸色慢慢地严肃了起来，心里不再暗笑了。宾基所读的书，我都只闻其名，未曾读过，成绩如何，见解高低，我不敢妄评，他以小说家身份潜心于龟甲金文的研究，这种精神，使我感动。

第一次晤谈，宾基对我的淡然微笑并没有介意；第二次续谈，对我的庄重神情却颇为高兴了。

此后，宾基经常给我寄各种刊载他的论文的刊物，请"克家老友指正"。什么《从〈诗经〉看殷周三世的婚姻关系》《学习与探索》《关于夏禹婚宴礼器出土于殷墟的报告》等等。

这一篇又一篇学术论著，我往往读不到一半就放下了。我不是不喜欢读,实在是学力有所不逮,读起来太费劲了。这些断章零篇,只是他皇皇大著《金文新考》的枝枝叶叶而已。

宾基,把我心目中的神话故事,给以科学论证;把五六千年以上的虚无缥缈的人物,给以血肉,使他们栩栩如生,屹立目前。钦佩之感在我心中肃然而生:宾基不但是小说名家,而且成为一位金文学家了。使我始而惊,继而喜,终而佩。我不但不敢再笑他,反而写信鼓励起他来了:

"闻一多先生曾对我说:'我研究古代文化,梦家也跟着搞考古工作。我认为,一个能写出好诗的人,一定也能在研究工作方面做出成绩。'宾基,努力吧!"

宾基是一个坚持正义、追求进步、热情诚挚、笃于友情的人。二三年前,忽然中风,有点半身不遂了。春节前夕,我总是叫部车子去看几位生病的老朋友。宾基在病中也不忘工作,他的书桌上摊满了书,稿纸一大堆。见到我,亲热又有点不安地说:"你怎么出来了?"

"看看你呀,不能久坐,节日也得见见面啊。"我是个老病夫,朋友们都知道。

宾基显然很兴奋。清茶在手,宾基又谈起他的金文来了。他说:"我花了近十年工夫,弄出这部稿子,自信是有点个人见解的,可是至今还不被学术界所承认。"

"是黄金,迟早会在众目中发出宝色的。"

宾基偏枯之后,不良于行,我年老多病出不了门,我们见面谈心的机会少了。但彼此的情况还是谙熟的,我们有一个年轻的使者——宾基的女儿小新。

小新,亲切、热情、爽快。她每次来,一口一个"臧伯伯",说起话来,像滚滚热流,笑声朗朗,一派虎虎生气。她说:"爸爸怀念您,时常谈起你们在一起的那些往事……"说着,她从小包包里拿出一个小信封来,交到我手中。"您看,这是爸爸 1947 年在东北被国民党关在监牢里的时候,您写的一篇文章,多热情啊!"

《怀骆宾基》,题目一触目,往事纷纷来到眼前。文章开头段是这么写的:

"宾基在灾难里。朋友们都为他奔走,发急。他是那么健强、豪爽、慷慨的一个人;他是那么热切、恳挚、恢廓的一个朋友;他在人生战场上迈进的时候,你可以听到他脚步的响声,他打入你精神天地里的时候,你觉得友情是如此甘美而有力。"

我觉得,三十四年前我评价宾基的这几句话,是正确的。时间就是它的证人。

看完了自己的小文,我对小新说:"你爸爸的骨头是硬的,这是对敌人说的;你爸爸非常重友情,讲义气,这是对朋友和同志说的。"

小新说:"是呀。我爸爸是坚持正义的。他对朋友特别热情。荃麟伯伯,葛琴阿姨,问题没解决,他就跑去看他们,因为他知道这是好同志啊。聂绀弩伯伯,无辜被判了重刑,我爸爸毫不顾忌地去看望他家,送点吃的去。"

听了小新的话,我深深感动了。

我送小新走了,纷纷纭纭的往事却送不走呀。

我躺在床上,想,想,我的心回到抗战胜利以后的上海去了。

那时,环境险恶,我们都很穷困,凭手里的一支笔生活。都住在北四川路上,过往的时候很多。宾基住处简陋,个人生活已经够紧的了,还照顾母亲和比他还困难的妹妹。记得他让我到他家去吃饭,一家人动手忙着包水饺。他关心个人的生活时少,关心别人的时候多。粗衣淡饭习以为常,屋子里也有点欠整饰。他的注意力不在这些身边琐事上头。

他写作很勤奋,笔不停挥。1946 年到上海,我主编《侨声报》的副刊,宾基的自传体长篇小说《姜步畏家史》第一卷,就在上面连载。宾基的稿子写得比较乱,字大如拇指,但却难认,校对的时候,为一个字揣摩多时,直到现在,读他的来信,情况好似当年。我心里想,他的字,可以称为"骆宾基体"。

宾基在上海,物质生活俭窘,作品的产量却丰收。他离沪去东北前夕,来我的斗室话别,他希望他的短篇集子《北望园的春天》能在曹辛之同志和我们几个朋友一道搞的星群出版社再版,他说得好:"好比一间房子,租出去总比空起来好。"由我经手的宾基的另一个中篇《一个倔强的人》(即《骆宾基小说选》中的《胶东的暴民》),交涉了两个出版社,过了好久才算落实了。这时他已在东北狱中了。我的《怀骆宾基》这篇小文,是这么结尾的:"我希望这本薄薄的小书,赶快印出来,我更希望宾基早日获得自由,突然间他闯到我的小屋子里来,我惊喜之余,把新出版的这本书,捧给他,并且念着它的名字:《一个倔强的人》……"

回忆的丝是不断头的。我起身找出了我们 1972 年摄的那张合影。他穿着短布衫,敦厚、朴实、亲切、热情的样子,好似就要重新坐在我的沙发上,让我听他口里的"天书"。

1982 年 4 月 29 日

大地之子

——记广田

　　李广田同志是我中学时代的同班好友,今天我追忆其生平,痛悼他在十年浩劫中的不幸遭遇,心中充满悲愤。

　　1923年,我们考入山东省立第一师范。那时,新文化运动汹涌澎湃,校长王祝晨先生办学开明,邀请国内外名人到校讲演,教师大半来自北大、清华,思想文风都是崭新的。学校里成立了书报介绍社,宣传进步思想,出售全国革命、进步书刊,其中就有马列主义的著作。有个历史教师,名字叫马克先的,为此大吃苦头。新文艺书籍、刊物,占据我们的案头,何止三二十种?广田作为这个书报介绍社的组织者之一,遭到反动旧军阀的迫害,被捕月余,受尽缧绁之苦。

　　我们就是在这种空气里受到熏陶教育,走上文艺创作道路的。当年的同班同学活到今天而为人所知的,只有历史学家邓广铭同志了。广田含冤去世,留给我们的是他的诗文——毕生心血的结晶。

　　广田为人,朴实诚笃。读中学的时代,同学们大都穿着入时,而他呢?却穿着自制的白布袜子、黑布鞋,乡土味很浓。他面色枣红,身体健强,规行矩步,遇事不惊不躁,功课优良,同学们有事愿意和他商量,以老大哥视之。其实,论年龄,他比我还小一岁。他性情温和,但有角棱,碰到不合理的事,就会激动起来,平和的外表里埋藏着一颗火热的心!

　　1926年秋,我和两位同学结伴潜行去了武汉,从此和广田天南地北,消息茫然了。30年代初,我们都进入了大学,他在北大,我在青大。这时候,我们彼此人不见,却见到作品了。1936年,当我看到他与其芳、之琳的三人合集《汉园集》的时候,真是又惊又喜,广田以诗鸣于世了。我心

173

里想,广田走上文艺创作道路,与当时的环境有关,但不能不饮水思源地追溯中学时代的那段生活。可是,外因不是决定因素,广田的气质——他的正义感,他内心潜在的激情,才是使他成为诗人、散文家的主要条件。

1933年,之琳的《三秋草》出版了。我的《烙印》由于闻一多、王统照先生的大力鼓励、帮助,也想自费出版。这时,闻先生已从青岛大学转到清华大学执教去了。尚未识面的之琳,热心地在北平替我向闻先生要来了序言,设计了封面,买纸张,搞校对,跑印刷厂,终于使我的这本小小诗集,在千难万难中呱呱坠地了。我感谢之琳的友情。后来之琳告诉我:功劳不是我一个人的,广田、恭三(邓广铭同志的字)和我一道合力搞的。

这又使我想到中学时代的这两位同班老同学,特别是广田,又添了一层关系:我们成为文艺战线上的战友了。

我在各种杂志上,不断读到广田的作品,越到后来,诗作越少而散文越多了。社会上都称他是散文家,甚至把他的诗名压低了。

他的散文,诗也是,像他的人,不事雕琢,不求外表的华丽,自是朴素真挚本色,独具个人风格。评论家们说他是"大地之子,泥土的人"。这评价是很公允的,评出了广田的人格与风格。

熟悉广田的人,都知道他不但从事创作,而且注意评论。1947年,我在上海编《文讯》月刊,到处约稿,我的手很长,一直伸到北平。当时我知道,广田和冯至同志在纷纭的文艺意见中,是坚持现实主义道路的,我向他们索稿,有求必应,在我负责的刊物上,广田发表了一些文艺理论的大块文章。他的见解与文风,对于校正时弊,鼓舞正气,是起了作用的。

广田是文艺作家,同时,也是教育家,说实在的,他毕生精力灌注在教育后代,培植新人方面的比用在文艺写作上的更多,他只是教有余力则以为文的。如果他能作为职业作家,成绩一定更大。不知为什么,一想到广田,就联想到朱自清先生,他们所从事的工作相同,做出的成绩相仿,论辈数,广田晚些,他们是同行,又是亲密的同事。我所以把他们并比,主要是在性格、人格和文格这几个方面,他们都刻苦钻研,平易近人,循循善诱,桃李满天下。也都是从中学教师到大学教授,循序前进,步步上升的。广田还做过小学教员,后来担任了大学校长。

我所以谈广田从事教育工作,因为这与文艺工作有密切联系。他教的是文艺课程,这对文艺修养的深造、文学理论的研究与创作实践的结合与印证都起了相互促进的作用。

广田和朱自清先生，不论是抗战时期在昆明，还是回到北平之后，都是热情地和青年一道，从事文艺活动，搞诗朗诵，帮助学生成立文学社，不但使学校空气文艺化，而且使自己也青年化了。1948 年，在清华的朗诵大会上，朱先生和广田联合朗诵我的《老哥哥》这篇诗，朱先生扮长工，广田演地主家庭的小孩，我得到这消息之后，很兴奋也很感动。在他们的朗诵声中，充满了浓厚的友情。

1948 年尾，我在上海不能容身，秘密地去了香港。在报纸上看到广田在清华文艺活动的情况，我兴奋极了，立即写了一首较长的诗，题为《寄清华照澜院·给广田》，在《大公报》上发表了。这首诗，寄托我对广田深情的怀念，让它飞到北平去吧！

第二年 3 月，我从香港到了北平，赶到清华与广田握手言欢。久别喜重逢，他乡遇故知，那情景，那心怀，就不是一支笔所能传神的了。

几年以后，有一天，广田来到我家，带点怅惘地对我说："组织上要调我到云南大学去搞领导工作。"不问下文，我马上插嘴："你同意吗？"

"当然，我是不愿意离开北京的，可是组织上的分配，我愿意服从。"

听了他的话，我佩服广田的精神，心里却充满了恋恋不舍之情。

南北分离，云山遥隔。广田经常来京开会，我们会面的机会还是不少的。每次来，他总是住在前门外高教部招待所里，带着女儿李岫来我家，我带女儿小平去看他，一同逛天坛公园，吃"狗不理"的包子。今天，我的女儿已经生了女儿了，当年广田作为玩意儿送给她的一对景泰蓝小瓶子，至今仍然放射宝色，广田，而今何在？

身子隔得越远，心离得越近。我负责《诗刊》工作的时候，一再催广田写诗，他从不使我失望，在百忙中被我逼出了不少诗来！他在昆明，关心少数民族的诗歌，整理《阿诗玛》这部著名的民间诗歌的时候，他付出巨大劳动，后来长诗改编电影，他又担任了文学顾问。我俩都是来自乡村，对民歌有一种特殊的感情，觉得它朴素清新、令人喜爱。有一次，谈到民歌问题，他向我介绍了一个句子，他说："你看这多好，多动人啊：'日头落了一大堆。'"

猛一听，我蒙了一下，马上双手一拍，大叫一声："妙绝！妙绝！"好句共赏，二人同乐。

有一天,广田到京开会,大约是在 1960 年以后,他告诉我说:"顶'五风'没有顶住,受到打击。"向我这个老友谈及此事时,心中坦然,等到这件事平反之后,他重新谈起时,态度温和,并没有自是之感。广田这种质朴谦逊、事业为重的精神,贯穿在他的文艺创作、教学工作和一切言行之中,他以此自照,以此照人。

广田,是一个乐观的人,事业心强的人,一个把个人一切贡献给党、给人民的人。

可是啊,他得到的却是不应得到的悲剧结局,在惨痛中结束了大有可为的宝贵生命!

他逝世前的遭遇,受到的难以忍受的重重折磨、摧残与迫害,我是耳有所闻,心怀沉痛的。可是自己呢,情况不也差不多吗?这一场十年浩劫,在文艺队伍中,有几人能幸免呢?!

以后,我们下到湖北干校,世事两茫茫,无处问死生了。

有好几年听不到广田的音信,心内悬悬。有一天,消息如同一声霹雳突然响在我的耳中:广田早已与世永别了!老舍惨死于北京的太平湖,广田丧生于昆明的莲花池!啊!这样一些为党、为人民、为子孙做出杰出贡献的作家、诗人,在大有可为的时代,大有可为的年龄,竟然这样被残酷的毒手给杀死了!

广田啊,如果你还活着,再到我的小屋里来或到天坛公园里去,一场噩梦醒来,我们一道谈谈梦中的情景,聊聊个人的写作计划,那该多好啊,广田!

我手打着战,写下这篇回忆,这是人间大悲至痛的事情,我揩干眼泪,望着广田的诗文,忽然眼前一片光明,是纸上的字句在燃烧吧。

1982 年夏初

五十二年友情长

——追念伯箫同志

> 论交已过五十年,
> 访旧海滨意惘然。
> 朋辈于今余多少?
> 又倾老泪到君前。

这是听到伯箫逝世消息后,挥泪而成的一首绝句。

我与伯箫相交已有五十二年的历史,真真可以说是老朋友了。他比我小一岁,身健神旺,朋友们谈起来,都夸他,羡慕他。去年他从英国回来,来看我,一见面,紧紧握手,用眼光扫了我一下,满面带笑地说:"不错,不错,握力不减当年。"我说:"你真行!能出国。七十岁以上的朋友,我是不赞成再出国的了。"

"出国是紧张,我还顶得住。"

我欣然地听了他的话,有点感叹自己孱弱的身子,对他说:"我今生出不了国门了。"

这次见面之后,没几个月,忽然传说伯箫因病住院了!心里有点惊奇。恰好今年春节,我在山东大学教书的大孩子来北京探亲,伯箫很喜欢他,我就叫他去看看伯箫。他回来告诉我:"伯箫叔叔病情相当严重,大量呕血,一呕半痰盂。医生断定是食道癌,已到末期了。现在看样子还好。他对我说:'你爸爸前些天来信,还夸我比他年纪少一岁,身子强十倍,你看现在我躺在病床上了。'说完,笑了一笑。医生没有把实情告诉他,只说:'贲门出了毛病。'"临别,伯箫还告诉我的大孩子:"回去告诉你爸爸,

177

不用惦记我。"

过了些时,听说伯箫出院了。我叫小女儿扶持着到人民教育出版社去看望他。他的宿舍,我是个熟客,几年不见,要刮目相看了。高楼平地起,有一排宿舍已经变成平地了。敲错了两家的门,惊了人家的好梦,真抱歉,我们去得太早了。寻寻觅觅,找到了伯箫的那个小院子,老朋友似的,感到亲切。一进北房尽头的那个熟悉的门,一个二十岁左右的带点乡村情态的女孩子问我们找谁,一看就知道她是个保姆同志。我们说明了来意,她说他不在家。我问到哪儿去了,回答是:"到办公室去了。"一听这话,使我吃了一惊——又惊又喜。

"他好了吧?"

"好些了。"

"他还住在这间屋子里吗?"

"为了养病,盖了一间'地下室'(实际上不是'地下室',只是比正房矮一些),他一个人住在里边。"说完,她带我们进了"地下室",小小一间房子,一床、一沙发而已。太黑,白天也不亮。从"地下室"出来,告诉她我们的姓名,请她去找主人家去了。

回到北房,我有时间里里外外巡视伯箫的家室。里外两间房,里边一间是他的工作室。几架书,依然如故,故人似的令我感到亲切。外间墙上挂的依然是那幅字,一切东西各安其位,没有什么变动,朴朴素素,拥拥挤挤。不过一刻钟工夫,听到窗外纷然而急剧的脚步声,我快步赶出去,与伯箫和郭静君同志亲切握手,情感交流。

显然,我的来访,也使他又惊又喜,因为他知道,我是个老病号,终年不出大门的。

我们挨近地坐在沙发上谈起来了。从样子、精神上看,伯箫的健康情况比想象中好多了,老友倾谈,伯箫显得特别高兴。我首先问病。他回答说:"贲门出了毛病,现在请一位有经验的老医生开方子,吃中药。"接着,他描述了坐着车子去求这位老医生的经过。

"看样子,不错,但你要静心养病,还没痊愈,不要挂记着工作啊。"

"是,是。可是动惯了,静不住。总想搞点工作,没事到办公室去看看。"

静君同志插话:"说他,他不听。老脾气了。"听了我们好意的责备,伯箫只是一笑。

　　话匣子打开了，话头像浪头，一浪接一浪。我告诉他，7月间，我将去青岛住些日子，山东朋友们已经二年相邀了。一提这海滨胜地，我俩都有一种特别亲切之感。它是我们旧游之地，工作于斯，写作于斯，许多文友结交于斯，大海和我们结下了不解之缘啊。

　　伯箫说："'一多楼'将来会对外开放，这没问题。剑三（王统照）、老舍在青岛居住、工作了多年，也应该把他们的房子留下来，作为故居，你到青岛，有机会和领导同志谈谈，争取一下。"

　　伯箫的话，使我很感动。他自己在病中，挂记的却全是逝去的老朋友。大家情绪很高，滔滔不绝，话没个完。静君同志一面看手表一面对我说："克家同志，你身体不好，一定很累了。伯箫见了你格外高兴，医生还不让他会客呢。"

　　听了她的话，我立即起身告辞。主人送出房门，那个小女孩正伏在桌子上写信，我笑着对伯箫、静君说："这位小朋友把家撇给我们就找你们去了，真放心啊。"我笑了，大家也笑了。

　　主人送出院子的门，还不住脚，过去我来，他总是远远地送到大门外。我知道，伯箫十分重视友情，也极注意礼貌。我连推带让，好歹把两位主人的脚步止住了。我一面走，一面不住地回头，伯箫、静君也依依恋恋不停地挥手告别。告别伯箫，相交五十二年的老友！没想到这是我和他最后一次的欢聚了。

　　而今，伯箫何处？欢聚已成为回忆的材料、催人泪落的场景了！

　　这次的访晤，使我对伯箫健康的忧虑大大减损，希望又昂起了头。没过多久，我爱人郑曼同志又代我第二次去探病。回来说："伯箫不在。"这又使我欢喜，足见他能冲出"地下室"到处游走了。恰巧我的一本回忆录《诗与生活》刚刚出版，内中多处谈到我与伯箫的交流情况，我给他挂号寄去了一本，马上得到了他的回信。这封信更使我大喜！信，是用彩笺写的，亲切而富于文采的词句，肥重而优美的字体，令人喜爱，这哪像一个病人的手迹呢？信照抄如下：

　　克家：

　　　　我们的社会，是"多病故人亲"。我却偏偏"疏故人"了。郑

179

曼同志和她令兄来,失迎失礼,非常惭愧。

前去"新侨",照通知签名报到而已。老朋友竞相招呼,丁玲同志特别高兴:"你怎么来啦? 正想去看你。"大家热肠感人。会后,你和公木、志民、燕祥纷纷从远近来信祝贺。其实在会上我勉强坐了四十分钟,半生与会,第一次早退。

《诗与生活》来得正好,催我速愈,仁作"望尘"之追。——赶是赶不上的。

谢谢郑曼同志。小平、苏伊都好。

亲切地握手。

吴伯箫

1982 年 5 月 20 日

这封信,我一读,再读,三读。在信封左角上圈上两个红圈,作为珍贵的文件保存。当时是志喜,今日是记哀了。

7 月 8 日,家人陪我到了青岛。

青岛,多亲切的名字,多美好可爱的海滨胜地啊! 解放前,我在这里读大学,开始学写新诗,与文艺界师友交往,达五年之久。

解放后,这是我第四次重来。

旧的海山,新的楼台,熟悉而又有点陌生。我对青岛,可以说"半是主人半是客"了。

青岛夏日,清清凉凉,许许多多故旧新交,向我倾注真挚、亲切、浓烈的感情,使我内心灼热而深深感动!

我一到青岛,第一个想到的故人,就是伯箫。1930 年,我考入国立青岛大学(后二年改为国立山东大学)中文系,与伯箫订交。那时,他在市立高中教英语,不久就到青岛大学工作来了。郭静君同志是一个二十岁左右的中学生,双颊红得像红苹果。

我与伯箫一见如故。这是因为在思想、感情、爱好各个方面,息息相通。

伯箫喜爱文艺,开始写散文。他写作认真,字句推敲很严。

我喜爱新文艺,视新诗如命。

我们二人,互相传观作品,评其得失,见到对方的佳作,喜欢如同己出,相互激励,乐在其中。

伯箫在工作岗位上,行有余力,还替一家报纸编过文艺副刊,我在上面发表过一首小诗。那时,我们的宿舍是一座石头楼(原是德国的兵营),四人一间大房子。我因为经常失眠,跑到莱芜一路一家富有的亲戚家,和她的一个从乡下来的小工友合睡一张床板。土室无窗,取名"无窗室"。我在《申报·自由谈》上发表了一些散文,题作《无窗室随笔》。伯箫、孟超两位朋友,不时来"无窗室"做客,大家挤在床板上谈笑自若,不以为苦,反以为乐。

我的宿舍,伯箫也是个常客,来去无定时,话语无多少。有兴而来,兴尽而返。

伯箫为人正直,见不得半点不公平的事。他好面子,对人和乐,兴致来时,谈笑风生。但遇到是非问题,话不投机,他便脸色突变,不顾情面。记得有一次他和我同室的一个同学,争论九一八事变的责任时,那个同学替蒋介石辩护,伯箫大生气,争得面红耳赤,不欢而去。

伯箫的住处,就在我们宿舍的身后,有一个小土坡上新盖了两间小土房,起名"山屋"。"山屋"门北向,外间墙上挂一副中堂。伯箫下班后,在这里写作、读书。这"山屋"很幽静,也很孤高,他的不少作品在这儿产生。

我常常到"山屋"与主人谈心。有时晚上去,小灯一盏,照着我们喁语,此时百无禁忌,可以倾心。

国立青岛大学建校后,杨振声、闻一多、王统照、老舍、洪深、梁实秋……许多学术名家和著名作家来校任教,"荒岛书店"也出现了,文化空气,一时大大高涨。这些作家都成为我和伯箫的师友。我们在课堂上、大礼堂里听他们讲课、讲演,私下去拜访和他们谈心。1935年,伯箫已经到莱阳乡村师范做了校长,我到临清中学为人师去了。暑假一到,候鸟似的,我们飞集于青岛。老舍、王统照、洪深、王亚平、孟超、赵少侯……我与伯箫等十二位文友办起一个小小副刊《避暑录话》来了。暑假一过,人散了,副刊也停了。但它留下了影响,留下了友情。去年,伯箫告诉我,他还保存了一份《避暑录话》创刊号,将要复制几份。过了不久,复制品寄到了。下面题着年月日、购自"荒岛书店"。刊头的字,是我的手笔。

我与伯箫在青岛共同生活的几年,正是时代风云急骤,心中郁闷窒息的时期。但也是我们奋力写作,胜友如云,情感激动,苦中有乐的一个时期。

春天,我们携手公园看樱花吐蕊。夏季,我们并肩海滨,看潮生,听雷吼。凉秋,我们一道在树林里散步,各人随手摘一片红叶。隆冬夜间,围一盆炭火,我们喁喁而谈。

我们傍晚站在栈桥上看晚霞明灭;月下在太平路上游散,看"小青岛"上的红光一点,像神秘的眼睛一睁一闭。

这一切,这一切,今天都成为回忆的材料了。但它是真实的,鲜亮的,生动的,有情的。

我这次到青岛之后,首先想到的是访问师友和个人的故居。

"一多楼"我一连去了两次。登上楼梯,一步一步走向过去。五十年前,我带上刚写好的诗篇,怀着惴惴不安的心情来这儿请一多先生评定。而今这间他当年的工作室已经成为海洋学院的实验室了。我二次前来,徘徊不能去,在门前留影纪念。

"一多楼"原与伯箫的"山屋"隔街斜对,不过二百步远。今天,一堵高墙不可逾越,举目不见"山屋",它已化身高楼冲天而去了。

我由省文联刘知侠同志伉俪陪同,又到了老舍先生的金口二路故居。当时红门东向,院内绿草如茵。我常来,伯箫也常来。今日重到,已面目全非,相望不相识了!

由金口二路驱车到了王统照先生的观海二路四十九号。面向小楼,背负大海,独立苍茫,物是人非。想当年,我与伯箫经常来此访剑三。一声客到,剑三急急忙忙,顺着陡直的扶手,一溜而下。我们三人在右首两间会客室里,高谈纵论,海阔天空。有时也带来各自的新作,相互传观,评定甲乙。为了对一篇作品的意见不同,有时也争论不休。午间,主人留客,飨以故乡风味的便饭,虽无珍馐,但满口香甜,津津有味。

剑三出国旅游,我与伯箫码头送行,轮船鸣笛起碇,载人远行,彼此留恋,依依不舍。船开动了,远了,更远了,我们手中的彩纸越拖越长,像一条永远擎不断的友情的长丝。

访师友故居,也没忘了看看石头楼上我的那间宿舍,人去楼空,于今三人去,仅我一人在了。

我把我到青岛的行踪、感想写信一一告诉了伯箫。当年师友,存者少而逝者多了。我希望我的这封信能给伯箫带来一点怀旧之思、欢愉之情。

8月1日,我心里装满山东朋友们的盛情回到了北京。

消息一个又一个逼来:

"伯箫又入院,病情沉重!"

我爱人又去首都医院探望,回来,双眼潮润,说:"伯箫同志恐怕不行了。我去,他勉强睁了睁眼,似乎还认得。他在闭目休息,没敢打扰就退了。他小女儿说,你从青岛寄给他的信,他看到了。"我垂下了头。

噩耗,难以逃避,它终于来了。

五十二年的老友,我只能以一把悲痛的老泪与他永别了。

晚上,难以入睡,朦朦胧胧中,往事如丝如缕,在心头纠缠。

1937年"七七事变"后四个月,临清中学放了"长假",我回到了故乡。恰巧莱阳乡村师范的学生流亡过我村,伯箫约我作为学校的教师一道到了临沂。

这是一幕。

1938年四五月间,伯箫将去延安,我到他住的旅舍的斗室中话别。

这又是一幕。

解放后,伯箫从东北调到北京工作。我们见面的机会多起来了。他常常到我家里来看我,拿着他的《记一辆纺车》,还有别的散文稿子,佳作共赏,斟酌字句。那些年月,我身体多病,卧床时多,会客时少,说话不超过二十分钟。伯箫来了,怕打扰我,有时一个人在我的小院子里徘徊,孩子们发现了,来报告我:伯箫叔叔来了。我起来对坐而谈。伯箫耿直,对不公平的人与事,说起来愠色满面,在老友面前,毫不掩饰自己的感情。伯箫自奉简约,冬天来访,总是穿着那件褪成半白的绿色布大衣。有的同志发牢骚:"汽车越坐越大,房子越住越小。"伯箫住处很狭窄,但我从没听见他说一句不满的话。三十年来,伯箫来访的次数无法计算了,没见一次他坐小轿车来。

1942年,我到重庆不久,就听说伯箫是一名纺花能手,接着收到他从延安带给老舍先生和我的一封信。在信上,他先向老舍先生道歉,说:你到延安慰问,我没去看你,因为那时我还没入党,不好意思见故人啊。另外一件事情,请你们二位务必替我辟谣!国民党反动派大造谣言,说我已经死了,延安开过追悼会,这是多可恨、多无耻啊!

当年,这谣言,不辟自破。谣言不能把活人咒死!

可是今天啊,伯箫逝世的消息,它是千真万确、千真万确的了。呜呼,痛哉!

1982 年 9 月 2 日

海阔天空任翱翔

——有怀碧野

> 放下又拾起的
> 是你的信件，
> 拾起放不下的
> 是我的忆念。

这是二十年前我写的《望中原——读友人来信》的头一节。这友人是谁呢？

是碧野。

1973年，我又写了一首七律《寄碧野》：

> 白发多时故旧稀，相思不释见无期。
> 丞相巷里留鸿爪，黄鹤楼头忆英姿。
> 冰雪三年边塞过，烟云七载水湄栖。
> 天涯行遍春心在，热气升腾创史诗。

一个人，上了年纪，特别容易念往事，怀故人，真是"老友，老友，心中老有"啊。

我和碧野相交，已经有四十四个年头的历史了。如果把这种深厚友情比作一棵大树的话，它经过抗战炮火的轰击，经过旧时代冷风凄雨的吹打；在解放后温煦的春光照耀下，根深叶茂，郁郁青青。

1938年，在江南草长群莺乱飞的暮春时节，我从抗战前线台儿庄到了武汉。那时武汉文化人云集,会晤了一些老朋友,也交结了许多新相知,碧野就在内。他们大都住在低级的小旅馆里,过着艰苦的日子,心里却是热气腾腾的。我们相聚的时间不长,但后来回忆起这段生活的时候,却深情无限,至今我还保留着我和碧野、黑丁、田涛、曾克一起在黄鹤楼头留下的一张合影。时间没有抹去形象的光彩,却加深了我们的情谊,每次把这张照片拿在手里,心,便翻腾在往事的波涛中,不禁对这些老朋友怀念起来了。

抗战期间,我和碧野还有田涛一起在战地上东奔西跑,达四年之久。我们骑着大马并辔驰骋;我们在一个防空洞里躲敌人的飞机;我们在隆冬的夜晚围着一盆炭火谈心;也曾在行军途中宿在荒村古寺里身子相偎依;我们一起办抗战文艺刊物,彼此披阅各人所写的作品……在艰苦的环境中并肩作战,互相鼓励,亲如兄弟。我们的脚步踏遍了河南、湖北、安徽的大地,襄樊、老河口、南漳、漯河……这些名字永远在记忆中闪闪,就连草店、石花街、寺庄……这样一个个乡村的名字,想起来也感到十分亲切,它们不仅在我们的作品中出现过,而且,我们有些作品就在那里产生。

不会忘记,抗战末期,我与碧野重聚于山城重庆的那些日子。我住在张家花园六十五号中华全国文艺界抗敌协会,碧野和荃麟一家住在对过新起的一个小土院子里。碧野那时候不再是一个单身汉了,他白发苍苍的老母亲从广东来,仗他供养。那时,大家生活都十分困苦,这困苦,岂止是物质上的?我们手里有一支笔,终天写啊写啊写;眼前浓雾不开,但心中却有一股热劲。我同碧野有时到小饭馆里一人一碗担担面,买两支香烟,一道坐在嘉陵江岸上看远山夕照明灭……

抗战胜利以后,我和碧野会合于上海,同住在一条大街——北四川路上。大上海是富有的,而我们却穷苦度日;大上海是光明的,而白色恐怖比山城的浓雾还浓重,令人窒息。我们和许多文艺界的朋友站在一起,手中紧紧握住一支笔。国民党的反动统治,濒临末日,更加疯狂,大家的日子,越来越难过。1948年春,碧野和司空谷同志携手奔向北方解放区去了。临行到我的斗室告别,紧紧握手,话语无多,道一声"珍重",说一声"再见",两个人的眼睛里都射出了炯炯的光芒。

1949年初夏,我从南方来,碧野从北方来,我们在新的天地里欢聚了。我们和望舒、金伞、青苗、北鸥、关露、司空谷等同志,同在华北大学三部一个研究室里工作,日夕相处,心舒神畅,好似一个人寻求归宿,惊涛怒浪,过了半生,一旦到达了希望的目的地一样。

碧野在北京的时间,住在宣武门外丞相胡同三十号,一个狭小的院落,南房两小间是会客室,我是他经常的座上客。室内不宽,但足够我俩促膝谈心。碧野是一个坚强的人,体魄健壮,精神奕奕,有股闯劲,事业心强。他像一只雄鹰,渴望海阔天空地到处去翱翔。他一翅子飞到新疆建设兵团去了,冰天雪地,一待就是三年。他不以为苦,反以为乐,结交了不少朋友,写出了《阳光灿烂照天山》这样一部歌颂为建设我们边疆而忘我战斗的战士们的作品,赢得了读者的赞赏。

碧野,家门关不住他。为了体验生活,他曾到天津一个工厂里去待了两年时间,创作了一部以工人为题材的作品《钢铁动脉》。他去的次数最多、待的时间最长的要算丹江水库工地了,前后达七年之久!他和干部、工人,结下了兄弟般情谊,他多次来信用生花妙笔给我描绘水库从初建到成功的动人情景,使我惊,使我喜,使我眼宽心阔,如入仙境。而这些地方,当年我和碧野曾经在那里生活过。原来荒凉贫瘠,春风送暖时节,饿殍倒地;而今云影天光,一碧万顷,电发洪量,禾稼青青。前后对照,真是别若天渊。碧野经常在来函中叙述他到丹江受到热情欢迎的盛况,我读着信,身子不动心却动了。他说:"回到丹江,如鱼归大海;回到丹江,如同游子回到了故乡。"每次收到碧野的信,心里总是充满了欣羡之情,对自己的蛰伏心中怅怅。丹江七载,《丹凤朝阳》展翅腾飞。前些日子,碧野来信说:"我从丹江回到武汉,接着又到当年插队落户两年的江汉平原沔阳农村去,看见全村男女老幼出来迎接我的情景,感动得热泪盈眶。"在最近的一封信上,他这么写着:

"春天到了,我是不安于室的。过几天,我将和杨静去丹江口和葛洲坝水电工地跑一跑。那里的朋友向我招手,我乐意去看望他们。"

碧野的这种不辞劳苦,到战斗生活中去和工农兵密切结合的精神,确实使我钦佩而且深深感动。他入生活,入得深,入得久,决不是蜻蜓点水,也不是浅尝辄止。这实在是难能可贵!

青年时代的碧野,有一股勇不可当的锐气,上了年纪,锐气仍然不减当年,但在对人对事方面却更加老练也特别谦虚了,对老朋友也格外热情。我们虽然云山遥隔,但长信往返如织梭。他来信,总称我"尊兄",我

187

知道,这绝非客套。读他的信,就像读一篇美好的散文,有情有景,令人不忍释手。他的钢笔字,写得工整、娟秀,使我眼明。信封上的邮票,也总是贴得端端正正的。逢年过节,一定接到碧野热情的信,在我七十生辰时,碧野也没忘了驰电祝贺。"三读飞来电,故人故情长。恨无双健翮,举杯对大江。"我立即以俚句答谢。

"白发多时故旧稀",老朋友的情味,和陈年老酒一样。碧野在江南,我在北京,见面时少而思念时多。记得1975年,碧野的小女儿黄铮突然来到我家,她说:"我爸爸让我来看望臧伯伯和茅盾爷爷。"听了她的话,我心里很温暖,也颇感动。问短问长,絮语不绝。她扶持着我一道去拜望茅盾先生,使他寂寞中得到了佳趣,会面时茅盾先生那高兴的情态,张罗拿水果的样子,详细询问碧野近况的深情语句,至今记忆犹新。

去年碧野来京开作协理事会,两次到我家畅叙。我,老来瘦,碧野却老来胖了,头也半秃了。但人却不老,精神健旺。有大理想、有大抱负的人,是永远不老的。碧野,心中有热,双目有神。我们谈几十年来的旧事,询问故人的死生,但谈得最多、最动情的是他深入生活的感受、未来写作的壮志雄心。

临别,我们紧紧握手。他惊异地说:"您的握力不减当年!"

我说:"你越活越年轻,祝贺你这个老战士、新党员!"

1982 年

188

一个勤奋乐观的人

——悼健吾同志

大女儿从机关打来电话,我去接,她却要妈妈讲话,我回到我的斗室,翻阅刚刚送来的大批报刊。没多少工夫,我爱人轻轻走进门来,态度放得十分平淡,小声对我说:"女儿刚才在电话上说,健吾同志昨晚突然逝世了,她不敢猛然告诉你。"我的心原是平静的天空,突然一下子,乌云滚滚,像一阵暴风雨即将来临。

我并没有哭,眼泪也叫悲痛梗住了。我只说:"走!"

我爱人明白我的意思,望望我的脸色,然后有点迟疑地说:"能行吗?"

"能!"回答的声音坚决而干脆。

健吾的家,距我处只隔三四条巷子,顶多不过半里之遥。对我这个病弱的人说来,去一趟就像长征,还得有人扶持着。说也奇怪,这次我却走在爱人的前头,一个劲儿走到了健吾的家。连门也没叩一声,我就闯了进去。只见黑压压一屋子人,我视若无睹地一直奔向淑芬老嫂,抱头痛哭了一场。过一会儿,客人散尽,只剩下健吾的子女、淑芬嫂与我对坐,她一边拭泪一边劝慰我:"你身体不好,不要过于悲伤了!"从7月份起,已经有六位老朋友告别了人间,而我的泪泉滚滚,滚滚,流不尽啊。这时,我很理智,也很镇定,静听女主人向我和我爱人述说健吾逝世的情况。

"健吾的脾气你知道,不顾身体,只知道工作。前天去所里开会,我劝他:'年老了,少参加点会吧。'他不听,说:'会很重要!'晚上回来,又写稿子,写到深夜。他平常感觉心脏不舒服时,含上一片硝酸甘油,继续工作,我哪知道他心脏病这么严重啊!他晚上累极了的时候,停下来,在沙发上蒙眬一下,我给他盖上条毛毯。昨天晚上,我给他盖毯子时,他没动,我用手摸摸他的头,冰凉了。我惊慌失措地好歹请来医生,说已经不行了。就,就这样过去了!你看,没写完的稿子还摊在桌子上等他去完成呀!"她一边说一边拭泪。

"不要哭,哭有什么用?死生是大事,死生是谁也免不了的事,想开点吧。我比健吾大一岁,身体也多病,有时候,过于劳累,坐在沙发上有休克的感觉,心中坦然地想:就这样终结了。人,总要过这一关的。我们谈谈如何处理后事吧。"

"健吾没有来得及留遗嘱,他平日常说:我死了,不要开追悼会麻烦大家,只通知少数好朋友就行了。你看怎么办好?"

"朋友们与遗体告别一下,还是有意义的。"

这时,大家的情绪渐渐地平静了下来,漫忆起往事来了。

两个多月前,我来看健吾。一叩门,他亲自出来了,一见我,又惊又喜,回头就走。一边快步走,一边高声欢乐地遥呼:"淑芬,克家夫妇来了!"健吾家,过去我常来,这些年,年老多病"故人疏"了。我们一到会客室,淑芬大嫂也从里间出来了。健吾感情很激动,张罗茶水,又到里屋拿出一小盘"高粱饴"来,说:"这是宝权一个多月前从青岛带回来的。"感情像风里的波浪,平静了下来,我们两对对谈起来了。

看见书桌上摊着稿纸,我问:"你又忙写什么?"

"这个要我看稿子,那个要我写文章,没完没了啊。"

"你的身体精力真不错,回山西故乡,又跑上海,真是健步如飞呀。"

"三两天又要跑西安。"他告诉我,去西安是开外国文学研究会。冯至、宝权、羡林几位好朋友都去。我说:"法国文学老专家,健在的不多了,穆木天、赵少侯,我熟悉的朋友先后下世了。"

"有些中年同志水平真不错呀。"健吾为后继有人而高兴。

"上海时代的那些书籍呢?"

"存在另一个地方。如果搬进来,这几间屋子就不用住人了。"

最后,我说:"从7月8日我去青岛到现在,已经有好几位老朋友像秋风里的落叶一样凋零了。"

"所以,我们要争取多做点工作,与时间竞赛啊。老朋友越来越少,老朋友也越来越觉得可亲了。"

我一看表，一小时过去了，赶快告辞。健吾一直送我们送得老远老远，脚步放慢，边走边谈，最后分手了，健吾一直站在那里，我们且走且回头挥手。

没想到，这次是和三十六年的老友最后一次的晤面了。

上次来是和健吾言欢，谁想到这次来是为哭健吾！哭罢，归到家中，坐在藤椅上，一低头，照片上的健吾隔着玻璃板在向我笑。这笑，看了比哭还难受啊。

这张照片，是8月间照的。有一天，时近黄昏了，健吾突然来到我家，满面带笑。刚在沙发上落座，他语声朗朗：今天我带着机子来，我们拍张照片。这，使我高兴，也使我有点奇异的感觉，从来不知道健吾的这一手。他低头，从一个小布包里掏出一个小型照相机来，说："日本造，有闪光灯。"他摆弄好机子，我俩摆好姿势，请我爱人"咔嚓"一下。没过多久，健吾派他家大弟弟把洗好放大的双人合影送来了。两个人，肩挨肩，乐呵呵的，神态毕肖。

健吾的大名，我早知道，和他晤面是1946年我到上海之后。心意投合，一见如故。健吾是一个豁达、乐观的人，一笑祛百忧。那时他在戏剧学院任教，和郑振铎先生联合主编《文艺复兴》，我经常在上面发表小说，得到郑先生和健吾的鼓励。同时，他也为我主编的《侨声报》副刊和《文讯》月刊写稿。他原住得离我较远，后来搬到东宝兴路与我为邻了。健吾工作繁多，精力充沛，又是写，又是译，又是教书，又是活动，永远不感觉疲倦。我心想，他像一部急剧运行的汽车，黑夜才是他的加油站。1948年，白色恐怖弥漫，形势险恶，我一旬之内，四次迁居，一日之中，两易其处。决定去香港前夕，我与爱人秘密约定夜晚幽会于健吾家。健吾热情招待，淑芬大嫂忙着为我们做她家乡风味的刀削面相款待。面没下锅，忽然有人叩门，健吾脚步迟迟，且走且高声问："谁呀？"我疾步登上二楼健吾的藏书室，淹没在茫茫的书海中。过了一小会儿，听到大门轰隆一声关了，健吾大声喊："下来吧，刀削面下锅了。"这一顿饭吃得特别香甜，其中充满友情的"味之素"啊。

解放以后，我们四人碰在一起时，常常说起刀削面，把当年惊险的场景当作取乐的故事讲了。

二三十年来，在北京和健吾过从甚密，他每次来我家，人刚入小小庭院而轰笑声却已经进客厅门了。健吾的笑,是热情的爆炸,是心灵的强音,是他爽朗性格鲜有的特征。一想到健吾,就想到他的笑——开心的笑,使人愉快、受到感染的笑。他的笑,像重磅炸弹,威力无穷,严封的郁闷,无头的苦恼,一闻笑声,轰然粉碎。他的笑,令人乐观,使我振奋!记得当年我赠了他一首小诗,仿佛是这样:"脚步阶前落,笑声已入门。狂飙天外至,万里无纤云。"

健吾极重友情,不以时迁,不因风转。大约1974年前后,巴金同志在苦难中。有一天,健吾跑来对我说:"老巴是个好朋友,重感情,有学问,不但创作丰富,在文化出版事业上也做出了不小的贡献啊。朋友弄了点钱,我要设法给他转去。"听了他这话,我心里十分感动,患难之中见真情啊。他说替别人转钱,这些钱当中,大约也有他的一份吧。

健吾体质好,面白透红,心胸开阔。在十年动乱中,有一个时期,他身子垮下来了,这与心情有关。经常路过我的门口去医院看病,腰也有点直不起来了,手拄一根小棍棍。看了这情景,我心里难受极了!"四人帮"垮台以后,他复原了。只有一点变化,人的面部骨头多,肉少了,精神更健旺了。我常常把出版的小书送给他,而他赠我的却全是大部头,拿到手上就举不起来。也有一个例外,去年,他送来薄薄一本小书,题记上说:这是少作。健吾在文艺工作上贡献是多方面的。他是翻译名家,评论能手,散文、杂文写得犀利而精练,他不但写剧本,在中学、大学时代还是一名戏剧演员,演男角,也演过女角。

健吾,知识广博,学兼中外,著作等身,数量惊人!给社会主义增光生色,谁想到一夜之间突然飘然而逝。

我个人并不怕死,但怕朋友的死!古人对死有不同的看法。有人说:"天地者,万物之逆旅,光阴者,百代之过客","生寄也,死归也"。另一种截然相反的想法:"黄泉若遇他年友,只道飘零在异乡。"这个想法很写意,也很有诗味,可惜它是一个美丽的谎。

人活着,有一分热发一分光。待得热尽光消,也只好逆来顺受,听其自然了。

1982 年 12 月 3 日

192

溯往事，六十年

——追忆杨晦先生

我得识杨晦先生，已经六十年了。

1923 年暑假，我到济南考入山东省立第一师范。头一年，住在北园，校舍清幽，纯乎乡村风味。庭院散步，时常遇到一位中年长者，面庞瘦削，略显弓腰，态度和蔼，看上去有点软弱。见了我们微笑着问长问短，令人感到十分亲切。

这就是杨晦先生。我是先认识了他的人，才知道他的大名的。进了学校，喜欢文艺，读了大量的新文学书刊，才知道杨晦先生和冯至同志等诗人、作家创立沉钟社，以后又主编《华北日报》副刊。我爱读杨先生的文章，由于欣赏他的作品，也更加尊敬、亲近杨先生了。

杨晦先生在我们学校附设的文学专修科任课，讲李清照的词。我们班次太低，无缘直接在课堂上受到他的教益。但他的文论，他的剧本，他领导的文学社团，给我的启发与诱导，成为我逐步走上文艺创作道路的鼓舞力量之一。直到今天，年近八十的我，回忆文坛旧事，追溯个人漫长的学习创作过程，《浅草》《沉钟》这些名字，对我是多新鲜，多亲切啊。

我们的学校里，接受了"五四"新文化运动思潮，革命活动、文艺活动都十分活跃。成立了书报介绍社，向上海、北平订购大批革命书刊，这无异是向几百名同学心中撒火种。校长办学开明，教师思想进步，有的还是党员。文学专修科的同学，文艺修养都相当高，有的同学常在《洪水》等大刊物上发表作品。学校里每周出版一张校刊，发表一些文艺创作。学校里文艺空气这么浓厚，原因非一，可是杨晦先生与有力焉。

人生如飘萍，聚散两无常。一别二十载，生死两茫茫。

1943 年冬,我与杨先生在白雾弥漫的山城重庆,又重新晤面了。那时,杨先生住在赖家桥文化工作委员会的家属宿舍里,我和我爱人郑曼去拜望他。他住着两三间小平房,四面大野茫茫,门前向日葵成列成行,因为少见太阳,黄色的圆脸,没有定向地歪斜着。一见面,显然有点意外,杨先生兴奋得摆动着头,腰微微弓着,满面的笑容透露出内心的欢喜。他的夫人姚冬先生,赶忙去买了大块肉来,杨先生在土地上劈柴生火。菜肴无多,大块吃肉,且吃且谈,其味无穷。当时文艺界的同志对列夫·托尔斯泰与高尔基各有自己的看法,杨先生认为:托尔斯泰是伟大作家,谁也得承认;但高尔基的《母亲》却给文艺开辟了一条崭新的路,他强调了后者。杨先生对文艺问题,对文艺创作,常有个人的独立见解,不苟同于别人。

从杨先生的生活上看,是艰苦的,也有点孤寂。我问起近来写了什么文章,他微微一笑,摆了摆头。然后转身到内间取出一本稿子来,对我说:"这是我翻译的一本书稿,压在乱书堆里已经很久了。"我接过一看,是莎士比亚的名作《雅典人苔曼》。这,使我很高兴,也不免有些怆然。我把这本译稿掂了一下,对杨先生说:"把它交给我吧。"回头来,我介绍给了叶以群同志,隔了大约一年多,就出版了。这是后话。

谈到职业问题,杨先生没说什么诉苦的话,在那样一个时代,那样一个环境里,人人都有一份难言的辛酸在心头呀。那时吴组缃同志在中央大学教书,回头我把杨先生的情况对他谈了,组缃为人正直,心肠热,好朋友,重然诺,没过多久他把杨先生介绍到中大执教去了。杨先生从青年时代起,就刻苦攻读,勤奋学习,回想起中学时代第一次见面时他那种有点憔悴的样子,足证他是"心为身敌"的了。因为他思想进步,学识渊博,得到学生的敬爱。他对待学生如同子女,课堂上讲,课外辅导,有一分热,发两分光。他的住处,学生们你来我去,川流不息。姚冬先生曾有点抱怨地对我说:"夏天晚上,一直和学生们谈到深夜,屋子里人满满的……"但,杨先生不以为苦,反以为乐。

我觉得杨先生对我很亲近,很爱护,我们两家好似一家一样。可是,从没听见杨先生对我写的那些东西表示过意见——哪怕一星半点。1944年12月,日本侵略军长驱直入到了贵州,重庆为之震动,人心惶惶,大有朝不保夕的样子。我既悲愤,又不安,写了题为《侧起耳朵,瞪着眼睛》一诗,登在《新华日报》上。这篇诗,讽刺了国民党军队的逃跑主义,要求民主与团结。写它的时候,心情是沉重而又十分激动的。千里万里流落到这座山城,安了个临时的家,而这个家平时抱怨它,于今被迫要丢它的时候,又大动留留恋恋之情了。这首诗虽出于我个人之手,实际上是反映了人民的悲愤心情。见报后的一两天,忽然接到杨先生的一封信,大大赞美这首诗写得好!信中的字里行间充满了热情,我想读诗时他一定是和我写它时一样的激动!杨先生对人、对事、对作品,是严格的,因此,这封信使我终生难忘,至今还清楚地记得信的末尾这样写道:"努力吧,克家兄!"老前辈都是谦谦君子,茅公、叶老多次通信,大都以兄呼我,令我不安!而杨先生,是我中学时代的老师,是我尊敬而又亲爱的长者,突然呼我以"兄",令我感动不已,惶恐不安!

1946 年到 1948 年,我在上海,杨晦先生也在上海。住得很远,走得很勤。政治形势越严峻,我们靠得也越紧。杨先生在幼稚师范学院任教,与夏康农同志同事而且比邻而居。他一面教书,一面参加一些革命活动,党内的一些文件和书籍,看过之后杨先生把它装在坛子里秘密掩藏起来。夏康农同志在各种刊物上发表了不少火药味很足的论文,而着力批判了胡适。熟悉的同志都知道,请杨先生写篇文章,真是千难万难,一促再促。我那时主编《文讯》月刊,却是有求必应,有的稿子杨先生还亲自送到我的斗室里来。有一篇,题为《中国新文艺发展的道路》,文章很长,特别强调了农民文艺。杨先生的心始终是贴近人民的,特别是农民,他为子女起个名字,也是"锄"啊"镰"啊的。对这篇论文,他解题式地说:"农民文艺,这其实就是民间文艺,也就是中国的人民文艺。"有的同志不甚同意这种看法,曾为文商榷,杨先生又写了《再谈农民文艺》做了答辩。杨先生的文艺论点和他的革命立场是血肉相连的,前者为后者所决定。他着重指出文艺应为占全国人口十分之八的广大农民服务,特别强调文艺的群众性,形式的民族化。我觉得,这是从大处着眼,是符合党和人民大众对文艺的要求的,虽然说得不够全面。朱自清先生逝世后,《文讯》出了"追念特辑",杨先生写了《追悼朱自清学长》,以志哀痛。这二位前辈作家、教授,原来是大学时代的同班同学。

在上海这二年间,我们满怀喜悦的心情做了一件事,这件事,也是杨晦先生一生中最感欣慰的。我们知道杨先生五十寿诞到了,张罗着通知一些要好的朋友,举行了宴会,几十位文坛上的前辈和中年作家都举杯祝醒,气氛欢腾。不在上海的朋友,也纷纷发来贺函。这不仅是为一位朋友祝寿,也是为一位革命文艺老战士、人民教师庆功。

1948年,秋末的一日傍晚,我得到通知说:"今夜不能住在家里,有消息要逮捕人。"我一听这话,就躲到老友田仲济同志家里去了。第二天得知,昨晚杨先生的寓所特务"光临"了,他和夏康农同志都不在家。没过多久,杨先生到我家辞行,他说明天就要起身去香港,也劝我走。在仓皇中,没有多说话,心里是极沉重的。郭沫若、茅盾先生去年就离开上海了,而今杨先生又要走了,我将如何!四口之家能说声走就起身了吗?不走,在白色恐怖之中,日夜将何以堪?杨先生看到我的难处,紧紧握住我的手,然后怅然而去,头也没回。

相别不过一个多月光景,我与杨先生又相聚于香港。我到香港不久就发烧,高达四十度,久久不退。党组织多方照顾,杨先生也不时来看我,使我内心感激而又慰安,增强了对病魔斗争的力量。

1949年,北平解放以后不久,我与杨先生又在新的天地、人民的首都聚首了。杨先生就职北大,住在离我处不远的北大宿舍里。我们不但没有相忘于江湖,而且,差不多每周我和郑曼都到杨先生的寓所去。

解放以后不久,杨先生就入了党,他一生所追求的伟大目的达到了。

杨先生移住北大燕东园之后,遂少晤面机会了。三十多年来,我因健康状况不佳,仅仅去过两次北大,看望了杨先生。他住了两层楼房,生活舒适,心情舒畅。他,已到暮年,中文系挂个系主任的名义在家休息了。孤身一人,以书作友。他独居一室,但他的心是与人民紧紧联系在一起的。杨先生是一个对自己、对子女要求严格的人,自强不息。听说他昼夜不辍地苦读马列主义经典著作,还自学俄文。

近几年来,我偶尔在集会的场合碰到杨先生,他的面色苍白,样子大变了。见了面,没有了当年的容颜。腰略弓着,含笑扑人的精神劲头也消失了。我心里有点难过:杨先生老了!

重友情,这一点在杨先生身上相当突出。老友亡故了,杨先生一定去八宝山,我不止一次遇到他。前年北师大为黄药眠、钟敬文两位老友八十大寿、工作六十周年,开了个庆祝会,杨先生从北大赶来参加了。我俩挨肩坐在沙发上,我看杨先生老闭着眼睛,显然精神不济了。主持人把扩音器送到他脸前让他讲讲话,我替他挡了。人,上了年纪,总是有点念旧的。

有个朋友告诉我说："杨先生有个志愿,找一天,叫部车子,看看冯至同志和您。"听了,我感动不已。可是,没有等到杨晦先生来,而他逝世的噩耗却到了。我以悲痛的心情追忆六十年来的往事,杨先生的音容又活现在我的眼前。

谦逊,是杨先生的一个很大的美德。前几年,每到"五四",总在报纸上看到杨先生的文章,也读到参加过五四运动的别的老同志所写的火烧赵家楼、痛打卖国贼的回忆录。文章说:当年冲在前头,越墙而过的有七八个英雄人物,杨晦先生就是其中之一。可是,我与杨先生相识这么多年,从未从他口中听到这消息。杨先生,做事不求人知,文章写得也少,青年一辈几乎不知道杨先生的为人和他为新文艺事业做出的贡献了。

可是啊,是金子,就会发出宝色。杨先生的人不在了,他一生的业绩,将在新文学史的叶子上,在他苦心培育出来的上千上万的已经成材的弟子们的心上,永远发出光亮!

1984 年 4 月 14 日
2000 年 8 月订正

心清，在我心中

四十五年前的盛夏，头顶炙人的火球，我和我的爱人郑曼从河南叶县徒步千里，到了四川的巴东，然后乘船抵达所谓战时首都——重庆。一身风打雨渍的破军装，发着低烧，而手中一文莫名，投奔到张家花园六十五号"作家之家"——中华全国文艺界抗敌协会暂时栖身。将近五年的战地生活，使人悲愤满腔，想想前途，大有茫茫来日愁如海的滋味。

一天，有客来访，自道是赈济委员会的一位处长。他说，奉余常委之命来的。手拿冯玉祥先生的一本诗稿，想要我写篇序言。我做了一番思考之后，没敢接受这项任务，但这件事却成为一条友谊的引线，把我与余心清同志牵在一起了。

赈济委员会，专管全国的赈济工作，相当于一个部，常委就等于次长，许世英是会长。会址也在张家花园，近在身旁，只一箭之地。我去他来，日子不多，和心清由生变熟了。他的性格、风格，了然于目，深入我心。

看到我生活困窘的样子，我没开口，他便热情关怀，大力支持，使我进了赈济委员会，挂上个"专员"空名义，薪水批得很高。他的瘦金体小楷，我极为欣赏，他抄来一些脱胎旧体诗的新诗之作，使我们成为诗友。他住在会里的四五间东房，和他唯一的一个十二三岁的小女儿住在一起。房子很平常，设计的样子，一看上去却有点与众不同的风味，门前突出一个大凉棚，使人有穿堂入户的感觉。我和他熟了，接着，叶以群、宋之的、徐迟、王亚平……这一群文朋诗友，也成为他入幕之宾。有时，各带爱人到他家去静听琴音，谈诗论文；有时，宴请我们这帮朋友，菜色特殊，佳肴几大盘，赫然在目。请吃归来，久久难忘他那饮酒的豪气、对朋友的那份灼人热情。

心清广交游,识人多。我在他那里认识了许多的新朋友,像张友渔、韩幽桐、王昆仑、曹孟君、吴茂荪、王枫等同志。他们有的是地下老党员,有的是国民党的左派人物。军界的名人像鹿钟麟是冯玉祥的老干部,那时蒋介石拉拢他,要他做军令部长,也是由于心清介绍的,我认识了的。有一天,心清告诉我:"我坚决劝阻他,不能干这个部长,把他请到这里来谈了七天,他不听。"心清对我说时,带点气恼。不听老友的忠言,后来鹿自食了悲惨的苦果。在他那里遇到李烈钧老先生,肥胖的身体压得藤椅有点负载不起,心清叫着我的名字介绍给这位有点老态龙钟的民国元勋说:这是新诗人。他一边摇头,一面口里啊啊:"大狗叫叫,小狗跳跳!"我真火了,认为这是终生的莫大耻辱!

心清生活力强,趣味广泛,有用不完的劲。我去看他,不止一次碰上他和一位中年军人在比赛网球,用手帕揩揩脸上的汗、手上的灰土,跑过来和我握手。

对朋友,豪爽、热情,能急人之急,与他交往过的人,都知道他的这个特点。他真是座上客常满,樽中酒不空。这次,请戏剧电影界的朋友;下一次,是文化学术界的;再一次是文学界的。心清的朋友遍天下。他在宴席上,是个活跃分子,高声划拳,拼命让酒,碰杯之声不绝。记得有一次,显然,他酒已过量,却还举杯去灌人,而他这位酒人、诗人、主人,已经踉踉跄跄地扶着墙壁,进入内室,醉成一摊泥了。

我心里总觉得,心清有些壮怀不展,心中有难言之隐似的。交朋友,接触多方面的人物,不只是为了求得抑郁情感的宣泄,似乎有另外一种企图与目的在支持着他。我慢慢地知道了心清的生活道路和政治活动的历史,因此,我更加深刻地了解了心清,也更加增加了一份对他的尊重之心。他家世贫寒,青年时期,入了基督教,为冯玉祥先生所赏识,送他去美留学。回来后,被培养为他政治上的得力助手,为冯先生所器重。心清在一篇文章中说:"我们在一起不完全是长官与部属关系,同时也是朋友。多年来,我与他无话不谈,可以说是知无不言,言无不尽。我对他充满敬仰之情,披肝沥胆,无时无刻不满怀着一片愚忠。我们不止一次在某些问题上争执过,甚至拍案吵闹过,但是反蒋的共同目标,始终把我们紧紧地拧在一起。"冯先生在察哈尔与方振武、吉鸿昌举起抗战大旗时,心清多少也有一份助力;在李济深、蒋光鼐、蔡廷锴等先生创立的福建人民政府中,听说心清参加了经济方面的负责工作。他一直倾向进步，反对蒋介石独裁，在蒋的心目中，心清"脑后有反骨"，所以他一直受压，有大志，有能力，不能施展。

1940年下半年起，日寇逼迫蒋介石投降，对陪都进行疯狂的轰炸，曾发生"大隧道惨案"，死伤数千人。我们到重庆之后，警报一响，大家争着奔向防空洞，弄得人神魂不安。心清告诉我，赈济委员会在歌乐山设了个留守处，以备紧急时之需，现在空着，让我去看看，中意了，可以搬去住。我觉得"文协"客房是为各地作家来渝临时驻脚的，久住不安，就和郑曼搬去了，一住三年多。一家农民的小院，群山环绕，绿竹作篱，地僻人稀，一派乡村风味。夏天，市内的朋友来避暑小住，心清也曾来共度良宵，第二天一道骑马去儿童教养院视察。我的任务，每一季编辑一本四万字的《儿童教养》，实际上是得到了一个写作的大好环境。好景不长，赈济委员会撤销了，我们无处可去，依然住在这儿，直到1946年夏，才依依不舍地告别了邻居，去了上海。

一声胜利消息，劳燕分飞，不知心清飞向了何方。大约是1946年冬（或1947年初），从《大公报》上得到了美国的赫尔利和心清交谈国是的消息，没有透露内容，心清对政治的看法，是不言而喻的。那时，他在孙连仲那里挂个参议之类的名义。

1947年冬前后，听说他被捕了，从北平被押解到南京，投进了监牢，一再审讯，逼他承认军衔，以便"军法从事"。心清在牢狱中，留起了长胡子，鼓励难友，团结斗争。他的这种不畏强暴、挺身奋战的精神，受到难友的尊敬。事后有位同狱的党员对我说："余老，真是硬骨头！"

心清被国民党反动派逮捕关押，受到各方面的关注，纷纷从事营救工作。1948年尾，李宗仁做了代总统，南北酝酿和谈，政治空气有点缓和，形势比人强，心清获得了自由。一出狱门，剃去飘飘长须，立即到了香港。鸷鸟展开翅膀，天空任翱翔了。那时我和郑曼已先心清一步到了这个小岛。当我从报纸上得悉他到的消息，马上到他住的大饭店去看他。手握手，相视无多语。见他依然容光焕发，精神抖擞！踏过死亡黑线，感到了生之欢畅。

这次重逢，我心激动。回头写了《贺心清出狱二章》，其中有这样的几句："半尺胡须/在你嘴巴上/留着那'十七个月'。/在黑暗里/你所看到、所得到的／比太阳底下更清楚、更多。／真理站起来了／压在它上面的／翻倒在它底下。"

心清读了我的诗,激动万分,马上写了和诗,题名《出走》,结尾是这样的:"万里长空万里长／片刻不停地向前飞翔／这两只钢锤的肩膀／还将奋力于遥远的地方。"诗的末尾,注明写于1949年2月14日。

我到香港之后,住在九龙荔枝角九华经,一个小小乡村里,同住的有杨晦、楼适夷、端木蕻良、方成、黄永玉……这许多朋友。我两口到得晚了,住在盛牛草的一间小土屋里,凭梯子更上一层,算是卧室,头顶屋瓦,夜露星光。门口,一页木板,一条臭水,来访的朋友们笑道:"小桥流水人家。"心清一天来访,说:"我也要来这村子赁间房子住。"我有点惊异,大饭店不住,为何来住这偏僻乡村?他对我吐了实话:"我想安安静静写本书,记述坐牢的情况,吐一口气。还想请你帮个忙呢。"我直截了当地说:"我发高烧二十多天,刚刚好了,精力不济,我可以徐庶荐诸葛,老朋友、小说家巴波能胜任。"过了不几天,心清搬来了,他与巴波天天为写书忙。一日三餐,到我的小土屋里吃,三人同桌,粗茶淡饭,吃着谈着,不觉得苦,反觉得另有滋味。心清思想敏锐,富于才华。大约过了一个多月,有一天,他兴冲冲跑来,把一本书送到我的眼前,我一看书名:《在蒋牢中》。"真快啊!"我啊了一声。他说这全凭巴波、黎澍同志帮忙。说完,又拿出二百元港币来对我说:得了四百元稿费,这一份送你。接着又向我告辞,说船票已拿到手,一两天就走了。临行,紧紧握手:"北平见!"我看着他高高的身影踏上吱吱响的木板桥,头也不回地昂昂然而去了。我心想,他可能是赶着到北平去参加酝酿召开第一届全国政治协商会议的吧?十几年后,见到巴波,饶有情味地谈起当年这段往事,他说:"余老也送了我二百元,还外加羊皮袄一件呢。"

1949年3月,党组织租了一只专轮——"宝通号",我和郑曼乘轮北上。船上几乎全是文化人,有严济慈、阳翰笙、史东山、徐伯昕、张瑞芳等一百多位同志,冯乃超同志带队。乍到北平,住在前门永安饭店。周总理来看我们。心清得到消息也赶来了。一见面,快步赶上来,握握手,笑着把一点钱塞到我的手里,一股热流从我心头涌起:"鲍子知我啊!"

到北平之后,他成了一个大忙人。人,见面少了,他的名字,在报纸上见到的时候多了。中华人民共和国成立后,他做了典礼局长、机关事务管理局长,还有什么"常委""副秘书长""主任委员"……职务一大串。但是,他没有忘记老朋友。逢年过节,总是来看看我们,我们也到香饵胡同六十二号他的寓所里去吃请,仍然几样大件,挤满桌子,饭后,鲜美的苹果非要我们带上一些走。他的四合院,大门北向,齐齐整整,听说是由他设计翻修过的。院子里全是花,而且全是月季一色,各种品种,争艳比美。

有一次他来谈心,他说了一件事,至今印象很深。他说,周总理指示他,由于急用,把怀仁堂的前台整修一下。时间限得很紧,他督促得也严。有些干部有点埋怨情绪。他说:"我不管你什么干部,不紧张地工作,我就批评! 到时完不成任务,怎样对总理交代?"

听了心清的话,我心里忆起一件往事。有一天我到赈济委员会去看他,他不在。一会儿,他怒气冲冲地回来了。我问:"什么事?"他回答:"有一位处长,犯了错误,我拍着桌子责斥了他一顿,不管他有什么后台!"心清性子太急也太直,有时惹得一些人不愉快。我曾以很严肃的口气劝诫他说:"心清啊,新社会了,对工作认真,对人的态度也不要太急躁啊。"他默默然似在思考。

工作再忙,心清还是把他的精力与时间分给了诗一份。他有时带着诗稿来看我,我提点意见,不一会儿派车子送来了改稿。1959 年,他送来三首诗,题为《西北行》,写得颇富情味,《诗刊》通知他决定发表在 3 月号上,他听了很兴奋。第二天,他亲自坐车到文联大楼去找徐迟,为了改一个字。那时,我不经常上班,徐迟在坐镇。心清是政治家,多年来反独裁,以国民党左派的身份与党合作;他又是一位诗人,如果他专业写诗,也可以成为一家的。

十年浩劫中,我们同住一城,如隔九重山,人不见,消息也茫然了。心里时常怀念心清,想想他的性格,将如何熬过这座生死关啊。1972 年,我从江南干校放回来,打听心清的消息,得到的是:"不在了!"一听说,我心一沉! 这噩耗很突然,但又觉得好似在意料之中。以心清的人格、性格,难以抵御"四人帮"的打击与侮辱。他只有以死去反抗它。听说,心清尸体旁有一张纸条子,上面写着七个字:士可杀而不可辱!

1987 年 8 月 22 日

情深泪自多

——哭靖华同志

一个多月前,苏龄同志送来消息说:"我父亲病情极为严重。"我心脏不适,负荷不起生离死别的悲痛,请郑曼代我去看望靖华同志。她回来说:"有时昏睡,有时清醒,几个月来,全凭点滴、药物维持生命。"听了她的话,我心情沉重。在等待什么,又在期望什么,我度日、度夜、度时……

噩耗终于来了!我正躺在床上,小女儿苏伊轻轻走近我的床前,轻声地把消息告诉了我。双泪唰唰流在腮边。这个意中的消息,忽地成为突然的了!

靖华同志,素以身体康强见称,活力也很强,使我这个比他小七岁的后生,深愧弗如。每次开大会,他必参加,而且住在旅馆里,一天的会开下来,晚上还有兴致、有余力看电影、看戏。人人夸奖:"曹老不老。"

天,阴晴无定;人,祸福无常。1981 年,靖华同志在夜间梦中与特务搏斗,摔到床下,骨折了。从此,一个健者,成了病号;广阔的天地,换成了医院的病房一间。一个热爱生活、热爱朋友的人,长年累月卧在病床上看天花板,孤独、寂寞,受着病痛的折磨,体力日渐消耗,心力日渐衰竭,生命汩汩的泉源,成为残灯里的油花。

去年的一天,苏龄来电话告急,我和郑曼带着紧张的心情赶到北京医院去辞别靖华老友。我,走到他的身边。他以细弱的声音说:"希望你珍重啊。"我强忍眼泪,不准它滴下来,默默地退到房门口。苏龄说:"全身部件全不灵了,好几种病并发……"她拿出签名簿来,看到胡启立同志刚来过,一会儿还有杨尚昆同志要来。我们怆怆凄凄地离开了医院。

彭龄事后告诉我:在这危急关头,姐姐离开病房一会儿,回头见不到父亲了,又慌又急,到处找,原来他插住门在卫生间洗澡。当我意会到他老人家的高洁品质及其用心的时候,我的鼻子为之酸了。

生命力是极顽强的,这次靖华同志竟然闯过了生死关。

我与靖华同志,1942年初识面于山城重庆。我尊敬他,他是有名的老翻译家、老作家。我愿意亲近他,他是贴近党的、纯朴平易的长者。解放以后,我们一道在作家协会共事多年,情感与日俱增,成为知心的好朋友。与靖华同志交往,即之也温,久而敬之。到北京以后,他的住处四迁,每处都留下了我深深的脚迹。我每次去看他,总是先赏花。靖华同志爱花有名,室外室内,一片馨香,花面人面,光彩动人。壁上高挂着董必武同志亲笔书写的二绝句,其中有两句:"已见好花长在世,更期明月照中天。"鼓励靖华继武古代诗人,多多写出佳作来。

我每次去拜访靖华同志,临走,他总是送到大门,一直望着我上了车,才挥手告别。

一月不见,如三秋兮。靖华同志也时常来看我,有时手捧一株"令箭",根土犹存。一进院子,先住了脚,欣赏我品种多样、多至百盆的花,问这问那。花,好似在列队受嘉宾的检阅。

有一次聚会,给我留下了终生难忘的印象。1972年10月,我从江南干校被放了回来。有一天下午,靖华同志闻讯赶来了。接着端木蕻良同志也来了。这时,我的这座房子,住进了五家,小独院成了大杂院。只给我留下了两间北房。我们三人就挤在一起谈起来了。话头忽然转到鲁迅先生身上。靖华同志说:"他逝世后,我在北平收到了他逝世前两天写的毕生最后一封信。"端木说:"在同一时间,我也接到鲁迅先生逝世前写来的信。"真巧极了,鲁迅先生逝世之前发出的两封信,收信人今天碰在一起了!靖华同志还说:"我一共收到鲁迅先生一百二十多封信,有几十封,从国外寄回及抗战期间逃难时邮寄丢失了,太可惜了;现在还保存着八十五封半。"我们三人,谈着谈着,三个小时过去了。靖华同志兴致还高,我与端木却支持不住了。他走后,我俩一齐倒在床上,休息了一个小时,才共进晚餐。

靖华同志辞我们而去,此乐永不可得了!靖华逝世后第三天,彭龄来电话说:"爸爸逝世前一天,还清醒,他让我们代他向老朋友们告别,其中还特别提到克家叔叔。"我的老泪又滚滚而下了。不是我好哭,情深泪自多啊。

1987 年 9 月 12 日

一声叶老觉温馨

——国庆前夕拜望圣陶先生

　　祖国的生日过了,月亮的生日过了,紧跟着,我八十二周岁的日子也到了。亲友们,来电来函,有的亲自来看我,大家以"老"待我了。这,成为一份动力,促使我去拜望长我十岁,为我所敬、所亲、"一声叶老觉温馨"的圣陶先生。有二三年没有见到面了,知道他老人家动过两次手术,长期住医院,不许会客。前年,我到家里去看望他,扑了个空。几年之前,逢年过节,我总用彩笺、工整的楷体字写封贺函,第三天准得到回信,夸奖我的字写得好,惹他喜爱。今年国庆前夕,心想看望叶老带点什么去呢?就用宣纸写了一个小条幅,上题:"愿追随叶老脚步跨进二十一世纪门阑。"叶老住北小街,我住南小街,坐车十分钟可达。没想到,单行线,北小街一段,绕了个大圈子,我的心很急,欲速而不达了。

　　在东四八条那个南向的大门前,下了车子。一个四十岁左右的男同志正在收拾一些旧报刊,看到我们来了,回头进了大门,想是先行报信去了。我由爱人郑曼扶持着进了这个我十分熟悉的四合大院,觉得不似往常,有黄花迎人,显得很素净。心里有点紧张,也没注意到叶老吟咏过的隔院里那棵"风拂似洒雨"的"高杨"。我们步入会客室,寂然无声。地上铺着地毯,我的脚步还是轻又轻地在上面移动。叶老喜欢养鸟,过去我每次来访,与叶老叙谈,玉鸟也放开了大嗓高唱起来,我们谈话的声音也听不清楚了。叶老叫人把一个一个精致的竹笼挂到室外去;而今,没了鸟儿,室内很幽静,但少了点盎然生趣。

　　一会儿,专门服侍叶老的孙媳从西间出来招待客人,至善同志也从东间出来,招呼我们落座。然后,他们一齐疾步向西间内室走去,接着听到向叶老大声地报告客到，而且叫着我的名字。接着他们二位拥护着老人一步一步地向外走，郑曼也跑了上去，三个人扶持老人家在当中大沙发上坐下。我和郑曼分坐在两边的单人沙发上。

我双目注视着叶老。面庞清癯，而那两道浓浓的白眉，特别显眼。叶老，耳失聪，目失明，听话凭传达，自己说话也有点吃力。我说："两三年不见叶老了，心里很怀念，知道您需要休养，没敢多来打扰。"我的话，经过传达，叶老点了点头。我们谈到，最近在《新文学史料》上读到叶老的日记，上面记着在上海、香港多次拜望叶老的往事，心里很感动。至善同志对我说："我爸爸多少年来，一直对您很亲切，也很看重，您的《烙印》，爸爸第一次拿到开明书店公开出版，而且列入了《开明文学丛刊》。"我回忆到1942年在重庆、1946—1948年在上海、1949年初在香港相濡以沫的困难时期与叶老会面的情况，情感波动不已。在那险恶的环境里，记得叶老有两句名言："有所为，有所不为。"这是很难能而可贵的。而今置身盛世，本来可以大有所为，但限于年岁，有病在身，只能独居一室，养怡永年了。至善同志介绍叶老的情况，他说："不能看书、看报，听收音机也有困难，顶多不过二十分钟；精力不足了，稍疲累就睡着了。"想想叶老生平，心广体康，淡于名利，全副精力专注于文学、教育事业，奖掖后进，培植人才，建树多多，而不自居功。晚年，爱弄花养鸟以自娱，现在疾病夺其所爱，而内心平静，不怨尤，不急躁，心中充满和祥之气，对病痛的磨难，泰然、淡然处之，这非有大涵养，有高尚品德是难以做到的。至善同志又告诉我们说："爸爸关心国家大事，也注意文教事业，每天叫我们给他讲一些重要情况。"是啊，叶老，爱祖国，爱事业，爱朋友，身困斗室，但他的一条心系子牵连着大千世界。

这次去，特别带了个照相机，我们与叶老合影留念。把我带去的那条字，也照上了。我紧靠到叶老身旁，在他耳边大声地把我写的这十六个字念给他老人家听。我声音提得太高，心脏感到有点不适；而叶老侧耳倾听，看样子也大吃力！令我高兴的是，他到底听懂了，而且问我："还有多少年？"我回答："还有十三年！"叶老听了，自自然然，也不乐观，也不悲观，神态自若。我安心了。

一看表，半小时已过，我们告辞了。几十年来，每次看望叶老，临走，他总是送下楼梯或送出客房，然后九十度深深一躬。这一次，他只坐在原位子上,双手合十送客了。至善同志,送我们上了车子。我心想,我与叶老一家都甚熟,也极感亲切。至善同志,身负重责,对叶老至孝,他告诉我,他也已经六十九岁了。叶老有个和谐的家庭,积福,老来也得福了。

1987 年 10 月 7 日

致梁实秋先生

笔者前言：

　　这封信，我刚刚写完，忽然传来梁先生逝世的消息，遗憾他未能看到它，我心里悲痛难言。

1987 年 11 月 5 日早

　　近来，台湾的新闻记者陆续来大陆采访，台湾同胞到大陆探亲，这些不寻常的喜讯，能不叫人心花开放？怀人情思油然而生。这时，实秋先生，我特别想念您。

　　自从 1934 年，我山大毕业离开青岛之后，隔山隔水，睽违已有五十三年之久了。人不见面，思念却难断。您的行踪，偶尔从新闻报道中得到星星点点，这也聊慰我情。大约十年前，文物局派人带一批古物到东京去展览，恰好遇上，您高兴地去参观了，还说这些宝物，是祖国之宝，不能因为它在共产党那里，就失了它的宝色。当时，读了这条消息，我感动极了。睹祖国之珍宝，能不忆平生于畴昔？

　　四五年之前，忽然收到从香港寄来的一个大卷，很费劲地把它拆开，原来是您的大著！这真出乎我的意料，真有点又惊又喜。可惜下面寄出的地址写得不清楚，而且被我拆成碎片，想回信也无处投寄了。这两本书，一本是台湾出版的您的文学论著《偏见集》，另外一本是您的旅美杂记。从插页上看，您和师母登山涉水。游兴甚浓，心宽体壮，只是头白了。

　　人非太上，谁能忘情？我比您小二三岁，也已经八十有三，人皆以"老"呼我了。故旧如秋叶凋零，白发多时故人稀了。但，我虽已到耄耋之年，但身心双健，有诗为证："自沐朝晖意葱茏，休凭白发便呼翁"；"胜

208

景贪看随日好,余年不计去时多"。这不是我在您面前有意卖弄,是想让您从这些诗句中窥探一下我的心意和情态。

记得,1930年我考入国立青岛大学(后两年改为山东大学),入的是您做主任的英文系。您面白而丰,夏天绸衫飘飘,风度翩翩。同学们知道您和鲁迅先生经常论争,在课堂上向您发问,您笑而不答,用粉笔在黑板上写上四个大字:鲁迅与牛。同学们莞尔而笑,您神情自若。这情景,给我的印象很深。最近几年,有人问我:您当年在青大兼任图书馆长,把鲁迅的著作统统撤除了,有这事吗?我回答说:我想不会的,也是不可能的。这不是我有意成人之美,凭我对您的认识和您的气度,我这么想的。说起图书馆,我想起一件事,您当主任,购置了许许多多莎士比亚著作的版本,号称全国图书馆之冠。可惜经过抗日战争的丧乱,所存无几了,惜哉!

您和一多先生,是最要好的老朋友,在同一个学校执教,往来很密。记得有一次,我有事到闻先生的办公室去,他不在,看到您的一张小纸条放在桌子上,上面写道:"一多,下课后到我家吃水饺。"看了这张小条,我很感动,我十分艳羡!心想,这是最美、最快意的人生佳境了。而今,一多先生已成了烈士,当年学林彦士,您的同事,我的教师:杨振声、赵太侔、游国恩、张怡荪、洪深、老舍、王统照、赵少侯,均已作古;孙大雨先生听说尚健在;沈从文先生年近九十,病卧榻上。追忆往昔,人事变幻,能不有动于衷乎?我还记得令妹梁绣琴同学,读的英文系,她与丁金相同学很好,二人功课优良,神态高超,给我留下了印象。离校之后,消息茫然了,不知道她的近况怎样。

几个月前,我读了冰心大姐的文章,详细地记述了与您交往的旧事,她笔下有情,我受到感染。在京的您的老朋友,还有您的不少学生,都盼望您回大陆来看看。北京是您的久居之地,您是水木清华的清华大学出身,这里的一切您是熟悉而亲切的。如果您来,便会觉得:所遇多旧物,只是朱颜改了。我虽步履蹒跚,但愿意奉陪您,游览颐和园,荡舟北海上,参观规模宏伟的新落成的北京图书馆,互相扶持登上八达岭,纵目长城。如果精力充沛,可以看看这几年出土的珍贵文物,特别是秦始皇的兵马俑。我还可以陪您吃吃东来顺的涮羊肉,全聚德的烤鸭……来吧,来吧。您的故旧们全都眼巴巴地,希望在来大陆探亲的名单上有您的大名。

您是名闻世界的学者、翻译家,从报刊消息上得悉您译的《莎士比亚全集》已出版了。大陆上也有不少莎士比亚翻译家，有两位还翻译了全集出版了。卞之琳老友，这些年来，花了不少时间，精心地译出了四大悲剧。您到北京来，和学术界、翻译界的同行们交换一下意见，交流一下经验，那该多好啊！

我知道，多年来，您居住在台湾，是凭学者身份，在那里著书立说，在那里从事翻译工作，始终置身于政治之外，不求闻达于显要。何况，阋墙兄弟可以共御外侮，现在海峡两岸的同胞一齐心向团结、统一的伟大目标前进，台湾当局也无法阻挡人心所向、潮流所趋的伟大形势，不得不步步退让。我想，几时您回到北京来，在报刊上能看到您在学术讨论会上的发言，我会欢欣鼓舞，为您三鼓其掌的！

1987 年 11 月 3 日

我的"初小"老师孙梦星

　　置身八十七岁生命高峰上,回顾少儿时代读"初小"的情景,如春梦醒来,恍惚觉得近在眼前,又远在天边,亲切温馨之中带有无限惆怅。

　　我十二岁,进入本村的有志初级小学校,它是我六曾祖父创办的,他做过翰林院编修、湖北学政,官居四品,老年息影林泉,以培育后代为乐。校舍五间,原系客厅,院中有百尺梧桐、玉兰各一株,池塘绿竹,牡丹半畦。南墙外,有棵皂角树,夏日蝉鸣,声声入耳。

　　请来场屋失意的老秀才孙梦星先生,来做我们的老师。他为了争个饭碗,五十多岁,进了城内"老汤锅"师范讲习所,取得了小学教师的资格。孙老师的村子距我村约一里多路,早来晚归,风雨无阻。他进了"翰林院"为人师,心满意足。他,为人敦厚,秀才而不酸,思想进步,头脑不冬烘。我们学校,同学四十多人,本村的多,也有外村的走读生,其中也有农民子弟。在那个时代,我校男女合班,可谓得风气之先。孙老师教国文,教算术,教音乐,一身而三任焉。他对学生,态度温和,可亲可敬。有一次,有个小班的农民孩子,爬黑板演算题,急得尿下了,孙老师不但不责斥他,还抚慰他。孙老师教唱歌,五音不全,声粗而乏韵味,至今记得教我们唱:"萤火虫,夜夜红,飞到西来飞到东,快快飞到我这里,给我做盏小灯笼。"

　　六曾祖父,七十多岁,剪了发,富于民主思想,绝无官气。不时到学校里来和孙老师谈古论今,把课本上有关黄帝的"武功颇盛"的"颇"改为"极"字。他拿石笔像拿毛笔的姿势,在石板上写字,掌如朱砂。孙老师对六曾祖父极为尊敬,但不曲意逢迎,亲切而不自卑,关系融洽,交谊深厚。

有时,游学先生光顾,孙老师和颜悦色地陪着客人长谈,这样的客人,大都是名落孙山,功名无望,落到游学卖笔的可悲地步,实际上就是文化叫花子,情况还不如孙老师。命运相似,惺惺惜惺惺,临去,再三强留几支"七紫三羊",收下钱,满意而去。

孙老师,有学问,文笔也好。有一次作文,出了个题目,叫作《重阳登高记》,他还为我们作了一篇范文,七十多个年头过去了,至今还清楚地记得其中几个句子:"峰回路转,行行且住为佳,攀葛附藤,步步引人入胜。于是,红叶煮酒,石上题诗……"四六字句,不乏情味。多年来,我每每默诵这些句子,对孙老师的怀念之情便油然而生。

孙老师早晨到校,带上午饭,大半是烙饼两三张,又外加葱蒜和咸菜。同学们争着生上火,替他热饭,看着老师吃上热饭,特别是冬天,一颗颗小心里觉得热乎乎的。

两年过去了(我因为上了几年私塾,一入校就是二年级生),我升入城内的高级小学,因为住校,与孙老师见面的机会很少。时隔二十年,我大学毕业,做了中学教师,而且登上文坛,有了名望。乘暑假期间我回了趟家,萌生了去拜望拜望孙老师的念头。走向孙家黑龙沟子的路上,我心里想,孙老师当年天天往返于这条路上,他心里想些什么?一面走,一面害怕:村在,人还在否?终于寻问到他的家门,走进了他窄小的农家小庭院,进入了他的卧室,看到了年年不见、时时怀念的亲爱的老师——孙梦星先生!

孙老师,老了。神志还清楚,生活很清苦。他,还是那样朴素而亲切,温和而平静,并没有表现出很激动而感伤的情态。

1992 年 5 月 5 日于北京

喜讯传来

——贺叶君健老友康复出院

日前,在《北京晚报》上,读到老友叶君健战胜气势汹汹的癌魔,安然回家的消息,我心头上飘忽的乌云,一扫而空。我终天头晕乎乎,欣慰的感情驱使我躺在床上走笔。我想,君健读到我的这篇小文,也会有我读到他谈履险天相的文章时那种感觉的。

几个月以前,忽然接到苑茵大嫂的电话,说:"君健重病住院,我们金婚的日子快到了,你是我们的老朋友,希望你能写几句话。"我问:"几时要?"她说:"越快越好!"从她的口气上懂得了这四个字的意义,我的心一沉!马上写去了贺词:"新婚到金婚,两心并一心。恩爱相终始,百岁犹青春。"写这些字句的时候,我有点颤抖——不是手,是心。我的大女儿臧小平代我到医院去看望君健,他看了我的字,十分喜悦。回来之后,小平告诉我:"君健叔叔得的是癌症,情况较严重,他的精神还不错,很乐观。"

我与君健于1942年在重庆相识。他结婚的时候,我带头签名致了贺函,列名的文朋诗友不少。苑茵初嫁了,君健雄姿英发。有一次在张家花园六十五号中华全国文艺界抗敌协会门前,碰到这一对新婚伉俪,君健参加国际笔会刚刚归来,高高的个儿,二十多岁,飒爽英姿,与爱侣并肩健步,一对有情眷属,令人注目。抗战时期,迁徙无定,我们在山城留下了指爪,而鸿飞哪复计东西了。此后,几年无音讯,直到全国解放之后,我们才重聚于首都——北京。他在外文出版社工作,家住地安门恭俭胡同六号。隔一段时间,想念了,就叫车去看看他。那时,我健康情况很坏,影响情绪,愿意找老朋友谈谈,以开胸怀。他住一个小小三合院,没有南房。我一去,两个人谈笑风生,亲热无比。忆往事,谈故旧,纵论文场,臧否人物。

兴冲冲而去,喜洋洋而返。他也不时到我寓所里来,但不纯乎为了谈心,多半是为了工作。

他在外文出版社主要负责翻译,特别是向外国介绍毛主席的诗词。他崇敬毛主席,欣赏毛主席的作品。翻译诗,是件费力难讨好的工作。首先得弄懂原作,它的意义何在,它的表现艺术如何,对某些字句的异同解释何去何从?难关重重,他想听听我的意见作为参考。从中文翻成外文,也非易事。记得他对我说过一个笑话:一个外国人把"我失骄杨君失柳"中的"杨""柳",翻译成了树木——杨树、柳树。他一说,我们两人齐声大笑。他每次来,话题全集中在毛主席诗词问题上。我向他推荐了郭化若同志。我说:"郭化若同志跟随毛主席多年,他是军事学家,又是诗人,对毛主席诗词有鉴赏能力。"他听了这话,多次跑去向郭化若同志求教。

君健,为人正直不阿,工作认真。对待朋友,热情诚挚,乐天主义,笑口常开,与之交游,心旷神怡。近些年我与他来往较少了,身远,而心却更近了。偶尔在会场碰到,匆匆握握手,交谈几句,脸有喜色,语声有情。虽不常见面,在报纸、刊物上,不断见到他的文章,知道他写了一百万字的大著。当我看到丹麦为了他翻译童话,予以大奖的消息时,作为他的朋友,我也分享了他的一份快乐。

在我心中,君健是位心广体强的壮夫,这次他重病入院,出我意外,使我心惊慌,意急切。知道了他的病况,对八十八岁的我说来,真是联想纷纭,感慨多多。近几年来,与我年相约或小于我的故人,一个接一个如秋风里的落叶凋零了,我曾经一周之内接到七份讣文!死生亦大矣,岂不痛哉!而这次读到君健的文章,真是令人旷达开怀的大喜讯!它向亲友报喜,向他众多的读者报喜,向身患癌病的病人报喜,也向他自己报喜。他终于奇迹般地转危为安,成为战胜病魔的胜利者!

1993 年 2 月 2 日灯下

江山信美真吾土

朝 武 当

坐在大木船上，冲过了三峡，仰头瞻望过巫山十二峰，四年的时光，尝饱了蜀地的风色，今天，用回忆去提武当旧游的印象，山光胜迹已像雾一般的朦胧了。

二十九年①的深秋，决心要离开第五战区了，下了决心去朝一下武当，免得留下一个遗憾，像过去一样，在青岛住了五年，竟没有登过一次东海崂！

从老河口到均县是很方便的，几个钟头的汽车就可以到达均县。这座小城是荒寒的，于我却十分亲切，因为，有两次叫敌人把我们赶到这里来，人把城都塞饱了。春天，常有饿死的人倒在路旁里，附近山里的老百姓，终年吃不到一颗盐粒子。这座城，叫净乐宫占去一大半，垣墙虽然残破了，但是里边大龟身上驮着的一丈多的石碑，仍然巍峨地屹立在那儿，说着当年皇帝的威风。

在均县，一抬头就可以望到武当山。五里路一座庙宇，从脚下一直排到八十里以上的金顶。据说，当年造这些宫殿用了江南七年的钱粮，为了永乐皇帝要实现他的一个梦境——他自己来玩过一次，至今留下了许多传说在老年人的口头上。

出城向西南，走一段公路，就该岔入山道步步高升了。走不多远，回头向下看，有一片废墟，慢慢地快给犁耙侵略完了。这一个废墟里埋着一个故事：当年建筑工人，成千累万，终年不停地工作，怕他们捞到了钱动了归思，便在这儿设了一个"翠花巷"，里边全是些粉红翠绿的卖笑人，工人

---

① 1940 年。——编者注

217

们在这儿享乐一时,把腰包倒完,不得不再回去受那些长年的辛苦。她们,这些可怜的女子,像花儿一样,吸引着那些劳苦的工蜂。

再往上走,五里一个站口,好让人歇脚,可是,一直保留在我记忆里的,却只有一个磨针井了。武当真人出家学道,道没学成,倒遇上了苦难千辛!他的心冷了。就在这地方,他碰到了一个老太婆在石头上磨着一根大铁棒子,他就好奇地问了:"老婆婆,你在做什么?""我在磨一根针呀。"他正在想着这句话的意义,一转眼,那个老太婆不见了。武当真人终于成了功,至今留着一口井、一根铁棒子在鼓励着人。

当天停在紫霄宫,这是一个中心点,虽然天色还早,也不能再向前奔了。崇高宽宏,一片琉璃瓦,仿佛走进了北平的故宫。山门口贴着欢迎"司令长官"的标语,"势力"达到深山的古庙里来了,和古松红叶、山光霞影对照起来,这是多么刺眼啊。走进西宫,有执事敬茶,少坐片刻,被让进东宫安歇。大院子,方砖铺地,屋子里桌椅齐整,颇为洁净。晚上,开素菜白饭,味道极好。一个十几岁的小道士聪明伶俐,伺候很周到。

"你们的米很好呀。"

"很好,可是我们吃不到。"他黯然地回答我。从他的话里我才知道,出家人也把身份、阶级带到宫殿里来了。

第二天一早我到后山上去拜访那个"仙人"(近见某报载有《武当异人传》,大约就是记述这个可怜的"仙人"的吧),这是那个小道士告诉我的。他说,没有人能说出他的岁数,连他自己也不清楚,平日一天下来吃一顿饭,有时一两天不见他的影子。

沿着一条小径向上走,树林子阴森森的,有一只松鼠站在小径一旁向着我瞪眼。路忽有忽无,松涛唰唰作响,我真是在云里雾里寻神仙了。也许是受了我真诚的感应,他终于被我找到了。

就着一道石壁凿成了半间屋子,我穿一身军装突然出现在他脸前,显然给了他一点惊奇。一个枯瘦的老头,看上去年纪在九十岁以上,神志有点不清了,口里念念着,像在说梦话。一会儿用老糊涂了的腔调念着什么:"我的徒弟不诚心,想逃走,一下子跌倒了,差一点跌死了。"一会儿又说:"有一回,我动了一个走出去的念头,一下子把头碰破了,祖师老爷罚我!"说着他摸了摸头。

起先他对我相当淡漠,我忽然想起了在路上每一个庙里歇脚,受招待

（吃一杯茶，一小碟本山土产——小胡桃），最后被暗示，在碟子里放上比胡桃身价高两倍以上的钱，淡漠不会是一个暗示吗？我试试。"这是一点香钱"，我把几张票子送过去。他抖颤着手接了钱，他的淡漠没有了。赶忙走出石室，向右首一个梯子上爬，口里念着："我给你去取仙果，吃了长生不老。"我紧跟在后边，上面是用木头搭的一间小屋，像是储藏室。他从一个什么地方鬼祟地取出了一个椭圆形的小草果来，送给了我，又说一句："吃了长生不老。"走下来以后，他对我很亲热的样子，临走时，他紧紧地拿住我的手，说："问候你的行伍弟兄。"我走下了山径，回头望望，他还站在石门口，一种寂寞凄凉的感觉，使我几乎替这个可怜的老人流泪了。

早饭后开了房间钱、饭钱，那个小道士跑过来讨"喜钱"，这和旅馆有什么不同？不过他们是不正式开账单子，把小费改成"喜钱"罢了。

大殿里有一块大杉木，架在架子上，从这面用指头轻轻一敲，从那面就可以听到声音。如果忘了记上这一笔，就凑不足"武当八景"了。

游过武当的人，过乌鸦岭不会忘记买两个馒头。站在岭头上，叫几声"老鸦，老鸦"，老鸦便哑哑地不知从什么地方来到半空里，把弄碎了的馒头用力向上一摔，它便不会再落到地上来了。看乌鸦箭头一样地追着它，有的在半空里捉住，有的就随着它坠到山谷里去。

哑哑的，像山间的居民一样，这可怜的一群呀。

老远望去，一个挨一个的山峰像弟兄一样差不多高低，及至登在金顶子上，才觉得一切在下唯我独尊了。

金顶子上有一间金屋，墙壁就像全是金的（其实是铜的），可是非得金钱却敲不开门。执事一手拿着钥匙，一手拿着化募本子。

山顶上有庙，庙里有茶馆，回头带几包茶叶送人，这种茶虽然不大有名，也不大可口，可是它是产在武当山上的。

该轮到说一说烧"龙头香"了。一座大庙的背后，万丈无底的深沟，一条桶粗的石龙把一丈多长的身子探了出去。龙身子上一步一团雕花，龙头上顶着一个大香炉。每逢香火盛会，成千成万的善男信女，成群结队，旗锣香纸，不远千里而来，为了在"祖师"脸前点一炷香，叩一个头。有的为了父亲或是为了自己许下大愿，便踏着龙身上的雕花一步一步走到龙头上去，在香炉里插一条香再转身走回来。多少孝子，多少信徒，把身子跌到叫人一望就头晕的深沟里去，叫来年六月天的大水把尸首冲出

219

几十里路去。结果还赚一个"心不诚"。

　　现在,是有一个日门把龙头锁住了,上面贴着禁止烧"龙头香"的谕令,"司令长官"和皇清大臣的名字一起压在上面。许多人感到煞风景,因为再没有热闹可看了。

　　下山来,一块钱买了一根手杖,这手杖是产生在武当的一个峰头上的,不信吗? 有歌谣为证:

　　　　七十二峰,
　　　　峰峰朝武当。
　　　　一峰不朝,
　　　　一年拔你千根毛。

　　　　　　　　　　　1946 年 12 月追记于沪

镜 泊 湖

我国有许多著名的湖。"气蒸云梦泽,波撼岳阳城"的洞庭湖,茫茫千顷、气象万千的太湖,我都是闻名而心向往之的。西湖,我曾经踏着苏堤端详过她那动人的姿容,孤舟深夜三潭上看过印月。至于大明湖,那是家乡的湖,我更是一个熟客了:盛夏划一条小船,在荷花阵里冲击,在过去那些黑暗的岁月里,何止一次和朋友们寒宵夜游,历下亭前狂歌当哭?

镜泊湖却是一个陌生的名字。7月间,到了沈阳、长春、哈尔滨,游览了名胜古迹,参观了工业建设,往返三千里,历时一个半月,以抱病之身,登山涉水,使朋友们为之惊讶,叹为奇迹。可是东北的同志们却对我说:"到了东北,看看镜泊湖,方不虚此行。"他们说镜泊湖的红鲫如何鲜美,他们给我唱了镜泊湖的赞歌。看景不如听景,我心动了。但一想到那遥远的途程我又踌躇起来,心里怀着"望美人兮天一方"的惆怅。眼看着和自己住在同一旅舍的客人们一批又一批地出发了,里边有一位八十二岁的名医,他幽默地说:"不看镜泊湖我死不瞑目!"

"走!"他的话给我做了起身炮。

十小时的火车把我们从哈尔滨送到牡丹江。这是一个美丽的城市,像北大荒边边上的一朵花。"八女投江"的故事,使它名满天下。又是两小时的火车,我们已经和镜泊湖一同置身在黑龙江省的宁安县境了。

下了火车坐上"嘎斯六九"汽车。牡丹江昨天是好天,镜泊湖附近却落了雨。乍上来,这小卡车在二十几里的平展的公路上轻快地飞跑,高粱、谷子、一色青青,微风吹来,绿波粼粼,扩展到极处和青山与碧天相接,望着眼前的景色,心里惊叹着祖国的辽阔广大。已经接近初秋了,这里的麦子刚刚上场,关里关外的气候,悬殊多大啊!小卡车好似一只舴艋舟,

221

冲开碧波跳荡在绿色的大海里。一个庞然大物,老虎似的迎面而来,一时烟尘滚滚,风声呜呜。原来是一部大型柴油车,拖着五六节车厢,上面横躺着粗大的木材,它们高兴地离开森林去为社会主义建设事业立地撑天!三三五五朝鲜族的妇女,不时从车边走过,头上顶着罐子,走起来衣裙飘飘,大方而美丽。光滑的路走完了,接着是崎岖的沙泥路,一个坑就是一个小水塘,车子在上面蹦蹦跳跳,像在跳舞。

远远在望的青山不见了,我们的车子已经走上山腰,一盘又一盘地在步步升高。路两旁长满了奇花异草,有的像成串的珍珠,有的像红色的小灯笼,有的像蓝的吊钟,有的像金黄的大喇叭……它们用自己的美色和幽香列队在路的两旁向客人们热情地打招呼。一个猎人从深林里走出来了,长枪上挂着飞禽,身后跟一只猎犬。眼前的景色在游客心里引起清新的感觉,一个又一个生动鲜明的印象连成了彩色的连环。但是,湖在哪里?

"我们在绕着她走呢。"迎接我们的那位同志回答。

车子转到了山顶,从司机座位上发出了一声:"看!"

啊,镜泊湖,从丛林的绿隙里我看到了你漫长的银光闪闪的腰身!你引领着汽车向它的终点疾驰,又好似望到了亲人,热情地追在车子后面,我的视觉,我的嗅觉,我的心灵,完完全全地浸沉在镜泊湖美妙的气氛里了。

一栋又一栋木头房子,不同的式样,不同的颜色,别致、新颖,彼此挨近着,或隔一条小路对望。里面住着各种工作人员和他们的眷属,还有科学家、作家、教授和名医,他们来自北京、沈阳、哈尔滨……他们要在这幽静的湖边,度过夏季最后的一段时光。

晚上,躺在床上,扭死电灯,湖光像静女多情的眼波,从玻璃窗上射过来,没有一声虫鸣,没有半点波浪声,清幽、神秘、朦胧,好似置身在童话里一样。第二天一早醒来,浑身舒畅,才知道自己就睡在她的温柔清凉的环抱中。

踏着满地朝阳走到她的身边。小桥上有人在持竿垂钓,三五只小船在等待着游客。向南望,向北望,一望无边,从幽静的水里看扯连不断的青山,听不见蝉鸣,听不见鸟声,偶尔有一只鱼鹰箭头似的带着朝曦从半空里射到水面上来。站在湖边上,望着四周险峻的峰峦、清澈幽深的湖水，想象一百万年前，火山着魔似的突然一声震天巨响，地心里的水汹涌而出："高峡出平湖！"她纵身在海拔三百五十米的高处，像一个美人，舒展地横陈着她长长的玉体。她心怀幽深，姿态天然，隐藏在这幽僻处，顾影自怜。是不是怕扰乱了她的清静，时在夏季，鸟不叫，蝉不鸣，虫也无声。

小径上有稀疏的人影，有大人，有小孩，见了面很自然地点点头，站住谈上几句，就像老朋友重逢。从深林里走出来一群孩子，手里拿着各式各样的菌子，有的黄黄的像面包，有的红红的像一柄小伞。八十多岁的老人也像大自然的一个孩子，拄着手杖，手里擎着一朵万年青，像得了至宝似的得意地向人夸耀。这湖是个宝湖。她养育着鳌花、湖鲫、红尾鱼⋯⋯吃一口，保管你一生忘不了它的鲜美。她可以发出大量的电，她可以把千条万条木材输送到广大的世界里去。这山也是宝山。水獭、狐狸、豹子⋯⋯说不尽的异兽就以它为家，一圈大电网，把它们挡在青山深处。幸运的人到森林中，可以捡回"参孩子"、黄芩⋯⋯这一类的药材到处都有。大好湖山，是全国稀有的胜地，也是名贵物品的出产地。

在淡淡的夕阳下，一艘小汽艇载着我们向湖的上游驶去。湖面上水波不兴，船像在一面玻璃上滑行。粼粼水波，像丝绸上的细纹，光滑嫩绿。往远处望，颜色一点深似一点，渐渐地变成了深碧。仰望天空，云片悠然地在移动，低视湖心，另有一个天，云影在徘徊。两岸的峰峦倒立在湖里，一色青青，情意缱绻地伴送着游人。眼看到了尽头了，转一个弯，又是同样的山，同样的水，真想她来点变化啊，可是走过南北一百二十里，仍然是同样风姿。真是山外青山湖外湖。比起波浪汹涌的洞庭湖，镜泊湖是平静安详的。比起太湖的浩渺浑圆来，镜泊湖太像水波不兴的一条大江。大明湖和她相比，不过是一池清水。西湖和她相比，一个像春山滴翠、秋水凝眸的美艳少妇，一个像朴素自然、贞静自守的处子。镜泊湖，没有半点人工气，她所有的佳胜都是自己所具有的。岸上没有一座庙，没有什么名胜古迹，真有"犹恐脂粉污颜色"的意味。早晨，她可以给天仙当镜子从事晨妆；晚上，她可以给月里嫦娥照一照自己美丽的倩影。在炎夏的日子里，如果神话里的仙女到幽静的湖边来洗浴，管保没有人抱走罗衫使她们再也回不到天上去。

两岸山上，青翠欲流，树木丛茂，郁郁苍苍。这全是解放以后植育的幼林,那原始森林的参天古木,敌伪时代,给日本侵略军一把火烧得精光!船,慢慢地走动着,微风轻轻地吹着,真是像画中游。湖面上,一片一片的小球藻在小汽船冲动了的水波上微微地荡漾,水里的大鱼,突然把它庞大的脊背突出水面来使人惊呼。水产公司,撒下了网子,浮标长长的一串又一串。听说昨天起网,一网就打到了二万四千斤鱼。想想看,如果是在夕阳的金光下,锦鳞闪闪,那景象该多美,多动人啊。

在湖左边的山窝窝里,突然出现了几座瓦房,耀眼的红,给古朴单调的大自然平添了无限景色。我们向司机同志发问:"这是什么地方?"

"这是水电站。抗日联军曾经在这里消灭过日本的一个守备队。"这话使我深思。使我想到,在哈尔滨参观了两次的东北烈士纪念馆里那些烈士的形象和战斗的生平;使我想到,在牡丹江,在休养所里遇见过的那些抗日领袖人物,有的至今脸上还带着抗战时期留下的未愈合的伤口。湖山是美丽的,然而她是血洗过的,因为当年这一带经过不止一次的战斗,所以她的景色格外美丽,格外动人!

镜泊湖上,也有八大名景,大孤山、小孤山,和长江里同名的小山相仿佛。珍珠门,两座圆突突的山,像两颗水上明珠,船从当中走过。最著名的是湖北口的那个天然大瀑布——"吊水楼"。我从彩色照片上,从名画家的画上早已欣赏过她壮丽的面容。镜泊湖水从二十米的簸箕背上一倾而下,像一面水晶帘子,水落潭中,轰然作响,烟雾腾腾,溅起亿万颗珍珠。她的声色不比庐山的瀑布差逊,虽然她的名声还不太大。可惜我们到的时候,正在雨后,翻过一层山,有一道拦腰大水把人拦住,使你只能从绿树丛中隐隐约约遥望着白茫茫的一点水影。是不是因为她太美丽了,自己不愿意轻易以真面目示人?我们在山上停了五天,天天去探水,水势无意消退,我们不能再等待了,只好怀着美中不足的遗憾,怅惘地辞别了镜泊湖。这"吊水楼"也许她别有深情,故意在我们心上留下个想头,希望我们下次重来。

1962 年 9 月 3 日北京

江山信美真吾土

生平足迹半神州,岁晚犹思少壮游。

旭日长河明老眼,青山相对笑白头。

上面这首绝句,是我应《旅游报》之约写的,它表现了我的一种心情。

我今年已经七十七岁,五六十年来,我南北西东,跑遍了半个中国。20年代,登泰山,望东海,北至北平。沿海路,过上海,去武汉,登上黄鹤楼头。真像一只海阔天空任飞翔的鸟儿,一翅子又刮到沃野千里、荒漠而丰饶的东北。1937年,抗战军兴,在苍凉晚照中渡黄河南下。30年代末,我在当时第五战区所属的几个省份穿梭,曾冒盛暑进入大别山。

向西去,到长安,匆匆小住七日,参观了大小雁塔、碑林。唐王六骏,炯炯有神。灞桥,这有名的胜地,我攀柳条,做遐思。

我也曾溯大江而上,过三峡,入天府四川。往返途程中,过王昭君的香溪,访三闾大夫的故里。在夔府(奉节)停留一宵,黄昏朦胧中登上城楼,精神与杜工部交接。登上白帝城,樵夫为我指点八阵图陈迹,慨然兴吊古之情。抗战胜利后,船行东去上海,三到武汉,没忘了登上晴川阁,大江一览;去了鹦鹉洲,凭吊傲骨祢衡。中途南京小停,得以饱览它龙盘虎踞的形胜,与二三好友,鸡鸣寺吃茶,莫愁湖荡舟,登上明陵、中山陵,山川壮丽,心胸壮阔。

我曾朝武当,仰华岳;在镜泊湖中照影,在唐代渤海王国的东京城徘徊。人间的天堂——苏杭,与我也有缘,涉足虎丘,游目石林,湖心亭上赏印月,灵隐寺旁听晚钟。大可惋惜的是,不少名胜,失之交臂,到无锡而不去太湖,五年住青岛,崂山只登了一小半。1948年,从上海潜往香港,火车像一条游龙风驰电掣,从雪花飘舞的沪渎,载我到了花木葱茏的南疆,

225

广州小住一日,过深圳,怀着一颗悲愤的心离开了祖国的怀抱。

杜甫说过:"可惜欢娱地,都非少壮时。"他的这种曾作壮游、叹晚景的悲凉心怀,是真实的,动人的。我们今天的情况、心境,却截然相反了。应该是说:"可喜旧游地,都非少壮时。"祖国青春,山河生色。

可是,到底上了年纪,步履维艰,力不从心了。近几年来,我身子不出所居的这一条胡同,但"江山不倦登临眼",不能旅游作卧游。

旅游借双腿,卧游凭精神。

春天到了,想到江南草长、群莺乱飞的景色。

夏天到了,想到松花江上清风送凉的滋味。

秋降人间,想到三峡"无边落木萧萧下,不尽长江滚滚来"。

冬临大地,想到"雕盘大漠寒无影,冰裂长河夜有声"。

神游之外,另有目游。

我经常从几种旅游报刊上,看到一些健者,云游八方,写下来的文章,使我目为之明,心为之动。

在游记之中,我喜欢看对我所久仰而未一至的胜迹所作的描绘。如曲阜的孔府、孔林,从幼年起,即梦想大成殿的庄严,子贡手植的楷树,汉碑唐槐,使历史大放光辉。我瞻览无缘,梦寐以求,后读这类记游文章,不厌其详,既可以得到知识,又使夙愿一旦得偿。

从小读杜诗,想见其为人。我在重庆待了四五年,而未到成都一行,成为终生憾事!我读过记游"草堂"的文章,但觉情味不足,心中怅怅。

我喜欢这样的记游文章:不但眼中有笔,而且笔下有情。照相还得取景选材,况于文事?死死板板,用笔给山川绘图,不会成为上乘。同一名胜,可以产生不同的名作,泰山游记,古今就不一而足。高手的彩笔,不但描绘山川之形,还要写出山川之神。这须得心与景谐,字行间注入真情实感,使读者觉得映入眼底的不是一般景色,而是作者心目中的特殊景色。柳宗元的山水记所以不同凡响,王维写辋川的短简,奥妙不就在此吗?如果作者目到而情不到,写出来的东西,有形而无神;情到而笔力不到,也是枉然。

游记不在长短。古今许多名作,篇幅很小,而动人的魅力却甚强,苏东坡的《记承天寺夜游》,就是很好的例证。

我要求记游作品四到:脚到,目到,心到,笔到。

老来思壮游,奈何力不逮。聊读记游佳作,以悦我目,骋我怀。

1982 年 3 月 2 日

泰山脚下诗碑林

　　岁月无多,体弱神衰,活动范围,小小庭院之外,就是门前的一条长巷。今年春末,忽发宏愿,由家人伴同,去了离开几十年的故乡——山东。济南而曲阜,曲阜而泰安,地方只到了三处,行程往返也不过二千里,但对我来说,已经是一次"长征"了。这次出门,是抱着宁为玉碎的决心奔向征途的。

　　没想到,时将匝月,竟安然完璧归京。朋友们闻讯来访,惊为奇迹!一见面,劈头两句就是:八十高龄,登泰山,豪兴不浅啊!

　　"到了泰安,我没有登山。"

　　这一句,在客人心中引起了一个大大的惊叹号!

　　"不登泰山,去泰安干什么?"

　　五十七年前,我曾沐着朝阳登上了南天门,夕阳送我下山;而今啊,"可惜欢娱地,都非少壮时"了。

　　"不是有了缆车了,几分钟就可以登上高峰吗?"

　　我说:"我的家人都凭缆车上去了;我呢,怕高处不胜寒。"

　　其实,我回答朋友们的话,完全是属于搪塞性质的。君子可以欺其方,朋友似乎有点相信了。

　　一个人心灵深处的奥秘,是不容易为人所理解的,说破了,反而会令人发生莫名其妙的感觉。我这次千里跋涉,故地重游,不是为了来拜别泰山;也不是为了入岱庙,去欣赏那有名的千尺长幅大壁画,看李斯撰写的秦碑,骷髅似的苦立残阳的汉柏;也不是受宫装少女引导,去进入乾隆御榻前抚弄一下桌子上他动用过的笔砚……都不是的。

　　这次去泰山我个人唯一的目的是拜望冯玉祥先生的坟墓,瞻仰普照

227

寺他的故居。

你觉得奇怪吗？人各有自己的幻想、心愿、情感牵连，在别人觉得可笑的事情，当事者却认为情理所当然。

这些年来，到过泰安、登过泰山回来的同志，个个都向我谈到冯先生的坟墓和他的故居，可是并未多描绘，只是作为泰山一景几句带过。从此，我不时想到冯先生的坟墓和他的故居，并且用想象绘制了图像：坐落在山之阳，旷野无边，游人少到，冷冷清清。坟墓很大，墓前竖立着一座大碑；故居向阳，瓦房数间，饶有情趣。

这次，到泰安的第二天，我就坐上车子驶向冯先生墓。坟墓高大，南面的白墙上边是郭沫若同志的题字。这里，和我原来想象的不同，前来参观的人不少。仰望徘徊，徘徊仰望，移时，即去了距离颇近的普照寺。

普照寺，冯先生生前两次来此隐居。它在泰山脚下，环境幽深，游人接踵。脚步一踏进故居的门，冯先生的塑像巍巍迎人。我，肃然地向他鞠了三个躬，可惜只见颜面而不闻声音了。西壁上有他大笔题写的"驱逐倭寇"的长联，警心惕目，正义浩然！不禁使我想到岳飞的"还我河山"。我仔细地向东墙上看了主人学习的课程表，从早晨 5 时起，一直排到晚上 10 时止。国际问题、经济学、《左传》、文学、英语、习字，一项一项，排得满满的，学有定时，一年如一日。他聘请的教师和研究人员，都是当代有名专家，像李达、陶行知、邓初民、陈豹隐、杨伯峻、吴组缃……八九位之多。特别引起我注意的，是学习辩证法这一课。有一页残存的学习笔记，上面写着"从量变到质变"的心得。

我原以为，我对冯先生是有相当了解的。从青少年时就震于他的威名，听过流传有关他的很多不平常的故事：当了总司令，还替士兵剃头！考问自己的将官：来自哪里？吃的什么人的饭？40 年代初，认识了冯先生，有了一些接触，知道他思想进步，为人朴素平易，爱好文艺，好写"丘八诗"。可是参观之后，觉得自己对冯先生知之太少了。一个旧式军人，经历了几个大时代，几十年来，身经何止百战？他的大名留在现代的历史上。到了晚年，回溯生平，寻求归宿，热心地学起马列主义来了。这叫我怎能不肃然起敬，深沉思考呢？就小事看来，他的学习是非常认真的。我从来没想到冯先生会写"字"，但摆在我眼前的他的书法：真草隶篆，都很有功力。纪念室内高悬着两张拓片，一个大"佛"字，一个大"寿"字，虽然

228

不是他写的,但他在拓片上端题了词。"佛"字上题的是"佛心慈悲,但不能替人们谋福利保国家"。"寿"字上题的是"人欲得寿,须要为大多数人们牺牲寿命"。这两项题词不但鼓舞了人民的抗日热情,也可以看出冯先生的广阔胸怀。

他居处的门前,花木葱茏,姹紫嫣红,一片生机。引我注目的是立在花间的几十块石碑,碑身不高,可是十分耀眼。每块碑上,刻着一首诗,他亲手用隶书写成;诗的上方,刻着赵望云配的画。我一一看过,一一读过,一一想过,我的感情也一浪逐一浪地在翻腾,在追溯。

这些碑,名副其实的诗碑,碑上写着的是《一个黑热病的孩子》《山轿》《泥瓦匠》《采野菜的妇人》《穷人的年节》《路旁残废人》《山上的挑夫》……每块石碑,就是一朵花,它颜色惨白,令人堕泪。它们像悲惨旧世界罪恶历史的陈列,令人悲伤,令人愤怒,令人深思,令人奋起。一块块石头立在那里,冷冰冰,可是写它们的那一颗心啊,却是红红的、滚烫的。

另外,他还为自己写了一篇诗的自传,刻在墓前,题目是《我》:

"平民生,平民活,不讲美,不要阔,只求为民,只求为国……"一共十六句。

这是他自己的写照,也是对来者的示范。

读着这些碑上的诗,我悲伤,也有点歉意袭上心头。

冯先生是一位赫赫有名的将军,他大手一挥,把末代皇帝逐出了皇宫;他五十年前就和吉鸿昌烈士擎起"抗日同盟军"的大旗。他又是一位诗人,多年来为人民苦吟诗。1938 年,中华全国文艺界抗敌协会在武汉成立,他是发起人之一;1942 年,我到重庆之后,他不时宴请文艺界少数同志,我每次敬陪末座;我也曾到歇台子他的公馆做客,令我有亲切家常之感,何况两人又都爱新诗!我刚到山城不久,一位在赈济委员会做负责工作的同志,把冯先生的一本赵望云配画的诗稿送来,希望我写篇序言,我斟酌再三,未敢下笔。今天,在泰山脚下,读到冯先生当年写在纸上的配画诗,刻在一块又一块的石碑上,今之视昔,我心里的滋味,就难以言喻了。

我怀着夙愿已偿的喜悦而又内心悲伤的情绪,走出了冯先生的故居。

临出门时,我再次向冯先生的塑像回眸。这时,普照寺内响出了一声又一声悠然的钟声。我在家人的扶持之下,走下了一级又一级的石阶。

心中想:在巍巍泰岳脚下,埋着一位将军,一个诗人。对他说来,有了个伟大的靠背;而山呢,也因有了他增添了青色的光辉。

当双脚踏上了平地,我带着虔诚而又亲切的心情向高处放眼,我想说声:这次到了泰安没有登高望远,山灵应不见怪吧?

1986 年 10 月 22 日

孔庙·孔府·孔林

——曲阜三日游感印

今年初夏,沐着杨柳清风,一部面包车载着我们一家五口和一位女医生,从泉城向曲阜行驶。二百里长途,四个小时,对我这个年高八十、体弱神衰的老病夫,是个严峻的考验。从车窗上,看沿路田畴一色青青;柏油马路上,骑自行车的青年男女,神态悠然;路旁新起的砖瓦房子,一座又一座;经过几个城镇,市容崭新,人群熙攘……触目一派活泼生机,使我胸怀开张,预备好躺卧的双人座位,成为虚设了。当路过一座大桥时,女医生告诉说:这就是"泗水桥",顿然叫醒了我数十年的记忆,"泗水之滨尼丘灵"的歌词,洙泗大名,举世皆知,成为鲁文化的象征。而今,桥下细流,似断还续,我心里想得很多,也很远。我七八岁读私塾,每当开学的时候,总是用红纸做个牌位,上面用楷体字端正地大书"至圣先师孔子神位"几个大字,令人望着它肃然起敬!读高小时,每到祭孔的日子,天不亮就列队到孔庙去朝拜,回头来,每人分尝一点神圣的"祭肉"。从小读孔子的书,心向往之,七十年后,我到曲阜"朝圣"来了。

曲阜,给我的第一个印象是:静谧清幽。是城市,却没有城市的烦嚣;富于乡村风味,却没有闭陋之感。

到达的第二天上午,我在家人的扶助下,在陪同同志的引导下,走马看花,几个钟头,看完了三孔之二——孔庙、孔府。

一进孔庙,胜迹如林,指指点点,如同在读一部古代史,又像一步踏进了故宫,恍然身在梦境之中了。孔子手植桧、以讲学驰名的杏坛,这些我八九岁就闻名了的圣迹,当我面对它们的时候,它们那古朴神秘的幽光,顿然消失,以假作真,我有点兴味索然了。名垂宇宙的大成殿,门前的那九条雕龙铭柱，据说胜过了皇宫。高高在上冕琉障面的这位"大成至圣先师"孔老夫子，面色朱红，庄严而肃穆。七十多年来，令我敬佩而又感到极为亲切的这位思想家、哲学家、教育家，突然变成了"孔家店"里的"素王"。心里憧憬着他那种"威而不猛，恭而安"的神态，当立在他的脚下的时候，我反而觉得距离很远了。这时候，自然地会想到这位哲人立在两楹之间的那个梦，也没忘记唐玄宗的诗句："今看两楹奠，还与梦时同。"我带着现实与幻想给予的缤纷感觉，回头一步一步向孔庙的大门走去。带着亲切美丽天真的情感和盎然的诗趣，回忆着这位伟大的哲人三月不知肉味的黾勉精神；品味着他和得意门生们坐在一起，家人父子般地发问"盍各言尔志"的情味；想念着"或问孔子于子路"，子路不对时，孔子替他回答的"子奚不说：其为人也，发愤忘食，乐以忘忧，不知老之将至"的乐观胸怀。现实与真实，如此地不和谐啊，我所尊敬的伟大而又平易的真人，却成为万人崇拜的偶像，历代帝王利用他为自己服务，在他的脸上涂上一层层厚厚的朱漆，使他面目全非，从一个哲人、学者、教育家，变成了"素王"。是历史捉弄人，还是人捉弄他，地下有知，他心里也怕不是滋味的吧？

出了孔庙，驱车到了"陋巷"。对于孔子最欣赏的头号大弟子——颜回，对他的"一箪食，一瓢饮"，"曲肱而枕之"，以事业为重，身在困境不改其乐的情操；"举一反三"的智慧与勤奋的精神，我从小就深深敬佩了。他居住的"陋巷"，从一个普通名词，变成了特殊名词，人去了，"陋巷"二字却千古留香。可是今天的"陋巷"，并不陋了，汽车可以直接开进去。

从孔庙到了孔府。孔府，真正的富贵之家。吃的，住的，用的，交往的，全是第一流，仅与皇家差肩。单就吃的来说，在北京时曾应邀到"孔膳堂"赴宴，每样菜，都有特殊讲究，都是按孔府食谱做的。我这个满身泥土气息的人，一进堂而皇之的孔府，首先感觉到它的豪华，但我不是刘姥姥，不止一次参观过皇帝的"宝座"、西太后的寝宫，孔府比之，不免有点小巫见大巫了。孔府乾隆住过的房间里，笔砚原样摆在那儿，他赠给他女儿的大块沉香木引人注目。可是，高屋华堂，珍奇瑰宝，并不能使我眼花心迷，反而有两件小玩意儿却至今还念念不能忘。一件是玻璃柜里的一双六七岁男孩穿的小皮靴；另一件是一个五六岁小女孩玩的五色丝线小包包。它们引起了我的遐思，在这很少人到的深宫，天真好玩的孩子没有伴侣，该是多么寂寞,只有兄妹踢踢包包,或雪后踏雪,寻求点趣味。只从外表上看,生活在孔府的人们一定是坐享荣华,心满意足的了。其实,却未必然。到曲阜之后,我们买了一本书,传记体的,是孔德成的亲姐姐口述,她女儿执笔写成的。这是本好书,真实的书,抒情的书,引人掉泪的书。她写出了孔府秘史,她写了她生母一生的悲惨遭遇,读了叫人揪心地痛!她生母刚生下了孔德成,便被正堂的主妇用极为毒辣的手段活活磨难死了,她的儿子却成为别人的宝贝。我是读了这本书之后,再到孔府去参观的。事实印证了我心里的这个想法:"富贵之家并不富贵,它少的是精神,多的是金钱和丑恶。"

在孔府中,感慨多,我并不舒心。意外的一件事,却使我大快生平!他乡遇故知,从古认为是人生最难得的,而我却无意中得之。大家该知道南京大学校长、孔学专家、孔子研究会会长匡亚明同志吧,我们是 1938 年相识的老朋友,出乎意外,却在孔府里会面了。一见,一言未发,惊呼一声,就互相拥抱了起来。然后,观面色,看白发,叙往事,论年齿;然后,谈笑而风生。我八十,他七十九。老了? 不老! 神志如昨,壮心未已。五十年时光,种种困苦磨难,没有失去我们的活力,没有消磨掉我们的事业心。他叫他的秘书到内室拿出一本大书《孔子评传》,双手捧给我,笑着说:"我的一本近作,请臧老诗人指正。"我接到手中,沉甸甸的,一面翻阅目录,一面笑着说:"孔子作为哲学家、学术家、教育家这几个大的方面,你研究、发挥得极好,却有一点,你漏掉了。"他听了我的话,有点吃惊,仰面等着我下面的话。我说:"你忘了孔子还是一个诗人啊。"他听了,哈哈大笑,说:"你到底是诗人啊,说得对。他死的头一年还赋诗哩。"我接着吟诵了起来:"泰山其颓乎,良木其坏乎,哲人其萎乎。"

我们高谈阔论,他乐不可支,我也乐不可支。握别时,我心里想,来趟孔府,不虚此行了。胸中的慨叹被快感消散得无影无踪了。

第二天上午,汽车也知人心意,急急快速入孔林。只见坟茔累累,万木争发。范围广阔,游人却不多。同姓一个"孔"字,但死后想进这块宝地,却不容易。不论远房近枝,能挤进来,光荣莫大焉。有的,坟前石人石马拱卫;有的,墓前的石碑把死者生前的荣华指给人看,就是在这鬼的世界里,也有贵贱贫富之分。"死了坟头见高低",这句家常话,确是有感而发。在这些为数万千的"土馒头"中,最突出,也最惹人注目的算是孔子墓了。我仰望这位哲人的长眠之地和它旁边的子贡庐墓处,万感齐来。孔墓这个高大的土丘子,萦系着古今中外多少人的心!我从孩童时代,读孔氏的书,想见其为人,今天带病而来,拜望他的埋骨之地,了却了一生的夙愿。一个人,置身在孔林这样的境界里,会不禁要想到生死、名利这样一些人生大问题,因而有所感触,有所思考。当我立在孔尚任的坟墓前时,仔细读了碑文,徘徊复徘徊,忽然在心里朗诵起古人的这两个名句来:"其生也荣,没则已焉。"想到多少人汲汲于名利,如蝇争血;多少人踏着人民的枯骨把自己升为"英雄"。他们生前,声势赫赫,炙手可热,死后呢,人人踏着他的坟头唾唾液,黄土封住了他们的嘴,当年的气焰已烟消灰灭。而《桃花扇》的作者,生前并不得意,也没有什么高官厚禄,但他给后代留下了一份宝贵的精神财富,受到崇敬与热爱。历史是无情的,但,道是无情却有情。

孔庙、孔府、孔林,是部大历史书,是个自然博物馆,有心人,可以从中看出许多道理,从而作哲学的思考。当我将出孔林的大门回望的时候,忽发奇想,在这个阴森的世界里,于漆黑的夜间,无数鬼魂破土而出,来个大联欢,唱着,跳着,各人来一段生命史的自白,那样一个场面,该多富于荒诞奇趣而又不乏意义啊。

1986 年 11 月 30 日

犀利匕首与投枪

不 知 道

——无窗室随笔之三

昨天,我对一个村间的小学校长提到了一个很红的女明星,他摇摇头说:"不知道。"

我没有说什么,大概脸上有了表情,他很狠辣地来了一句:"怎么,太陋了吧?"

"太陋了吧"这一句打动了我,我很不好受,因而从这里边寻出了一些更多的东西来。

你如果对一个乡下人讲跳舞厅中飘飘的人影,银幕上有人在活动而且会说话,他(或她)会惊异得像听天书;你对他说在都市里一顿饭花到几十块钱,他一定伸一下舌头。

乡村的人们,在经济破产和急流里留不住的漩沙一样的今天,在穷苦中挣扎着一条命,深春里强撑着饿肚皮,严冬里只一条单裤和北风苦斗。此外什么也到不了他们的心里。

住在都市里的人,只能拿着乡村破产当作一个名词,你问他破到什么样子,如果他是坦白的话,一定回答一句:"不知道。"

记得自己在学校的高楼中,冬夜无聊的时候,呼工友倒一壶清茶,于是,红的炉火,大家便围起来了,每人躺在一把安乐椅上,口里吸上一支香烟,各种议论便悠悠地从烟缕中冒出来了。你赞成这样主义,我同情那种"司蒂",彼此俨然成了敌人,起初还小噪辩论,后来简直红着脸大拍桌子,各人好似口头战胜了,他那主义或"司蒂"便立刻可以实现。结果,弄得大家都失眠。

这是一种口头主义。饭后茶余的消遣"司蒂"。你追问乡村的现况

237

到底是个什么样,怕谁都"不知道"。

不但大学生这样。目下写乡村破产的作品很多,你如果是一个道地乡下人,那三句话便会塞住了那个作家的口。因为他所写的,是在超然地位中想象或观察来的。

一般人高唱救济农村,然而一边唱一边不妨做一些更促进破产速度的事。他们眼中乡村破产是在统计的数字上,问他们真实的情形,也是:

"不知道。"

1934 年 4 月

失　眠　症

　　人生到处受着磨难,疾病便是一种。好似老天为了叫人知道"健时仙"的滋味,因而降下了疾病。千种万种的疾病当中,失眠算得是最普通最流行的了。它是不分贫富,无间今古的。只要一个人他知道愁知道忧,脑子不至像一块顽石,那么失眠的况味大约不会尝不到的。

　　儿时听过一个宰相失眠的故事,至今还没有忘记。因为当时有点痛恨那个不讲情理的宰相而替他的童子抱不平,所以印象很深。

　　宰相每夜睡不好,次日清晨照例在他的侍童身上寻事。不是说他抻的铺不好,就是骂他扫的铺不干净。童子含着冤,加心地在铺床叠被上用功夫。可是宰相的责骂还是照例,因为每早他从铺上寻出一条小线毛来。后来宰相下野变为平民,一个夏日里他在树荫底下铺着一领破蓑衣睡觉,蚂蚁把他的脸当了过桥,然而他睡得呼呼的响。这情况适被他以前的侍童遇见了,不禁心中大骂,骂他失眠是叫官烧的。不消说"无官一身轻"的道理是没法向一个顽童讲的。

　　于今,在这世纪末的气氛里更适于失眠症的繁衍,引起失眠的动机虽然不同,而在夜里想找到一种宁静的睡眠是不容易了。

　　都会是"不夜之城",人也是"不夜的脑子"。爱神的影子;头彩五十万;洋楼,汽车,钻石戒指……一口说不完的这一切一切,好似一只金蝴蝶,它的翅膀扇得多少有闲人"几千遍捣枕捶床"。另外一些穷人——都会里和乡村里的,他们的脑子虽不会梦想天开,然而压在心上的生活的担子也会搅得他们坐不安睡不宁的。

　　目前的世界是一个紧张的世界,是一个失眠症流行的世界!

　　如果现今还有所谓宰相的话,那他一定不会再是那样的傻,一个心

"夙夜在公",弄得睡不着觉反而怨人扫铺扫得不干净。常自己问自己,目下也有为东北四省的失陷失眠,为华北失眠,为国家的前途失眠的吗?失眠我想一定是有的,为了什么?那怕只有天知道!

今天,对于那个傻宰相由恨变为爱,对于那顽童的无知反而觉得可笑了。

1935 年 1 月

愁来碰人

千家笑语漏迟迟，
忧患潜从物外知。
悄立市桥人不识，
一星如月看多时。

吃罢了亲手置办的年饺，四处的爆竹已经响成了炸豆，听着深汀和从远方来的一个友人在敲着棋子，在一盏灯光下我记起了黄仲则的这诗句来。

在封建时代，逢着鸡犬不惊的太平盛世，在乡村里度着年夜，那情味是再神秘没有的了。而我们的诗人偏舍开团圆的家庭，在这家家笑语漏迟迟的时分一个人跑到凄凉的桥头去看一个星斗，这行动看来古怪，想来却并不古怪。中国以往的诗人，大半是善于寻愁觅恨的，"为赋新词强说愁"是"爱上层楼"的原因，那么悄立市桥看星斗又何足怪呢？

在这天涯的年夜里，守着一壁灯光，就让心硬如铁也免不了"忧患潜从物内知"了。这一夜真有些不同，你不想想什么，而什么偏纷纷地叫你非想不可。

在这活着大不易的中国，年关真是个鬼门关。在都市里只觉得钱包紧，看见一张张红帖把一些商店的大门封死了，报不下歇业因而自焚的也尽有。经济的绳索紧扣在每个人的颈上，多少性命就这样被绞死了。乡村本像一个瘦鬼，一听见"年关"马上筋消肉化一变而为骷髅。人人背上负着重债，身上连件棉衣也做不上，每家大门前你会看见人和人为着钱争吵、厮打，凶恶的狗抱住要账人的杆子。好人也会变成了"时下生心"的

241

强盗,拿一柄菜刀躲在山沟里候着财神。一匹布、一吊钱会把你弄成个"路倒"。年关一近,人的胆好像顿然大了,而悲惨的新闻也新陈代谢地被大家讲论着了。

前天一个乡下的学生写来了下面的信:"现在我的乡村破产得不成个样子,整日里听不见别的,只听得这家卖宅,那家当土,因为连年旱灾、虫灾,弄得五谷不收,人民衣食不足。就我们本地说,每年每亩地应摊的官税私税不下一元多钱,你想衣食都不充足,这些钱向哪里去出?典地当土没有人要,有的把自己的女儿卖了,有的逃债不敢回家。有一个名词不知老师知道不知道,就是'报鼓'。这是说负债还不起,把自己所有的一切全出卖净,最后请债主们一桌客,还不清的也就算了。这'报鼓'的事我乡下常有,快到年的这几天更厉害。再者,过年过不去,穷人有的上了吊,有的花五六分利取钱。我家经济破产,下学期爸爸不让我再上了,我一直哭了三天,也没法!老师你想想这是个什么世界呀!"

今夜我想起了这个可怜的学生,我想起了破产的乡村和都市,想到了天下的一切痛心的事情。我不跑到市桥上去看星斗,坐在这灯光下,忧愁在鞭炮中却来碰我的心了。

1935 年 2 月旧历年夜

242

闯　　将

　　太阳以它的光与热向宇宙投射时,烛火便熄灭了。但当人们想到漆黑的浓夜,便会以感激的心情想念到它的那一点光亮吧。

　　以偶然的机会,再读一遍中国第一本新诗——《尝试集》,距我第一次读它的时间,已经隔十几个年头了。我在重温一个旧梦。这个梦,不只是我个人的,而且也是时代的。真的,十几年的变化是惊人的,有些人死亡了,有些人跌倒了,有些人落荒了,有些人倒戈了,反过来看,时代把多少生力军拥了出来顶替了死灭的一群。

　　鲁迅先生在《论睁了眼看》一文里说过:"……早就应该有一片崭新的文场,早就应该有几个凶猛的闯将。"又说:"没有冲破一切传统思想和手法的闯将,中国不会有真的新文艺的。"胡适之先生就称得起是新文坛上的第一员闯将,看他如何激昂凌厉一身是胆地向传统文学的枯骸投枪;听他如何慷慨淋漓地对旧壁垒挑战,向新人呐喊;他是用怎样的一副大手笔把高举的大纛上写上"解放"两个耀目惊心的大字!

　　当你向奴性沁心雪脯的人们说解放的自由,他们不但不相信,而且,轻则笑你狂妄,重则视为妖孽,是击杀而后快的。所以,先觉者往往须得以非人性的忍耐力去忍耐相当时间的孤寞。《尝试集》——这传统文人眼中不祥之物,箭一样的冷嘲热讽、诅咒、谩骂,随着它的呱呱之声以俱来。古典派的林纾把胡适同他的同调者作为笑料写进了他的《妖梦》和《荆生》里去,想借"伟丈夫"的手把这群造反的"妖孽"杀光!学衡派的梅光迪、胡先骕,均痛心疾首,恶之欲其死。胡作《评尝试集》,滔滔两万余言,指《尝试集》如同陀思妥耶夫斯基、高尔基之小说,皆"死文学"也,"卤莽灭裂,趋于极端,正其心死之征耳"。章士钊的老虎——《甲寅》,也势凶力猛地做旧文学的卫士，恨不能把新兴革命文艺的小犊，连骨头带肉一口吞噬个一干二净！

如果旧的天命定就要倒坍，人们的手是没用的；如果时代的南针指定了方向，任谁无力把它拨转；中午的太阳光线虽然强烈，可惜它步步走向没落了。

闯将个人还是从旧营垒里跳出来的，所以他很难闯得彻底，因袭的链又是不易挣断的。《尝试集》里尝试的新诗，如同胡先生自己说的，不过是一只"改组派"脚，看见天然的大脚板不胜其嫉羡。时代永远要求着"新"的东西，去《尝试集》已经二十九岁的新诗，何尝不在摸索着道路，追求着新的风格、新的闯将呢。

认识过去，知旧的必死，迎接未来，料新的即降，有见识，有胆量，才能有那股闯劲。不然，像"盲人骑瞎马"那样在半夜的悬崖上"瞎闯"，那命运是可以想象的。

闯将难得。始终不渝，忠贞不泯，闯到底，闯到死，替文场闯出个新局面来，而且一直不回头地领着它走，这，说易而实难！回忆二十几年来的文坛，不禁长叹一口气。有些闯将，一出场，来势凶猛，三刀五枪之后，便退回后台，把脸上的粉清洗去，叫观众在喝彩之余感到无底的失望。有的在文艺舞台上刚闯出了名，便抛弃旧业如弃臭鞋，一步跨上政治舞台做了"大官人"，胡先生便是一个。还有的三拳两脚地表演了几个回合，便缩回头来把它埋藏到故书堆里去了。更有如周作人之流的以革命文学倡导者，一变而为"苦雨"的"白衣大士"，三杯"苦茶"之后，深悔当年的"浮躁凌厉"，而变为"汉奸"，只有在北京城里的灰尘中同日本人开会留影，大唱其"中日文化"之"交流"了。

时代的潮流是无情的，落伍的打下去，前进的涌上来，目下是大的时代，正需要着伟大的闯将。

1942 年 5 月

244

谈 痛 苦

痛苦不能用口来诉说，
说出口来的苦，
味儿已经变过。

这是多量苦痛在我心的熔炉里冶炼出来的诗句。给蚊子叮一口便轻口诅咒的人，他永远不会了解人生；一个刺激，便刺出大量廉价的眼泪，这表示了他并没有泅泳到生活的深处。歌德在一篇小诗里说过："不曾和着眼泪吞面包的人，他是不知道生活的真义的。"痛苦，藜藜一样地丛生在人生的道上，它能叫英雄落泪，它能叫壮士垂头，它能使人叹息、悲伤、咬牙，它能把钢铁的意志揉成软面，它能使一个人情愿去死！

"如果没有'死'做生的遁逃薮，那，人生多可怕！""死"，这是多么沉痛的字眼啊！

"快乐，是一个人被欺骗而不自觉。"从这个诗句里你可以看出痛苦的永不变样的脸子来，因而体味出吐出这个诗句的那个诗人的心！痛苦，针尖一样地刺人心，啊，痛苦啊！

然而，痛苦并不就是人生的代名词，如果真是这样，我们希望宇宙变成一口大的坟墓。痛苦的反面是快乐。人，是为了寻求生活的快乐而生活在世界上的，至少，把一个快乐的影子安放在眼前，这时人生才多样化，才有意义。在这样的意义之下，反觉得痛苦更可以映显出生活的沉重与庄严。为了快活，才忍受痛苦，不，应该这样说，为了去求快乐，才能鼓起同痛苦战斗的勇气，为了求整个人类的快乐，人间才有流血牺牲的壮烈事迹。能体味痛苦，感觉痛苦，是好的，因为至少表示了这个人他不麻木，不是等视苦乐的"混混儿"。能把痛苦点化成快乐的人有两种："战士"与"混蛋"。"战士"他懂得痛苦,因为他更觉得快乐;"混蛋"眼里的人生,是蛆虫眼里的粪坑。

容忍痛苦,就是对自己残酷,就是标明自己战斗力的薄弱。"滚"人生的针毡,"滚"得一身红血,这固然能博得"好汉"的名誉,这固然能用血写出自己的意气与铁胆,但是,试问一句:人生就是流血吗?

> 我嚼着苦汁营生,
> 像一条吃巴豆的虫。

十年以前我曾这样沉痛地吟出自己辛辣的苦痛。

> 这可不是混着好玩,这是生活,
> 一万支暗箭埋伏在你周边,
> 伺候你一千回小心里一回的不检点。

我是用了这样的眼睛去看人生的。

> 运尽气力去和它苦斗,
> 累得你周身的汗毛都擎着汗珠,
> 但你须咬紧牙关不敢轻忽;
> 同时你又怕克服了它,
> 来一阵失却对手的空虚。

我以前痛苦都是这么处理,难怪有人批评是"容忍主义"了。可是十年来更深的痛苦把我改变,再不单是"容忍"痛苦了。因为事实告诉得很清楚,痛苦,它是欺软怕硬的,你对它稍存畏缩,它便猛烈攻上来,当你猛烈地反攻上去时,它便退却了。

能认清痛苦的人才能战胜痛苦,痛苦被打倒,快乐就被获得,人生为快乐而生,痛苦不过是过栈。

1942 年 7 月

246

伟大与渺小

　　我们有了太多的伟人。写在历史上的被渲染过的，不必去说他们了；和我们同时代，向我们显示伟大的，已经够数了。这些人，凭了个人的权谋机诈，凭了阴险与残酷，只要抓住一个机会使自己向高处爬一级，他是绝不放弃这个机会的，至于牺牲个人的天良和别人的利益甚至生命，他毫不顾惜。这些伟人的伟大，是用个人的人性去换来的，是踏在人民大众的骨骸上升高起来的。当他站得高，显得伟大的时候，一般有肉没骨头、有躯壳没灵魂的人中狗，便成群地蜷伏在他脚下，仰起头来望望他，便"伟大啊，伟大啊"地乱叫一阵子。当别人靠近他的时候，它们便猖猖狂吠起来，在壮主子的声威之余，自己也仿佛有威可畏了。这些伟人与臣仆是相依为命，狼狈为奸的。主子为了猎取权势的兔，是不能没有走狗的；在走狗的瞳孔里，主子的尊容也许并非那么庄严，然而在它们的口里，又是另一回事了。为了一块骨头，它们出卖了自己。

　　在伟人自己，眼睛看的是逢迎的脸色、嗫嚅趑趄的情态；耳朵听的是谗谄阿侫的声音，左右的人铜壁铁墙一样把他围在一个小天地里，眼看不过咫尺，耳听不出左右，久而久之，也只能以他人之耳为耳，以他人之目为目，而这些他人，又正是以他为法宝而有所贪图的人。他们所说的话，所报告的见闻，全是以自己的利害为标准而取舍、改篡、编造的，不但与事实不符，常常会整个相反。信假为真，以真为假，是非颠倒，黑白不分。古时候有这样的皇帝，天下大饥，他怪异人民何不食肉糜？今日的伟人吃的鸡蛋，也许还是一块钱一个。

　　这样的伟人，拔地几千尺，活在半空里，和群众，和现实，脱离得一干二净。在别人眼前，他作势，他装腔，他在别人眼里不是"人"，而是"伟

247

人"；他自己，喜怒哀乐，不能自由，不愿自由，不敢自由；硬把人之所以为人的一些天性压抑，闷死，另换上一些人造的东西，这样弄得长久了，自己也觉得自己不是"人"了，而成了"人"以上的另一种"人"，勉强解释，就是"孤家寡人"之"人"。这样的人，是"性相近也，习相远也"，远的是民众，是人性。这样的人是刚愎的、残暴的、虚伪的、反动的、半疯狂的，自欺欺人，存心"不令天下人负我，宁我负天下人"的。把一个国家，一个世界，交给这样一个半疯子去统治，那会造成个什么样子呢？

"王侯将相"的种子，已不能在新时代的气流中生长了，当大势已去，伟人不得不从半空里扔在实地上、民众前的时候，难怪希特勒自杀，而且自杀前还有疯狂的传说。被别人蒙在鼓里，或被自己的野心蒙在鼓里，一旦鼓被敲破了，四面楚歌，他这才明白了，可是已经晚了。个人英雄也就是悲剧英雄。希特勒、墨索里尼已成过去了，他们的死法，是多么有力的标语，佛朗哥，以及佛朗哥的弟兄们，读一读它吧！

和伟大相反，我喜欢渺小，我想提倡一种渺小主义。一个浪花是渺小的，波浪滔天的海洋就是它集体动力的表现；一粒沙尘是渺小的，它们造成了巍峨的泰岱；一株小草，是一支造物的小旗；一朵小花，不也可以壮一下春的行色吗？

我说的渺小是最本色的、最真的，是人性的，是恰恰反乎上面所说的那样的伟大的。一颗星星，它没有名字却有光，有温暖，一颗又一颗，整个夜空都为之灿烂了。谁也不掩盖谁，谁也不妨碍别个的存在，相反地，彼此互相辉映，每一个都是集体中的一分子。

满腹经纶的学者，不要向人民夸示你们的渊博吧，在这一方面你是能手，因为你有福，有闲，有钱；你对于锄头拿得动，使得熟吗？在别人的本领之前，你显示自己的渺小吧。用你精神的食粮去换五谷吧。

发号施令的政治家，你们也能操纵斧柄如同操纵政柄吗？

将军们，不要只记住自己的一个命令可以生杀多少人，也要想想农民手下的锄头，可以生多少禾苗，死多少野草啊。

当个人从大众中孤立起来而以自己的所长比别人所短时，他自觉是高人一头；把自己看作群众里面的一个，以别人的所长比自己的所短时，便觉得自己渺小，人类的集体才伟大。我常常想，不亲自站在群众的队伍里面是比不出自己的高低的；我常常想，站在大洋的边岸上向远处放眼的时候,站在喜马拉雅山脚下向上抬头的时候,才会感觉到自己的渺小。

因此,我爱大海,也爱一条泻泻的溪流;我爱高山,也爱一个土丘;我爱林木的微响;我爱一缕炊烟;我爱孩子的眼睛;我爱无名的群众,我也爱将军虎帐夜谈兵——如果他没忘记他是个人。

我说的渺小是通到新英雄主义的一个起点。渺小是要把人列在一列平等的线上,渺小是自大、狂妄、野心、残暴的消毒药,渺小是把人还原成人,是叫人看集体重于个人。当一个人为了群众,为了民族和国家,发挥了自己最大可能的力量,他便成为人民的英雄——新的英雄。这种英雄,不是为了自己,而是牺牲了自己,他头顶的光圈,是从人格和鲜血中放射出来的。

人人都渺小,然而当把渺小扩大到极致的时候,人人都可以成为英雄——新的英雄。

这世纪,是旧式的看上去伟大的伟人倒下去的世纪;这世纪,是渺小的人民觉醒的世纪;这世纪,是新英雄产生的世纪。

我如此说,如此相信。

1945 年 7 月

官

　　我欣幸有机会看到许许多多的"官"：大的，小的，老的，少的，肥的，瘦的，南的，北的，形形色色，各人有自己的一份"丰采"。但是，当你看得深一点，换言之，就是不仅仅以貌取人的时候，你就会恍然悟到一个真理：他们是一样的，完完全全地一样，像从一个模子里"磕"出来的。他们有同样的"腰"，他们的"腰"是两用的，在上司面前则鞠躬如也，到了自己居于上司地位时，则挺得笔直，显得有威可畏，尊严而伟大。他们有同样的"脸"，他们的"脸"像六月的天空，变幻不居，有时，温馨晴朗，笑云飘忽；有时阴霾深黑，若狂风暴雨之将至，这全得看对着什么人，在什么样的场合。他们有同样的"腿"，他们的"腿"非常之长，奔走上官，一趟又一趟；结交同僚，往返如风，从来不知道疲乏。但当卑微的人们来求见，或穷困的亲友来有所告贷时，则往往迟疑又迟疑，迟疑又迟疑，最后才拖着两条像刚刚长途跋涉过来的"腿"，慢悠悠地走出来。"口将言而嗫嚅，足将进而趑趄"，这是一副样相；对象不同了，则又换上另一副英雄面具：叱咤，怒骂，为了助一助声势，无妨大拍几下桌子，然后方方正正地落座在沙发上，带一点余愠，鉴赏部属们那份觳觫的可怜相。

　　干什么的就得有干什么的那一套，做官的就得有个官样子。在前清，做了官，就得迈"四方步"，开"厅房腔"，这一套不练习好，官味就不够，官做得再好，总不能不算是缺陷的美。于今时代虽然不同了，但这一套也还没有落伍，"厅房腔"进化成了新式"官腔"，因为"官"要是和平常人一样地说"人"话、打"人"腔，就失其所以为"官"了。"四方步"，因为没有粉底靴，迈起来不大方便，但官总是有官的步子，疾徐中节，恰合身份。此外类如：会客要按时间，志在寸阴必惜；开会必迟到早退，表示公务繁忙；非

250

要公来会的友人,以不在为名,请他多跑几趟,证明无暇及私。在办公室里,庄严肃穆,不苟言笑,一劲在如山的公文上唰唰地画着"行"字,表现为国劬劳的伟大牺牲精神,等等。

中国的官,向来有所谓"官箴"的,如果把这"官箴"一条条详细排列起来,足以成一本书,至少可以做成一张挂表,悬诸案头。我们现在就举其荦荦大者来赏识一下吧。开宗明义第一条就是:"官是人民的公仆。"孟老夫子在两千多年前就说过"民为贵,君为轻"的话,于今是中华民国,人民更是国家的"主人翁"了,何况,又到了所谓"人民的世纪",这还有什么可说的? 但是,话虽如此说,说起来也很堂皇动听,而事实却有点不然,而至于"大谬不然",而甚至于"大谬不然"得叫人糊涂,而甚甚至于叫人糊涂得不可开交! 人民既然是"主人"了,为什么从来没听说过这"主人"拿起鞭子来向一些失职的、渎职的、贪赃枉法的"公仆"的身上抽过一次?正正相反,太阿倒持,"主人"被强捐、被勒索、被拉丁、被侮辱、被抽打、被砍头的时候,倒年年有,月月有,日日有,时时有。

难道只有在完粮纳税的场合上,在供驱使、供利用的场合上,在被假借名义的场合上,人民才是"主人"吗?

到底是"官"为贵呢,还是"民"为贵? 我糊涂了三十五年,就是到了今天,我依然在糊涂中。

第二条应该轮到"清廉"了。"文不爱钱,武不惜死",这是主人对文武"公仆","公仆"对自己,最低限度的要求了。打"国仗"打了八年多,不惜死的武官——将军,不能说没有,然而没有弃城失地的多。而真真死了的,倒是小兵们,小兵就是"主人"穿上了军装。文官,清廉的也许有,但我没有见过。因赈灾救济而暴富的,则所在多有,因贪污在报纸上广播臭名的则多如牛毛——大而至于署长,小而至于押运员、仓库管理员。"清廉"是名,"贪污"是实,名实之不相符,已经是自古而然了。官是直接或间接(包括请客费、活动费、送礼费)用钱弄到手的,这样年头,官,也不过"五日京兆",不赶快狠狠地捞一下子,就要折血本了。捞的技巧高的,还可以得奖、升官,就是不幸被发觉了,顶顶厉害的大贪污案,一审再审,一判再判,起死回生,结果也不过是一个无期徒刑。无期徒刑也可以翻译作"长期休养",过一些时候,一年二年,也许三载五载,便会落得身广体胖、精神焕发,重新走进自由世界里来,大活动而特活动起来。

第三条：为国家选人才，这些"人才"全是从亲戚朋友圈子里提拔出来的。你要是问：这个圈子以外就没有一个"人才"吗？他可以回答你："那我全不认识呀！"如此，"奴才"变成了"人才"，而真正的"人才"便永远被埋没在无缘的角落里了。

第四条：奉公守法，第五条：勤俭服务，第六条：负责任，第七条……唔，还是不再一条一条地排下去吧。总之，所讲的恰恰不是所做的，所做的恰恰不是所讲的，岂止不是，而且，还不折不扣来一个正正相反呢。

呜呼，这就是所谓"官"者是也。

1945 年于重庆

笔 和 剑

　　一个朋友向我要了一本讽刺诗集去,不久,他的回信到了。上面有这么几句话:"你刺得很毒辣;但是被刺的人们已经麻木了,还需要把一支秃笔变成利剑!"

　　在重庆的时候,另一个朋友也说了几乎是同样的话:"一点一点地刺上去,已经觉得不够劲,整个的腐烂了,整个的腐烂了!"

　　这,使我记起了萧伯纳在中国的时候,被新闻记者包围急了,他愤愤地说:"我的话你们是不会听的,如果我有枪杆在手,能杀死几十万人!"

　　在中国,尤其是在剧烈斗争着的目前这时代,就是连政治问题也要取决于枪杆子,一点讽刺是会成为不痛不痒的。你的对象,已经聋了,不,有耳朵,他们去听另一些声音;他们已经瞎了,不,有眼睛,他们去看另一些东西;他们的心已经死了,不,他们在另一些事情上灵活得很呢。他们的不听、不看、不想,对于讽刺反而成了一个讽刺。

　　因此,每当提笔的时候,先就怀疑了这支笔的力量,像还没有陈兵疆场而自己先胆怯了。你把穿重裘的大亨写成一个豪猪,但他还是用长长的毛把自己包围在温暖里,哪管他一夜冷风冻死几百人!讽刺一个"高秉坊",而千万个"高秉坊"起来给你以反讽刺。一出《升官图》在几个城市连演几十场,便叹为观止;而真正的省长、县长、科长却在每一个省、每一县,日日夜夜不停地扮演。可怕的是,实际上所演的较诸舞台,更为活泼,更为生动,更为深刻!反使人觉得这出戏不够深入,不够夸张了。

　　那么,就无可如何地把笔放下吧?

　　如果能放下笔拾起枪来,当然是很好的,一粒子弹比一篇讽刺文字当然来得更实际些,但是一个熟练于笔杆的不一定就熟练于枪杆。我觉得,不必要求每一个作家、诗人全都把笔换上枪,只要求他们坚实地勇敢地站在阵地上!斗争的战场是有许多个的。让枪杆去击破旧的,为了稳定新的;让笔尖去挑破腐烂了的,叫它把坏血和脓流出来。

被刺的麻木了,然而多数人是在苦痛地挣扎着的。对于前者,我们不能因为他麻木了就不再管他,麻木的不叫他只是麻木,刺上去,重重地刺上去,不能醒过来,就干脆让他死去!对于挣扎着的多数人,讽刺是一个鼓舞,一个力量,在黑漆的长夜里,一声鸡啼,是有着很大的唤醒的意义的!

讽刺在寻找敌人,也在寻找朋友。

讽刺的针对现实的刊物的被禁,越来越浓重的愤激与骚动,都在证明着讽刺的作用。

坏的东西一天不消灭,我们就要对准它刺去!头烂了刺头,脚烂了刺脚,整体都烂了,我们就朝着整体,刺!刺!刺!

"拿破仑用剑做不到的,我要用笔去做到它!"

我常常拿这句名言鼓励自己,也用以鼓励我同道的朋友们。

1946 年 12 月

试论英雄

一提起"英雄"这两个字,立刻会给人以震惊的感觉,不是对于他们的丰功烈绩油然兴崇敬之心,便是为了悲惨的末路替他们洒泪。由于几千年来,世界一直是"英雄"们的擂台,供他们角逐、厮杀,以小民百姓的白骨和红血做本钱,去满足斗大的雄心,去决定最后的命运,不但叱咤风云,威震当世,还想在千万年后的历史上,牢牢地把自己嵌稳。因此,整个身心埋在封建泥土里的"常人",便以"高山仰止,景行行止"的自卑心情,把"英雄"崇敬成"半神"或"非常人"了。

英雄可以造时势,一个念头的转移可以决定千万人的生死,使历史另换一副面目,不但一般人把他们高看一眼,就连他们自己也觉得不是"人"了。王侯将相,是另有种子的。秦始皇想一世二世的,把天下作为"子孙帝王万世之业";刘皇叔也要把自己的祖谱,追溯到什么中山王。"龙王的孩子会浮水",这个谚语是天经地义地被肯定着。

英雄不能是"人",一成为"人",便不成其为"英雄"了。他们千方百计地给自己披上一件神秘的外衣,叫人们看不清楚他们的本来面目,造成那么一种气氛,像一个人走进一座大殿一样。神像朦胧而又庄严地半露在帐幕里,烛火中,楹柱巍峨,堂奥幽深,香烟缭绕,再加上钟声叮当一响,你的身子和心就不由自主地拜倒在这一团空气里了。

什么"踏大人迹有孕",什么"吞鸟卵而生",什么"斩白蛇""握赤符",这种种把戏,目的只有一个:天神授命,迥非平常。生成的样子也自特殊,"项羽重瞳","关公蚕眉"……这是真是假还待考,然而朱元璋的那个"猪脸"据说是特意命画公"歪曲事实"以示奇异的。他们深居的时候,戟戈如林,外人当然没法一睹"虎面龙颜";外出的时候,又需回避,距人

255

多少里路之外,这固然是由于他们的性命宝贵,怕防范疏漏处,突然飞来个"搏浪沙椎"。但我想,故意同人民之间拉一道距离,把自己神化起来,才是主意所在吧?就是在死后,也是这儿造一个坟,那里堆一个冢,弄得糊里糊涂,真假莫辨。生,不平常,死,不平常,平生的所作所为,更是轰轰烈烈,于是,完成了"英雄"的风格,给人心上留下一个永不磨灭的影子。

他们如此这般煞费苦心地把一个有血有肉的"人"硬僵化成一个"英雄"像,叫我看,这是很痛苦的一件事。明明想笑,而又不敢笑;明明不想笑,又不得不做出个笑的样子来;明明想哭,而又不敢哭;明明想叫,而又不敢叫;明明想放纵一下感情,而又不敢放纵。心理受着压抑,情感受着压抑。人之所以为人的一点东西,活生生地把它压死,这是多难受的事!如果我们有孙悟空的那套把戏,变成一个小小的虫儿钻到他们五脏六腑里去看一看,听一听,一定要大吃一惊,呀的一声叫出来:"他们的喜怒哀乐,也同常人一样的在蠕动呀!"

"侧室无英雄",看破了不值钱;不值钱倒是好的,倒了偶像,却竖立起一个"人"来。

历代的英雄,都是打着一支"吊民伐罪"的大旗,借的是一个名义,要的是无条件的牺牲。听他们英气冲天地大叫:"天下英雄,唯使君与操耳。"老百姓真是渺小如"沙虫",何足道哉!他们的"人性"已经很少了,剩下的只有残忍和"宁使我负天下人"的一点"豪气"。汉高祖、项羽曾约为兄弟,为了利害的争夺,也可以牺牲自己的老子,说出"我翁即尔翁,分我一杯羹"的话来!父母被杀掉,可以无动于衷,一听到圆圆被掳,于是冲冠一怒,流血千里,完成了英雄美人的佳话。新安一战,项羽一下坑了秦降卒二十万,在他的眼里,这也许还不成个数目。蜀山为之全兀的阿房宫,一炬三月,可怜焦土!杀人放火,伟大杰作完成,自称"西楚霸王"。当此时也,其意气之盛,可谓壮哉!到了时移势去,局促乌江,那个好心的舟子请他登舟东渡,他慨然叹息当年"与八千子弟渡江而西",今天落得仅以身还,"即江东父老怜而王我,我何面目见江东父老乎?"终于在四面楚歌中,用凄怆的声调唱出了"力拔山兮气盖世,时不利兮骓不逝,骓不逝兮可奈何,虞兮虞兮奈若何"的最后哀歌。接着是"泣数行下",就是在这大势已去的时候,他还向命运做了最末一次的抗议,表演了他最动人的一幕,完成了一个英雄的死。把仅仅剩下来的几十个残兵,这样一个阵势那样一个阵势地摆列开来，大叫一声"吾为汝取某某头！"某某的头果然被取下来，用红血和人头表示着自己的失败是天命，"非战之罪也"。这悲剧的最后一幕，《史记》上有段生动的描写："'汝非故人吕马童乎？吾闻汉王购吾头千金'……马童面之……'吾德汝'，乃自刎，争项王头者，骑相踏……"（略记大意）

这几行眼泪，这一段真情义气的自白，曾经感动过我，使我替这位末路英雄洒过同情的眼泪。因为这几滴泪，这几句话，使他从"英雄"回复到了"人"。有人说，项羽所以失败，就是因为他失去了一个做英雄的条件。换一句话，他还保留着一点不忍人之心。鸿门宴上，项庄舞剑到了那个预定的当口，把它一挥，便天下大定了。可是项羽终于让这个可怕的敌手"如厕"遁去！然而，也正因为这一点，项羽给了人一个最后的真面目，使人千百年后，带着同情想起他来。

英雄打天下，并不是匹马单枪可以成功的。他必须有武的帮手，文的啦啦队。汉高祖的"将星如云，谋臣如雨"，刘备的桃园三弟兄，扩大成"关、张、赵、马、黄"五虎将。另外还有一位羽扇纶巾的军师诸葛孔明。汉高祖虽然曾经拿儒冠做尿罐，但等到了觉得啦啦队实在是必不可少的时候，于是"马上得天下"之后，也就大量用叔孙通一流文人去制定礼乐制度，以巩固那个既得的政权了。这情形，就连元、清入主中国的时候，也未尝异样。

可是，这些文武卫星们，在患难的时候，彼此相共，安乐一旦到来，便"飞鸟尽，良弓藏"，落到一个"狡兔死，走狗烹"的下场。而面目苍白、双膝无骨的文人，虽然长于体察奉迎，曲意承志，嗫嚅趑趄，媚态可掬，可以得宠一时，弄到"一人之下，万人之上"的显赫尊荣，但当失去恩宠的时候，一个失检的小举动，一个笑脸没有笑得适时、适趣，或一句捧场的文字没有做到"心"里去，杀头免官之祸即随之而来。那也就只好抱着一肚子忠君爱国的牢骚和失意的懊丧去行吟，去念佛，去享受一点余沥，或潦倒一生了。得意或失宠，并不取决于你的本领的大小或技术的高低，而全在主子——那些英雄们的喜怒好恶，偏偏这喜怒好恶又飘忽得像天空的浮云，瞬息就有万变。这也难怪，他们看得太多，经历得也太不平常了。杀人、被杀，已经成了"司空见惯寻常事"，对于一个人的黜陟又算得什么。讲感情，论义气，谈道德，固然很好，但那样做，却不能成为英雄了。记得有一个故事是讲张献忠的。他有一个最宠爱的文臣,每天要见他,要他陪着吃饭,要把他官升一级。有一天,突然下令把他的头砍掉,原因是他太爱他了。这虽是一个极端的例子,但也可以看出英雄们的爱是怎么表现的。

如果不嫌唐突的话,我们可以大胆地说:英雄就是半个疯子。设若能够起死回生,请一位心理学家给那些古代英雄们诊视一下,恐怕多少的心理是失了常态的。这是时代给他们的一种病,他们得意而又苦恼地把它带到坟墓里去了。

新的时代,新的泥土,新的英雄以新的姿态出生了。他们不再站在人民的头上,而是站在人民的拥护上了。

1947 年 4 月

"人民"——从名到实

　　名被假借，实被吃掉的日子过去了，循名责实，民主就是人民当家。

　　"名者，实之宾也。"所以要"循名"以求其"实"。

　　"唯名器不可假人。""名""器"，是一个人、一个阶级身份的代表和标号，岂可以轻易出借？"楚王问鼎"，永远写在了历史上，以春秋大义，给他的野心和轻率记了一大过。一旦说到"名"，那更是一件神圣的至宝。如果您执了政，"子将奚先？"孔丘的一位弟子这么问他，这位老夫子直截了当地回答了五个大字："必也正名乎。"也就是说把国家弄成个"君君臣臣父父子子"的宝塔，天子巍然南面而立，然后一级一级踏下来，顶在最下层的是"氓"，是"黔首"，也就是今日所说的"人民"。

　　秦政暴烈，豪杰蜂起，他们大旗上写着的："楚怀王孙心"（"楚虽三户，亡秦必楚"）；三国鼎立，孙曹竞起，刘备打着"中山王之后"的招牌，就说明了"名"虽"不可以假人"，但可以"假"时，狡猾者常"假"之以为攻守的利器，"挟天子以令诸侯"，不是一个很好的突出例证吗？

　　但我觉得，在历史上，名义被假借得最久，而吃亏也最惨重的莫过于"人民"了。

　　你说"人民"不曾被尊重过吗？他们是被尊重过的，而且一直都在被尊重中。

　　"天视自我民视，天听自我民听。"你听，这是多么不得了！"人民"简直成了"天上"的耳朵和眼睛了。

　　"民惟邦本，本固枝荣"，你看，这又是多么不得了！我们给他们义务

259

翻译一下："人民就是国家的主人翁……"

"民为贵,社稷次之,君为轻。"你看这,更是不得了了了!竟"君""民"倒置,人用头走路了。难怪为了这几句话,我们的孟夫子几乎遭了朱元璋的明箭。

古代英雄争夺天下之际,虽然那时候还没发明"宣言""通电"或"传单",积极地将未来的"主义""政纲"揭示于天下,以争取民心,但在消极方面却对"敌手"尽了"诛伐"的能事。那罪名总不外乎"残暴荒淫,涂炭生灵",如果再任他这样搞下去,那真要"国将不国,民无噍类矣"!于是,顶好是打倒他,我来!我是谁?我是"伐罪吊民"的"王者之师",我是"解民倒悬"的"仁人志士"。汤伐桀、武王伐纣是这一套把戏,以后就再也要不完了。

一个王朝的天子,在被迫、自愿禅位给异姓或自己的子孙时,也总是对天下昭告一番,理由不是为了国家社稷便是为了百姓黎民,反正不是为了个人!就在20世纪40年代的今天,蒋介石、李宗仁——这"当今皇帝"也还是袭了这套政技的。蒋临去之前,在"元旦文告"上说:"因为剿匪军事加重了人民的负担,加深了人民的痛苦,大家也都希望战争及早结束,和平及早实现。"及至"蒋冠李戴"(应该说是蒋官李代),他也"国家人民,战祸不忍"地完成了这一出双簧,而导出了同一的结论:不要,不,不能再打了!

这一个又一个,不论是古之天子诸侯,或今之总统、代总统,仿佛他们的精诚可以开金石,他们的肝胆可以照千古,他们的大公无私、光明磊落,可以与日月争光,共天地不朽!他们的进退出处,一举一动,全以社稷之安危、人民的苦乐为依归,虽四海之大,天子之尊,为了人民,也可以弃之如敝屣。

不仅如此而已矣。大乱之后,政权抓稳在手,于是乎"与民更始";兵争既息,于是乎"抚戢流民";天下大饥,贵为天子也要减却一点享受表示与民同甘苦;灾异出现(日蚀月蚀,白虹流星;宫里庙里起了一把神火,或者是一个不吉利的梦境……)也要下诏罪己,表示"一人有罪,众民受累"的不安与歉仄。

哪个天子不是以天下为家,以百姓为子民?哪个圣君贤相,不是"先天下之忧而忧,后天下之乐而乐"?

"天下之饥犹己饥也,天下之溺犹己溺也",在禹稷治下(哪个天子不是禹稷呢!)人民就像"慈父"(爱民如子)怀里的孩子,被抚爱得像一个安琪儿,在幸福的浸润中,应该流出感激之泪来了。

"事实真是如此吗?"

"愚问!"

"历史上这么写着,现在还没写完篇——"

"历史是'断烂朝报','尽信书不如无书'!"

"唔!"

如果历史是一部"相砍书",而被砍的并非相砍的对方,而是夹缝中的"人民"——"被驱何异犬与鸡"。

如果社会就是"人肉宴",历史字行间尽是写着"吃,吃,吃",那么被吃的不是别个,而是"人民"!

"人民"于是乎就有了两重资格,一是"名"被假借,一是"实"被吃掉。社会的残酷性在这里,"人民"的悲剧性在这里,而骈然一声用巨手撕碎历史的命运与身上的枷锁,奴隶变成巨人,大悲剧演成大喜剧,根源也在这里。

"人民,人民","名"字被假借着去遂行英雄豪杰的鸿图,"人民"仿佛真的了不起。其实呢,在那些大人物眼下、口中、心里,这不过是一个可以利用的名词而已。在他们把这个"名"字写在旗子上、文告里的时候,绝没有(我敢发誓这么说!)想到那一个个——一直多到四万万个的具体"人民"的生活状况(一点也不知道,一点也不求知道),他们的希望或病苦……他们所念念所悬悬的,是如何、几时才可以打倒敌人,"取而代之"地坐上那"龙墩",去领悟一下"吾今乃知天子之贵也"的那点滋味。

"人民,人民"——"空空,洞洞"。

你说假他名义的人们根本看不起"人民",是又不然,不然。他还很看得起呢。他们并不是傻子,顶多,有时装一装而已。他们不会想到他们"仓廪府库"的来源吗?他们不会想到他们"执干戈以卫社稷"的赳赳武夫来自何方吗?他们不会想到那"粉白黛绿列屋而闲居"的"三宫六院七十二妃"吗?他们不知道他们的"宝座"全凭"人民"给顶着,而"人民"是那么多,他们的举动和意向又那么令人不能放心……

"民者,出粟米麻丝以供其上者也。"韩愈这位专讲"道统"的大师,在

261

他的《原道》上给了"人民"这样一个定义。

这一点也不错。在完粮纳税的时候,"人民"不再是一个抽象名词,而变成了一个个偻背负米的活的形象了。

韩愈还应该把文章再引申下去,以免"浅文"不能"周纳":"民者,执干戈以卫社稷者也",本"朕即国家"之义,"社稷即君王","君王"意即今之总统一类。

引申出这一句,才可以给征兵立一个根据,"征"之不至,即从而"抓"之,"拉"之("买"之,"卖"之)……

总之,不论是"名",是"实",得利用时且利用。然而"利用"两字,并非"互相"的,因为彼此的"利"并不一致,且极矛盾。这单方面的利用者也是煞费了苦心,用尽了手段。他们利用儒家的"君君臣臣",道家的"出世思想",佛教的"来生世界",他们利用"道统""法统",但当这些失却作用了的时候,最后他们所用的是"屠杀"。

"人民"真逼到了无路可走(他们的忍耐像火山)起而求生了(说不上实行要求"民为上"),"人民"被压迫不过,放声喊叫几声,便被目为"大逆不道",连"人民"的这个名字也给取消了,换上了"黄巾、李闯、长毛……",既然不安其分,由"人民"变为"匪",那就只有"清剿"了。"扬州十日""嘉定三屠",杀人者理直而气壮:我们从李闯王手里恢复了大明江山,尔等小民感恩之不暇,还搞什么蛋哩!

自从推倒清朝,"中华"成了"民国",这块金牌子一挂,真是冠冕堂皇。三十八年来,军阀们、政客们口里喊着"民主,民主",一手举起这块招牌,一手在执着屠刀。打着"人民"的旗号向"人民"进攻,使整块大地被红血染遍,大好河山为阴惨所笼罩!"人民"被"剿"被"戡",被弄到从"醉生梦死"到"不生不死",到"舍生求死",到"求死不得",终于一齐站了起来,用战斗、用集团的力量为自己开辟了一个新天地——人民共和国。

"人民",这个被假借了好几千年的名义,今天,它才真正被收回来,并被赋予了新鲜、活跃、生动、具体的内容。

循名责实,"民主"就是"人民"当家,"民国"就是"人民"做"主人翁"了。

1949 年 2 月 10 日荔枝角作

套　子

一个初级中学招生过后，我听了一位阅卷先生的慨叹：

看了许多卷子，令人发生"差不多"的感觉，开始总是"我们生长在幸福的时代"，结尾少不了"愿为共产主义的未来而奋斗"。孩子们的生活是活泼的、多样的，他们的文章却是干巴巴的，像是有一个套子。他们文章里的话，是从平日老师们的口里听来的，是从书本子上记下来的，如果他们用自己的话写自己的生活，那该有多么丰富的东西给我们看啊。

说完了，他频频地摇头。

这位先生的话，使我记起了自己的少年儿童时代。那时作文，开头离不了"夫人生于世"这顶大帽子，当时这么作也不觉得怎样不好，原因是大家都这么作，这么作了老师还给你画圈圈。

不论是"夫人生于世"还是"我们生长在幸福的时代"都是套子，所不同的，只是在这套子的新旧而已。多少生机活泼的少年儿童被套入了这个套子，变成了死死板板的小老头。

情况还有严重于此的。前年暑假，我有机会参加了一个幼儿园欢送毕业同学的联欢会，看孩子们跳舞唱歌，活泼天真，一片生机。可是，当刚才活泼自由唱歌的那个孩子以毕业生代表资格站出来致答词的时候，情况便完全不同了。他站在大众面前像一根小木头，脸色严肃，判若两人。

"临别之时，不胜依恋……"讲着讲着，讲不下去了，不是讲不下去，而是把背熟的稿子忘记了。停了许久，把前边的话又重复了一遍，勉强地接了下去。当他讲完最后一句的时候，全场的家长们报以热烈的掌声。我听见有人说："这孩子，真难为他呀！"

我听了这孩子的演讲，真感到心痛，好久以后，追忆起这件事，总觉得很难过。

　　我们不能把生气勃勃的孩子套进套子里去,我们不能逼着孩子说大人的话,甚至硬给他先编好一套。小学教师同志们,你们肩上的担子可不轻呀!

1956 年 7 月

纳谏与止谤

——重读《邹忌讽齐王纳谏》有感

读好文章,如饮醇酒,其味无穷,久而弥笃。《邹忌讽齐王纳谏》,读初小时就成诵了,觉得它故事性强,有情趣,引人入胜。六十年后,再读一遍,如故人重逢,格外亲切。

古人说:"人非圣贤,孰能无过?"即使君子,也难免有过,不同的是"过也,人皆见之,更也,人皆仰之"而已。古代帝王置谏官,自己有了错误,臣下可以进谏。帝王,自以为是"天之子",富有四海,臣服万民,行为万世师,言作万世法,坐在高高的宝座上,俯视一切,能倾听逆耳之言、采纳美芹之献的,历史上并不多见。但是也不能一概而论。也有少数聪明一点的,为了坐稳江山,笼络人心,也能从谏如流。有圣君,有贤臣,使政治稳定,国泰民安,历史上称为太平盛世。像唐太宗与魏征,就是一例。而最突出,最典型的,要数邹忌与齐威王了。

讽谏帝王,是冒险的事。批"龙鳞",逆"圣听",需要大勇与大智。多少忠臣义士,赤心耿耿,进忠进谏,结果呢,有的被挖心,有的被放逐。比干、屈原悲惨的故事,千古流传。

因此,对这位勇于纳谏的齐王,既佩服他的大智,也赞赏他的风度。这篇《邹忌讽齐王纳谏》的文章,给我们树立了一个宽大明智、精神高尚的形象,事隔几千年,栩栩如在眼前。想当年,他听了邹忌的讽谏之后,立即下令群臣,遍及全国,面刺错误,指陈弊病,不仅言者无罪,反而重赏,这是何等气度,何等磊落胸怀!千载而下,犹令人感奋不已!

事因难能,所以可贵。在同一本《古文释义》里,小时候也读过《召公谏厉王止谤》这篇古文,至今还能背出其中的名句。拿这位厉王和齐威王一比，真可谓天渊之别了。齐威王下令求谏，周厉王却以"能弭谤"自喜，天下之人，满腹不平，他要钳住万民的口，自己也捂紧耳朵。"防民之口，甚于防川"，"止谤"使得老百姓"道路以目"。三年之后，土壅而川决，这个特大暴君——人民之敌，被"流于彘"。

齐王与厉王，两种对待谏谤的态度，得到的结果也截然相反。

历史是一面镜子，《邹忌讽齐王纳谏》《召公谏厉王止谤》这两篇古文，我们对照着读，大有可以借鉴之处。

追古思今。现在我们有些做负责工作的领导同志，在言行方面有明显的缺点和错误，文过饰非，怕听逆耳之言，一听到正中要害的话，立即火冒三丈，像阿Q听到别人说他头上的疮疤一样。有的甚至对批评自己的同志，打击报复，仗势凌人，以冰棍对付热情，什么批评与自我批评的原则，全成为过耳东风。这样做的结果如何呢？贻误工作，伤害同志，最后，自己也难免于垮台。

谏难。纳谏尤难。要得到成果，需要双方合力。有敢直谏或讽谏的良臣，还要有能纳谏的明君。邹忌的譬喻再妙，辞令再巧，没有齐威王善听的耳朵，也是白费唇舌，枉运心机。

《邹忌讽齐王纳谏》这篇文章之所以动人，不仅由于它的意义，也还因为它那委婉而讽的进谏方法。这样关系国家命运的大事，邹忌并没有板起面孔，摆出义正词严的态度，反之，却以与徐公比美、妻妾评议之闺房琐事出之，如果遇到一个暴君，责以亵渎之罪，也是责无旁贷的。这种构思，这样笔法，与《触詟①说赵太后》如出一辙，而同样奏效。这么写，生动亲切，娓娓动听，饶有情趣。这篇文章，用了大半篇幅作了譬喻的描绘，三个人物的情态和心理，真实透彻，入情入理，令人信服。譬喻止于"皆以美于徐公"，接下去，"今齐地方千里"来个陡转，入了正题。由于妻妾、朋友的"私臣"，联系全国上下"莫不私王"，譬喻与正题扣得极紧。谏议的结果是"战胜于朝廷"。

读罢这篇绝妙佳作，掩卷沉思，忽发奇想。如果现在我们的某个部门或机关，也来个"悬赏纳谏"，那该是"门庭若市"，批评、建议，雪片飞来。最后的结果呢，也可以想知。准是改进了工作，提高了效率，像不干净的

---

① 触詟：现称触龙。——编者注

266

身子洗了个清水澡,受到广大群众的鼓励与表扬,对"四化"的进展也起到了推动作用。

如若不信,盍试为之。

1980 年 5 月 17 日

也谈周作人

　　现在我们的国家,百家争鸣,学术理论研究空气甚浓。对历史人物,也以实事求是的科学态度重新估价,使魔道分明,是非准确,令人信服,昭大公于天下。特别是对某些问题复杂的人物,过去由于时代已远,真相难明,加以政治关系,功过判断,偏重于错误的和坏的一面,对他们当年所做出的成绩及其作用,论及较略,批判偏苛,肯定觉少。最近以来,情况大变,评价历史人物的文章多起来了,这不仅是显示了我们的宽宏大度、公正无私,也表现出我们学术研究的科学性有所加强。胡适的传记,连载于影响很大的中央一级报纸,引人注目;关于"五四"时代的进步作家、有名学者,抗战期间堕落为大汉奸的周作人,也在报刊上读到了谈论他的文章。每读到这样的文字,我心里感慨极大,也甚深,还听说有人将为之立传,出版他的著作,慢慢有点周作人"热"行将兴起。因而想到了关于他的二三事。

　　我于1923年考入山东第一师范学校,因为校长办学开明,校内革命活动、文艺空气都十分活跃。五四运动虽已过了四年,它的影响却依然浩大。那时候,我不但订阅了七八份新文学刊物,也读了许多新文学著作,其中就有周作人的作品。后来,他在一所大学做过讲演,由同班同学、现在历史名家邓广铭做的记录,后来整理成书,题名《中国新文学源流》,我也读过,对他有种崇敬的感情。当时我不只阅读文学作品,也开始学习写作。当时驰名中外的"狗肉将军"张宗昌在做督军,他一方面武力镇压革命力量,同时下令读经,腐蚀学生的思想,文武两手,甚是毒烈。我喜欢读的进步刊物《语丝》,主编就是周作人,我曾以通信方式写了篇短稿揭露张宗昌的罪恶,用"少全"的假名字偷偷投给了他,真没想到,不久,连同他的回信就在《语丝》上登出来了,还加了个题目《别十与天罡》。这是1925年的事。题目的含义是好似打牌,现在人民手中拿的是"别十",而军阀手中的却是"天罡"。

这次投稿之后,再也没和周作人联系,对他的情况茫然无所知了。

1926年秋,我因受革命潮流的鼓荡,与两位朋友潜往武汉,考入中央军事政治学校。在校不到一年时间,有两件事使我震动,永铭于心,至死难忘。4月下旬,武汉报纸上发表了李大钊等同志殉难的消息,并刊出了照片,其中有我认识的同乡路友于,还有位女同志——张挹兰。读罢报纸,悲愤之情难言!另一件事,不是同时也差不太远的时间,报纸上刊登了一条关于周作人的消息,内容记不得了,标题一字不误是这样的:"昏哉岂明老人,真可以杖扣其颈矣。"足见在革命高涨时期,他日趋颓唐,倾向一定是不好的了。

30年代是民族矛盾、阶级斗争复杂而剧烈的时代,也是对人们的立场观点,是人是鬼严峻考验的时代。广大人民群众,对于日本帝国主义得寸进尺、野心勃勃的野蛮侵略行径,怒火中烧;在文艺领域,左右之争,十分激烈,五烈士为之殉身;而名重一时,人人注目关心的文学大家周作人的态度到底如何呢?请看他发表在林语堂主编的《人世间》上的五十自寿诗吧:

> 前世出家今在家,不将袍子换袈裟。
> 街头终日听谈鬼,窗下通年学画蛇。
> 老去无端玩骨董,闲来随分种胡麻。
> 有人若问此中意,且到寒斋吃苦茶。

事隔五十多年,今天我还能背着写出他当年的言志诗作,足见当年读时的痛心之感。

请闭目一想30年代的驰骤风云;请拭目以读周作人的大作,该做如何感想呢?

原不相识,读了他的自寿诗,令人惊异地感到,一位令人尊重的学者、作家、诗人,一变而成为不穿袈裟的当代和尚(记得自寿诗上边还有一张他的玉照:一个胖乎乎秃头和尚像)。我心里慨然默思:时代浪潮,真是力量兼天大,能把战士变成和尚,也能把和尚变成战士。

此后,消息茫茫然了。正当民族存亡之秋,万众奋起抗敌的时候,传来周作人成为为虎作伥的大汉奸的消息,事出意外,又在意中。仔细一想,事出有因。是玉石,还是臭泥,是坚贞之士、中华精英,还是民族败类、时代渣滓,各显真相,目无隐形了。犹记敌人行将进犯北平的时候——1937 年 7 月 19 日,我在离开北平的火车站上,遇到闻一多先生,单身带几件行李,忧患时刻,仓皇相见,匆匆话语:"闻先生,你的那些书籍呢?""国家土地,一片一片地丢,几本书算得了什么!我只随身带了一点重要稿件……"这是怎样的伟大精神!这是怎样的广阔胸怀!这决定了他后来能成为为国捐躯的烈士。而周作人呢,他成为汉奸,也是一步一步走下坡路,最后坠入黑洞洞的深渊。

历史可以作鉴。前车覆辙确是令人当心脚下。今天评价周作人,对他在"五四"文化革命运动当中做出的贡献,理应如实给予适当的评价;但对于他在关系全民族命运、危及四万万人民生存的关键时刻所做出的大大损害民族自尊心、为人所不齿的汉奸行为,应该严格、严厉地批判、清算。这不是什么学术问题,也不是文艺问题。不如此,何以为警当世,而励来者?

1986 年 12 月 19 日

270

创作甘苦寸心知

《烙印》再版后志

这本书出世后的影响,是我意想所不及的。许多先进的作家和朋友给了我最夸大的鼓励,我欢喜,我也害怕。别人的彩是可以轻口喝的,可是自己最知道自己。我没有伟大的天才,别的缺陷也还多,虽然人生的苦水已喝得够多。因此,我的诗将来会结一个多大的果,怕只有天知道。

我曾有一个值得骄傲的青春,然而只是那么一闪,接着来的是无头的噩梦。这样,我流着酸泪写了《变》。后来革命思潮荡我到了武汉,在那儿打过前敌,把生命放在死上,终于在一个秋天我亡命到了塞外,从此脱离了革命战线卑污地活着,失败后的悲哀使我写了《像粒砂》。这一期是活在痛苦的矛盾中,不死的思想迫我写了《天火》《不久有那么一天》,虽然现在看起来,这两篇东西已经有点不切合更伟大的现实。

老早心里为写诗定了个方针。第一要尽力揭破现实社会黑暗的一面(于今看来,当然觉得这还不够),再就是写人生永久性的真理,《烙印》里的二十六篇诗,确也没出这个范围。写"洋车夫""贩鱼郎""老哥哥"……这些可怜的黑暗角落里的人群,我都是先流过泪的,我对这些同胞,不惜我最大的同情,好似我的心和他们的连结在一起。

我写诗和我为人一样,是认真的。我不大乱写。常为了一个字的推敲一个人踱尽一个黄昏;为了诗的冲动,心终天地跳着,什么也没法做,饭都不能吃。有时半夜里诗思来了,便偷偷地燃起蜡来在破纸上走笔,这其中的趣味只有自己享受,然而这趣味也着实毁了我。我现在身子病着,心也病着,"心与身为敌",我便是这样了。

人在年轻的时候,什么都是生力的吸引,一近中年,仿佛一切全成了空。昔日认为生命把手的友谊、爱情,也都有点不稳。这时支持着我的唯一的力量便是诗！诗可以表现我的思想,可以寄托我的倔强与傲慢——对现在卑污社会的倔强与傲慢。它能使我活得带点声响,能使我有与全世界恶势力为敌的勇气,它把我脸前安上个明天。我是忠实于它的,我能为它而死。

我讨厌神秘派的诗,也讨厌剥去外套露出骷髅的诗。我有一个野心,我想给新诗一个有力的生命。过去我是这么做的,虽然那只是初步。我愿做关西大汉敲着铁板唱大江东去！我过去的东西在思想上没有一条统一的路,有许多地方观察和表现都不够准确。形式方面也太觉局促。最近的笔似乎放开了些,思想也上了正路。我真希望自己将来再进一步能写一点更伟大的东西(老舍先生说我的诗是"石山旁的劲竹,希望它变株大松",这的确是知心的话),像一颗彗星,拖着光芒到处警告着世界:大的转变这就要来到。

再版加了四篇诗,《到都市去》是旧作,三篇新作中我自己喜欢《号声》和《逃荒》,这些诗虽说不上变风格,可是于中加上了些什么,聪明的读者们,不用我点也一定会看出来的。

在这本小书的完成上,夏丏尊先生费过心,友人王莹就近代为校定,不胜感谢。

1933 年 11 月于青岛

论 新 诗

新诗,在人家怀疑它的存在或是否有着前途的今日,而它在文坛上已成为一注洪流了。这是很自然的,没有一个人的力量能使潮流倒转。否认它的人真有些糊涂,他们承认中国的诗由三百篇直到律诗,其中的转变是"势",而独忘了由旧诗变成新诗也是"势",他们反对新诗的口号也太朦胧。他们说新诗根本不能成为诗,因为没有韵律,因为太土白,换一句话,就是嫌太不文雅。说这句话的时候,他们一定忘记诗的祖宗——三百篇是来自民间的。关于这种人,我不想有更多的话说。花样没法再翻的旧诗的死壳子,装不下这样一个时代产生出来的诗的灵魂。因此,新诗不得不革掉旧诗的命,这不是谁的力量提倡起来的,是,那不过是登高一呼的一点劲。新诗还是一个婴儿,它有着无法限量的生命,你怀疑它的前途,不如祝福它更聪明些。

来检阅一下十几年来的诗坛,我不禁要叹一口气!是的,它进步的痕迹是很显然,可以说是有点可喜,然而可喜的不比可悲的多!当新诗刚有了生命的时节,像一个乍放了脚的女子不免有点袅娜,仍然脱不掉旧诗词的气派,那是没法的事,我们不能拿今天的眼光去评量古人。这时期的代表我们可以举《尝试集》。第二期给了新诗另一途径的是徐志摩,也可以说新诗到了这一期才有了更多的希望,他的影响大到造成了一个潮流。然而凭良心说,他的这种影响坏的方面多过好的。志摩的诗给了人以外形上的修饰,叫人知道写篇诗并不容易,这是好处,不过这也是坏处。他只从英国贩过一种形式来,而且把里边装满了闲情——爱和风花雪月。他那种轻灵的调子也只合适填恋歌,伟大的东西是装不下的。因此,徐志摩虽然造成了一派的潮流,然而对新诗的功绩是不甚值得歌颂的。

在这一期里,闻一多的《死水》给了新诗以好的影响。他的格律论自有他主张的理由,可以不必反对,因为在新诗没有正确方向的时候,有人创造理论只要言之成理便是可以参考的。闻一多的好处,是要在内容上表现一种健康的姿态,同时还想试验着创造自己的诗(这就是说,脱开外国的圈子),虽然功夫没做到成功的地步。

最近一期,戴望舒又从法国搬来了所谓神秘派的诗的形式,他的影响也造成了一种风气。我觉得这样的形式只好表现一种轻淡迷离的情感和意象,于"的、呀、吗、吧"中寻一种轻淡迷离的趣味。这样,它是没有前途的,顶好没有前途,谁高兴看一株毒草蔓延着呢?

还有一些人在作口号诗,我是反对的!在作者或者想用它作为一种宣传思想的工具,不过,口号没有力量,满篇的鲜血和炸弹是不能叫人感动的,何况在诗的本身已失掉了诗的条件呢。

我们检阅了新诗的短的生命,不叹气待怎样呢?

我每次阅读一篇新诗,往往读不完就放下了,因为它的内容拒绝了我的眼。我始终坚信一篇诗的好坏,在内容上的重过在形式上的。中国旧诗词因为形式上的限制,表现大的思想几乎是不可能,这话一点也不过分,一部诗史就是证据。例外不是没有,那可少到屈指可数了。如果用新诗写爱情风景,我觉得那倒不如旧诗词更为合适,而且就让如此做下去,怕万难胜过前人的成绩,就是胜过也是可羞的。

我们的时代是在暴风雨里,经济破产使得都市动摇,乡村崩溃,多少生命在惨痛地往死路上去,这些生命和我们是连在一起的,他们是我们的同胞。处在这样的环境里,只能写诗已经是可耻了,而再闭上眼睛,囿于自己眼前苟安的小范围大言不惭地唱恋歌,歌颂自然,诗作得上了天,我也是反对的,那简直是罪恶!你有闲情歌颂女人,而大多数的人在求死不得;你在歌咏自然,而自然在另一些人饿花了的眼里已有些变样了。

对于中国写诗的人我不敢有过重的苛求,如在别国里的一样以生命做抵押去做思想的实验,从死里逃出来,再用诗写他苦斗的经验或歌颂目前的成功。然而作为一个诗人而活在眼前的中国,纵不能用锐敏的眼指示着未来,也应当把眼前的惨状反映在你的诗里,不然,那真愧煞是一个诗人了。

关于新诗,我不赞成要一定的形式。无论如何解释,形式一固定便成了一种限制。我们才从旧圈子里跳出来，不能再走入新的圈套。不过我也不反对别人在更有理由的底下创造别种关于形式的理论。我个人总觉得形式固定了，就像两道长堤一样限制得河流不能壮阔地奔放。并且伟大的诗人会不受这样钳制，如果要我举例，那很多。西洋的商籁体，莎士比亚就不遵守，而在上面加入了自由，后来的人没有敢非议的，而且将他所用的那一体，称为莎士商籁体。中国的大诗人杜甫、李白也曾创了新的格调。我觉得新诗形式应该由内容来决定。如果你要用大的材料写长篇的诗，那么形式也得随着扩大起来，而字句的多寡、行列的排布又与内容气势有莫大的关系。写革命情绪的诗和写儿女缠绵的诗绝不能用同一的形式。自有新诗以来，我所见到的形式只是宜于表现后一项的，因为没有过伟大内容的篇什，所以伟大的形式只好将来发现了。

新诗需要音调，那是应该的。音是音节；调是调子。音节不是韵律。音节和调子是音乐性的而不就是音乐。音节，在韵脚上有时找不到，是韵脚范围不住音节的原因。所谓调子，是关于字句地位的排列。某种感情和思想适合于某种音节和调子是一定的。这和一个字的颜色的鲜亮和黯淡，及声音的响亮和低哑有着密切的关系。这里边的道理在门外人看来是无限神秘的，而说到真处，是必然的。截到于今，我所见到的新诗的音调，不是模仿外国就是模仿前人。前者不必说是不应该，只模仿前人也足以妨碍后日的发展。中国新诗的音节，至今还不外一二两行押韵，或二四对押，或中行押韵数法。其实说押韵是不甚妥当的，应该说是调音节。有些人还在用不同的单音字填十四行，这几种全是来自外国的。我认为目下中国需要一种沉重音节和博大调子的新诗。只在铿锵的小音调里兜来兜去，新诗是没有希望的。话又说回来了，沉重的音节和博大的调子，是须有沉重的大时代的音节和澎湃的博大的诗人的思想和感情作为内容的。按理说中国应该有这样的作品出世，而为何至今还看不到呢？

新诗的辞藻是一个大问题。这也便是如何区别于旧诗词的一个关键。初期的新诗纳入了许多旧诗词的句子，弄得新诗成了个"四不像"。这个问题早有人注意到，但主张也不一致。有的人主张字句要华贵，有的人全用土白写诗。并且各人都在试验。新诗既是活的语体诗，那么用土语是应当的。不过这土语须得具有相当普遍性，用到句句加小注也不免叫读诗人感到滞气。土语入诗古时早有过，《诗经》的《国风》也全是当日通俗的土语,它的用处大过一切文人学士的制造。有很多的土语民谣是可以入诗的。因为这种东西是不容易形成的,它具有一种特别的魅力,你想形容某一种境界,非它那一句不恰当。北方有句俗语"无事生风",我曾用它形容过静的山谷,觉得最合适,静到了"无事生风"也可算尽致了吧!类似这样的成语遍地皆是,只要诗人留心便可采来的。新诗的句子我不赞成过于艰深(虽然我自己也犯过这种毛病),弄到了晦涩的地步。句子是要深刻,但要深刻到家,深刻到浅易的程度。换句话说,须把深的意思藏在浅的字面上。这我可以随便举我自己的两句诗来做例子:

> 他的脸是一句苦话。(《贩鱼郎》)

> 黑夜的沉睡如同快活的死,
> 早晨醒来个奴隶的身子。(《罪恶的黑手》)

第一句人人可以懂得,道出了一个折了本的贩鱼郎的难堪。第二句看来极平易,然而实在极不平易。这种深入浅出法最不容易,我自己在向这方面努力,也希望大家一齐往这条道上走。

一般人把新诗看得太容易,写几篇歪诗便自命诗人,这是一个大的错误!因为看得太容易,所以随手乱涂,给社会上的人对新诗以恶劣的印象。这种人是新诗的罪人。他不知道写诗的苦处。一个诗人须得先具有一个伟大的灵魂,须得有极热的心肠,须得抛开个人的一切享受,去下地狱的最下层经验人生最深的各种辣味。还得有一双灵敏得就要发狂的眼睛,一转之间便天上地下,地下而又天上。他应该最先看到未来,用力去促未来早日实现。而伟大的诗,就是从这实际和精神挣扎中产生出来的。

一个诗人须得执着人生,执着诗,要把诗看得比生命还珍重!要用人间的一切学问和世情锻炼自己,而感情往远大处放。诗人要以天地为家,以世界的人类为兄弟。有这样的胸怀,他的诗才能够伟大。对于一句诗,一句诗的一个字,一个真诗人他是决不放松的。要形容一种东西,他展开思想的门,选了又选,结果从无数思想中他只放出那最合适的一个来。对于句子的排列,那匠心比玉人雕刻一块瑰宝时候的心还细,还苦,他的诗句全是用心血涂成的。他或者因为一篇诗的思想而不容于国家或时代,甚至上了断头台，临死也含着笑。你看，作一篇诗，做一个新诗人是很易吗？

中国一般喜欢诗的人们，现在似乎都转了爱好的方向，风花雪月和情诗大家都已厌烦了，这是种好现象。同时有些后进的人都在向着健康的道路上走，虽然我们自己是没有伟大的希望，然而也愿作为一架过渡的桥梁，使后来的人踏着走向伟大的路。

1934 年 3 月 27 日草于相州

《罪恶的黑手》序

这本诗一个月前就交给了书店,本来这时就可以印好的,后来因为里面的两篇诗在内容上有点不合适,只好删去一篇①,另一篇换一条尾巴。而被删的一篇那雄健的音节自己很爱,在序言中曾经特别提出过作为比《烙印》进步的证例,于今既然这样,序言不得不重写了。

回想《烙印》出世后的反响,使我印这第二本诗时感到了很大的不安。如果有人要问这本诗比第一本进步了多少,那真是不容易爽口回答的,对这,自己的心也仿佛做不了尺度似的。反正又不能这样解释:《烙印》是几年中作品选汰的结果,而这是最近期间成绩的总和。因为读者只知道看货色(那是应该的),不能以时间的关系来原谅或是非难一个作品的。不过从这本诗里可以看出我的一个倾向来:在外形上想脱开过分的拘谨渐渐向博大雄健处走,这可以拿《罪恶的黑手》做例子,虽然这篇诗的技巧上缺陷还很多。还有《答客问》的音节自己也感到欢喜。内容方面,竭力想抛开个人的坚忍主义而向着实际着眼,但结果还是没有摆脱得净。

我是乡下人,生性爱乡村,所以写来也还算地道,不过在这里面的一些诗中我只画出了一个恐怖破碎的乡村的面孔,没能够指出一条出路来,许多限制使我只能这样。另外有一些小诗算是反映了时代的苦闷,然而是那样薄弱!

我希望这个集子结束了我的短诗。老是这样写下去,自己不满意不必提,是会辜负多数希望着我的人们的。我已经下了最大的决心,最近的

①　因当局审查通不过,作者被迫删去《流亡的诗人》一诗。——编者注

将来就要下功夫写长一点的叙事诗,好像叙事诗在我国还很少见,应该有人向这方面努力,老舍兄告诉我他已开始了。

　　这本书的名字原想用《壮士心》的,后从广田、之琳的意见改成了今名,是觉得这样好些。还有《都市的春天》也是听从了他俩才加进去的,他们诚恳地关心着我的东西,使我非常的感激和高兴。

1934 年 6 月 22 日离青前

新诗答问

　　信回得过了你盼望的日子,你一定先是由希望变作失望,再由失望变作怒骂也说不准。不过先生,我有理由请你原宥。我认真的天性从来没在信函上使人发过急,这次是你的问题压住了我。我不得不有一个较长的时间容许自己估量一下自己的力量。实话说,你的问题对现在的我分量还有点过重,虽然这些问题在目下的诗坛上,似乎十分用到解决。我本想冒着"拿架子"的罪名拒绝你的,因为在这派别分歧的时候,只要你一有所主张,便会开罪别人,因而弄得亲不亲友不友也说不定。"打草惊蛇"原是难免的事。不过,你这些问题我不但没有推出脑子去,反而引起了以前计不清的一些和你一样陌生的青年朋友们投给我的一些疑问来。我的理智已当不了家,虽不是为了什么正义,然而我兴奋的心却使我毅然地提起笔来。

　　在"新诗的前途"一句的底下你加上了一些悲观和愤慨的话,我明白你在为着新诗担心。不过这是你多余的过虑。你的意思,中国的诗在文学史上占了重要的地位,夸大点说中国是一个诗的国家也没有什么不可,为什么新诗现在被人歧视着,各大杂志大半不给它个地位,好似新诗只合填杂志缝和点缀报屁股。眼看着别的部门在蓬勃地滋长,而它——新诗被打入了冷宫,这现象映到一个热爱新诗如你的青年眼中,自然在叹气、愤慨之余,惊问一下:"新诗会灭亡的吗?"看着自己所喜欢的东西往死路上走,难过是当然的,抱这样隐忧的人不知有多少呢。

　　在这里我敢大胆地告诉你,请放心,新诗是不会死掉的!这话我敢说下,就算在若干世纪以后社会进化到人在半空结屋,只要情感一天能活在人心里,诗的生命是决不会中断的!你不要拿眼前的现象来抱怨,我觉得

282

抱怨杂志编辑，抱怨书店，抱怨读者都不应该。因为你太冤枉了他们。一个杂志的编辑，哪得一些闲工夫去读那些"花呀爱呀"的速写，听说这类歪诗占了稿件最大的数量，你要是编辑的话，对于这些稿子所引起的情怀该是怎样？你是想哭呢还是想笑？

另外一些写诗的人，写下一些诗来，读过以后你可不能不佩服他技巧的圆熟，作者的心血在字行里乱跳。你读起来有时须反复寻思，不然他填在短简的几个字中的哲理你就没法弄懂！有的你或者双手盖在额上从一遍读到一万遍还是不明白这诗的含义，这，一半固然得怨自己的脑子曲折太少，不过诗一朦胧似乎就永远神秘了。还有一些是专用轻妙的字句写超然之思的，一点闲愁、一线女人的笑都会在诗人的笔下开花。

从你的信里我知道你是个吃过苦头的青年，对着血肉模糊的现实，你一定不会闭起眼来。在人生途程颠簸过来的人，还用到我指点给你现世界的严重和生活所需要的精神吗？你明白了这，自然会明白新诗所以冷落的原因。活在这样一个宇宙间的人，为了生活，你自己无论如何还得投到这洪流中去挣扎。在这种情况底下，一篇新诗，神秘的，哲理的，情趣的，触到了你的眼下，会引起一种什么情感是可以想象到的。要明白，我这些话一点也没有攻击哪个人的意思，我还不至糊涂到不晓得一派潮流不是一个人的力量所能击退的。然而这些花样的新诗被人厌弃了，整个的新诗也因而被人歧视着了。这是潮流的关系，可以说是无法埋怨的。

"新诗怎样的作法？"这个问题有些笼统，不是几句话可以回答得圆满的。"把几个字随便分行排起来就是新诗"，你一定不至这样想，你这样想便不会这样问了。这个问题包括的很多，无妨分开来粗枝大叶地说一说。我首先告诉你的一件事就是应当慎重选择材料。材料就是内容，就是一篇诗的骨子。你的心常给一些外界的事物引起了波澜，悲哀或欢喜，在流过泪和笑过之后你想提起笔来把这种感情用韵律的字句留在纸上，这是应有的心情。然而我劝你一句，在你拔开笔帽之后，要"笔下留情"！你应该在这个短的时间中暂时抑制自己一下，如果你想要发泄的是纯属个人的悲欢，那么能够"悬崖勒马"把笔搁下是大可喜的事。这你是聪明，这足以表示你宽大的胸怀。在这样急转的世界潮流中一个人的痛苦和快乐算得了什么！把自己的心放在天下痛苦的人心里，以多数人的苦乐为苦乐，把自己投到洪炉里去锻炼，去熔冶。这样，你回过头来，便知哪些值得写哪些不值得了。

抓住了材料,无妨叫它在心头多盘旋一会儿。这对于你会有说不尽的好处。这,对自己容易或是残酷一点,心潮的起伏会使你不得平静。这时一些美丽的想象像无数金色翅膀的鸟儿飞上了你心的园林,又像四方的银河在阳光下闪着明亮向你的心海汇流,说你这时是一个神仙也可以。像传说的采宝人撑住孤舟,在急流中向翡翠峰头仅得一下劈斧一样,你提着心,冒着险,劈下了最精巧确当的想象来。下一个字要像一个穷困悭吝的乡下老女人敲一块金钱的真假一样。说到排列,应该像一个御用的工匠,在龙眼监视之下砌一座花墙那么谨慎,偏偏这工匠又三番两次做不到天子心里去,排了又拆,拆了再排,这一番匠心我们得效法。总之,"悬梁刺股,简练以为揣摩"的决心和工夫你必须有,有了充实的内容,有了严整的技巧,一篇好诗的条件不就具备了吗?

你如果再追问一句,一个是内容好的,但在技巧上留着遗憾;一个是技巧"天衣无缝",但没有内容,你是取哪一个呢? 这,你会替我答复的。当然第一个中选。技巧是可以磨炼的,乍起头不怕你雄壮里带了粗来,慢慢地粗会化成壮的。甚至就是永远留着这小疵,我也不过责你。这时代需要博大雄健的大音节,只要有了伟大的生活经验给你铸成了坚实的内容,在技巧上就是再粗一点也可以原谅过去。一个垂死的女人穿一身绣花衣裳在风前乱摆,也或者能招来特癖人的青睐,不过,爱着病态美的人到底是少了。

你最后一个问题,真难住了我。"怎么才算作出伟大的诗篇?"伟大的诗人才能作出伟大的诗篇,我的回答只这一句。你或者觉得这话有点滑稽,然而我是正经说的。也许在"怎样才算得上伟大的诗人"上应该加点解说。一个诗人到了人格放了光的那一天便是伟大来临的一天。不消说,光是由生活磨出来的。在脸前中国的诗坛上,自然我没法举例,然而向世界诗史上去翻找榜样,便不是难事了。

在回答完了你的问题以后,我心下也轻松了一点,好似一笔久欠的债一旦偿清了似的。就此祝你努力!

1935 年 2 月 13 日

《运河》自序

刚把千行长诗《自己的写照》交出去,接着又编就了这本短诗,一年中有了双生,自己感到了一种喜悦。不过,一回想起产它们时候所受的折磨来,又不免动了"孩子肥了母体却瘦了"的悸心!

写成一篇好诗真不是件容易事,到今天我才懂透了这个意思。所谓好诗并不专是在掂拨字句上功候的纯熟,而是要求一条生活经验做成作品的钢骨。当然,我并不小视技巧,一个诗人没有"语不惊人死不休"的精神是难以攀上艺术之最高峰的。不过,一件天衣披在一架骷髅上,除了病态的人谁能破口称赞它呢?我们放眼看一看世界上称得起伟大的作品,哪一件不是用了就是自己第二手再也写不出来的字句结晶出撼人灵魂的硕果,而技巧和内容间又找不出一点不和谐的空隙来。

对于伟大,我望见它晃动在眼前,我破死命追,然而当中的距离永远是那么远。竭尽了全力,掘完了经验的宝库,仅仅写了千余行的一篇诗。

"从一粒沙中可以看出个世界",如果把这个名句引到诗上来的话,一篇短诗的力量也可以想见了。这集《运河》收的多半是短诗,然而沙粒几乎半半了黄金。年来所写的短诗,差不多都留在这里边了,泥沙自然难免混了清流。用作集名的《运河》是自己顶喜欢的一篇了,在各处见到了些赞许它的文字,可喜个人的爱好还不是偏见。这集中的诗,运用的大部是些零星的材料,这还不打紧,可惜的是没能够使它完全形象化,这是源于对经验已呼应不灵,就不能不完全乞求于想象了,这是有危险性的。比如写旱灾,我用了这样的字句:

大地是瀚海，
风尘是长帆，
村庄是死的港口，
生命的船只搁浅在里边。

　　说来不免落个自己夸口，这样的句子，无论在想象方面在音节方面似乎都找不出什么瑕疵来，然而我却还不满意它，因为从这四个抽象的句子中间看不出旱灾的凶相来。

　　在这里不妨顺便谈一点关于技巧的问题。有一些诗人故意把自己的诗句造得只有自己才能看出点味来，当人家请他在每句之下加一个注脚时，他好似一个古玩家不齿一个乡下人那样半嗔半笑地回答一句：我的诗原不是为你们写的。其实把一句诗写得叫人人懂，懂了还觉得好，这难，把诗句雕得只有自己懂这很容易。这道理还不出一句老话："深入浅出"最为上乘也最为不易。

眼前挂上了昏黄的风圈，
沙石的冕琉晃得人发眩。

　　读者认为怎样我不知道，不过在写定它时的确我曾捻断数根精神的髭！我们比照一下，看一看同篇下面的二句，其浅深和韵味有着怎样一个区别，明眼人自然可以不用我絮叨了。

城下的古槐空透了心，
用一枝绿手，招醒了城下的土人。(《古城的春天》)

　　现代写诗的人要想从自己手中出来的东西放一点大的光彩，只有一条路：用你整个的生命作为抵押！这话有人要是认为有点可笑时，我就请他回答我一句问话："文艺的洪流是来自哪儿？"

　　在这样的时代里，一个诗人只要肯勇敢地去碰现实，如果幸而死不了的话，提起笔来一定可以流注下串串的平常人万年想不出来的诗句来，这些诗句的音节一定是紧合着时代的节拍的，也用不到谁来指教，你运用的字句一定都是崭新的几乎是神奇的(在未下笔前你自己也不知道要这么写!)然而又是人人能懂的。把这话写在这里,作为一个勉励,对自己以及同好的朋友们。

1936 年 4 月 14 日

新诗片语

一、世界上绝少缺乏热情的诗人,然而徒有热情那是不够的。诗离不开想象,有如飞鸟之于双翼;但想象不是一朵幻花,它必须开在现实的枝头上。人间的一切活动,在一个诗人眼中是一堆影像,但他的心必须和它扣紧,那才有共同的苦乐,虽然当要抓它来造成自己的诗句时,他可以置身半空,用一只冷眼去看它。

二、诗人须具一种耐寂寞的艰苦精神,像大戈壁上的一只骆驼,用悯怜的、愤恨的心,看着大队的人群向着自私、卑污、残忍、迷醉中坠落;而他却独清独醒,屹然孤立,将一个思想,一团热情,向高处远处投,不叫一点污泥溅在身上。这样,他会显得很寂寞。然而,他并不真是寂寞,如果他不仅是在风花雪月中寻个人的一点情趣,而能将精神放大时,那么,他的每个诗句,会亮成盏灯,照着许多同路人在黑暗中向前迈步。他能给人以"力"! 他的心,能连起一串串同颜色的心,向高处飞,他是不寂寞的。

三、诗句之来,很少的时候轻飘顺心,自然如"树叶之在枝头",反之,倒是用心血洗练出来的时候居多。

四、诗的内容与技巧,有如骨与肉之不可分离,缺一便不能成为一件活生生的完美的艺术品。

五、诗是容不得虚假的,一点浮矫的情感,一个生硬的事实(没深切透视过的),掺杂其中,明眼人会立刻给你个致命的挑剔。因为那些诗句,像浮油那样不能沉淀到人的心底去!

六、诗,由于表现的差异,可以分为两类。第一类是一个印象,一个意境,一点感兴来了,先让它在心中酝酿一下。好像空中的云彩,起先只一片孤悬,随时间渐生渐多,三片,四片,忽聚忽散,经过一番苦闷的绸缪,然后才成熟了,落下雨点来。另一种是忽然心被触动,灵感袭来,感情的起伏波动,似狂风撼动的巨浪,自己也没法按捺,于是,拔笔疾书,迟则恐失,一气呵成,若有神助,悬诸壁上,十日不能更一字。前者美在精细、深刻,往往失之乏力;后者美在气盛,而外形往往显得粗糙些。

七、现在,我们向诗人要求的诗句,不是外形的漂亮,而是内在的"力"!因为时代是在艰困中,我们需要大的力量!力,不是半空中掉下的,它是从生活中磨出来的!所以,一个诗人必得认真生活,然后才能使得诗句光芒四射,灼灼迫人。

八、一篇诗的价值,全在它的本身,市价不可全凭,所以,一个诗人应该破死力去追求自己作品的充实、完美,此外不必问。

1937 年 5 月 10 日夜 12 时

《从军行》自序

在炮火连天的时候，在距离血肉纷飞的火线不远的这地方，在极度慷慨与悲壮的情绪下，编就了这一本薄薄的诗集。当我重读它一遍时，真有点不安与抱愧，把这样薄弱的东西呈现给这大时代中的读者。

时代太伟大了。神圣的民族抗战，不但将使中国死里得生，而且会使它另变一个新的模样。现在，每个中国人，都在血泊里拼命地挣扎，都在受着炮火的洗礼，都在苦难中磨炼着自己，都在为祖国做英勇的斗争。

中国正在上演着一幕伟大的历史剧。

前线上战士壮烈的牺牲，沦陷了的国土上同胞们被惨杀的血迹，流亡道路中的难民的眼泪，遍地民众为保卫家乡而作的血战，青年男女为国忘身的伟大精神……刺着我的眼睛，刺着我的心。使我兴奋，使我止不住悲壮的热泪。

同时，汉奸的无耻，颓废者的荒唐与堕落，又使我多么愤恨！

面对着这一堆事实，自己的诗句几乎变成无声的了。就是有一点点，然而是那么微弱，被压倒在时代的呼声中了。

我这样愿望着：把自己的身子永远放在前方，叫眼睛，叫这颗心，被一些真切的血肉的现实，牵动着。这样，或者可以使得诗句逐着行动向前跨进一步。

这本诗的编排，全是按照时间的先后。起首的一篇，是在"八一三"抗战以前写成的。

1938 年 4 月 7 日灯下，时津浦北线正展开空前的血战

从学习到创作

诗,如果是一朵灵感的花,凭天才的手去摘取了来,插在"月桂冠"上,就可以把一个人装饰成一个诗人,问题就非常简单了。

可是,诗并不是这样。它是辛劳之苦果,它是经纬着人生的真实——善与恶、笑与泪的葳蕤的光彩的网,它是用诗人情感的丝,把他自己的苦痛、欢喜、经验和心血,精致地、技巧地、艺术地牵织成功的。诗,这个人间的赤子,是经过了母亲——诗人孕育的苦痛和临盆时阵痛的最难堪的危难而后诞生的。

我们怎样把这些话表白给一般有志于诗的人们呢?他们之中,有不少是因为把诗看得太容易而才梦想着和拜伦似的,一觉醒来,便可以名满天下,而成为"诗国的拿破仑"。我们怎样说呢?多少自以为有着八斗诗才的人,正大量地把他的产品送上市场。诗,如是被非议着,轻视着,"诗人"几乎成了讽刺的名词。

这是令人悲哀的。

高尔基这么令人警惕地大声疾呼着:"在我们的国度里,诗被无限量地写着。人们以为作诗是很容易的工作,这是非常有害的谬见,作为这谬见的结果,我们就有着无涯的一大串押韵的语言,极为缺乏情感,缺乏诗人和主题完全的诚实的合一。"

在我们的国度里,诗,虽不是"无限量"地,然而是大量地被粗制滥造着。

诗,如果把它看作天才的产物,不如把它看作学习的结果。学习,是引渡你到成功的一座桥梁。

诗是语言的艺术,而语言又须得借助文字才能把诗的形象、情绪、思

291

想……移到纸上去，使读者从字里行间，从音节、旋律的跳动上去按诗人的脉搏，从文字的颜色与意义上去了解诗人心情的色调与他所表达的东西，同时，在这上面，一个诗人的匠心在活现着。

语言的源泉是人的口，人的生活。语言代表着各阶层的——如果是在阶层的社会里——情感、意识、心理和希望。诗，本是来自民间，而今，我们要把它还原给一般劳苦的大众，但生活的隔阂，意识的差异，你立在高崖上用一条长绠去汲取民间语言的泉水，是会起"汲长绠短"之感的吧？而且，民间语言，只是一个"毛坯子"，把它作为基础去建造诗的宫殿，还得经过诗人热情的燃烧，匠心的苦炼、敲打、裁制、琢磨，使它成器，使它成为自己的东西，然后按照自己的心意，把它安放在一个恰好的地方，这样，它才可以和诗人共同呼吸，和他的情感融化成一个颜色，和他的心声同一个音响，和他所要表现的意义洽然而无间。说来容易，学习起来就觉得太不容易了。

文字是一匹桀骜的马，你得先摸清它的本性，然后，耐心地揣摩着去驯服它。慷慨激昂的情绪，用短句表现它；缠绵悱恻的感情，你可以多几次反复；悲哀的字句里，多嵌色黯声哑的字；在相反的场合上，响亮鲜明的字就应当选它上场。字数的多少，位置的颠倒，都与情绪息息相关，并不能像浪子手中的金钱一样，随便抛出你的一个句子、一个字！在这里，一个诗人可以表现他的才能、学力和苦心。"语不惊人死不休"，"吟安一个字，捻断数茎须"，在这里，我们也可以得到了注脚。

语言文字不过是一套工具，透过它，我们去发现诗的形象和主题。仅仅熟练于运用工具，而把自己造成一个除了在工具上玩弄花样——文字的魔术家外，另外再没有什么的诗人，是应该被诅咒的，被清除的。诗人最主要的是如何去创造活生生的形象，而且，怎样去和主题抱紧。创造并不是凭空去想，诗里的形象来自你的心上，而你心上的形象，又是从生活里摄取、选择、综合而来。艺术的形象，就是典型的人生的形象。这意义已经和白日之在青天一样明白了，诗与生活有分不开的血缘关系，有怎样的生活，就有怎样的诗，生活第一，表现的工具还得让它屈居第二位。学习技巧，学习生活，使作品的形式和内容成为一个有机的整体。怎样"抱紧主题"或"和主题完全的诚实的合一"呢？一句话："深入生活。"入到生活深处，去观察、体会、摄取。然而应附带着一个重要的条件：当你这样去做的时候,必须带着认真的、顽强的、严肃的生活态度和强烈的燃烧的感情。从一定的立脚点,从某个角度上去看人生,爱憎分明,善恶昭然,这样,客观的事物才能在感情、思想、感觉上,起剧烈的反应作用,而使诗人和客观的事物结合、拥抱、亲切,而不是立在漠然不关的情形之下。所以,单独说我经验过,是不够的,而必须伴以强烈的感受;但,强烈的感受若不以正确的思想做指南针而去歌颂光明,诅咒黑暗,引导读者的精神向最高的理想之路并唤起他们的良心与勇敢,也还是不行的。以正确的态度去生活,生活才有意义,生活才能变成诗的有价值的内容——诗的血肉。以正确的态度去观照人生,从其中去选取你的主题,这主题才是积极的,有生活的、社会的意义的,它不会显得和你距离太远,反之,它和你拥抱在一起,你用热情的双臂搂住了它。你对生活深入几分,表现在主题把握上就深入几分,这是无法骗过一双鉴赏的明眼的。王国维所指出的"隔"与"不隔",一般人单拿它当一个表现技巧上的问题,我觉得这落到了形式主义的深渊里去了。问题应该引到内容——主题上去。把话头再拨回来,对事物(无论自然与人类社会)有深刻观照,强烈的热情,使它与自我痛痒相关,则不会觉到隔膜。如果不求主题与情感诚实的合一,不求在生活上去选取并深切拥抱主题,只在文字上谈"隔"与"不隔",是抓不到问题的中心点的。

学习! 学习技巧——向古今中外的名篇,向民间的口语;学习! 学习生活——入到生活的深处,爱憎分明地去观照、去感觉、去战斗,生活没有止境,学习也就没有止境。

学习别人,是为了汲取他们的精华,来滋养培植自己的创作,使它开出自己的花。这花,有着它独特的颜色、香气和动人的姿态。模仿,只能造成奴隶。从事学诗的人,一开始就应当抱着一个"独特风格"的野心的,当然,这是一件不太容易的事。以诗人自居的千千万万,而真能以自己的声音、腔调,唱出自己的歌来的,又有几个呢?

像蜜蜂一样,吸取了百花的甜汁酿造成自己的蜜,诗人,吸取生活的原料,用自己的手法创造出新鲜的诗句吧!

1942 年 10 月

假　诗

在这虚伪的社会里，连良心的声音都是哑的。罗曼·罗兰的口替我吐出了痛切的悲愤："假的灵魂，假的诗。"这不是向目前的世界发出的讽嘲与悲悯吗？

什么都可以是假的，而诗却绝对不能！当它从苦痛而又欢喜中脱胎于诗人灵感的胞里时，它的生命不是单独的，是孪生的，它姊妹的名字叫"真"。

只有"真"的才是美的，才是善的。可是，就让我打起灯笼到处烛照，甚至照向每一颗心的角落，我失望了，我找寻不到"真"的踪影。而诗，大部分是情感的伪装，字句的堆砌，名利的工具，炫奇，蛊惑，隐瞒，说谎，像听一个假嗓子的歌唱，它的声音已叫人厌恶，因为，它不是发自生命的深处——丹田。

诗人是变戏法的江湖客吗？诗人是魔术的技师吗？就让他是这些，而观众却不全是小孩子。诗，不是用眼睛去看的，而是用心灵去触发的。诗，不过是一座桥梁，它架在时间、世界、心灵与心灵之间。

眼睛里能忍耐一点灰尘吗？黄金可以镀假吗？诗，可以脱离"真"吗？

在诗国里，有人把立在田野里吓唬飞鸟的稻草人指给我看，我遥远地望着，走近了，我知道它是空着肚子，也没有灵魂。"童男女"，粉得真人似的俊美，可是，它们的用处只是供奉一个死人。

诗的稻草人啊，诗的刍灵啊，你们把自己挑在虚伪的高竿之上，你们站在人们的眼前，是把人间当作了阴曹吗？

没有"真"就没有诗，而"真"是生命的泉眼。对于宇宙的宏伟与神秘,诗人,你用了怎样的一只眼——灵魂的眼,去看它,像一个小孩子立在一个"西洋景"的镜头之前?对于人生,你会有时感到风和日丽,忽而又是迅雷急雨;苦痛,欢喜,在你心的"里海"上永远波动着,波动着。你有梦想,你要明天就是你梦中的世界;你有回忆,它熏香了你也腐蚀了你;你哭,你笑,你矛盾,你疯狂,然而这一切都涌自你真情实感的流泉,你拥抱生活,拥抱得手臂都疼痛了。

诗,从真的生命里流出来,涓涓地,串穿起今古应和的时代的呼吸,它喷吐出愤怨、希望、欢欣、忧郁,这一些,糅合了内与外,有韵也好,无韵也好,它像一串晶莹流动的珍珠,它的光影闪耀着整个宇宙与人生,它的音响就是生命的音响。什么是内容?什么是形式?你再这么问,那便太痴了。如果真是一件"天衣",它是"无缝"的。

诗,假的诗,人们会从它们当中嗅到些什么?听到些什么?茅厕坑里的石头当作瑰宝紧握着它,那是你自己的权利。但是,当你顾影自怜的时候,我的心却为你发痛了。

诗,真的诗,你是一阵风,一道虹,人生就是你的天空。

1943 年

诗的技巧

诗的技巧，编者给我的这个题目，是很重要的，同时也是很容易惹起问题的。在诗，在文艺，在整个艺术部门内，原就有对内容与技巧着重点不同的两种想法。有的人，只问一个作品内容的充实与否，也就是说，看它表现了些什么思想、感情，至于表现得如何，那是不重要的。另一个极端：不管表现了什么，只看表现得好不好。在绘画上，专讲求色调；在音乐上，专讲求和谐；在文艺上，专讲求美；在诗的方面，甚至限定了"诗的语言"，终结到"纯诗"。这些艺术家，认定形式——技巧就是一切，除此之外，无所谓内容。

这两种看法，从古至今，背道而驰着。这两种看法，各有短处，也各有长处。但，必须把两者长处的当中加一个"加"号，才会"等"出一个真理来。

我们可以这么说，内容是顶顶重要的，是一个作品的血肉，但必须是技巧地表现出来之后；我们可以这么说，技巧也是很重要的，在艺术地去完成一个有意义的作品的场合上。已经是很明白的了，一个作品的内容与表现它的技巧是不可分的。没有能力表现，或表现得不够，再充实的内容也是白费，决不会单单因为你思想的伟大，感情的热烈，经验的丰富，而说你的作品是艺术品。单凭技巧，玩弄聪明，更不会产生什么。文艺，它是一件严肃的艰苦的工作。

技巧是为了表现内容而存在，而有重大的意义的。内容可以刺激表现力，而待技巧来完成。

艺术是客观事物的再现，所以艺术必须在现实上"加工"。"加工"就是技巧的运用。

把技巧的意义交代过去了，我们来谈诗。

诗，仿佛写起来很容易，所以诗作特别多；而诗，实际上很难写，所以好诗很少。这，除了内容问题，表现技巧也是一条很难越过的鸿沟。

有人说："我有澎湃炽烈的热情，它像江潮一般地冲击我，它火一般地燃烧我，我觉得，我已经把它，把我的热情化成诗句了，为什么，为什么它不能成为好诗？难道诗不是从热情取得它的生命力吗？"

诗是需要热情的，没有热情就没有诗，这一点你是对的。但是，容我问你，你是怎样地表现了你的热情？这里边的问题就多了。

热情必须有所附着——借形象表现出来，不然的话，往往会变成空洞的叫嚣、口号，而减却了感人的力量。诗里的情感，不允许无遮拦地泛滥，它必须经过洗练，才明净，才凸出，才集中于一点。尽管诗料要求你表现，尽管有了诗的意境、诗的情趣，但不一定凭一时的灵感立即成篇，把它放在心里挤压、酝酿，经过一段痛苦的过程。这段痛苦越长，将来得到的快乐也越多，而成就也就越大。

又有人说："我觉得，我已经用诗句把我所想说的全说出了，为什么我还是得不到成功？"

把想说的说出了，这不够，把想说的，不多也不少地、恰到好处地说出了，这才行。读者要求诗人的，不是把一件事情、一个感想、一个印象说明白了就完事的，而是借着这些表现了诗人自己，从而使人和他表同情。因此，诗不但要说明白，更重要的是说得有感情，有思想，有见解，有余味。因为，诗不是叫去解的而是叫去感的。换言之，诗不是理性地叫人去明白，而须得感性地叫人感觉。

所以，在造句下字的时候，必得苦心地去琢磨。一个句子里要包含着一些东西，不能随随便便可有可无，可多可少。叫每个句子挺立起来有所负荷。叫每一个句子有它自己的生命。句子不能让它比意思、情感多，那样就会显得荒芜，就会感觉得浮泛、浅薄、显露。下字也是如此，不能叫一个字不着边际，不能乱用一个字——就是极近似的也不行！那样，便会失去了诗的色彩、声音、意义的重要性。用字像用兵，每一个兵必须用在一个最关紧要的岗位上。用字像投枪，每一枪，必须击中鹄的。没有这一套遣词用字的本领，没有这一副严肃认真的精神，不会写好诗的。我们有一句俗语："一个矛头一个楔。"我们也必须叫一个句子、一个字，顶着一个思想、一片感情。这不是专从小处着眼，也不是吹毛求疵，这是关系非轻的。一个句子弄不对，一个字下不妥，会使自己想表现的东西走样，甚至歪曲，那结果是很可怕的。

把握紧你所要表现的，把握紧你所用以表现的。

说到造句下字，也就关联到诗的命脉——语言问题上来了。新诗，再也不能老腔老调，新的诗，要求新的语言。新的语言须得是活的，也就是说大众的。要了解这样的语言须参加产生这种语言的生活，况且运用起来光了解还是不够。了解了，不一定会用，会用了，不一定用得好。目前新诗的缺点之一是语言运用得不得当，有时太旧了，而新的又多用得不经济。大众语是活生生的，但也有它们的缺点——落后性、欠明确性。从大众语到诗的语言，当中还留有一大段艰苦的过程，等诗人刻苦地努力去征服。利用大众语，自己须得站得比它更高，去提炼、去糅合、去再造，使它成为你的被征服者，可以顺手使用的柔顺的东西。对文字，也要同样具备这副本领，文字与语言本来是一家，于今却分居了。文字是写定的语言，它有僵硬性。但它也有历史性、习惯性、定型性，可以使你取其长，抑其短。你如果已经是一个诗的熟练工人，我想象着，每一句语言，每一个字，带着它们活鲜的生命随着你的情感做和谐的节奏，自然的韵脚给你叩着拍子，像大海里的每一朵浪花跟着它的呼吸一同起伏一样，那够多么动人，多么美啊。

自然的母亲是不自然。乍运用一件工具的时候，往往吃力得流汗水，可是，久而久之，从"熟"里就会生出"巧"来的。

无妨把写诗看得难一点，写在纸上以后，多读给自己听，它的音节调得好吗？它的韵律和谐吗？它和我所感所想是一样吗？它能打动我吗？

无妨把写诗看得难一点，写在纸上以后，多看它几遍，每一个句子都至当恰好了吗？每一个字都下得心安理得了吗？绝没有移动的可能了吗？没有另外一个字安在这儿比它更好的了吗？

连自己听起来都不顺耳朵，别人听了又将如何呢？连自己都不能打动，还想去打动别人吗？

按着把最重要的放在后边的原则，现在，我们谈谈想象吧。这在诗的表现上是十分重要的。诗之所以为诗，诗人之所以为诗人，想象力是有力的作用者。想象力来自丰富的生活经验和敏锐的感觉。把月亮只看作月亮、把花只看作花、把山水只看作山水的人,他是与诗没有多大缘分的。自古以来,诗人决不把自己局限于一点,固着于一件东西的一个意义上,他驾起翅膀上天下地地飞,想象就是诗人的翅膀。所以,他的宇宙比任何人的都大,他的感触特别多也特别大,特别深。在同一时间内,他比别人多活若干倍。他用想象的桥,联结起大自然以内的形形色色,使没有关系的产生了美的关系;使没有秩序的很和谐地连在一起;使老的年轻;使死的复活;使没有颜色的五彩缤纷;使没有声音的音节错落;使没有意义或者意义朦胧的,活鲜、明快。

丰富的想象力产生美丽的比喻,比喻,把诗从枯燥、质白、死板里救了出来。

最后的话,技巧是诗人最有力的表现工具,但表现些什么,那是内容的问题,也就是感觉的问题、思想的问题——生活的问题。没有生活就没有诗,有生活而没有诗的感觉也不会产生诗。至于徒有技巧的更不必谈了。

1945 年

299

诗　人

一提到"诗人"这两个字，立刻令人起一种崇高和敬慕的感觉，接着涌上心来的是屈原、杜甫、李白、拜伦、雪莱、普希金、歌德、惠特曼……这一串辉煌的名字和他们响亮的诗句。

"诗人"，戴着最高荣誉的桂冠，永远巍然而又谦然，庄严而又温馨地贴近着人类的良心。

但，随着"诗人"这高贵的名词而俱来的却是：穷苦、潦倒、受辱、嘲讽，结果是一个悲惨的死亡。就在上面列举的几位大诗人中，除了一二例外，哪个不是遭驱逐流放，受尽非难，饿死的饿死，投水的投水，遭杀的遭杀，即幸能平安而死的，也都是不得终其天年。把古今中外诗人们的传记阅读一遍，我想一定会使人掩卷长叹的吧。

"汝曹何知吾自悔，枉抛心力作诗人。"听黄仲则谕子的酸辛吧。"倚诗为活计，自古多无肥。""所餐类病马，动影似移岳。"听孟郊和贾岛的哭诉吧。"诗人例作水曹郎"，听苏轼被贬后的牢骚吧。请读一读《离骚》那满纸血泪和悲愤。请读一读格雷的《墓畔哀歌》里边为诗人命运唱出的那几个悲痛的句子吧。

诗人们的命运为什么都弄得那么悲惨呢？这里边是有问题存在的。一个"诗人"所以成为"诗人"，不是因为他们的放荡、狂妄和怪诞（在某种意义上讲，这也是对旧社会的一个形式的反抗，甚至是反叛），而是由于他们有热情，有正义感，有反抗精神，在是非颠倒的人世间，他们却硬要是其是，非其非；在冰冷冰冷的世界里，他们以生命做"炭"去送给别人；在吃人与被吃的社会上，他们站在多数人民的这一边，替他们叫喊、不平。他们的命运已经被自己决定好了。

希腊的先哲曾经说过："做一个诗人先得做一个好人。"这太准确,也太重要了。从来没有一个坏人能够做成一个真正伟大的诗人的,这并不是说没有一个坏人有"才气"可以写诗,而是,他的感觉、思想、整个的"人性"和诗距离得太远了。刽子手,他们是绝不会体味到被残害的人们的痛苦的。

想做一个诗人,不能够从"诗"下手,而得先从做"人"下手,做不好人,绝对作不好诗的!因为诗人不是贩卖和玩弄字句的艺匠,他的诗句是从他心上摘下来的。诗人,在今天,应当更进一步地从高处走下来,革除了旧时代诗人孤芳自赏或自怜的那些洁癖和感伤,剪去"长头发"和那些自炫的装饰,走到老百姓的队伍里去,做一个真正的老百姓。把生活、感觉、希望,全同他们打成一片。这样,个人的哭笑、欲求,是个人的也是大众的了;个人的声音,是个人的也是大众的了;个人的诗句,是个人的也是大众的了。在真正从人民中间生长出来的诗人还未成年的时候,知识分子的诗人是有极重大的责任的。当然,从一个旧人,或半新半旧的人,转变成一个新人,这时自己的斗争是很惨烈的!可是,在两个截然不同的世界一推一拉下,诗人总会找到他的归宿的。

诗人凭他敏锐的眼光看清楚了现实,也认识出了未来是一个什么样的影像。对现实不满,于是,满腔悲愤,憧憬未来,于是发了"预言"。但不满只造成了个人的悲愤,悲愤的结果是个人悲惨地死亡或消极地逃避——逃避于酒,逃避于山林,逃避于禅,或逃避于女色。"预言"也往往只是个梦呓似的"希望"。在这方面,过去的诗人,都表示了自己的无力和无助。如果,于今的诗人再照老样子做的话,那就不成了。因为今日不是前日或昨日了。今天的面目完全不同了。"诗人"的悲愤和希望已经不是空洞的渺茫的或无可为力的个人的了。千万人正在悲愤心情下动起来,那个"希望"也已经有了"具体的体现"了。在今天,真正的诗人,终必成为一个新人,终必成为一个战斗者——为民主战斗,为新社会的争取战斗,为新人类的诞生战斗。凡留恋或流连在旧的圈子里的诗人,都将抱着他的观念、情感和发自这些的诗句一步一步趋向死亡。一步跟不上就完全完了,时代向前冲得太快了。

《伊尔文见闻录》的作者,在《记惠斯敏司德大寺》里,描述他个人在王侯将相华贵的墓前匆匆一瞥便过去了;到了诗人寒伦的墓地,莎士比亚

同爱迪生的小石像之前,则徘徊不能去,我们摘录他的感叹来结束这篇小文吧:

　　……凡人之吊古英雄,但有骇叹;若诗家遗像,则绵绵然情动于中,亦即不知其所以然。以诗人感人之深,虽异代有凤契,盖著书者之神,往往合于读书者,情思蒙络,款款深深。……诗人印人以心,每诵其诗,如新发诸硎,……须知诗人为人多而为己少,……而名誉又不从流血得来,一一本诸心思,……直握其慧珠,出其慧力,悉投诸于后人,一无所吝也。(林纾译文)

1947 年 7 月

古为今用

——读郑板桥的一副楹联

最近读到郑板桥的一副楹联,我爱其字,更欣赏其词:

搔痒不着赞何益,

入木三分骂亦精。

我把它用宣纸写好,贴在案头上,作为座右铭。

这副楹联,含义深远,耐人寻味。它和它的作者,虽已成为"陈迹",可是它的意义,现在看来却像利剑双锋,新发于硎,冷光闪闪,令人深省。

真理是不朽的。我觉得这副楹联说出了真理,读之,不禁大有感焉。

三年多来,我喜欢读读评论文章,有的评古,有的论今,范围超出文艺领域。许多文章,材料丰富,科学性强,使我钦佩,受益良多。可是,另外也有不少评论,则迥然相反。一种是,议论滔滔而言之无物;还有的是,说好说坏,立意歪斜。评论作品,不研究时代背景,不分析它的思想性、艺术表现,说好则用尽所有的美丽字眼,把严肃的评论变成了赞歌,其意不在作品,而在作品的作者。研究、评论的文艺学,成为"人学""关系学",看"人"地位的高低、风头的健弱,看与我关系的好坏,而定调子。对死去的作者多溢美之词,对活着的作者好话多说点,于人于己,均有利无损。至于帮派气味表现于评论中者,灼然耀目。有的个别作品,有的个别电影、戏剧,群众议论纷纷之际,正是赞颂之作充斥之时!评人不以作品,而以"人"。这样"大作"的作者,扪心自问,能不"大好大惭,小好小惭"乎?

然而,时间的风,将吹空一切不实之词,而真正好的东西,久而弥光。

"搔痒不着赞何益?"郑板桥若干年前的这句陈言,我希望今日写评论文章的同志,下笔之时,念念在口,铭记于心。

评论方面的另一个问题,是对有错误作品的态度。一篇作品,美玉无瑕,古今难得。评论时,对其对的一面,应加以肯定而鼓励之,对它的错误、缺点,用严肃的、与人为善的态度,加以批评,使作者心服,因而汲取教训,得到提高。但,事实有并非如此者,对一篇有错误的文章,横加指斥,甚至形成"围剿"形势,弄得空气紧张,作者心里怨愤,读者也为之不平。

"入木三分骂亦精!"

分析作品的错误与缺点,应该实事求是,以理服人(不能以势压人、以气凌人),达到"入木三分"的地步,如果作者不是狂人,不是妄人,一定会为之心折,甚至感动得双泪垂。

评论是一项十分严肃的工作。在团结文艺作家,鼓励文艺创作,活跃文艺空气,为"四化"服务各方面,负有重大责任!我诚恳地希望,发扬成绩,克服缺点,伸张正义,排除歪风。

郑板桥的这副楹联,显然是有感而作。读了这副楹联,我也有感而为斯文。

1980 年 8 月 29 日
1981 年修订

304

新诗旧诗　互相学习

近一二年来,在心中酝酿,想写篇《新旧诗关系简论》,溯源到"五四"时代。材料也积累了一些,因为工作繁重,年老多病,至今未能动笔。

我极喜爱古典诗歌。七八岁时,就能背诵几十首。年龄越大,兴趣越浓。

我写新诗将近六十年,但和古典诗歌结缘比它还早。我不但喜爱旧体诗,三几年来,也学写了一些。

我觉得,新诗、旧诗,不应该是对立的。这包含思想内容和艺术表现二者。有的同志说:在新诗发展中,回头写旧诗,这是一种倒退。我不赞成这种说法。旧体诗规律严一些,青年同志学起来比较困难,但中年以上的人掌握了表现技术,运用旧体诗的形式如同运用已经熟练了的工具,为社会主义事业服务,有何不可?

新诗、旧诗,应当互相学习,取长补短。

旧体诗,句子少,包含的多。音乐性强,铿锵动人,百读不厌。在字句上下大功夫,名篇佳作,都是从千锤百炼中来,精如纯钢,亮如水晶。一个警句,甚至一个字,真能动人心魄,令人为之倾倒!

我个人感觉,诵读优秀的古典诗歌,是一种高尚的美感享受。旧体诗在艺术表现方面,值得我们好好学习。

新诗,运用口语,便于表现现实生活,反映时代精神,容易为群众所接受。这一点,比旧体诗是优胜的。今日之旧体诗,应该向新诗学习。我所谓今日之旧体诗,是指思想新、感情新、语言新的新时代的旧体诗。它,有继承,有突破,有创新。

旧体诗所长,正是新诗所短。现在有不少新诗,越写越散漫,一句可了的,写上它几句或几十句,一字可以见精神的,呶呶不休,一泄无余,缺乏情味,不能顺口,更谈不上背诵了。

现在有些新诗为读者所诟病:一是太散;二是学习外国之风日盛,不重视向优秀古典诗歌传统学习。学习外国的好东西,应该而且是有益的,但应该大而化之,化洋为中。否则,洋气过重,去群众所喜闻乐见的民族形式也就日远。近年来,有的青年诗人和诗论家大呼"从零开始",把几千年来的、"五四"以来的诗歌传统一概摒弃!没有昨天,就没有今天,没有"陈",哪来的"新"?

民族传统不能丢!应该继承它,发扬而光大之!

新诗人,应该多读点古典诗歌,开拓自己的视野,从中吸取营养,得到教益,使自己的诗艺日进。

今天写旧体诗的同志,当然,也应该学习新诗的长处。

1983 年 3 月 17 日

也谈杂文

杂文,是散文之中的一枝。

杂文,自古以来就被肯定而且为读者所欣赏。文起八代之衰的大文豪韩愈,他的《杂说》就大大有名。王安石的《读孟尝君传》,笔势矫健,不足百字而胜义迭出,为历代传诵之作。

"五四"以来,语体代替了文言,杂文论事讽世,以战斗的新姿态出现。有专门性的刊物如《质文》,如《野草》;有报纸副刊如《申报·自由谈》,作为它的用武之地,反对陈腐,呼唤新生,及时地起了战斗作用,立下了汗马功劳,鲁迅先生就是它的旗手。他的创作,开拓了杂文的疆域,扩大了杂文的声威,打击了敌人,教育了人民,影响之大,无与伦比。

近年来,杂文有新兴气象,专刊与专报,如春林的哨箭。以文章号召,以作品实践,渐为全国读者所注目。

革新的时代,产生革新的杂文,这是势所必然。

杂文隶属于散文,但它卓然而立,独具自己的特点。

它立命于议论,却与大块论文不同,它以短取胜。洋洋洒洒的宏论,似大炮齐鸣,声震百里,而杂文呢,像匕首,刺杀制胜于五步之内。

杂文创作,首要的是对时代气氛有深刻的感受,对现实生活有亲切的了解,是非清楚,爱憎分明。对阻碍发展的障碍,有痛恨之感;对健康的事物有喜爱之情。心中有浩然正气,笔下才有横扫千军之力。

杂文佳作,笔锋常带感情,但它与抒情散文又有别。抒情散文,尽量挥洒,以此动人,引起共鸣。而杂文正相反,把内心的炽热感情,化为冷峭的字句,使它一个个掷地有声,字句很少而容量很大,读了之后,令人深思,令人猛省,以少胜多。

杂文也有别于记叙散文,它不需要有头有尾,娓娓说来。它需要以事实为根据,独抒己见,以理服人。

　　艺术概括力对于杂文,好似它对于诗,最忌凡庸,拖沓是杂文的大敌。

　　杂文是文学作品,而不是别的。好的作品,要有文采,篇幅短小,而生动多姿,使人从中受到教益,同时得到美感享受。杂文,要有所为而作。立意要新,感情要深,文字要俏丽而隽永。橄榄虽小,但耐咀嚼。

　　如果一篇杂文,令人读了留不下印象,或觉得它只说了不少俏皮话,这样的杂文只能是泛泛之作。

　　多读书,加深自己的文学修养,磨砺笔锋使它常如新发于硎。杂文运用的材料的质地很杂,经艺术高手熔炼,会产生出一根根精纯的钢条来。

1985 年 7 月 21 日

多写散文少写诗

——《臧克家抒情散文选》代序

"老来意兴忽颠倒,多写散文少写诗。"

这是我七年前写的一首绝句的末二句,这是我的"君子道其实",已为我的创作所证明了。近七八年来,我的大部精力倾倒于散文的写作上,出版了缅怀故人的《怀人集》;记录个人几十年创作甘苦的《甘苦寸心知》和《诗与生活》;另外还有本《青柯小朵集》。此外,近作尚未结集的还多。而诗作呢,却较少,前年出版了小小一本《落照红》,对照之下,我是厚于散文而薄于诗了。开头引用的那两个诗句,只说明了事实情况,但并未道出个所以然来。这需要把这首绝句的头二句照样引出来:"灵感守株不可期,城圈自锢眼儿迷。"事情是清清楚楚的了,所以少写诗,是因为年老多病,不能接触新鲜生活,灵感光顾我的时候也就少了。而我个人呢,不论气质、情愫、志趣,却都是属于诗的,只是少了一点诗的要素——激情,因此,我大力抓住了散文,以抒发我的诗的情趣。

诗与散文,有同有异。有散文的诗,也有诗的散文。我写的一些诗文,诗中散文化的情况较少,而散文中的诗情却颇多。

一般人知道我是写诗的,其实,六十年来,我创作的产量,诗与散文平分秋色。1925年中学时代第一次在全国性大刊物《语丝》上发表的一篇"小作",就是散文。30年代,在《东方杂志》《太白》《申报·自由谈》等报刊上发表的散文作品,数量颇可观,其中包括《老哥哥》《六机匠》,曾结集为《乱莠集》。抗战以后,在前方驰骋了近五个年头,虽然少写散文多写诗,到底还写了不少,出版了一本战地随笔《随枣行》。从40年代初到1948年末,在重庆、上海时期,诗文并举,有的即事抒情,写了《山窝里的晚会》;有的向回忆库藏中挖掘材料,写了怀念闻一多先生的《海》。居京三十七年中,特别是近年来,散文不单产量多,质量方面,被朋友和读者评为文胜于诗。

评论家和选家不但对我的近作垂青,即使我三十多年以前写的一些作品,像《野店》《蛙声》……也评选了出来,成为我继续努力前进的一种鼓舞力量。

我对散文,一向有个人的看法和写法。我觉得写出一篇有特色的散文来,不是一件容易的事情。不肯苦心经营,把散文视作随意走笔的想法是不对的,至少是对散文的一种误解。凭个人几十年来从事习作的一点体会,认为写好散文,必须具备几个条件,生活厚,印象深。我的散文作品中,缅怀亲友的占比重相当大,写得比较能动人的,是交深情深的人物。有的相交几十年,不但对他的人格性格深刻了解,甚至笑容与愠色,一闭眼即活现在眼前,使我内心为之大动,热情为之奔腾。有时出现这种情况:一文未成,三次痛哭,快步跑到卫生间去,扭开水龙头以冷水浇面。要写出叫人感动的文字来,自己一定先感动过。

就是写景的文章,也必须首先有情。山水宜人亲,没有这个"亲"字,山,是冷冰冰的石头;水,是"氢二氧一"。我写《毛主席向着黄河笑》,是由于我亲眼看到过黄河决口,大水围困阜阳城,"坐在城头上探腿洗脚,屋脊像鱼群掠船而过"的景象而为之惊心动魄;我写《镜泊湖》,也绝非范山模水,里边蕴含有 20 年代末我流亡生活的心灵返照。

写人物,要注意细节,即小事,见精神。要切实注意发挥概括力,突出应该突出的,决然芟除乱苗之莠。写事件,要简要而有力,使文字闪耀着动人的光彩。前年,我写了一篇《炉火》,抒发了我不要暖气,十几年来保留炉火的心情。我爱炉火,主要因为它有个性,它有光。这可以作为我对散文写作所向往的一种境界。失掉个性,就没了个人特点;没有光,艺术就黯然而失色了。

我十岁以前,就能背诵古文六十多篇。多少年来,经常书不离手,这对于我写作的艺术表现方面,起了不可言喻的影响。中国的散文传统与诗歌传统一样源远流长,而且同步前进。不知为什么,忽然我想起了李商隐这两个名句:"沧海月明珠有泪,蓝田日暖玉生烟。"我希望,我们的诗句如同沧海明珠;我希望,我们的散文好似蓝田生烟的美玉。

1986 年 7 月 16 日

佳作不厌百回读

佳作不厌百回读

——重读《前赤壁赋》

苏东坡是我很喜爱的古代作家之一。他才情横溢,诗文俱佳。论文称"韩潮苏海",谈词则"苏辛"并驾,纵横豪迈,风格鲜明而突出。即使你没有读过他别的作品,单从这篇赋上也可以对上面的看法得到印证。

《前赤壁赋》是苏东坡有名的一篇作品,历代传诵,至今为广大读者所欣赏。这是一篇散文赋,实际上也就是一篇优美动人的散文诗。溽暑乍收,新秋初到,正好出游的季节。恰当月圆时候,朋友们划着小船到历史上驰名的胜迹——"赤壁"之下去荡游。风清月白,水光山影,一片白露蒙蒙,笼罩在平静的江面上。眼前的美景,在引逗人的佳兴,主人和客人又都是风流人物,于是举杯共饮,朗诵起古代有名的诗句来。诗情、画情充满游人的胸怀,山川也为之生色。文章刚一开头,秀丽的字句,简明而富于特征的描绘,使人好像置身于画图之中。作为读者的我们,也好似做了追随作者的客人,坐在苇叶一般的小船上,有着飘飘欲仙的感觉。

用了极经济的字句,写出了眼前的景色,写出了游人的意兴,两者相互联系在一起,自自然然,写来毫不着力,这须得怎样一副艺术手腕,其中包含着多么浓厚的真情实感啊!每一个句子,都充满诗意,引起人丰富的美感。"月出于东山之上,徘徊于斗牛之间。""徘徊"二字,妙不可言,把难写的情景,饶有意味地表现了出来。头顶的满月,也好似游人一般,陶醉于良辰美景,有意把脚步放得很慢,很慢。

小船儿好似在飞,游人也飘飘然好似成了神仙。有清风,有明月,有山景,有水波,杯子在手,对酒当歌,好朋友们叩着船帮儿唱了起来。对景能不怀人?又平添了一份心意,这心意是多么美啊!有歌就有和,洞箫呜呜然,吹出了悲切凄迷的声音,主客都为之悄然动容,山川也为之变色了。这一声声呜咽的箫声,兴起了思古的幽情,使得文章意义更加深了,从风景的描写,引出了对人生、对宇宙看法的大问题来。情节发展得极为自然。洞箫的悲音是由于想起既是英雄又是诗人的曹操而发,游于赤壁之下因而想到这段历史上的故事、故事里主角的气概与风姿,这是人情之常,也是作者之所以赋赤壁的原因。但是,这位炳耀一世、横槊赋诗的英雄而今又何在呢?像曹操这样的一个大人物,也不免被东去大江的涛浪淘去,何况我们一般渺小之辈?真是"寄蜉蝣于天地,渺沧海之一粟"啊!人生短暂如闪电,"挟飞仙以遨游,抱明月而长终",不过是徒然的幻想而已。悲从中来,洞箫也为之呜咽了。这位客人,对着眼前的历史陈迹,发生了伤今怀古的情感,借着箫声把这种情感传达出来,他对人生和宇宙的悲观和无可如何的伤感,使幽谷的潜蛟为之起舞,使孤舟的嫠妇为之哭泣。主人,也就是文章的作者,借着回答客人,说出了他对于这些重大问题的看法。客人的人生观、宇宙观不仅是他一个人的,这种悲观的哲学思想是有着一般意义的。主人反驳了这种见解,拿出了自己的相反的看法来。是啊,"盖将自其变者而观之,则天地曾不能以一瞬,自其不变者而观之,则物与我皆无尽也";逝者如斯,盈虚有数,我们对于水与月"又何羡乎"?这些话说得多超脱,这些话的意义又是多么重大啊!它们就是这篇赋的灵魂。读了这些话,我们也从被客人箫声引起的悲伤中解脱了出来,心里轻松了,像打了一次胜仗,心情快乐又昂奋。我们像参加了一次哲学辩论会,正确的东西终于占了上风。虽然主客在谈论大道理,我们却不生厌,不像在读哲学论文。风景、情感、思想,结合在一起,想象力和形象性,使这些字句充满了诗意。作者的这种对人生和宇宙的看法,是健康的,乐观的。比陈子昂的"念天地之悠悠,独怆然而涕下"更为达观,和陶潜的"聊乘化以归尽,乐夫天命复奚疑"的精神有点相仿。

生活是多么美好啊,眼前的风光是多么可爱啊!我们的诗人,用欣欣的情绪,旷达的心怀,对着"耳得之而为声,目遇之而成色"的"江上清风"与"山间明月"愿与客共赏,以资欢娱。这种对待生活的态度是好的,工作的时候就工作,游玩的时候尽量放开一切,去欣赏大自然的美妙,这是多么高尚的一种美感享受啊!主人把客人说服了,客人也化悲伤为欢笑,大家的情怀和眼前的景物一样美好。于是,"洗盏更酌",陶然而醉,好似祝贺欢乐战胜了悲伤,好似为健康人生观的凯歌而干杯。

　　景色描写,主客的心情,哲学意味的对话,浑然成为一体,胜意迭出,词句美妙,读了这篇名赋,我们也好似逛了一次赤壁,心里充满了遨游之乐。那清风,那明月,那东山,那流水,那箫声,那对话……在我们眼底、心上,交织成一个诗意十足、韵味深远、声色俱佳的崇高而美丽的境界。我们用高兴的心情开始读这篇名赋,在欢快的气氛中合上书卷。苏东坡和他的客人游的虽然是假赤壁,但写出来的文章,却是多么优美,多么动人情思啊!

1961 年 11 月 18 日

韩愈的《师说》

五年以前，一位青年同志来看我，他在北京学习刚刚结业，就要到一个大学里去为人师了。年不满三十，自觉肚子里装的东西不多，不免有点惴惴不安。我看准了这一点，就在纸上写了几句话送给他，作为临别赠言：

> 弟子不必不如师，师不必贤于弟子。闻道有先后，术业有专攻，如是而已。

这几句话，就是韩愈《师说》里的精辟名言。
韩愈在他的这篇名作里，一开头就揭示出教师的神圣职责：

> 师者，所以传道、受业、解惑也。

根据上面这些重要论点，可以确认《师说》是胆识俱备、寓意深远、富于创造精神的一篇作品。这对于当时"士大夫之族""耻相师"的风气，起了挽救和校正的作用。

"道"是这篇文章的奥义所在。韩愈心目中的"道"到底是怎样的一种"道"呢？

这，从他的《原道》以及其他文章中可以得到明确的认识。那便是"尧以是传之舜，舜以是传之禹，禹以是传之汤，汤以是传之文武周公，文武周公传之孔子，孔子传之孟轲，轲之死，不得其传焉"的那个"圣人"之道。换言之，也就是儒家之"道"。他以此"道"辟"佛""老"，斥"杨"

"墨"，想做这个"道统"的承继者。

他提出教师的职责在"传道授业"，以达到"解惑"目的。读了这样文句，我们不能不探索作者对"道"与"业"关系的看法。"道"与"业"是各自独立，还是通过"授业"以"传道"呢？

我看，"道"与"业"的关系，就是思想与业务的关系。韩愈是个"文起八代之衰"的大古文家，又是"文以载道"的提倡者。"道"是"业"的灵魂；"业"是"道"的表现手段。

当教师的，当然可以向弟子耳提面命地直接以说教的方式"传道"。如果韩愈教他的弟子读他的某些作品，类如《原道》《谏迎佛骨表》等，那效果就会是这样的。但最主要的还是通过"授业"进行"传道"。当教师向弟子讲授"古文、六艺、经传"的时候，他有形无形地就把自己的思想、立场、观点、学派见解沁透到里面去了，使他的弟子受到影响，潜移默化，衣钵相传，而"道其所道"。

韩愈在一千多年前就提出了"弟子不必不如师，师不必贤于弟子"的说法，这确是有见地有魄力的。教学相长的精神，早在为韩愈所尊崇的、作为伟大教育家的孔子的言行中就有所表现。他说："三人行，必有我师焉，择其善者而从之，其不善者而改之。"这几乎连反面教员也包括在内了；"起予者商也"，"回也，非助我者也"。他想从弟子那里得到启发和帮助，至于"入太庙每事问"，表现出"知之为知之，不知为不知"的"不耻下问"的风度。然而，韩愈的话说得更为明确，更富于理论性，把教师和学生的关系归结为"闻道有先后，术业有专攻"，鼓舞了大家相互学习、师生教学相长的风气。

在这篇文章里，作者因为重"道"，而主张"道之所存，师之所存也"，无间长少，也不论贫贱。虚心学习别人的长处以补己之短。闻"道"在先或在我所"专攻"的方面，可以为人师，反之，我就以人为师。

在我们今天社会主义的新社会里，教育制度，师生关系，超过韩愈的理想不知多少倍！虽然如此，读读他的《师说》，我们还是可以从中吸取不少有益的东西，对于深入探讨"红与专"的关系，对于继续发扬教学相长的风气，有着启发和参考作用。

1961 年

说服力与说服方式

——重读《触詟说赵太后》

案头上摆着一部《古文观止》，不时地翻阅一下，其中许多文章，早在上小学之前就装在肚子里了。那时只能背诵，不大解其中味。今日再读，如良朋久别重逢，分外亲切，欣喜不已。

且说《触詟说赵太后》。

这是篇文笔委婉，步步引人入胜的佳作。文中两位主角，一男一女，形象突出，个性鲜明。读着文章，不但如见其人，且如闻其声。

虽说是一篇散文，颇像一篇小小说。通过行动和对话，人物活生生地站到我们面前来。各有各的心事，各有各的想法和情感表现。其中充满了戏剧性，一开头，正当矛盾的顶端，它一下子就把读者抓住了。

"有复言令长安君为质者，老妇必唾其面！"在这位爱子如命的老太后盛怒之下，老左师触詟来了。读者替他担心，同时也在想：大臣们全都是吃了没趣碰壁而回，看你如何插嘴？

妙就妙在这里：他慢慢地走过来，先为自己病足久不得见谢罪，然后，问老太后的起居饮食，絮絮叨叨，两位老年人谈起家常来了，并无一字提及长安君。老太后的面色和缓一点了。这位老左师请太后照顾一下自己的幼子，趁他"未填沟壑"之前，能找到一个职位。故事在进展，读者的兴趣在增长，节节进逼，由给儿子找事，谈到各人对儿女的爱。这一下子入题了。紧接着用庄严的理由、堂皇的议论，一步紧一步，一层深一层地打动了这位顽固的老太后，使她心回意转，无话可说，只吐出一个"诺"字。这一大段说理文字，光芒四射，咄咄逼人，读它的人，可以体会到当时说客和老太后心里的紧张情绪。

318

从"入而徐趋,至而自谢"到末后的大片议论,如清泉出山,淙淙自然流淌,一点也不勉强。前后一脉相承,有情有理,而且是情寓于理,理表于情,既不柔媚,也不生硬。用充分的理由、巧妙的方式,达到了说服的目的。

韩非子说:"非说之难,有以说之之为难也。"说客,首先要弄清楚对方的思想情况,抓住要点,用自己的一套理论一击而破之,大功遂告成。同时方式也很重要。徒有理论不讲求方式,有时不但不能说服人,反而引起反感,把事情弄糟。向赵太后"强谏"的那些大臣们,所持的理由,和触詟的可能出入不大,道理只有一个:为了救国家于危急,只有把长安君送到齐国去为质。由于方式的不同,得到的结果迥异。一个惹得老太后大动肝火,"有复言令长安君为质者,老妇必唾其面";另一个呢,是"恣君之所使之"。

这篇文章,不但文笔生动,人物写得好,今天读了,还可以从中领悟出一些有用的东西。譬如说,我们向人提意见,理由充足,有时因为不讲求方式,收到相反的效果。许多人懂得良药苦口,忠言逆耳,但并不是人人如此。在被提意见的一方,应该看意见中肯与否,不可以"方式"为盾牌;但在提意见者呢,为了达到目的,却应当讲求方式,以理服人。首先要有理;但方式好,更能使人乐于接受,诚服而且心悦。

《触詟说赵太后》是一篇很动人的古文,时间已隔两千多年,如锋锐之剑,新脱颖而出,读之令人大快。

1962 年

"无使为积威之所劫"

——重读苏洵《六国论》有感

一门三苏,艺苑传为佳话。老泉独擅议论,生辣简奥。《六国论》是他的名作,今日重读,觉得文笔老当,胜义犹新。虽然是事后论英雄,可是由于他掌握了历史情况,看清楚了六国破灭的原因,发为宏论,感慨系之。如果他生在七雄争霸的时代,把这篇文章的观点,献策于六国当局,幸被采纳,那可真是"胜负之数,存亡之理,当与秦相较,或未易量"。

"六国破灭,非兵不利,战不善;弊在赂秦。"文章一开头,作者的主意便挺然而立,为全篇张目。他批判了六国的屈服投降政策,把祖宗"暴霜露,斩荆棘"所有的土地,奉献给秦人,"如弃草芥","今日割五城,明日割十城,然后得一夕安寝",明早醒来一看,秦兵又追踪而至了。敌人的欲壑难填,你"奉之弥繁",他"侵之愈急"。"以地事秦,犹抱薪救火;薪不尽,火不灭。"这比喻是多么恰切,多么沉痛!六国之君,如死而有知,读到此处,也会顿足捶胸,大呼"已晚"!

处在强敌面前,不凭割地换取一时苟安,那又将如何对待呢?作者虽然没有正面大发议论,但意见是十分清楚的,那就是六国联合"并力西向"。如果这联合阵线不强固,大家的心不齐一,互相影响,就会同归于尽。"不赂者以赂者丧。盖失强援,不能独完。"

老苏在这篇文章里所表现的战略思想很有价值,教育意义是很大的。他教导弱小的国家,在强敌之前,不要存自卑之心,暂顾眼前,以自己的土地、主权与尊严去"赂"敌,以此图苟安,连苟安也不可得。敌人得寸进尺,你越示弱,他越逞强,结果是使敌人不劳而获,不战而胜。最好的办法是联合起来,和敌人做斗争,决不要为敌人的"积威之所劫"!用一句现代的话说,就是不要在强大敌人威力之前被吓倒。否则,那就等于自动解除武装,任人宰割。不论在消极方面要图存,或在积极方面要打倒强敌,唯一的法宝就是挺立起来,联合起来,从事战斗!

《六国论》的作者,对六国的覆灭,不胜惋惜,对六国的因循苟安,一味"赂秦",不能互相联合,发愤图存,提出了批评。结尾一段,又从六国推开,寄意于"以天下之大,而从六国破亡之故事"的当国者,这些话可谓语重心长,令人深省,它的意义直到今天也并没有过时。

1962 年

苏东坡的"超然台"

苏东坡的"超然台",由于他的一篇"记"而驰名。"超然台"与《超然台记》同为人们所记忆,所欣赏。

对于苏东坡的诗词、文章,我是极喜爱的。在古代灿烂的文艺天空中,他是我眼中的一颗亮晶晶的大星。

对于苏东坡的才情横溢,豪放独特的风格,我是倾倒的。"东坡胸次广",我和陈毅同志有同感。

苏东坡政治上偏于保守,自是他的弱点。但他为人正直,品德优良,在其位,谋其政,认真负责,也不管处境的顺逆,终其一生,替人民做了一些有益的事情。

我从少年到老年,不断地读他的作品,想见其为人。爱其人,及其"台"。

"超然台",在我的故乡——山东诸城。宋神宗熙宁八年(1075),东坡"自钱塘来守胶西",密州——州治就在诸城。过去有的选本的注释,把"密州"误作"高密"。从"记"文中得知,这个城角上的土台子,是旧有的,他到任后,"葺而修之",成为胜迹。看他生花之笔的描绘:"台高而安,深而明,夏凉而冬温",简直是人间乐园。"雨雪之朝,风月之夕",友朋欢聚,饮酒赋诗,不止自得其乐。登高望远,南北东西,驰想象,怀往古,辞意夸张邈远,幽美动人。这时,他年华正茂,笔力健壮,多少杰作,就产生在这"超然台"上。"明月几时有?把酒问青天",这千古驰名、万人传诵的《水调歌头》;"十年生死两茫茫,不思量,自难忘",情深辞切,读之令人凄然大动于衷的"记梦"悼亡的《江城子》;"老夫聊发少年狂","会挽雕弓如满月,西北望,射天狼"的《密州出猎》词;《雪后书北台壁二首》等等,他在密州三年左右的时间内,在这座"超然台"上,写下了多少不朽的杰作啊。特别是,像"试扫北台看马耳,未随埋没有双尖"这两个句子,几十年来,我不论在天之涯,地之角,每一吟诵,便想起和我对面的"马耳山"的那青颜,旧时代农村的破落景象,人民生活的悲惨情景,便一齐来到眼前。我也曾有一首较长的诗,题目就叫《马耳山》。东坡在"东武"(诸城古名)所写诗词里的"流杯亭""邦淇河""铁沟""常山"……都是我少年游乐之地。他笔下的人物、景色、风俗、物产,真实而富于地方特点,对我说来,是如此谙熟而亲切啊。

记得在"高小"读书的那几年,每当假期、闲日,便与二三同学悠然散步,登上"超然台"去览胜。"台"在城东北角,走近时,"超然台"三个石刻大字便在高处炫耀。据说原系东坡亲笔题记,后来被调换了。但就字迹看来,还是东坡风味的。回环拾级而上,并不觉得它高。仿佛是一个不大的三合小院,傲然而又安逸地坐落在城头上。我们没有东坡的心胸眼界,看不到北边一百多里外的潍水,更想不到"淮阴之功";东向远视,群山云罩,不知道哪是卢傲隐居的"卢山"所在;西望茫茫,哪儿是穆陵关?两千年前"师尚父、齐桓公"的历史故事,我们同样也很茫然。记得东屋是主房,有东坡的高大塑像,白面,长须一把,形象潇洒,蔼然可亲。"台"曰"超然",是子由命名。知兄莫若弟,何况哥儿俩手足之情极厚,相知甚深,又同时是文章高手,驰名当世,如双峰并峙。子由想来,对于东坡,这个名字是最适当的,是他精神的写照,"超然"的,不是这土台子,而是东坡他本人。

什么叫"超然"?

东坡在这篇"记"中,开头一大段便做了阐发。他首先提出了"可悲""可乐"的问题,慨乎言之:"人之所欲无穷,而物之可以足吾欲者有尽,美恶之辨战乎中,而去取之择交乎前,则可乐者常少,而可悲者常多。"怎样才能保持"常乐"呢?那只有不游于"物之内"而"超然"于"物之外"。这段开宗明义的文章虽短,它的内涵却不简单,我看这似乎可以把它看作东坡的人生哲学。我想,他所指的"物"概括了人间名利得失。人类社会,在矛盾斗争中发展,由于阶级地位不同,决定了他对人与人之间关系的态度。东坡想"辞祸求福",所以要"超然物外",但这是不可能的,像抓起自己的头发想离开地面一样。这种要求解脱的"超然"思想只是由于遭受

323

打击,无可奈何的一种自我解嘲、聊以慰藉的反映而已。

虽然对子由的这个颇为风雅的命名,东坡极为欣赏,因而大发一通议论以证实自己确乎是"超然"的,其实呢,我看他并没有真实地达到这种境界,甚至事实上正向着它的反面。

有"词"为证:

> 孤馆灯青,野店鸡号,旅枕梦残。渐月华收练,晨霜耿耿;云山摛锦,朝露溥溥。世路无穷,劳生有限,似此区区长鲜欢。微吟罢,凭征鞍无语,往事千端。　　当时共客长安,似二陆初来俱少年。有笔头千字,胸中万卷,致君尧舜,此事何难!用舍由时,行藏在我,袖手何妨闲处看。身长健,但优游卒岁,且斗尊前。

这首《沁园春》,作者自注,是"赴密州,早行,马上寄子由"的。这首词,我个人特别欣赏,时常默诵,也一再向诗友们推荐。许多选本,都没选它,陈迩东同志的《苏轼词选》是收入了的。

这首词与《超然台记》的写作时间相去极近,而思想情绪却大不相合。在这首词中所表现出来的态度,与《超然台记》中他所不赞成的"美恶之辨战乎中,而去取之择交乎前"却并无二致。

我所以特别喜爱东坡的这首《沁园春》,是我觉得,他写得生动、真实,不论写景写情,都深刻细致,从字里行间,我们看到了一个怀才不遇、牢骚满腹的形象,它深深地探入诗人的灵魂深处。前半阕写景,景中也有人。后半阕头六句,是何等气势,何等怀抱,何等自负!读之令人心气盛壮!"用舍由时"来个陡转,又立即解嘲:"行藏在我","袖手何妨闲处看",多辛辣、多不服气的一句牢骚啊。结尾数句,也充满了愤愤不平之气,意谓,我们且饮酒斗乐,保健身体,看他们的下场吧。言外之意,我们等着有大显身手的一天……

请看,这态度是"超然物外"的吗?既然"超然物外",那还争什么?有什么可争的呢?那不是"求祸而辞福"吗?

我对苏东坡并无研究,但我觉得他的思想是颇为复杂的。他,传统儒家思想颇重,在政治上倾心于用礼乐教化,去化万民,谏皇帝,以此去抓住

324

民心。他对《论语·先进》中"暮春者,春服既成,童子六七人,冠者五六人,浴乎沂,风乎舞雩,咏而归"这种所谓文教方面的潜移默化,大加赞佩,不止一次运用于他的作品中。他的人生态度,和儒家所谓"乐天知命"也有共同之处。他对陶渊明是甚为尊敬的,他几乎首首和了陶诗,还亲笔抄写了陶诗。"聊乘化以归尽,乐夫天命复奚疑",这不是《归去来兮辞》作者的人生观吗?

但,儒家思想,在东坡身上并不是"定于一"的。他的思想是受到多方面影响的,像李太白、白乐天……许许多多古代大诗人一样,是颇为复杂的,甚至前后矛盾的。他喜爱庄周,读《庄子》而叹:"吾昔有见,口未能言,今见是书,得吾心矣。"从东坡的"超然物外"的对人生的态度上,也可以窥见庄子消极、遁世思想的影响。此外,佛家思想对他也有影响,他颇有一些方外的朋友,像道潜之流,《醒世恒言》里还有写他与佛印交接的故事。

但,看人要看全人。总其一生,我看东坡的思想虽然成分杂,但主要倾向是积极肯定人生的,在受到打击、处逆境时虽难免表现消极,可是他不是视人生为虚无,因而悲观失望。《前赤壁赋》中有几句话,几十年来为我所欣赏,觉得足以代表他的人生哲学,虽然对这几个句子,大家理解是不同的,甚至是相反的:

> 自其变者而观之,则天地曾不能以一瞬;自其不变者而观
> 之,则物与我皆无尽也,而又何羡乎?

我反复吟咏、品味这几个句子,觉得他说得很好,前后两种思想是一贯的,不是对立的。如果单从"变"的观点去看一切,则天地万物一瞬而逝,因而产生了王羲之的"俯仰之间,已成陈迹",李白的"高堂明镜悲白发",杜甫的"名垂万古知何用",汤姆斯·格雷的"生命就是去接近死亡",千百年来多少文人诗家,对生命发出数量惊人的悲观咏叹。但,我觉得东坡是以前二句作陪衬,主意所在是后三句。意思是,对他的朋友,也就是对他的读者说:一切都在瞬息万变,但是变中有不变在。所谓"不变",就是发展,就是向前。物变了,从此物变作彼物;我们死了,有儿辈,儿辈完了,有孙辈,万物如长江前后浪,人生也子子孙孙无穷无尽。作如

325

是观,就不必为个人生命的短促而悲伤了。不要单是回头看,要举目向着未来。

因为有了这种看法、想法,所以他在极端困难的处境里,虽然也有消极的情绪,但总是保持乐观的态度。譬如他乍到密州,适逢灾荒,"斋厨索然,日食杞菊",他不以为苦反以为乐,因而白头发也变黑了。他在游法泉寺所写作的《浣溪沙》词中,高唱道:"谁道人生无再少?门前流水尚能西,休将白发唱黄鸡。"乐观的胸怀,何等旷达而令人鼓舞啊!他晚年贬琼州,居昌化,筑室而居,"食芋、饮水、读书"而不改其乐。如果没有一个肯定人生的坚强信心、积极态度,那就不免消沉、失望、悲伤,甚至要自杀了。古今中外,这类例子还少吗?从东坡一生的行径、情态上看来,环境再险恶,政治形势再于己不利,他"耿直不挠,见义勇为",敢于上书直谏,评论是非,一往直前,不避权贵。在政治上,东坡从青年时代就胸怀大志,慕贾谊、陆挚之为人,和杜甫一样,想"致君尧舜上"。在政治主张上,他的保守思想较重,曾以"三畏"对"三不畏",反对王安石的有进步意义的新法,这是他落后的一面;但当"元祐更化"时,他同样也对司马光的所作所为大肆嘲讽,呼之为"司马牛"。他并非反对新法的顽固派,他与王安石、司马光之间的矛盾,有政治原因,也有党派关系,情况极为复杂。

因为东坡对人生的态度主要方面是比较积极的,所以不论得意失意,他总是勤于政事,把自己职务内所应做的事情,尽力去做,而不苟且偷生,残民自肥。他所至之处,总想尽力替人民做点好事。他乍到密州:"岁比不登,盗贼满野,……余既乐其风俗之淳,而其吏民亦安予之拙。"他在密州的政绩,一定是不错的,和人民的关系也相当融洽,在时关注,去后怀思。给他在"超然台"上塑了像,作为永久纪念,后来县衙门的大堂上方竖立着三字大匾"仰苏堂"。我在小学读书的时候,每每看到这三个大字,便不禁怀思。十年后,东坡因公过密州,他感慨怀旧,写了《过密州次韵赵明叔乔禹功》《再过常山和昔年留别诗》《再过超然台赠太守霍翔》,特别是后一首,情感深厚,打动人心:

> 山中儿童拍手笑,问我西去何当还。
> 十年不负竹马约,扁舟独与渔蓑闲。
> 重来父老喜我在,扶老携幼相遮攀。

当时襁褓皆七尺,而我安得留朱颜。

他在密州时间并不长,之后又辗转迁徙到了杭州。他在杭州,兴水利,关怀人民生活,至今留下一道"苏堤",成为杭州八景之一。他在贬谪到边远荒凉的琼岛不久,又安置于昌化。"饮食不具,药石无有",带着一个小儿子,过着艰苦卓绝的生活,"胸中泊然,无所芥蒂,人无贤愚,皆得其欢心。疾苦者,畀之药,殡毙者,纳之窆,又率众为二桥以济病涉者","时时从其父老游,若将终身"。对于政治上遭受打击,甚至坐牢,生活上颠连困苦,甚至居无室,食无粮,均淡然处之,不以为意,不但无恨,反而自喜得观天下之奇。在临死的时候,"诸子侍侧,曰:吾生无恶,死也不坠,慎无哭泣以怛化"。这种肯定人生,坚强不屈,始终保持乐观、生死不渝的精神,令人钦敬而又感动。东坡自解,以为此等精神由于他能够"超然物外",实际上,我看他始终是"游于物之内"的。因为他肯定人生要有所作为,所以他心胸宽阔,不为一时困难所压倒。我们对苏东坡不能过分强调他政治上落后的一面,也不宜只看到他在受到打击之后,许多人难免的消沉情绪,应当全面研究、探索、评价他的人、他的作品。当然,也不应该掩饰他的落后面和缺点。不论作为政治家或文学家的苏东坡,他的思想情感是矛盾的复杂的,推而论之,古代许多大诗人都难免有此情况。

我个人很喜爱苏东坡的作品,也很佩服他的为人。他在我的故乡做过州官,修建了古今有名的"超然台",而这个台子又是我少年时期常去游览的地方,而今已荡然无存。恰巧我手中尚保存了一张照片,偶然检视这张照片,因而有一种亲切的感情在胸中荡动,久久不能平息,乃乘浓兴,冒暑热,凌晨而起,穷数日之功,草成这篇小文以纪个人的感兴。

1978 年 7 月 16 日

327

重读《岳阳楼记》

我国许多名胜古迹,不少是因为作家的文章而驰名古今。

岳阳楼,如果没有范仲淹的一篇记,恐怕不会这样声名赫赫,为人所称道。

我十岁左右,未入初小之前,就在塾师和家长指导之下,熟读唐宋八大家的文章六十多篇,都能成诵。当时虽不能完全理解它的含义,吃透其中情味,但暮年回忆起来,记忆犹新,得益极大,对于我个人散文写作,也起了相当重要的影响和作用。

我一生足迹半天下,除坐火车经行,没到过湖南。但是对于洞庭湖、岳阳楼,却神游已久,这得感谢孟浩然"气蒸云梦泽,波撼岳阳城"的诗句。而范仲淹写景入画、抒情感人的《岳阳楼记》,使这些胜景,远去千里,近在跟前,虽然相隔千年,而它们美丽的影子在我心中永远鲜亮。

六十多年前,读了《岳阳楼记》这篇名作,而今晚岁重读,如晤故人,童年时读它的情景,再次来到心间。

当年读这篇名作,只觉得它写景写得美妙,对于写登临者的不同感受和心情,就不甚了然了。"先天下之忧而忧,后天下之乐而乐",虽在稚年,也颇欣赏作者的气度,可是对作者的生平,并不清楚,这样作品与人分开,就不能彻底理解这篇名记的意义了。

今天大略知道了范仲淹所处的时代背景,读了《宋史》中他的传记,对他的人格和性格,心中也有了个轮廓。心灵交通,旷代而相感,这对于欣赏他这篇文章,有着重要的意义。读其文,不知其人,可乎?

《岳阳楼记》何为而作?是为了登楼远望,描绘眼底的风光吗?

这篇记,在写景状物方面,确乎是生动微妙,引人入胜。但,它不是为写景而写景。作者的表现手法与王勃和苏东坡有所不同。他没有像《滕王阁序》那样，一开头先虚写一笔"南昌故郡"的地理形势："星分翼轸，地接衡庐，襟三江而带五湖，控蛮荆而引瓯越。"也不似《超然台记》，来个四望："南望马耳、常山，出没隐现"，"而其东则卢山，秦人卢敖之所从遁也"，"西望穆陵，隐然如城郭"，"北俯潍水，慨然太息，思淮阴之功，而吊其不终"。好似范仲淹站在岳阳楼上，把他的文艺摄影机的镜头对准了"洞庭一湖"，不但使景物特色集中而突出，省去了散漫平铺的枝蔓之笔，也使后边展开的慷慨抒情，有了前提。他笔分两叉，由景入情。先大力状写洞庭湖以及与湖映衬的山岳，阴暗凄惨，悲切动人，而会聚于此的"迁客骚人"，本来就百事逆心，怏怏于怀，楼头举目，情与景谐，"满目萧然"，能不"感极而悲"吗？

这是一种景色，一种情怀。它令人兴怨，令人同情。作者笔头一掉，景色陡然由"阴风怒号，浊浪排空"的惨状，转入"春和景明，波澜不惊"的佳境，使人陶醉于大自然风光，而"宠辱皆忘"。前边的那一大段文章，那种凄凄惨惨戚戚，使人惊心动魄，深深赞叹作者淋漓尽致的雄健笔力，它像苏辛的词风。这后一段用工细的柔翰，写景如画，微妙清丽，如词中的婉约一派。我少年读此文，对于这一段特别欣赏，它不但有"色"，而且有"声"，这十四个四字排句，诗境画意，达到艺术的最高境界！令人心旷神怡，使我击节赞赏。

这两大段文章，相互对照，前后映衬，越显出它们的引人魅力。

同样是赋体，而写景抒情的表现不同。

王粲的《登楼赋》，是大大有名的。他开头就表明："登兹楼以四望兮，聊假日以销忧。"他写景抒情，情景交融，发泄他对乱世的感伤，有志不遂的感愤，寄人篱下、忧思怀乡的心境。

这近似《岳阳楼记》第一大段的"去国怀乡"的情绪。不同的是范仲淹是假设"骚人迁客"，而王粲却是直抒个人。范仲淹是一悲一喜，而王粲却于悲感之中，略带点闪烁希望的微光而已。

欧阳修的《醉翁亭记》，写景抒情，一派欢乐景象。通篇用二十个"也"，一气呵成，如珍珠串联。"日出而林霏开，云归而岩穴暝"的"山间朝暮"之景，肖妙可人；"野芳发而幽香，佳木秀而繁阴，风霜高洁，水落而石出"的"山间之四时"，令人神往而心倾。

作者自号"醉翁",而"意不在酒","在乎山水之间也"。"山间对酒,宾客相从,鸣声上下,禽鸟同乐",这不像《岳阳楼记》第二大段"至若春和景明,波澜不惊,上下天光,一碧万顷;沙鸥翔集,锦鳞游泳,岸芷汀兰,郁郁青青。而或长烟一空,皓月千里,浮光跃金,静影沉璧,渔歌互答,此乐何极"吗?景色耀目,欢娱动情,读到这里,谁能不"心旷神怡""其喜洋洋者矣"!对于《岳阳楼记》和《醉翁亭记》这些写景抒情的段落,儿时朗读,百遍如新,沉醉其中,如饮美酒。今日重读,依然如此,佳作不朽,万古长青。

《岳阳楼记》的两段迥异的描绘与抒发,如双峰对峙,而突出末节,一柱擎天。读到这里,才知道上边的两大段文字,原来是为这末尾做映衬。这个结穴,才是作者主意之所在,也就是此文之所为而作。作者从两种自然景色的描写,引出一忧一喜的两种心情,又从这种忧喜,兴起与之不同的古之仁人之心:"不以物喜,不以己悲",忧国忧民,不计个人。把这种宽大胸襟、高尚抱负,熔炼成为两个千古生辉、鼓舞人心的典型名句:"先天下之忧而忧,后天下之乐而乐。"意义多么伟大,志趣多么崇高啊!这是作者的人格的写照,思想情感的结晶。他,我们的作者,出将入相,以天下为己任,屡遭贬抑,列入"朋党",而壮志不衰。居官身贵,"非宾客不重肉,妻子衣食,仅能自充","泛爱乐善,士多出其门下","死之日,四方闻者,皆为叹息"。(《宋史·范仲淹传》)

有了这样崇高的人格,才能写出这样动人的文章。

"先天下之忧而忧,后天下之乐而乐"这两句话,原发自作者之心,出于作者之口,但文章里把它推到"古仁人"身上去。这是伟大的谦虚,这样也使文章避去直接言志而推开一层,使意义更委婉,更幽深。

从文章的结尾,我们再回头看看它的开头。这样可以看出整篇结构的完整性。

《岳阳楼记》一开头,用了十个句子,对为什么写此文,做了个简要交代。这十个句子,从本身看来并无特色,但认真想想,它确是必不可少的。它表示,这不是作者有意要作这篇文章,因为被贬谪而来的友人滕子京重修了这座楼,"属余作文以记之"。这十句,事实上等于一个小序。上面说明了"刻唐贤今人诗赋于其上",所以自己写这篇记,不过追迹"唐贤今人"而已,并不敢自居高明。另外,岳阳楼的"大观",不一一去描绘,以

330

"前人之述备矣"一语作刀锋,削去繁枝乱叶,然后抓住两种典型景色,兴起两种感情,使重点突出,要言不烦。

范仲淹是卓越的政治家,也是卓越的文学家。他的散文写得好,这篇《岳阳楼记》为历代读者所称赞。解放后,各种历代散文选、中学语文课本,都选了它。此外,他写的《严先生祠堂记》,也是极有名、极动人的佳作,结尾四句歌子,我百读不厌:"云山苍苍,江水泱泱,先生之风,山高水长。"作者以此推崇严子陵的情操,我们又可以从中窥见作者的胸怀。

范仲淹的词,写得情意柔美、婉约动人。《苏幕遮》《御街行》都是名篇,历代词选中都有它们。

"酒入愁肠,化作相思泪。"写得多么感人肺腑啊!

"碧云天,黄叶地",也是《西厢记》中"碧云天,黄花地"之所本。

"都来此事,眉间心上,无计相回避。"李清照的"才下眉头,却上心头",也源于此。

有的评词的人,说什么"范文正公、司马温公、韩魏公,皆一时名德望重,范《御街行》……人非太上,未免有情,当不以此叹其白璧也"。

评诗论文不能带头巾气。像有人指责陶渊明怎么会写《闲情赋》一样,好似政治家就不应该写抒情诗词。苏辛是豪放派词的开山祖,不也写了温情脉脉之作吗?

范仲淹是政治家,是将军,是散文家,也是词人。从《岳阳楼记》中,就可以看出盎然的诗情、精美的辞采。

1981 年

瑟瑟金风天外至

——重读《秋声赋》纪感

"悲哉,秋之为气也。萧瑟兮草木摇落而变衰。"

古今悲秋之作,冷艳如百花,入目感怀,作者如林,又岂止宋玉一个?

"洞庭始波,木叶微脱",千古名句,令人怀思。

人是富于情感的,能不感于物而动?"悲落叶于劲秋,喜柔条于芳春",是自然的。

"潦水尽而寒潭清,烟光凝而暮山紫。"凉秋,它以它的容颜感人。

西风呼号,鸣蛩悲切。凉秋,它以它的声音动人。

听见南来鸿雁的嘹唳,于是就产生了"所嗟人异雁,不作一行归"的心情。

络纬声声,引起离妇的愁怀:"寒到君边衣到无?"

多少志士,怀才不遇,瑟瑟秋风,登高作赋。

多少思妇,凉宵无眠,愁绪缕缕,听窗外秋霖淅沥。

多少诗人,潦倒穷愁,秋夜孤灯,狂歌当哭。

各人的地位、情况不同,而所感也就千差万别,作为辞章,或以抒愤,或以寄愁,但因秋而感兴则是一样的。

"全家都在秋风里,九月衣裳未剪裁。"

这是黄仲则为个人穷愁而悲吟。

杜甫的《茅屋为秋风所破歌》也是写个人悲惨景况,但结尾数句,表现了诗人广阔的胸怀,与英国伟大浪漫诗人雪莱《西风歌》的结句异曲同工。

前边,谈了感人的秋天,谈了因为秋天而写出的感人的名文与诗句,

332

这，我仅仅拿它们作为一个小小的序曲，且读凄凄切切感人肺腑的长歌——《秋声赋》吧。

秋声，也是作者的心声。写秋声可以直接写个人亲身感受，也可以凭借想象去抒写。姜白石著名的《齐天乐》咏蟋蟀词，就是用了"正思妇无眠……夜凉独自甚情绪""候馆迎秋，离宫吊月，别有伤心无数"这样一些典型的情景来打动人心的。这些情景却非他个人所经受。《秋声赋》则不然，它是欧阳子凭他直接感受即兴而作的。因此，他写得具体、细致、亲切动人。使读者如临其境，如闻其声，内心凄怆，与之共鸣。

这篇赋，一起头，写欧阳子夜读，一句带过，即写秋声，但不开门见山，只说"闻有声自西南来者"，使笔有曲折，耐人寻味。其实"西南来者"四字已经透露了消息，又加"悚然而听之，曰：'异哉！'"已使读者有此声不寻常之感了。接下去用了十一个排句，一个又一个恰切而又新颖的比喻，一连串双声叠韵的词句，把秋声状写得声势浩大，撼人心灵。"铮铮铮铮，金铁皆鸣；又如赴敌之兵，衔枚疾走，不闻号令，但闻人马之行声"的声调，夜惊的波涛，骤至的风雨，大军赴敌衔枚疾走的气势，真如韩潮苏海，一泻千里！其意气之盛，可谓既悲且壮！这个起笔，使我想到《西风歌》劈头的一句："啊，旷野的西风……"

在有意设问的"此何声也"之后，出现了与童子的几句问答。如长江急浪过了三峡，显现出一片宽舒景象，使人的情绪由张到弛。"星月皎洁，明河在天"，一幅平静而明媚的秋夜情景，来到了读者的眼前，使我们从听觉进入了视觉，得到双层美感享受。

当我们的作者带着惊奇悲怆的感情，明确地点出"此秋声也"之后，紧接着追问这秋声："胡为而来哉！"这一问，似乎有些奇突。寻思一下，没有这一问，怎能引出下面那一套滔滔大议论来。这宏大的议论，正是作者所以写这篇赋的主意所在。下边，又以传神之笔，描绘了秋的颜色、秋的形容、秋的声势、秋的意味。写得十分精练，十分美妙，给"秋之为状"做了一幅惟妙惟肖的写照。写了这幅秋的肖像，是为了壮其"声"，这秋声啊，"凄凄切切，呼号愤发"，浩荡无际，威力无敌。丰草一听到它的声音，立即为之色变，嘉树遭到它的袭击，便"无边落木萧萧下"。秋天的这种杀气腾腾、"摧败零落"的威力，"乃一气之余烈"。

我们读到这里，好似言已尽，意已穷了。因为发挥已经尽致，即使作者手中有一支生花妙笔,也似乎难以为继了。出人意外地,用"夫秋"二字一提,从感性推向了理性,由具体描绘,进入了理论的阐发,柳暗花明,把读者引入了另一种境地。从对秋声的感受,深入到人生的大问题上来。我们读到这下半段,并没有把作者传染给我们的悲秋之感放松下来。由于对人生的悲切感受,反而使我们沉入了严肃的幽思,思考人生的意义与价值。

每个人对秋声都有自己的感受,从这种感受中,表现出他对人生的态度。

李煜被俘以后,孤院锁清秋,在"秋风院落薜侵阶"的时候,不禁悲吟:"秋风多,雨相和,帘外芭蕉两三窠,夜长人奈何!"表现出无限愁苦的情绪。

而烈士秋瑾在就义时却高吟:"秋风秋雨愁煞人!"这个"愁"字,是满含"出师未捷身先死"的遗恨。

历代骚人文士,悲秋者多,但描写秋景使人气壮神怡的也不是没有。王勃的"落霞与孤鹜齐飞,秋水共长天一色",使人读了,有"天高地迥,觉宇宙之无穷"的气概。更令人壮志奋发、心胸开张的是陆放翁的不同凡响的诗句:

人言悲秋难为情,我喜枕上闻秋声。

壮士抚剑精神生……唾手便有擒胡兴……

驾前六军错锦绣,秋风鼓角声满天。

楼船夜雪瓜洲渡,铁马秋风大散关。

身世不同,处境各异,对秋声的感受自然也就两样,这样心情自然会表露在他们的诗赋之中,无遁形,无遗声。

再回到《秋声赋》来吧。

前一大段,作者凭如椽大笔,已把秋声状写得痛快淋漓,使我们同感共鸣,悲从中来。后半截,引喻取譬,把秋天比作肃杀的"刑官",在时序上"为阴";再比作"兵象",五行之中属"金"。接下去,感慨万端,议论横生。"天地之义气,常以肃杀而为心。"大自然对于万物,是春生而秋实的。作者又引音乐与律吕做比例,说明秋声是西方的声音,是悲伤的声音;"律"中的"夷则"属于"七月","夷"就是杀戮的意思。人间万类,老了自然悲伤,过盛了,应该杀戮。从大自然规律中悟出了一番有关人生的大道理来,然后长叹一声,把满腹忧愤,倾泻而出,令人悲哀,也令人沉思。

草木是无情的,秋声一响,凋零残败;而人这个万物之灵呢,活在人世间,真是难啊,难啊,一百样忧愁触动他的心,一万种事情劳损他的形体。内心的感伤,必定使精神受到影响,况且,追求一些个人力所不及的理想,为自己智力不能达到的事情,而忧心忡忡,这样下去,等待你的是空茫与失望。弄得春红的面色,变得槁木一般;黑丝化作白发一头。人生在世,岁月几何?身子不比金石,又何必与草木争一时的荣华呢!想到这一些情况,你自然会觉得,人的衰颓是自我戕贼的结果,又何必一味去怨恨秋声呢!

这篇《秋声赋》,童年读过,至今还能一字不漏地背诵出来,足见印象之深了。当年读时,只觉得它文采富丽,声调悦耳;今日重读,了解了它深沉的意义,欣赏它卓越的表现艺术,进一步思考作者的人生观与生活态度。

任何人读罢这篇赋,心中会兴起一种悲凄之感,不禁掩卷叹息,默然深思、发问:这是一篇意味消沉、声调凄切的悲秋之作吗?

好像是。又好像不是。

这怎样解说呢?

看作品,应当首先看人。

欧阳修是什么样的人?

从《宋史》他的传记上看,他是一个胸怀大志、忧国忧民、不畏强暴、敢于斗争的大政治家、文学家、词客、诗人,成就是多方面的。他挺身与"小人朋党"作战,他勇敢直谏,不避艰险,屡遭贬抑而志气不衰。谪居滁州,还写出《醉翁亭记》那样放达、乐观的优美散文,读之令人心旷神怡。他官拜枢密副使,参知政事,地位显赫而且知兵。像他这样的达官贵人,多半是安享荣华,四时皆春,秋声入耳,也会成为动听的音乐,诗韵的悠扬,又悲从何来呢?而我们的欧阳子,却为什么因秋声而大动其忧伤之情呢？

窃以为，他的忧伤，不是为了个人的名利，而是有点先天下之忧而忧的意味在。"思其力之所不及，忧其智之所不能"，是隐含着胸怀宏图不得施展的意义。悲忧先存乎心中，原非秋声所致，但秋声一入耳，因而生感，枨触于怀的郁抑之情，便喷薄而出。这篇赋，表现了作者个人对秋声的感受与感想，但它也代表了旧时代正直的知识分子与有抱负的政治家们的情怀，所以，它是有典型意义的。

我对《秋声赋》，作如是观。

这篇赋，文采声调，俱臻佳境，由情入理，层层逼近，联珠妙喻，入耳动情。

赋中平添了一个童子，粗看好似为了增添一点情趣，细细品味，则觉得这个小人物在开头结尾两次出现，是为了以他的天真反衬主人翁的悲伤。你看，"童子莫对，垂头而睡"了，足见这个未经人事的稚气孩子，并不识愁滋味，而我们的欧阳子呢，却想入睡而不得，只好愁听"四壁虫声"，增加个人的叹息。

悲秋伤春，人情难免。这，不但因人的情况而不同，也与社会性质、时代精神密切关联。假使欧阳子生在今天，我想他不会写这样一篇《秋声赋》，也许会作一篇《秋声颂》的吧？

1982 年 5 月 10 日完成

李白的人品与诗品

李白一斗诗百篇，

长安市上酒家眠。

天子呼来不上船，

自称臣是酒中仙。

这是李白亲密的诗友杜甫用诗句给他精神的一幅写照。

这幅精神写照，惟妙惟肖，十分光彩，也十分动人。李白的诗、酒、才、气，都在其中了。

六七岁时，我从我的庶祖母说的故事中第一次听到李白的名字。她说："回蛮国来了一封书信，满朝文武，没人认识。皇帝召来了李白。他喝酒喝得醉醺醺的，高力士给他捧着砚台，唰唰唰，一路栽花，很快就把回信写好了，龙颜大喜。"

故事中的李白，在我的童心上留下了深刻的印象：这个人多有才，多傲气！我为他伸出了大拇指。

几乎就在同时，大人教我读一些古典诗歌，第一首就是"床前明月光……"，感到亲切又平易，很快就成诵，常常当歌唱。另外，还读了他的《独坐敬亭山》，心想，这人真有点特别："相看两不厌，只有敬亭山"，简直把山当成朋友了。

记得中学时代，一位善画的同学替我画了一幅"举杯邀明月图"，清瘦的诗人举起杯来，昂首向着明月，一棵高挺的梧桐立在他的身旁。这幅画，我曾裱好，保存了好多年。

十岁前后，入初小之前，读了古文六十多篇，都能背诵。李白的《与韩荆州书》，虽然是求人，但其中充满自信与自许的豪情与壮志。每读至"请日试万言，倚马可待"，"而君侯何惜阶前盈尺之地，不使白扬眉吐气，激昂青云耶？"心为之壮，气为之扬！

从青年、中年一直到老年，读李白的作品渐渐多了起来，对他的生平身世，了解得也比较深了，与儿时对他的整个印象，是契合的。

我爱李白的人品。我爱李白的诗品。

李白，被呼为"谪仙人"。对于贺知章赠给他的这个美妙而又神奇的称号，他感到光荣而自豪。贺知章逝世之后，诗人写了悼诗《对酒忆贺监二首并序》。第一首开头就说："四明有狂客，风流贺季真，长安一相见，呼我'谪仙人'。"第二首末四句是："人亡余故宅，空有荷花生。念此杳如梦，凄然伤我情。"可谓一往情深。

"谪仙人"三字，确乎道出了李白的才华、酒德、超逸的精神、飘然出世的风貌。

以貌取人，就从生相上看吧。李白的崇拜者魏颢眼中李白的形象："眸子炯然，哆如饿虎。或时束带，风流蕴藉。"

"自采石至金陵，著宫锦袍，坐舟中，旁若无人。"这是宋祁笔下的李白。

我每次读到这些描绘时，心气昂扬，精神振爽！李白的精神，在我心中；李白的风貌，在我眼底。

李白，仙风诗骨，全无半点庸俗气味。给儿子起个乳名——"明月奴"，也令人感觉得高超而光辉。

诗人晚年，穷困死于当涂。后人附会，说他醉后捞月溺死水中。这足见人民眼中的李白是一个传奇人物，他生前高吟"欲上青天揽明月"，死后，也给他的死带上点神秘而超逸的"仙味"。

诗人与酒从来是一家的。李白与酒结缘特别深，提到酒就会联想到李白，提到李白也会立即想到酒。兰陵美酒由于李白的一句诗，至今成为名牌珍品。李白的诗中充满了酒味。酒是他生命的源泉，酒是他诗的灵魂。"百年三万六千日，一日须倾三百杯"；"烹羊宰牛且为乐，会须一饮三百杯"。不但与友朋共饮，而且"举杯邀明月，对影成三人"。

李白为什么嗜酒如命？

人生在世，各有所好。但李白沉湎酒中，我想也还是有其他原因的。

一个胸怀大志、政治上失意、命运坎坷、到处碰壁的人,往往怨愤填膺,借酒浇愁,在陶醉中求得心灵的温馨。这一点,在李白身上,看得很清楚。"人闷还心闷,苦辛长苦辛。愁来饮酒二千石,寒灰重暖生阳春。"

另外,李白对人生有"浮生若梦",及时行乐的想法。因此,他"但愿长醉不复醒"。不惜"五花马,千金裘,呼儿将出换美酒",为了"与尔同销万古愁"。他看到"古来圣贤皆寂寞,惟有饮者留其名"。他赞赏"昔时宴平乐"的陈王,他喜欢醉如泥的山公。

李白的诗心,感到人生的短暂,天地不过是万物逆旅,光阴不过是百代过客。所以,他学仙求道,在诗篇里出现了安期生一类的神仙,好似很迷信。其实,他是在自欺中以求精神的超脱而已,他何尝真信符箓可以使人长寿,药石可以使人永生。他讥讽"赫怒震神威"的秦皇,"但求蓬岛药",结果是"金棺葬寒灰"。

李白对于人生的看法是达观的、顺乎自然的,和陶渊明的"聊乘化以归尽,乐夫天命复奚疑"有点近似。从《日出入行》中可以证实这一点:

"草不谢荣于春风,木不怨落于秋天。谁挥鞭策驱四运?万物兴歇皆自然。"批评羲和与鲁阳"逆道违天,矫诬实多"。诗人自己呢?

"吾将囊括大块,浩然与溟涬同科。"

李白爱山,爱水,爱大自然风光,爱得深沉,爱得入骨,从中吸取灵感,发为歌咏,情与景谐,达到很高的境界。他自己说:"五岳寻仙不辞远,一生好入名山游。"他生平寻名山,涉江河,访古迹,览名胜,足迹几经半个中国。"初隐岷山,出居襄汉之间,南游江淮,至楚观云梦……去之齐鲁,居徂徕山竹溪。入吴,至长安……北抵魏、赵、燕、晋,西涉岐邠,历商於,至洛阳,游梁最久。复之齐、鲁,南浮淮、泗,再入吴,转徙金陵,上秋浦、浔阳。天宝十四载,安禄山反……白时卧庐山……终以污璘事长流夜郎,遂泛洞庭,上峡江,至巫山,以赦得释,憩岳阳、江夏。久之,复如浔阳,过金陵,徘徊于历阳、宣城二郡。其族人阳冰为当涂令,白过之,以病卒。"上面是曾巩给李白画的一幅生平行迹图。李白在不同时代,不同环境,不同心情下,给我们留下了多少美丽山河的景色。有的雄壮撼人灵魂,有的清秀媚人眼目。诗人的笔,诗人的心,给伟大祖国的山川风物以美好的颜色、动听的声音。在这样一些风景诗中,我们触到了诗人热爱国家、热爱自由的一颗感人的真心!

大自然,能陶冶人的性情,使人胸怀开阔,心情舒畅,而且"清风朗月不用一钱买","耳得之而为声,目遇之而成色"。山川的形象在诗人笔下,千态万状,各呈异色。《庐山谣》既写出了庐山的形势,也写出了"先期汗漫九垓上,愿接卢敖游太清"的谪仙人的气势。"登高壮观天地间,大江茫茫去不还",读之令人心旷神远。另一首《望庐山瀑布》也极有名。"仰观势转雄,壮哉造化功!海风吹不断,江月照还空。""飞流直下三千尺,疑是银河落九天。"瀑布的气势情态,如在目前,如在耳边。

写静景的,像《山中答问》,情趣幽深。《黄鹤楼送孟浩然之广陵》,千载传诵,家喻户晓。"孤帆远影碧空尽,唯见长江天际流。"这样一些好句,谁不喜爱?

《秋浦歌十七首》美丽如山花照眼,圆润如荷珠滚动,有色有香,沁人心脾。我特别喜欢《峨眉山月歌》:"峨眉山月半轮秋,影入平羌江水流",景色多动人啊。我也极爱"山从人面起,云傍马头生"这两个句子,状难写之景,如在目前,写来自自然然,似毫不费力。这全凭美妙心灵去捕捉而来,单凭艺术技巧是徒然的。

我国古代,有些诗人,同时又是政治家。李白不以政治家见称,却有很大的政治抱负、很高的政治热情。他的诗人性格、生活态度,使他不可能成为一个政治家。

当李白初辞家人入京时,他高吟:"仰天大笑出门去,我辈岂是蓬蒿人?"趾高气扬,幻想很多,以为可以登高位,凌青云,天真得意,情态可掬。他在长安,短暂的数年间,心怀舒达。"归来入咸阳,谈笑皆王公。""方希佐明主,长揖辞成功。"他是希望在政治上有所作为,辅佐玄宗治国平天下的。终于受到排挤,满腔怨愤"五噫出西京"!可是他壮志不衰,自信自许:"才力犹可倚,不惭世上雄。"

李白,不但有文才,而且有武略。他在诗中一再高唱:"愿将腰下剑,直为斩楼兰。""弯弓辞汉月,插羽破天骄。"在安禄山之变以后,他随永王东巡,还这么说:"但用东山谢安石,为君谈笑静胡沙。"他个人有政治理想,希望得到实现的机会。即使到了晚年,还希望像姜尚那样,被认识,被提拔重用。失意之后,始终遗憾:"总为浮云能蔽日,长安不见使人愁。"他把前代的一些政治家引为同调,表现出崇敬仰慕之情,像姜尚、乐毅、贾谊、萧何、曹参、张良……他在诗中常常提到这些名家,为他们的壮志得遂、功业建树而赞叹。特别是对于谢安,他更是佩服,倾注了极大的热情,从中得到鼓励与安慰。谢安成为他心中的典范人物。

李白之所以宦场失意,潦倒终生,是因为他有正义感、是非感。他对当权人物,像杨国忠、高力士、杨家姊妹之类,极为不满,对于唐玄宗的所作所为也颇腹诽。看他笔下的反面人物:"中贵多黄金,连云开甲宅,路逢斗鸡者,冠盖何辉赫!鼻息干虹蜺,行人皆怵惕。"安禄山之乱,是由于玄宗姑息养奸。"俯视洛阳川,茫茫走胡兵。流血涂野草,豺狼尽冠缨。"这一方面表现了诗人对祖国的热爱之情,另一方面不也反映了他对这次叛乱酿成者的不满吗?坏人当道,"无人贵骏骨,騄耳空腾骧。乐毅倘再生,于今亦奔亡"。处身斯世,只有"揽涕黄金台,呼天哭昭王"的份儿了。其志可感,其情可悯。报国有心,回天无力,"空吟白石烂,泪满黑貂裘"。时逾千载,我们今天读他的《梁甫吟》,读到"阊阖九门不可通,以额扣关阍者怒。白日不照吾精诚,杞国无事忧天倾",心内悲怆,为之不平!

李白对当时的王侯是轻蔑的。他身在草野,"黄金白璧买歌笑,一醉累月轻王侯"。他在《梦游天姥吟留别》这篇杰作的结尾,放怀高歌:"安能摧眉折腰事权贵,使我不得开心颜!"

重然诺,讲义气,愤世违世情,闹到了"世皆曰可杀"的地步。他的好友杜甫说"吾意独怜才",对他表同情。杜甫是深知李白的为人的,为李白的遭遇愤愤不平,叹息道:"冠盖满京华,斯人独憔悴。"又用两个诗句为李白的成就高兴,为他生平的不幸惋叹:"敏捷诗千首,飘零酒一杯。"

李白虽然不在其位,对国计民生,还是很关注的。他希望"天地皆得一,澹然四海清"。国家统一,民生安乐。对于唐玄宗、杨国忠发动的不义战争,他坚决反对:"如何舞干戚,一使有苗平!"在名篇《战城南》中,他以不忍之心描绘了战争的残酷,强调"乃知兵者为凶器,圣人不得已而用之"。

对于反侵略的正义战争,李白却有很高的爱国主义热情。他鼓舞"下北荒"的"天兵":"何当破月氏,然后方高枕。"在《塞下曲》中,他高唱:"弯弓辞汉月,插羽破天骄。"他诗篇中的卫国战士的形象,都是不怕牺牲,英勇战斗,极为动人的"城头铁鼓声犹震,匣里金刀血未干"。对于突破敌人重围的战将,也予以赞许:"突营射杀呼延将,独领残兵千骑归。"

李白的风度是超逸的,心胸是广阔的,性格是豪侠的。他为历史上有名的侠客朱亥、侯嬴、专诸、荆轲、高渐离……树碑立传,大唱赞歌:"三杯吐然诺,五岳倒为轻。眼花耳热后,意气素霓生……"《东海有勇妇》一诗,为"捐躯报夫仇"的这位"勇妇",倾倒出崇敬的热情,大叫:"十子若不肖,不如一女英!"诗人自己,慷慨侠义,肝胆照人。"欲邀击筑悲歌饮,正值倾家无酒钱……黄金逐手快意尽,昨日破产今朝贫。"这是何等气度!我每读到"金陵子弟来相送,欲行不行各尽觞"这样一些句子,心便为之壮,气便为之舒。

这种轻财好义的行为,一诺千金、珍重友情的风度,在李白的性格中颇为突出,给我们留下了深刻的印象。

李白一生,留下了近千首诗。这些作品中,有动人的山光水色,有缅怀往古的幽情,有友朋往来的赠答,有战士征伐的苦辛,有深闺思妇的情怀,有归隐与宦情的矛盾,也有诗酒飘零的豪情与酸辛……在诗人笔下,有不少妇女的形象:天真朴素的乡村妇女,西施曾经浣纱的石头。《长干行》、《采莲曲》、《子夜吴歌》四首、《渌水曲》,珠圆玉润,真挚精美,千古流传,令人喜爱。《秋浦歌》也很优秀,像"为我一挥手,如听万壑松"一类的名句,触目皆是。

在李白的作品中,涉及社会生活、人民疾苦的较少,与杜甫比较,情况大大不同。这不能不算是一个缺陷。当然,他也写了《丁都护歌》,同情拖船的纤夫:"一唱都护歌,心摧泪如雨。"写了"炉火照天地,红星乱紫烟"的炼矿砂的情景。撼动我心,永不能忘的是下面这三首:

《宿五松山下荀媪家》——"令人惭漂母,三谢不能餐!"我们读了,也三谢心惘然!再就是为了酿酒村民的送别,诗人无限深情地唱出:"桃花潭水深千尺,不及汪伦送我情。"另外一首,《哭宣城善酿纪叟》,生死无间,短句情长:"夜台无李白,沽酒与何人?"写得多天真,多平易,多亲切,多新颖啊。

李白在《古风五十九首》中,一开头就气势雄壮地大呼:"大雅久不作,吾衰竟谁陈?"他感叹:"王风委蔓草,战国多荆榛……自从建安来,绮丽不足珍。"从中可以看出李白对诗歌的看法和他个人的高尚抱负。对于六朝形式主义的淫靡诗风,诗人是大为不满的。他要挽狂澜于既倒,继承从《诗经》开始的现实主义传统,恢复建安风骨。这样的主张,陈子昂首倡于前,到了李杜才以丰富多彩的创作收到了成效,使诗风为之一变,诗史称为"盛唐"。李白的诗风,虽然是浪漫主义的,但从文艺传统着眼,仍在现实主义范围以内。李白的诗,显然受到《楚辞》的影响,从《行路难》《梁甫吟》《梦游天姥吟留别》中就可以看出。他还公然用《代寄情楚词体》作诗的标题。李白虽然反对六朝的绮丽,但对某些六朝诗人,他还是佩服的,在诗中时常提到谢灵运……特别对于谢朓,更是倾倒。"解道澄江净如练,令人长忆谢玄晖",情深可见。

李白的诗,极朴素,也极自然。抒发性灵,尽去雕饰,受到乐府民歌影响颇大。总观他的诗作,古多律少。了解了李白的人品,自然也就了解了他的诗品。一个天马行空的性格,格律如何缚得住他?

"李杜文章在,光焰万丈长。"韩愈的这两句评价,是公允的。李白、杜甫不但是盛唐时期的两位大诗人,也是诗史上的两颗大星。我们祖国文苑也以有了他们感到光荣与骄傲。

当然,黄金足赤从来少,白璧无瑕自古稀。李白的思想里,"人生如梦"的观点是相当突出的。在他的诗中酒气太浓,山水清音略多,而人间疾苦嫌少。而且,章台走马,携妓冶游,不一而足,自鸣得意,这虽然可以说是裘马轻狂,但情调未免低下了。

1982 年 8 月 29 日定稿

真相与真魂

我喜欢郑板桥的为人,也欣赏他的诗词书画。他在我的家乡——山东,曾两任七品县官,少年时就读他的家书,津津有味。人缘、诗缘两有之。

《郑板桥集》,是我案头上经常翻读的一部书,诗集中有赠扬州八怪之一、号瘿瓢七闽老画师的黄慎的一首,特别引起我的注意,爱之,不释手;诵之,不绝口;书不在眼前,心中有。

这篇诗之所以好,好在给他的朋友、他的同调画了一幅精神肖像,其中倾注了他的落落寡合的凄冷诗情。一下手两句,就充满了嫉俗愤世、孤高标举的怪僻气氛。"爱看古庙破苔痕,惯写荒崖乱树根。"诗是心声,无法抑制。世人喜热,他却偏爱冷,这一热一冷之间,感受不同,见出心境之迥异了。我格外欣赏的是这首诗后边的这两句:

> 画到情神飘没处,
> 更无真相有真魂。

我觉得,这两个句子,不只道出了黄慎绘画艺术的神魂,更重要的是,他道出了文艺创作中的一个值得研究的问题。一年多来,我围绕着这个问题,经常思考,追忆古今一些大诗人、名画家的有关言论与创作,印证自己学习写作多年的一点经验,尽力探寻着"真相与真魂"以及它们的相互关系。

相貌是事物精神的表现,这二者,是既矛盾而又统一的。照相,也叫"写真",但它也不一定真的能显示出一个人的真魂。人的形象为喜怒哀

344

乐情绪所左右，表现上就有差异。有的标准像未必能表现精神的真，好的照相师才能捉住一个人物最能显示精神状态的那一刹那。东坡说得好："举体皆似"，未必能传神，"得其意思所在"，也就是说贵在把握人物的特征。他推崇吴道子的画不只形似，还能做到神似："出新意于法度之中，寄妙理于豪放之外。"因此，我认为：以艺术之手，以艺术之心，摄自然之貌，摄自然之魂，是高手；叫人摆好架势，弄弄头，拉拉手，这样想摄出人的真魂来，真是戛戛乎难哉！

就绘画中的写生而言，也不完全是照着葫芦画瓢。即使花草树木，也自有其自然生态，形体之中，含蕴着一种力量，即是内在的精神，画家以自己的心灵捕捉着这种精神，用艺术之手出之，才会产生有生命力的高尚作品。

我们鉴赏文艺作品，不能以描写出客观事物外表的真实与否作为优劣的标准。东坡曾说："论画以形似，见与儿童邻。"这是很有见地的，形似不一定能见精神。杜甫在《丹青引赠曹将军霸》中，拿曹霸与他的弟子韩干对比，他评论说："将军善画盖有神"，"一洗万古凡马空"。而韩干呢？"干惟画肉不画骨，忍使骅骝气凋丧。"就可以作为例证。但，是否"真魂"可以不凭借形象而完全是艺术家空想的产物呢？是又不然。对事物的形象谙熟于目，感印于心，才能透过艺术的心灵捕捉住它的精神，真魂产生于真相，而前者又可以脱离开后者，造成艺术家创造的另一种境界。司空图所谓的"象外之象"，就是立足于形象实体，而又超过了它，造出一个超然空灵的艺术境界，形成一种风格的美，使人从中品出"味外之味"。

如果完全脱开或无视形象的作用，使艺术品成为作者主观想象的符号，就会失了形，也就失了真，使人感到怪异，不可理解。我见到一个外国人画的一幅画，如果不标出画的是北京，在我们北京人的眼中，一点看不出他画的是个什么地方。这种现代派画风，完全失去了形象的真实性，也就失去了作品的现实意义，成为既无"真相"又无"真魂"的了。

文与可是画竹大家，他的"竹数尺""而有万尺之势"，为苏东坡所倾倒。东坡的墨竹也有名，他在《文与可画筼筜谷偃竹记》中说他画竹独得了文与可的画"意"，而且还得到了他的画"法"。这就是"胸有成竹"，"意在笔先"，达到了"见竹不见人"，"嗒然遗其身，其身与竹化"的境界，然后才能够"无穷出清新"。首先，他们十分熟悉而且热爱自己所描绘的对象,主观感情与客观事物融为一体,所画的竹子不是一般的竹子,而是心中的竹子,竹子不是实物,成为他们艺术境界中的有"真魂"的竹子了。写意,虽然空灵,但不空虚。写意,扎根于实,着眼于虚。

那么,在怎样情况之下,艺术家在笔下所描写的事物无真相却有真魂呢?回答是:"画到情神飘没处。"

"情神飘没处"这五个字,很重要。这是一个很高的艺术境界。也就是王国维论诗词的境界说中所揭示的无我之境。也就是陶渊明"悠然见南山","欲辨已忘言"那种情态。艺术家的情神像春风漫吹,草塘水溢,专注到艺术对象中去,目,不暇旁顾;耳,不暇旁听;心,不暇旁想。这种情神状态,是浪漫感情的奔放,渺乎不知其所止,在这一刹那,他的灵感炽如烈火,他的笔下似乎有神。杜甫,就凭这种飘没情神,在《饮中八仙歌》中,给他几个知心的朋友画了一幅又一幅画像。每个人,只寥寥几笔,却十分传神。写的时候,好似毫不吃力,极为自然。这一幅幅画像,不全凭真相,但写出了真神。"眼花落水井底眠",这是失真相的;"饮如长鲸吸百川","李白一斗诗百篇"……这种夸张,不仅是一般修辞学上的手法,而是"情神飘没"的结果。杜甫,十分了解、极为钦佩他的这几位朋友的人格、风格,知面知心,精神契合,他抓住了他们每个人的特点,笔下蘸着强烈真挚的浓情,于是"饮中八仙"千古流传了。

看到过大画家八大山人笔下的一只鸟儿,怒目而视,有点失常,这是作者蕴积心头被压抑的愤懑之情,"画到情神飘没处"的透露。

不只在艺术创作上有真相与真魂的问题,在向古今大家、名家学艺的时候,同样也有这种情况。当代大画家齐白石有句名言:"学我者生,似我者死。"如果只求外形的相似,他画小虾米,你也画小虾米,他画金鱼,你也画金鱼,即使学得惟妙惟肖,可以乱真,也是"死"的东西。齐白石画的真魂何在?四个字:创造精神。他想画一幅山泉群蛙,出现在画面上的却是一群蝌蚪,画题云:十里蛙声出山泉。他虽没有画一群青蛙,而却令人想到山谷清流群蛙争鸣的一种美的动的境界。

大家都知道,韩愈在诗歌方面是极为推崇李白和杜甫的。他高呼:"李杜文章在,光焰万丈长。"杜死之后,他"夜梦多见之","举颈遥相望",向往之情可谓深矣。韩愈诗歌创作的表现艺术与杜甫不同,但受到他的影响,受到他的启发。他不在学习杜甫诗作的外形上下功夫,而是摄其精神,独出心裁。

韩愈在他的名篇《调张籍》中,有下边这样的几个句子:

> 我愿生两翅,捕逐出八荒。
> 精诚忽交通,百怪入我肠。
> 刺手拔鲸牙,举瓢酌天浆。
> 腾身跨汗漫,不著织女襄。

这些诗句,充满了创造精神与浪漫主义的昂扬感情,心灵是和李杜相交通的。但他追求捕捉,上下求索,愿以自己的手为诗歌开辟出一条崭新的路子。他并没有亦步亦趋地求其"似李杜",却真是得到了李杜的真魂。

韩愈有一首《醉留东野》的诗,我吟诵之后,觉得有点杜甫《饮中八仙歌》的神味。杜诗,咏了他的八位酒仙朋友;韩诗,写了他极为推崇的好朋友孟郊。一开篇,就高唱:"昔年因读李白杜甫诗,长恨二人不相从。吾与东野并世生,如何复蹑二子踪。"下边接着流溢出"低头拜东野"的满腔热情,最后是以下这样四个句子作结:

> 我愿身为云,东野变为龙,四方上下逐东野,虽有离别无
> 由逢。

韩愈写孟郊的时候,和杜甫下笔去为他的朋友"饮中八仙"写照的内心境界,完全是一致的。韩甚至比杜还更浪漫了一点,更超脱了一点,他学杜,不是学的他的皮毛而是得其神髓。

我想,"是无真相有真魂"的问题,不只有关诗歌与绘画,对于文学方面的创造人物、描写现实,也是一个值得注意的问题。

1985 年 4 月 12 日

一字之奇　千古瞩目

——略谈"诗眼"

　　古典诗词,字数有限制而含蕴丰富,所以在选句下字上,要覃思深虑,一再推敲,使篇中有警句,成为星群之中的北斗,撑起诗词殿堂的梁柱,使读者不禁击节,拍案叫绝。而一句之中,又有警字,即所谓"诗眼"是也。古代不少诗家词人,因一字之奇名噪千古,传为佳话。今试就史上有名、家喻户晓的三例,谈谈个人的欣赏情趣。

　　宋祁《玉楼春》词中"红杏枝头春意闹",关键在一个"闹"字。任换另一个字,就不够味了。就像福楼拜教导莫泊桑所谓的"这一个"。即使不管平仄("闹",效韵,仄声字),任意另从"浓""满""好""到"诸字中择取一个取代"闹"字,也不行,那会使奇特化为一般,使全句、全词为之失色。那么,"闹"字的妙处何在?我以为从"闹"字中,读者可以感到成群蜜蜂嗡嗡之声入耳;斑斓蝴蝶翻舞之色入目;杏花朵朵,芬芳之气入鼻;乍暖气候,吹面不寒,和风温气入体。凡此种种,有如酵母,酿成一团令人陶醉的热烈而富于生机的气氛。这种气氛就是"春意"的美好而充分的表现。我们还应该注意"春意"二字。"春风破红意,女颊如桃花"这两个佳句,也是好在"破红意"三字上。

　　一个"闹"字,关乎大局。有了它,全句活了。别的句子成了为它而存在的附庸了。我们可能忘记了这首词的牌子,也可能不记得其他句子了,那也无关紧要,有这一个"闹"字,我们就心满意足了。诗词评论大家王国维高度评价它"境界全出",是慧眼独具、诗心交感使然。宋祁之后,诗人杨万里也有"海棠闹日不曾来"之句,可谓词家诗人,所感略同了。

　　我对这个"闹"字,不但欣赏,而且倾倒。

王安石有首七绝——《泊船瓜洲》,第三句"春风又绿江南岸"中的"绿"字,也在诗史上大大有名,直到现在仍为人赞赏。作者为了下这个字,是大费苦心,再三推敲过的。先用"到",又改"过",再改"满",换了几个字,最后才决定了"绿"字。洪迈《容斋续笔》里述说了这个情况,这对于读者的欣赏起了先声夺人的很大作用。而我个人,对这个"绿"一直评价不高,觉得不能与"闹"字并峙。这"绿"字,在视觉上是给人以色彩鲜明的感觉,在人心上,引起春意无涯的生趣;但我嫌它太显露,限制了春意丰富的内涵,扼杀了读者广阔美丽的想象。表现青春的典型景物,像丘迟《与陈伯之书》中的"暮春三月,江南草长,杂花生树,群莺乱飞",像白居易《忆江南》第一首中的名句"日出江花红胜火,春来江水绿如蓝",静的红花、绿水,动的乱飞的群莺,对江南春光的描述,都是有特点的,美丽动人。如果不用"绿"字而用"到"或"过",反觉含蓄有味些。春风一"到"或一"过",上面句子里的形象就包括在内了,读者从"到""过"中,可以想象出更多的东西。"池塘生春草",并没点出"绿"来,"春草"当然是"绿"的。何况,"绿"字前人已先用过多次了。李白的"东风已绿瀛洲草",丘为的"春风何时至,已绿湖上山",白居易的"春岸绿时连梦泽",用法全同,已不新鲜了。写到此处,忽然想到杜工部的《曲江对雨》中"林花着雨燕支(胭脂)湿",题在石壁上,末一字模糊不清了,使他后辈几位名家猜谜似的,各为填充。苏东坡填个"润"字,黄山谷填个"老"字,秦少游填个"嫩"字,诗僧佛印填个"落"字,找来杜甫诗集一查,是个"湿"字,皆大惊佩!燕支原是红色的,一沾水,它更显得"润"了,更"老"了(就是更艳丽了),更"嫩"生了,更"落"了(更见本色了)。老杜,到底高明,一个"湿"字见精神,难怪一字之奇,千古注目。比照着看,王安石诗句里不用"绿"而用"到""过"字,不更蕴藉一点,给人想象的余地不更宽广一点吗?

　　苏东坡有首《有美堂暴雨》,也是大有名的。其中"天外黑风吹海立"一句中的"立"字,使我佩服得五体投地,逢人辄道。但读到古今谈"诗眼"的文字中,甚少见到提出这个"立"字来,我大为不平!我觉得,这个"立"字可与"闹"字抗衡,看作两峰并峙。我极欣赏《七发》里观潮一段,气象宏伟撼人,比喻美好如珠,声韵使人心摇而神驰,读了之后,岂止令一个患高度神经衰弱的"太子""霍然病已"?扩心怀,长壮志,千古之下,作用大焉。但是,观潮的长篇描绘,至矣尽矣,而东坡的一个"立"字,却有

349

胜百千言之伟力!

　　"立"起来的大海,像一个力大无穷的巨人,使人惊,使人骇,气象之大,境界之高,令我钦仰而叹服东坡崇高的精神、"如海"的才华和他手中的那一支如椽大笔。即使诗圣杜工部《秋兴八首》第一首中的"江间波浪兼天涌",也应该让它三分。

　　这个"立"字,可谓千古挺出,与"闹"字可以比美,而"绿"字则不能与之三足而鼎立。

1988 年 2 月 4 日

悲歌一曲了此生

——徐君宝妻《满庭芳》词读后

我喜欢古典诗歌,也欣赏宋词。多年来,不断阅读各种选本,从中得到一种美好的精神享受。对于大家、名家的作品,比较熟悉,却漏了一位女词人的佳作《满庭芳·汉上繁华》。这首词,可谓珍品,对我说,确有相识恨晚之感!作者之名,不见经传,不像其他女词人声名赫赫,仅以徐君宝之妻的身份留名文苑,一生只有这一篇作品,真是吉光之片羽了。这绝不是以少为贵,而是以它的艺术价值令人一触目即惊心!悲其遇,悯其情,壮其志,她的词,表现出了一个弱质闺秀强烈爱国的情操、忠于爱情的悃诚。

这篇佳作,像颗明珠,放射出耀眼的光辉,照亮了作者与读者的心。我读一遍,再一遍。读一年,再一年。越读越爱读,每读心底起波澜!读这篇调寄《满庭芳》的宋末悲愤词,不禁使我想起汉末蔡琰的《悲愤诗》。当然,我也不会忘记与作者同时代、同命运的王清惠的《满江红·太液芙蓉》、汪水云的《醉歌》《钱塘歌》《湖州歌》。但有一点不相同:其他几位,满腔悲愤,忍辱苟活,而徐君宝妻却豁出了自己一条宝贵的生命,这就是"千古艰难唯一死"啊。所以,我对她在生死关头勇敢的抉择,心中有一种既悲且壮的特别感觉。

南宋末年,君臣被俘,国破家亡,是统治者咎由自取造成的一场大悲剧,而《满庭芳》作者不过是这场悲剧里的一个角色而已。这首词,她用极为悲切的浓烈情感,高强的艺术表现力,概括了南宋衰颓覆亡的惨状,像一座令人目眩的琼楼,一下子倒塌在地,令人心动神摇,悲愤难抑,也令人怜悯之情油然而生。它的主要可悲之处，在于这位词人在悲剧终场之时，才从繁华梦中一下子坠入了现实之中，惊惶诧异地看到敌人"一旦刀兵齐举，旌旗拥，百万貔貅"。其实这个"一旦"，事实上年月已久矣！即使生长在深闺之中，对蜩螗的国事，议和与抗争之争，这些关系到国家存亡、人民命运的大事，也应该感知的。可是，她却在割地纳金、认贼作叔、以"宝器销兵气"的屈辱气氛中沉醉。身子成为幕上之燕，还在欢唱；做了涸辙之鱼，意趣犹欢。我们要真正领会这首《满庭芳》的内涵意义，必须拿《宣和遗事》《东京梦华录》《繁盛录》《都城纪胜》和《武林旧事》……这些实录做背景，才能看到一个个荒唐的黄粱梦、一幕幕惨痛而令人悲悯的场景，彻底了解作者的生活环境及其复杂的心情。这样才明白，词的作者为何临死芳心还萦系着"汉上繁华"。实际上，这繁华涂上了耻辱的颜色，像一朵红艳的毒菌，在魅惑人，毒害人。所谓"江南人物"，其中应该包含着风流天子、道君皇帝，也该有祸国殃民、奸佞的"六贼"，由于他们对敌屈膝，残害忠良，使国家一步一步走向灭亡。他们终于受到惩罚，身败而名裂，还谈什么"宣政风流"！词中"绿窗朱户，十里烂银钩"，这些带着眷恋深情的描绘，不是夸张，而是不足。"名茶数瓯，价值四十万"；"买笑千金，呼卢百万"；一盘"春盘"，可值"万钱"。这明明是饮鸩止渴，竟还陶然而乐，君无心肝，臣无心肝，国之不亡，是无天理。敌人步步紧逼，视若无睹，依然歌舞升平，真是"暖风熏得游人醉，直把杭州作汴州"！到了强敌"长驱入"了之后，才哀叹"歌台舞榭，风卷落花愁"。一个"花"字，象征得好，"风"，是狂暴的，"花"是可惜的。一怨一惜，反映出了词人心情与思想的实质。

这首词一上来首先突出了对如烟往事的追怀，接着，进入了可怕的现实境界。结尾处，对"清平三百载"的"典章人物""扫地俱休"，表示出无限怀恋，无限哀愁！这首词所反映的是时代的悲剧，也是她个人的悲剧。它所以感人、动人、令人百读不厌，是因为作者的情感真挚，境遇堪怜。她是弱者，又是强者。她是个梦幻者，又是个现实的人。特别是下片中的这两句更加沉痛，令人共鸣，也令人起敬："幸此身未北，犹客南州。"这个"客"字，使我想起李后主的名句"梦里不知身是客"。"客"者，就是俘虏的代名词，"犹客南州"，就是死也死在故国的土地上。她为自己"幸"，读者也为她"幸"。

"无限江山,别时容易见时难。"我们词人的一颗赤子之心,为祖国的沦亡而破碎了,更加上"破鉴徐郎"惨痛永诀,人间何世,只有悲歌一曲,以死了之。

1988 年 11 月 12 日